U0526284

国家社科基金一般项目
"中国诗学的缘事理论研究"(15BZW021)结项成果

殷学明 著

中国诗学的缘事理论研究

中国社会科学出版社

图书在版编目(CIP)数据

中国诗学的缘事理论研究/殷学明著. —北京：中国社会科学出版社，2023.10
ISBN 978-7-5227-2281-8

Ⅰ.①中… Ⅱ.①殷… Ⅲ.①诗歌研究—中国 Ⅳ.①I207.22

中国国家版本馆 CIP 数据核字（2023）第 133790 号

出 版 人	赵剑英
责任编辑	王小溪
责任校对	夏慧萍
责任印制	戴　宽

出　　版	中国社会科学出版社
社　　址	北京鼓楼西大街甲 158 号
邮　　编	100720
网　　址	http://www.csspw.cn
发 行 部	010-84083685
门 市 部	010-84029450
经　　销	新华书店及其他书店
印　　刷	北京君升印刷有限公司
装　　订	廊坊市广阳区广增装订厂
版　　次	2023 年 10 月第 1 版
印　　次	2023 年 10 月第 1 次印刷
开　　本	710×1000　1/16
印　　张	20.25
插　　页	2
字　　数	293 千字
定　　价	109.00 元

凡购买中国社会科学出版社图书，如有质量问题请与本社营销中心联系调换
电话：010-84083683
版权所有　侵权必究

目　录

导　论 …………………………………………………………………（1）

第一章　缘事理论何以可能 ……………………………………（20）
　第一节　哲、事、诗 ……………………………………………（21）
　第二节　史、事、诗 ……………………………………………（38）
　第三节　文、事、诗 ……………………………………………（61）

第二章　缘事范畴论 ……………………………………………（79）
　第一节　事感：触事感发论 ……………………………………（79）
　第二节　事象：据事象形论 ……………………………………（91）
　第三节　事境：立事境界论 ……………………………………（105）

第三章　缘事发生论 ……………………………………………（116）
　第一节　感于哀乐，缘事而发 …………………………………（116）
　第二节　触事兴咏，随遇发生 …………………………………（125）
　第三节　事境相触，援引成诗 …………………………………（131）

第四章　缘事发展论 ……………………………………………（136）
　第一节　"临事制变"的发展观念 ………………………………（136）
　第二节　"通变之谓事"的发展规律 ……………………………（145）
　第三节　"在事为诗"的发展机制 ………………………………（151）

第五章　缘事创作论 ……………………………………（158）
　第一节　感通眼中之事 ………………………………（158）
　第二节　耽思胸中之事 ………………………………（162）
　第三节　考辞手中之事 ………………………………（166）

第六章　缘事诗体论 ……………………………………（173）
　第一节　往事可谏：纪事诗 …………………………（173）
　第二节　今事可感：即事诗 …………………………（184）
　第三节　来事可追：占事诗 …………………………（196）

第七章　缘事诗法论 ……………………………………（209）
　第一节　用事：一种饱含历史记忆的诗法 …………（209）
　第二节　事对：一种内蕴中国文化的诗法 …………（225）
　第三节　序事：一种彰显中国气派的诗法 …………（238）

第八章　缘事诗评论 ……………………………………（250）
　第一节　缘事诗评生成论 ……………………………（250）
　第二节　缘事诗评特征论 ……………………………（269）
　第三节　缘事诗评价值论 ……………………………（277）

第九章　缘事理论何以为用 ……………………………（285）
　第一节　缘事直寻：古代乐府诗直解 ………………（285）
　第二节　缘事制变：现代新闻诗评议 ………………（296）
　第三节　缘事致用：当下缘事理论走向 ……………（304）

参考文献 ………………………………………………（312）
后　记 …………………………………………………（317）

导　　论

近现代以来，中国诗学在现代焦虑的艰难啮合中逐渐形成了缘情理论和叙事理论。缘情理论立足本土，是对中国诗学传统的回归与重构；叙事理论面向世界，是对西方诗学理论的借鉴与征用。可以说，这两大诗学理论在古为今用、西学中用的道路上相得益彰，收获颇丰。然而在中国诗学向着本土化、多元化发展的今天，有很多问题需要我们重新思考。譬如缘情理论在凸显中国特色的同时是否遮蔽了中国诗学的全貌？在西学为用的叙事理论之外，中国有没有本土的缘事理论？或者说，除了"抒情传统"之外，中国古代有没有自己的言事传统？对这些问题的解答也就成为我们的研究目的，即对中国古代诗学理论重新认识与发现，以满足当下中国诗学多元化、本土化发展的需要。望今而制奇，参古以定法。在浩如烟海的中国诗学深处，其实还蕴藏着丰富的缘事理论资源亟待我们开发和利用。在全面发掘中国缘事诗学理论之前，我们有必要对缘事理论的基本概念、理论构成及其研究方法导以论之。

一　缘事理论相关概念比析

概念不仅是理论的逻辑起点，而且是理论的实践指向。因此，要把握某种理论，必先了解它的概念。顾名思义，缘事理论的核心概念就是"缘事"。就创作而言，"缘事"就是缘于事的创作思想和创作手法。正如白居易所说："大凡人之感于事，则必动于情；然后兴于嗟叹，发于吟咏，而形于歌诗矣。"① 就比较来说，缘事与缘情虽相待而成，却大相径庭；缘事与叙事虽如影随形，却貌合神离。前者涉及中国诗学传统体认的问题，后者则涉及中西诗学对话的问题。在日新月异的当今世界，古与今、中与外的论题仍是中国诗学面对的主要问题，也是中国诗学走出困境的重要前提。对中国缘事诗学理论相关概念进行比析，既有助于我们了解缘事理论的基本概念，也有助于全面认识中国诗学的传统。

（一）缘事与缘情

在中国古代，不仅有"情志不通，始作诗"的缘情观念，而且有"在事为诗"的缘事思想。前者主要基于人类情感诗意表达的需要，后者则主要出于人类历史诗性记忆的需要。曰若稽古，"缘情"和"缘事"本为同根，皆从中国诗论鼻祖"诗言志"中诞生。据《康熙字典》所载，"志"至少有两个意思：一是"心之所之"之义；二是"积记其事"之义。譬如孔子所说的"各言其志"之"志"就是"心之所之"的"怀抱"（情）之义，而《三国志》之"志"则是"积记其事"的"记录"（事）之义。

缘情和缘事观念作为人类最基本的诗性需要发源自当久远，但作为诗学概念却较晚出现。缘情概念始于西晋陆机"诗缘情而绮靡"之说，成于唐代白居易"根情苗言"之论，盛于清代袁枚"性情之外无诗"之说。可以说，缘情诗学观念是华夏民族诗意情感高度发达的产物，隐含着"发乎情，止乎礼义"的诗性原则。缘事概念起于汉代乐府诗"感于哀乐，缘事而发"的思想观念，兴于唐代杜甫"即事名篇"的创作思想，盛于宋代魏泰"缘事以审情"的诗学理念，成于清代叶燮"想象以为事"的诗学思想。可以说，缘事诗学观念是华夏民族诗性记忆高度发达的产物，传承着"结绳以治"的诗意力量。由此看来，"缘情"和"缘事"代表着中国古代两种不同的诗学观念。下面我们将从"缘""事""情"字义和内涵的辨析中加以区别。

---

① （唐）白居易：《白居易全集》，韩鹏杰点校，时代文艺出版社2001年版，第1337页。

首先，从"缘"字入手，厘清"缘事"与"缘情"的动因。陈良运教授在《"诗缘情"诗学意义新识》中指出："'缘'，此取'凭借'之义，亦可取'因为'之义，'缘情而绮靡'，直解为凭借'情'而美，因为抒情而美。'情'便被强调为诗的美感发生之源。换言之，'情'是诗之本体，诗美因情而生。"①陈教授将"缘情"的"缘"字释为"凭借"，是有意凸显人的心智力量，即创作主体有意识凭借抒情创造出诗意来。这种解释符合陆机以来，中国古代诗歌诗意表达的现实，合情合理。但细而察之，"缘"的本义其实是"衣纯"，即"缘者，沿其边而饰之也"②，后以此引申为"因""循"和"因缘"之义，孟子就有"缘木而求鱼"的说法。从此意义上说，"缘"恰恰不是主体的刻意行为，而是率性而行，偶然得之的行为，多少有佛家因缘的意味。对缘事来说，"缘"就不仅仅有"凭借"之义，更多的则是"因循"和"因缘"之义。在中国古代，诸如"缘事而发""因事感发""即事名篇""因事作歌"等创作理念俯拾皆是。也就是说，在中国古代，创作的机缘有缘于"情"的，即"情动于中而形于言"的；也有缘于"事"的，即"在事为诗，未发为谋"的。缘于情，出于本心，缘于事，出于躬行。本心在率性而为，躬行在亲历而为。缘事与缘情皆出于有感而发，但一个是"事感"，另一个是"情感"。③

其次，从"事"与"情"的本质，辨析"缘事"与"缘情"的内涵。与"情"相比，"事"是一种充实的时间，具有相对的客观性，其本身蕴含着真、善、美。何谓"情"？朱熹认为，"情"是"性之动"的结果。在古人看来，人有"七情"，即"喜、怒、哀、乐、爱、恶、欲"也。人性本来是好静的，但与物交感就变得不安起来。从缘情的角度看，不管是"悲落叶于劲秋"还是"喜柔条于芳春"，皆与"物之感人，故摇荡性情"有关。在古人眼里，不仅人有情，物也有情。清代诗论家叶燮指出："夭矫滋植，情状万千，咸有自得之趣，

---

① 陈良运：《"诗缘情"诗学意义新识》，《文艺理论研究》1990年第4期。
② （清）段玉裁：《说文解字注》，中州古籍出版社2006年版，第654页。
③ 唐代孟棨《本事诗》有"七题"，前两题就是"情感"和"事感"。

则情也。"① 何谓"事"？孔颖达疏云："指其所营谓之事。"② 通俗地说，"事"就是主体活动的行为结果。在亚理斯多德看来，诗人的职责在于"描述可能发生的事"，其间"行动的模仿"至关重要。"劳者歌其事"，《弹歌》"断竹，续竹。飞土，逐宍"就是对有节奏、富有诗意的行动的模仿。从此意义上说，诗缘事就是对行动的诗性模仿。与缘情相比，缘事更贴近现实，侧重模仿。如果说缘情于内托情净化心灵；缘事则于外纪事描摹世界。如果说缘情靠近心学，善比兴，力求虚境（意境）审美，那么缘事依傍史学，善赋辞，讲求实境（事境）审美。或者说，缘情多是诗之虚用，缘事多是诗之实用。虚用词婉，于内颐养情性；实用词达，于外载道济世。二者各有不可替代的诗性价值，不可偏废。

在中国古代，缘事与缘情两种诗学观念有持久的斗争，也有长期的融合。就斗争而言，班固"缘事而发"的《咏史》被钟嵘斥为"质木无文"；杜甫"即事名篇"的《石壕吏》则被王夫之判定为"于史有余，于诗不足"，"见驼则恨马背之不肿"。反过来说，陆机"诗缘情而绮靡"之说也并不是一呼百应，而是饱受争议的。谢榛在《四溟诗话》中引徐昌谷言："'诗缘情而绮靡'，则陆生之所知，固魏诗之查秽耳。"③ 除此之外，对陆生之说提出严厉批评的还有很多。譬如沈德潜有"先失诗人之旨"的贬斥，梁章钜有"后之君子所斥为不知理义之归"的痛斥。就融合而言，明代陆时雍"未有事离而情合"的诗学主张就体现了事情合一的思想。"《诗》亡然后《春秋》作"中有事与情的纠结，"李杜优劣论"中有事与情的斗争，"新乐府运动"中有事与情的交织，"复古与反复古"中有事与情的较量。从某种意义上说，中国诗学史就是缘事与缘情两种诗学观念相互争斗与融合的历史。

中国诗学的传统是丰富多样的，怎是"缘情传统"或"抒情传

---

① （清）叶燮：《原诗》，霍松林校注，见郭绍虞主编《中国古典文学理论批评专著选辑》，人民文学出版社1979年版，第21页。
② 李学勤主编：《十三经注疏·礼记正义》，北京大学出版社1999年版，第1078页。
③ （明）谢榛：《四溟诗话》，中华书局1985年版，第9页。

统"就能概括得了的？李春青教授指出："'抒情传统说'虽然也提出了不少颇具启发意义的见解，但总体上看却存在着一种'具体性误置'的形而上学倾向，其目的本来是要彰显中国文学的特质，结果却反而遮蔽了中国文学自身的种种独特性与复杂性。"① 因此，对于中国诗学传统的认识不能为了所谓的特色而丢掉了历史真实性和丰富性。缘事观念作为中国最古老的一种诗学观念从"结绳纪事"中萌发到杜甫"即事名篇"中成熟，代表华夏民族诗性记忆的发展方向。可以说，缘事也是中国诗学的宝贵财富，我们绝不能丢弃。不管是过去还是现在，缘事作为人类诗性生存的一种精神需要都是不可或缺的。

（二）缘事与叙事

不可否认，西方叙事概念和叙事理论的引入对中国当下诗歌创作、批评以及古典诗歌的认识都是有着积极价值的。然而近现代以来，学人由于带着文化自卑、焦虑心理，往往以极端的方式来看待和处理外来文化。要么沉浸于"言必称希腊"的狂热之中，要么固守于"之乎者也"的历史想象之中，真正立足本土、贯通中西的理论少之又少。季羡林先生遗憾地指出："反观我们东方国家，在文艺理论方面噤若寒蝉，在近现代没有一个人创立出什么比较有影响的文艺理论体系……没有一本文艺理论著作传入西方，起了影响，引起轰动。""难道我们东方的文艺理论就真地不如西方，应当向西方低头认输，自惭自愧吗？"② 答案当然是否定的，但中国气派的诗学绝不是空谈出来的，而是要基于本土资源创新理论。这既是理论本土化、诗学独立化的重要问题，也是民族觉醒、文化自信的重大问题。下面我们将通过"缘事"与"叙事"的辨析来探讨这个问题。

缘事与叙事有所不同，袁行霈指出："'缘事而发'常被解释为叙事性，这并不确切。……'事'是触发诗情的契机，诗里可以把这事

---

① 李春青：《论"中国的抒情传统"说之得失——兼谈考量中国文学传统的标准与方法问题》，《文学评论》2017 年第 4 期。
② 曹顺庆主编：《东方文论选》，四川人民出版社 1996 年版，第 2 页。

叙述出来，也可以不把这事叙述出来。'缘事'与'叙事'并不是一回事。"① 尽管袁教授在论述中没有直言缘事与叙事究竟如何不同，但有时问题的提出远比问题的解决更重要。在中国古代，缘事与叙事作为概念最早是在史乘、伦常、政教领域使用的，后来延伸到诗学领域。就叙事而言，《周礼》所谓冯相氏"辨其叙事"，内史"掌叙事之法"，其中的叙事就蕴含着伦常纲纪等多重含义。叙事在诗学领域虽不如在史学领域运用得那么广泛，但其使用也并非偶然，而是一种自觉地使用。譬如宋代诗论家胡仔对叙事已有"白居易亦善作长韵叙事诗，但格制不高"清醒的文体意识，吴乔在《围炉诗话》中对叙事也有"古人咏史，但叙事而不出己意，则史也，非诗也"深刻的特性认识。在中国古代，缘事不仅是一种创作动机，它还转化成诗的构成要素决定着诗的品性和时代性。与缘事相比，叙事是一个相对狭窄的概念，有时为古人所诟病。被称为"吴中诗冠"的徐祯卿在《谈艺录》中就指出："乐府往往叙事，故与诗殊。盖叙事辞缓，则冗不精。"②

五四运动以来，"缘事"与"叙事"的使用频率和地位发生了根本性变化，这主要是由于西方叙事观念的引入。在西学为用的旗帜下，叙事这一概念迅速成为20世纪乃至21世纪学术界最流行的关键词之一，而缘事概念几近消亡。可以说，中国现代叙事思想是在西方叙事观念的影响下逐渐形成的。李开先的《叙事诗之在中国》（1923）、孙悢工的《叙事诗与抒情诗》（1931）、风阁的《叙事诗与抒情诗之起源论》（1933）、谷凤田的《中国叙事诗通论》（1937）等论著都有西方叙事的影子。孙悢工在《叙事诗与抒情诗》中就指出："诗底历史是从地球地西与东同时分别发展的。既是在西方是希腊底诗底发生……西洋始于叙事诗。"③ 在西方叙事观念的深刻影响之下，20世纪30年代中国迎来了"叙事诗"转向的第一次热潮。茅盾在《叙事诗的前途》中描述说："这一二年来，中国的新诗有一个新的倾向：从抒情

---

① 袁行霈：《中国文学概论》，高等教育出版社1990年版，第116页。
② （清）何文焕：《历代诗话》，中华书局1981年版，第769页。
③ 孙悢工：《叙事诗与抒情诗》，《现代文学评论》1931年第3期。

到叙事,从短到长。二三十行以至百行的诗篇,现在已经算是短的,一千行以上的长诗,已经出版了好几部了。"① 对于这一话题的讨论,及至目前也不绝于耳。诸如张碧波和高国兴的《试论中国诗歌的叙事传统》(1992)、陈来生的《中国传统叙事诗不发达原因探析》(2004)、周兴泰的《中西诗歌叙事传统比较论纲》(2018)等论著纷至沓来、层出不穷。

经过几代人的努力,中国现代诗学确实形成了一个"叙事"的新传统,并且依照西方叙事理论确立了自己的思想。叙事理论作为"他山之石",不仅给中国诗学带来了全新的视角,而且也带来了现代的气息。然而我们应该看到,在西方文化熏陶下的叙事在面对中国古代诗歌现实时,其解释的效能显然是有点力不从心、捉襟见肘的。原因可能有二:一是中国古代叙事观念在文化倾向、审美旨趣等方面与西方叙事存在根本性的差异;二是叙事诗(或史诗)毕竟不是中国古代主流诗体,即研究对象的相对匮乏使得研究深度不够。

与"叙事"相比,"缘事"则是一个相对宽泛的概念。对缘事而言,所缘之事既指向于诗歌的外部,也渗透于诗歌的内部。具体来说,外部之事是诗的动力,推动诗的发展变化;内部之事是诗的质料因,参与诗的构造。缘什么事、以何种方式缘事既反映了诗人以何种态度与世界发生关系,也反映了特定时期诗学文化的样貌与变迁。缘事以小见大,体现了一种务实求真的精神。从缘事的角度看,诗人的职责在于描述可能发生的事,唤回人对生活的记忆,使人真正感受到事物与自身的存在而富有诗意。它在中国古代不仅抵制了萎靡诗风使诗言之有物而有所兴寄,而且形成了独具中国特色的缘事创作风格和事境审美方法。

二 缘事理论的历史与构成

中国诗学的缘事理论不是历史的想象,而是历史的真实。它滥觞

---

① 茅盾:《叙事诗的前途》,《文学》1937 年第 8 卷第 2 期。

于"结绳纪事"的历史意识,萌发于汉代"以事解诗"的《诗》学,发展于唐代"触事兴咏"的《本事诗》,成熟于宋代"以事话诗"的诗话。下面我们将对缘事理论"何以可能"的历史依据与"如何可能"的本体构成分而析之。

(一) 缘事理论的历史依据

历史悠久的华夏民族对事有着特殊而深刻的诗性体认,在真、善、美三个方面形成了独具中国气派的文、史、哲传统。"事"之"哲"思是缘事理论的思想基础;"事"之"史"论是缘事理论的史观根基;"事"之"文"化是缘事理论的美学基石。可以说,中国古代哲学、史学、美学对"事"的深刻体认是缘事理论"何以可能"的历史依据。

第一,中国古代哲学观念是缘事理论得以可能的思想基础。一个民族最高的智慧往往是由这个民族的哲学思想所体现的。但一个民族的哲学智慧又是从哪里入手的呢?《国语》云:"言义必及利,言智必及事……"① 毋庸置疑,华夏民族在上下五千年的历事过程中形成了自己独特的哲学思想。对此,我们将从儒、道、释对事的理解中加以显明,从而揭示缘事理论的哲学思想。

儒家在历事生存中总结的体验是,"耕也,馁在其中矣",于是"君子谋道不谋食"②。于是儒家更多致力于"劳心"的事务,而不求"劳力"的事务,即在劳心之上,追求功与名。儒家对事的基本观念是"多能鄙事",方法是在"事上磨砺"。王阳明指出:"人须在事上磨炼做功夫,乃有益。若只好静,遇事便乱,终无长进。"③ 一言以蔽之,儒家内外兼修,"敏事慎言""体仁为事""从礼处事",属于"有为之学"。儒家"事论"对中国古代诗歌、诗学切近现实、心怀天下的风尚影响很大。杜甫"即事名篇"的"诗史"气魄、陆游"绝知此事要躬行"的感悟、《本事诗》"犹四始"的诗学精神都与儒家缘事思想滋养是分不开的。可以说,儒家"事论"是缘事诗学理论重要的

---

① 鲍思陶点校:《国语》,齐鲁书社 2005 年版,第 46 页。
② 张卫中校注:《论语》,浙江教育出版社 2011 年版,第 175 页。
③ (明)王阳明:《传习录》,阎韬注评,江苏古籍出版社 2001 年版,第 235 页。

思想来源。

  道家在历事生存中的思考与儒家不同，甚至相反。儒家和道家都言道，但儒家之道是"有为而累者"的人道，道家之道是"无为而尊者"的天道。基于此，道家"取天下常以无事，及其有事，不足以取天下"，即"圣人处无为之事"①。明代戏曲家李渔就指出："老子之学，避世无为之学也。"② 对于事，道家既看到"事"有扰乱心性的一方面，而主张"无事而生定"（《庄子·大宗师》）；也看到"事"是"匿而不可不为者"，而只能"接于事而不辞"（《庄子·在宥》）。道家"事论"对诗人超越现实的境界提升、为诗而诗的诗学精神形成意义重大。李白接于事"天然雕饰"的"诗仙"气质、中国"妙悟传神"的诗学精神与道家缘事思想养护是分不开的。可以说，道家"事论"思想是缘事诗学理论重要的哲学根基。

  释家历事生存的经验是，因缘而起，先除事障，归于空无。受佛家"空无"思想影响的释家对世事的反思要比道家走得更远。朱熹云："佛氏之空，与老子之无一般否？曰：'不同，佛氏只是空豁豁然，和有都无了'。"③ 很显然，释家思想是一种"执空"的学问。"天下本无事，庸人自扰之"可谓是释家执空处事的格言。禅宗大师青原行思提出参禅的三重境界：参禅之初，看山是山，看水是水；禅有悟时，看山不是山，看水不是水；禅中彻悟，看山仍然是山，看水仍然是水。释家对物、事独特的观照和认识方式，对中国诗人以及缘事诗学理论的构成也起到了思想奠基作用。试想王维如果没有"空不异色"的佛家理念，那么就很难创作出"空山新雨后，天气晚来秋"这样空灵的诗句来。严羽如果没有禅家参悟，《沧浪诗话》也就没有"妙悟"说的提出。

  一言以蔽之，儒家"敏于事"，是有为之学，杜甫"即事名篇"的"诗史"受此影响很大；道家"事无事"，是无为之学，李白"任

---

① 苏南注评：《道德经》，江苏古籍出版社2001年版，第5页。
② （清）李渔：《闲情偶寄》，诚举等译注，云南大学出版社2003年版，第192页。
③ （宋）朱熹：《朱子语类》，王星贤点校，中华书局1986年版，第3013—3014页。

其自然"的"诗仙"之风与此相关；释家"息人事"，是执空之学，王维"空灵圆觉"的"山水诗"与此关系密切。在中国古代，不管儒、道、释对事入思的角度如何不同，但最终的目的都是"止于至善"即"事"指向于"善"。除此之外，中国古代还有很多事论。譬如易家"以物象喻人事"，管子"事语"论，二程"论事篇"……凡此种种，共同构成了缘事理论的思想基础。

第二，中国古代史学观念是缘事理论得以可能的历史基础。毋庸置疑，缘事诗学理论的核心范畴就是"事"，而"事"从本质上说是一种充实的时间，属于史学的范畴。从《本事诗》以及各种"论诗及事"的诗话来看，中国诗学确实受史学影响很深。钱谦益就指出："《春秋》未作以前之诗，皆国史也。""三代以降，史自史，诗自诗，而诗之义，不能不本于史。"① 因此，以"事"为核心的缘事理论本于古代史学思想也就不足为奇了。

中国古代有自己独特的史学观念，但以其"不知为历史而历史，也不知为真理而真理"修史观念为很多人误解。西方史学家浦朗穆（J. H. Plumb）就指出："我已知晓中国史学的精细，知晓中国史学的重视文献……但是中国史学的发展，永远没有突破通往真历史的最后障碍——希望窥探往事的真相，不顾由此引发与利用过去的时贤冲突。"② 西方学者的怀疑看似也有一定的道理，但终究是隔了一层文化。在我们看来，中国史学追求的是"直"，而不是"真"。中国人追求的"直"（良知）强调内修，追求心里的真实；西方人探寻的"真"（真理）注重外造，崇尚科学的真实。追根溯源，"直在其中"的观念是孔子在"其父攘羊"的论说中提出的，旨在解决公与私的伦理难题。这种思想后来在史学和诗学领域（如钟嵘的"直寻"）得到广泛应用。清代学者李光地指出："《春秋》书法，内无恶则虽辱不讳，讳者皆内恶也。此是'直在其中'之义。'父为子隐，子为父隐'，'隐'字最妙。"③ 也

---

① （清）钱谦益：《钱牧斋全集》，上海古籍出版社2003年版，第800页。
② 杜维运：《与西方史家论中国史学》，台北：东大图书有限公司1981年版，第14页。
③ （清）李光地：《榕村语录　榕村续语录》，陈祖武点校，中华书局1995年版，第55页。

正基于此，杨万里《诚斋诗话》云："'《春秋》之称，微而显，志而晦，婉而成章，尽而不汙'，此《诗》与《春秋》纪事之妙也。"① 可以说，"直在其中"是中国人理解"事"的奥妙之处。

就诗学理论而言，孟棨《本事诗》在"论诗及事"方面就继承了《春秋》纪事之妙。孟棨如是载：唐宁王曼盛，宠妓数十人却欺占卖饼者妻，世人皆怒而不敢言。王维赋诗曰："莫以今时宠，宁忘昔日恩。看花满眼泪，不共楚王言。"王维高妙之处是直陈楚王的同时却不温不火地反讽了宁王，即"直在其中"也。中国文人"直"的性格也与此有关。对"事"的精妙把握与言说，是中国史学对世界的独特贡献，同时也为我们发掘缘事诗学理论提供了历史依据。

第三，中国古代"文"化的思想是缘事理论得以可能的美学依据。中国古代有"言之无文，行之不远"的"文"化思想。在此基础上，中国古人在言事时特别注重"文"事。在中国古代，不仅有文质之辨，也有事辞之争。墨家尚事，有"事无辞也，物无违也"之说；易家说辞，有"修辞立其诚"之论；儒家求中，有"辞达而已矣"之言。扬雄云："或问：'君子尚辞乎？'曰：'君子事之为尚。事胜辞则伉，辞胜事则赋，事辞称则经。'"② 经过数千年的"文"化磨合，"文不害辞""辞不害志"和"事辞相称"的"文"化思想对古代缘事理论的美学追求起到了很大作用。

中国古代不仅注重"事辞称"，而且也特别注重"事辞美"。鬼谷子有言："常有事于人，人莫先事而至，此最难为。……故观蜎飞蠕动，无不有利害，可以生事美。生事者，几之势也。此揣情饰言，成文章而后论之。"③ 在中国古人看来，"事"是相反相成的矛盾体。一方面，"事"是永无止息的，如《二程遗书》所说："一事息，则一事生，中无间断。"④ 另一方面，"事"也有诗意的驻留性，如叶燮所谓

---

① 丁福保辑：《历代诗话续编》，中华书局1983年版，第139页。
② （汉）扬雄：《法言》，中华书局1985年版，第5页。
③ 俞棪：《鬼谷子新注》，商务印书馆1937年版，第17页。
④ （宋）程颐、程颢：《二程遗书》，上海古籍出版社2000年版，第180页。

"想象以为事"即"事之入神境者"的事境。中国古人对事的审美独特性在哪里？又是如何形成事境审美的呢？究其实质，源于中国古人对"事"时间空间化的独特感知。上古历象日月，敬授人时。东方曰星，其时曰春，东作之事，以务农也。中国古人对"事"不善于在时间性中展开，而善于在空间性中驻留。一般而言，在时间中展开"事"是叙事，在空间中驻留"事"是序事。譬如"冯唐易老，李广难封"就是在不同空间并置"事"而形成事境审美的。不管是"义兼东序，事美西雍"，还是"言媸者其史亦拙，事美者其书亦工"，中国古代蕴含着丰富而独特的缘事美学思想，值得我们深入挖掘。

综上所言，"事"既是真理的问题，也是伦理的问题，同时还是美学的问题。遇事"直在其中"，这是中国的事"真"；行事取善避恶，这是中国的事"善"；纪事言之有文，这是中国的事"美"。与此相对应，中国诗学的缘事理论就有了古代史学、哲学和文学的历史依据。除此之外，"事"也与天地、阴阳、四时、鬼神、五行等密切相关。《礼记》云："以四时为柄，故事可劝也。以日星为纪，故事可列也。……鬼神以为徒，故事有守也。五行以为质，故事可复也。礼义以为器，故事行有考也。"[①]

（二）缘事理论的本体构成

中国诗学的缘事理论主要探讨诗与事的发生、创作、流变、审美及批评等一系列诗学问题，继而形成了缘事发生论、发展论、创作论、诗体论、诗法论和诗评论的体系结构。

第一，缘事发生论。诗到底是如何产生的？"事"对于诗的发生究竟有何作用？这是缘事发生论主要解决的问题。在中国古代，不仅有"情志不通，始作诗"的观念，还有"在事为诗"的理论。从根本上说，缘事思想是基于人类历事生存的实际而产生的。对于诗歌而言，大凡诗人感于事而有所兴咏，然后指事造形，用事类义，游于事境，而形于诗歌。诗人所缘之事可以是实际发生的事，也可以是神话故事、

---

① 李学勤主编：《十三经注疏·礼记正义》，北京大学出版社1999年版，第701页。

民间传说等虚构性的事。二者既相互矛盾,又互相统一。一方面,诗人缘"现实之事"创作意味着诗要忠于生活、源于生活,具有很强的现实性和模仿性;另一方面,诗人缘"虚构之事"创作又意味着诗要脱离现实、超越生活,具有很强的超越性和想象性。诗应该是超越性与现实性的完美统一,缘事则是诗歌现实的土壤与生命的根基。据此,笔者将对汉乐府"缘事而发"、杜甫"即事名篇"、白居易"歌诗合为事而作"、魏泰"缘事以审情"、赵翼"因事起意"等缘事发生思想加以理论研究。

第二,缘事发展论。诗究竟是如何发展的?"事"对于诗的发展到底有何关联?这是缘事发展论必须解决的问题。在中国古代,除了"文变染乎世情"的观念之外,还有"达于事变而怀其旧俗"的思想。从缘事的角度来看,"事"不仅于外推动诗歌的发展和变化,而且于内也构成诗歌的品性和特质。或者说,"事"既是诗的动力因,也是诗的构成因。一时代有一时代的诗就是由于诗内外都有事形成的。《周易》云:"通变之谓事"。可以说,"通"是文化记忆的坚守,让人留恋而亲切;"变"是逾常求新的超越,让人新鲜而好奇。"通变"是中国诗歌发展的规律,它以复古与反复古的方式展开。本书的研究特色就在于将"通变"释义为"事"即"通变之谓事",继而提出诗以事件的方式存在的观点,并以"通变之谓事"的观念来重新理解诗的发展问题。一言以蔽之,诗如"事",既有始终,又绵延不断。对于诗歌发展来说,唯"新"是从与墨守成规均是不可取的。对此,笔者将从"通变之谓事"的易学观念切入,在研究刘勰、叶燮等缘事通变思想的基础上揭示中国古代诗歌发展的规律与机制。

第三,缘事创作论。诗究竟是如何创作的?"事"又是如何进入诗歌创作的?这是缘事创作论所要解决的问题。毋庸置疑,诗人对所缘之事进行艺术加工、处理的过程就是缘事创作活动。一般而言,缘事创作要经过"感通眼中之事""耽思胸中之事"和"考辞手中之事"三个重要阶段。具体来说,"以文运事"和"因文生事"是缘事创作的基本方法,"缘事生事""缘事发情"和"缘事蕴理"是缘事创作的基本方式，分别生成言事诗、抒情诗和哲理诗。诗之所以具有鲜明的个性与时代特征，就是由于诗融进了诗人独特的世事体验。为此，笔者将以文本为根基，重点探讨古代诗歌是如何将日常事件、神话传说以及历史文本事件转化为诗性文本的，从而总结出缘事创作的原则和规律。

第四，缘事诗体论。诗体是诗歌成熟的标志，缘事诗体有哪几种类型？这些类型是如何形成的？其审美取向又表现在哪几个方面？这是缘事诗体论主要关注的问题。从"事"存在方式来看，缘事诗体可分为纪事诗（往事）、即事诗（今事）和占事诗（来事）三种类型。从"事"审美取向来看，中国言事诗善于将时间性的"事"空间化处理，使不尽之事见于言外。这种中国特色的诗体主要是通过"景（物）中蕴事""情中藏事""理中有事"等方式构造事境创造出来的。譬如叶燮称杜甫诗句"碧瓦初寒外"为"事之入神境者"，"此为物中蕴事"。为此，笔者在文本细读的基础上对王昌龄"事景意"、徐寅"情意事"、谢榛"事景情"、叶燮"理事情"等诗体论说及其审美观念加以理论研究。

第五，缘事诗法论。"事"进入诗歌具体有哪些方法？这些方法对于诗歌历史内容与诗意性创造究竟有何作用？这是缘事诗法论主要关心的问题。顾名思义，诗人融事于诗的创作手法就是缘事诗法，包括用事、事对、比事、事类、叙事、序事等。在中国古代，缘事诗法既相当普遍，又相当精细。譬如缘事诗法不仅有用事之法，而且用事之法又细分为正用事、反用事、借用事、泛用事、质用事等各种类型的方法。从具体诗例来说，"冯唐易老，李广难封"就是用事中的正用事，同时也是事对之法。对于缘事诗法，笔者还从事的维度重释了赋、比、兴的创作手法，即"铺陈其事"为赋、"据事类义"为比、"托事于物"为兴。诗所能感受到的历史内容以及时间性审美皆源于缘事之法。

第六，缘事诗评论。从某种意义上说，诗评是诗永恒发展的根本动力。究竟诗评有哪几种类型？其根本的作用又是什么？这是缘事诗评论所关切的主要问题。在中国古代，依据"情"与"事"的现实存在，诗评可分为缘情诗评和缘事诗评两种。前者是"不平则鸣"的印象品鉴式批评，后者是"春秋笔法"的委婉考证式批评。《四库全书总目提要》"诗文评"共分五类，其中"孟棨《本事诗》，旁采故实"类。缘事诗评"初本论诗，自孟棨《本事诗》出，亦本《诗小序》"，其特色为述而不作、蕴事褒贬、委婉含蓄，这是一种独具中国特色的诗评方式。中国诗评"论其当世行事之迹"的知人论世批评传统多基于此。对此，笔者从"论诗及事"和"论诗及辞"两方面探讨缘事诗评的特色以及对诗歌的批评价值，从而揭示缘事诗学的批评理论。

三　缘事理论的研究方法

中国诗学的缘事理论不同于西方的叙事理论，也不同于中国的缘情理论，它是在中华民族对"事"深刻认知的基础之上所形成的一种诗学理论，旨在揭示历史记忆、文化记忆与生活经验、生命体验之间的诗性关系，继而揭示出生活常事、神话怪事、历史真事转化为诗歌的内在规律。本书在研究中国诗学的缘事理论时，主要运用了逆反式批评法、文化诗学还原法、历史文献法。

（一）逆反式批评法

我们对缘事理论研究所使用的方法主要就是逆反式批评法。逆反式批评是布鲁姆在研究浪漫主义诗歌时，为了纠正西方传统诗学理论的偏颇而提出的一种诗歌研究方法。在布鲁姆看来，前代伟大诗人对后代诗人所产生的影响重要的并不是驱动和激励，而是压抑和焦虑，后代诗人要获得独立的存在就要以"误读"的方式修正前人的作品。理论研究到底需不需要逆反式批评？何时需要逆反式批评？笔者认为，当一种理论被阐释为"普遍规律"，并热衷于"绝对真理"的时候，这种理论就变得保守起来并阻碍其他理论的正常发展，在这个时候逆反式批评作为一种颠覆性的力量就理应出场。我们化用布鲁姆的逆反式批评，旨在比照中国传统的缘情理论和西方现代的叙事理论来展开中国缘事诗学理论的发掘。当然，需要指出的是，笔者进行的逆反式批评并不意味着在二元对立的思维模式下推翻一种理论，而是旨在揭示另一种相反相成的理论，以促进新的本土理论的再生。

笔者认为，中国古代诗学包括政治、法律、道德等上层建筑多是以"情"为中心建构的。"情"尽管有诸多优势，但一个民族如果仅仅"感情用事"，将是非常危险的。事实上，中国古代既有"情志不通，始作诗"的观念，也有"在事为诗"的思想。缘情诗化人的情感，让人情真意切。缘事诗化人的记忆，让人指事赏心。二者相得益彰，共同促进了中国诗学的发展。缘事的客观性、逻辑性应与缘情的主观性、感悟性形成互补，让诗歌与诗学既有人情的美，又有逻辑的真，中国诗学文化才会更健全、和谐。对于范畴与概念的发掘而言，相对西方叙事，笔者发现了中国空间性的序事；相对"想味不尽"的物感、意象、意境，笔者发现了"亲切不泛"的事感、事象、事境、用事、事对等阐释古典诗歌的"新"概念，而这一切都得益于逆反式批评方法的运用。

（二）文化诗学还原法

童庆炳先生指出："文化诗学追求在方法论上的革新和开放。……立足中国的社会文学艺术现实，也参照西方的文化研究成果，在中国与西方之间进行一种互动式、对话式的研究。"① 本书基于文化诗学思想，立足中国诗学的现实，放眼世界诗学的历史进程，以文本和问题为中心，切实回到中国古代诗学语境之中，以全面展开缘事理论的还原与重构。很显然，中国诗学缘事理论的还原研究是以古代诗学的历史事实为基础，以揭示缘事理论的历史真相为目的，特别注重研究的客观性和准确性。从表面上看，文化诗学"回到历史语境"的客观还原法与逆反式批评"压抑与焦虑"的主观误读法是两种截然相反的思想和方法。然而这两种看似风马牛不相及的思想与方法相互融合恰恰为理论创新提供了可能性。这也许就是胡适先生所倡导的"大胆假设，小心求证"的治学精神吧！

---

① 童庆炳：《植根于现实土壤的"文化诗学"》，《文学评论》2001 年第 6 期。

基于文化诗学的思想，本书对缘事理论的范畴与概念、体系与构成、实践与应用三个方面展开还原研究。顾名思义，缘事理论的基本范畴就是"事"，核心概念就是"缘事"。由基本范畴"事"延伸，本书又发掘出事感、用事和事境三个概念。对诗歌而言，大凡诗人感于事而有所兴咏，然后指事造形，用事类义，游于事境，而形于诗歌。"事感"是诗的发生概念，唐代孟棨《本事诗》中明确提出。与物感相比，虽较晚出，但其观念早在"劳者歌事"的远古时代就开始了。"用事"是诗的创作概念，古诗用事多不直言其事，而是"托事于物""属辞比事"。"文约事丰""不尽之事见于言外"是中国言事诗的创作特色。"事境"是诗的审美概念，起于唐宋，兴于明清。时间空间化感知是事境的审美特征。由核心概念"缘事"出发，本书又发掘了缘事发生论、缘事发展论、缘事创作论、缘事诗体论、缘事诗法论和缘事诗评论六种理论形态。最后，笔者以诗歌文本和诗学问题为中心进行历史的还原与现实的批判，以检验缘事理论面向过去、走向未来的实践能力。

（三）历史文献法

中国诗学的缘事理论研究虽是以"理论"的形式展开的，但在其内部更多地是"史料"的整合与转化研究。很自然，这种研究也就离不开历史文献法的助力。对于中国诗学的缘事理论来说，本书主要研究它的范畴、构成及应用问题。或者说，主要研究诗与事的创作、流变和审美的关系，探讨日常事件、神话传说、历史故事是如何转化为诗歌的，即缘什么事、如何缘事才能成为诗的问题。基于此，本书的文献来源主要有三个渠道：一是官修典籍，二是私修著述，三是诗文篇章。对官修典籍而言，"经"部和"子"部中有关"事"的文献是缘事理论的思想基础，"史"部与"集"部中有关"事"的史料是缘事理论的实践基础。更进一步说，"集"部中的"文论"（如《本事诗》《唐诗纪事》以及各种"以事系诗"的诗话）则是缘事理论的构成基础。对私修著述而言，铭箴、诔碑、论说、书信，甚至稗官野史、民间传说中有关"事"的史料，都是缘事理论重要的参考资料。对诗文篇章而言，诸如《孔雀东南飞》《石壕吏》等诗文本中也隐含着缘事理论的思想，可称为"本文的诗学"。胡友峰教授就认为，本文诗学是诗学的原初形态，它源于本文、发现本文、提升本文，"是批评家对作家在本文中已经建立的隐含的诗学体系的理性归纳和逻辑呈现"①。笔者也致力于在诗歌文本中发现缘事诗学理论的原初形态。譬如屈原的《天问》对"本事"的发问就潜藏着深厚的缘事诗学思想。

如是考察中国缘事理论主要出于两个原因。一是在很多中国人看来，"事有合于己者，而未始有是也"②。因此，对"事"的考察，我们不仅要注重官修典籍中的史料，而且也要注重私修著述中的资料。在此基础上，达成官方史料与民间资料的互证或补充。二是在中国古代，有些事"拘于礼法，限以师训，虽口不能言，而心知其不可者"，这些"口不能言"的事（如"无言汤武受命，不为愚"）可以通过诗性的语言书写出来。有时用"心"去领会这些诗性语言（诗文）达到心领神会的话，要比单纯地"尽信书"准确得多。对于人文学科来说，科学方法固然重要，但大胆的想象与通透的心灵也不可或缺。亚理斯多德就认为，诗比历史更真实、更富有哲学意味，主要是由于诗倾向于表现带有普遍性的事。因此，我们在研究中国诗学的缘事理论时特别注重在诗歌文本的内部发现隐含着的理论。很显然，中国缘事诗学理论是对古代缘事资源重新开发的结果，它对诗亡、艺增、诗言志、知人论世等古代遗留的诗学问题具有学术价值，也对当下诗歌创作、审美多元化、诗学史重写、中西诗学对话等现实存在的诗学问题具有极强的实践价值。具体来说，强调"缘事而发"的创作理念、遵循"想象以为事"的创作规律是诗歌超越现实、回到现实的根本动力，从而也为当下诗歌焦虑症提供了一种稳妥、务实的疗法，同时也为中国诗歌言必称意境、情景交融找到了另一种创作和阐释诗歌的新方式。

在清代诗论家薛雪看来，作诗与著书一理，应接前人未了之绪，而开后人未启之端。章学诚指出："高明者多独断之学，沉潜者尚考

---

① 胡友峰：《本文诗学论》，《文艺理论研究》2008年第6期。
② 赵宗乙译注：《淮南子译注》，黑龙江人民出版社2003年版，第552页。

索之功，天下之学术，不能不具此二途。"① 笔者考索中国诗学的缘事理论是意欲接前人缘事未了之绪，以求有别于缘情与叙事的本土诗学理论出现。因此，笔者对中国诗学缘事理论的研究特别注重"逆反式"研究，即对照中国的缘情理论和西方的叙事理论发掘缘事理论。在具体研究中，本书还特别强调两方面的结合：一是概念的本土化研究与实证性研究相结合，力求做到逻辑与历史的统一；二是文本与理论相结合，特别强调理论是文本的理论、文本是理论的文本的观念，即研究要从文本中阐释出理论，理论要在文本中显示出意义来。中国诗学资源不只是用之不竭的武库，更是赖以生存的土壤。笔者希望中国古代缘事理论研究能对中国诗学传统有新的发现和认识，从而为中国诗学的多元发展提供新的路径。

---

① （清）章学诚：《文史通义》，李春伶校点，辽宁教育出版社1989年版，第127页。

第一章　缘事理论何以可能

就理论的形态而言，有思辨性理论，也有经验性理论。思辨性理论放眼于形而上，具有严密的推理、充分的论证和鲜明的观点。经验性理论着眼于形而下，具有直寻的兴象、别趣的顿悟和优游的玄解。中国古代诗论家在作诗之余所形成的缘事理论多是经验性的理论。从某一时期来看，这种理论的概念未必明确、体系也未必显明，但俯瞰整个历史的话，却也可以寻见一以贯之的观点和思想。这种星罗棋布式的妙悟与漫谈要走向现代并为我们所理解和应用，首要的工作就是回到原初经验中，找到经验背后的理论基础。

笔者认为，缘事理论在中国古代之所以可能，主要由于它有三个坚实的基础。第一，生存基础。从生存角度看，人是以一件事接一件事的方式生存的，人在事件中既创造着我们的自身，也创造着我们的文化。换句话说，人就是在做事和言事中生存的。海德格尔在《存在与时间》中指出："生存的行运是从此在伸展着的途程得以规定的。这种伸展开来的自身伸展所特有的行运我们称之为此在的历事。此在'联系'的问题是其历事的存在论问题。"① 中国诗学的缘事理论就是基于华夏民族历事生存的实际而产生的。第二，历史基础。从发展角度看，中国诗学的缘事理论滥觞于"结绳纪事"的历史意识，萌发于汉代"以事解诗"的《诗》学，发展于唐代"触事兴咏"的《本事

---

① ［德］海德格尔：《存在与时间》，陈嘉映、王庆节译，生活·读书·新知三联书店1987年版，第441页。

诗》,成熟于宋代"以事话诗"的诗话。第三,思想基础。从思想角度看,中国缘事诗学理论自《汉书艺文志》明确提出"缘事而发"的思想以来,杜甫的"即事名篇"、白居易的"歌诗合为事而作"、魏泰的"缘事以审情"以及叶燮的"理、事、情"思想都为中国缘事诗学理论提供了宝贵的思想资源。因此,中国诗学的缘事理论在古代不仅是现实的,也是可行的。在中国古代,"事义为骨髓"的倡导抵制了"情必极貌以写物"的齐梁诗风;"托事于物"的兴寄奠定了"真情多而巧思寡"的盛唐气象。下面我们将从哲、史、文三个维度对中国诗学缘事理论的可能性加以说明,以便为缘事理论走向现代提供思想基础。

第一节　哲、事、诗

诗与"事"和"哲"到底有何关系?古人虽未明言,却有迹可循。首先,诗与哲理既自相抵牾,又密不可分。严羽《沧浪诗话》云:"诗有别趣,非关理也","然非多读书,多穷理,则不能极其至"[①]。准确地说,诗既有"文"的别趣,也有"理"的极致,只不过"理之发见,可见者谓之文,文之隐微,不可见者谓之理"[②]。其次,事与哲理相为表里,穷理而见事。宋代上蔡学派的创立者谢良佐指出:"天下多少事,如何见得是处?曰:'穷理便见得。事不胜穷,理则一也。'"[③] 最后,诗与事相推相生,故有"《诗》亡然后《春秋》作"之说。"事"既是诗的动力因,也是构成因。诗与诗学的高度在"理"中发见,审美在"文"中显现,品性则在"事"中形成。为此,我们将在儒、道、释的哲思中发掘"事"以及"事"与诗和诗学的诗性关系。

一　儒如是所言事、诗以及诗学

何谓儒?儒,从人需声。本义为柔,术士之称。儒与事有何关系?

---

① (宋)严羽:《沧浪诗话》,中华书局1985年版,第6页。
② (明)王阳明:《王阳明全集》(上册),上海古籍出版社1992年版,第6页。
③ (宋)朱熹:《上蔡先生语录》,中华书局1985年版,第34页。

儒者又是如何看待和言说事的呢？儒家经典《礼记正义》解释说："指其所营谓之事"，"事谓人之所营事务也"，"夫事是造为，造为由民，故先事后乃有物也"。① 从此意义上看，"事"就是人与物（人）相互营造的一种行为结果。事非己所欲，何以为之？熔儒、道、墨为一炉的《淮南子》指出："耕之为事也劳，织之为事也扰，扰劳之事而民不舍者，知其可以衣食也。"② 由此看来，人之所以操劳于事，与人生存之需休戚相关。对儒家而言，操劳不是为了基本的生存，而是有着更高的精神追求。在儒家看来，"事"有"小人之事"和"大人之事"，即劳力与劳心之分。儒家更倾向于后者，即立德、立言和立功的劳心之事。基于此，《释名》云："事，伟也。伟，立也，凡所立之功也。"③ 儒家勤事立功，不仅看到了事的客观性，而且也看到了事的运动性。宋代大儒程颢、程颐《论事篇》云："一事息则一事生，生息之际，无一毫之间，硕果不食，即为复矣。"④ 如其所言，人就是在一件事接一件事的事件流中生存的，别无他径。儒家从人之所需的历事生存中感悟和理解事，从而形成了自己独特的缘事诗学观念。

（一）立身之道：鄙事多能，敬敏于事

从生存的角度看，"事"究竟对人有何作用？儒家的基本观点是，躬行鄙事、敬敏于事，足以立身成人。在儒家看来，躬行鄙事是人多才多艺的前提，敬敏于事是人现世生存的法则。换句话说，诗性的人生缘于世事的磨砺。对此，《论语》中有一段经典的论述：

> 太宰问于子贡曰："夫子圣者与？何其多能也？"子贡曰："固天纵之将圣，又多能也。"子闻之，曰："太宰知我乎？吾少也贱，故多能鄙事。君子多乎哉？不多也。"牢曰："子云：'吾不试，故艺。'"⑤

---

① 李学勤主编：《十三经注疏·礼记正义》，北京大学出版社1999年版，第1078页。
② 赵宗乙译注：《淮南子译注》，黑龙江人民出版社2003年版，第463页。
③ （汉）刘熙：《释名》，中华书局1985年版，第54页。
④ （宋）程颢、程颐著，杨时编辑：《二程粹言》，中华书局1985年版，第50页。
⑤ 张卫中校注：《论语》，浙江教育出版社2011年版，第85页。

从太宰与子贡的对话以及孔子的自述来看,人的多才多艺并不是天生的,而是在历事尤其是在凡鄙之事中磨砺而成的。朱熹就指出:"言由少贱故多能,而所能者鄙事尔,非以圣而无不通也。"① 何以见得?人在历事的过程中不是消极应对,而是不断反思、调整和创造自我的。换句话说,人不仅在事中认识自己,而且也在事中创造自己。故俗语有云:"不经一事,不长一智。"章学诚也指出:"盖谓必习于事,而后可以言学,此则夫子诲人知行合一之道也。"② 从此意义上说,"事"构成了人的本质属性,具有生存论的意义。儒家的道德、伦理、诗学等知识体系一般是在历事生存的实际需要中建立的。或者说,儒学的知识多从"事物"和"心事"中获取。正基于此,子思"格物"之"物"并不单是客观之"物",而更多训为"事",尤其是洒扫、应对、进退之"事"。阳明"良知"也并不单于心上求之,而更多是在"事上磨砺"得之。正由于儒家善于"托事于物",在诗学上既形成了物感说,也形成了事感说。在诗史上,既有汉代"缘事而发"的乐府诗,也有杜甫"即事名篇"的诗史、白居易"歌诗合为事而作"的讽喻诗。可以说,儒家事论奠定了诗与事的紧密关系。

如果说儒家"躬行鄙事"是人自下而上的生存之道,那么"敬敏于事"则是现世生存的原则。第一,"敬事而信"的生存法则。儒学创始人孔子对人有两个要求:一是"作己以敬",二是"修己以安人"。安人在修己,修己在作己,作己在恭敬。子曰:"居处恭,执事敬。"(《论语·子路第十三》)即"上不敬则下慢,不信则下疑,下慢而疑,事不立矣。敬事而信,以身先之也"③。在儒家看来,敬与信是立身、处事之本。第二,"敏于事而慎于言"的处事原则。孔子认为对事不仅要敬,而且要敏。朱熹认为,"敏于事"之事是"所行之

---

① (宋)朱熹:《四书章句集注》,中华书局1983年版,第110页。
② (清)章学诚:《文史通义全译》,严杰、武秀成译注,贵州人民出版社1997年版,第171—172页。
③ (宋)朱熹:《四书章句集注》,中华书局1983年版,第49页。

事","当为即为,不失其几也"。① 在儒家看来,由于"事"是瞬息流动的,即"生息之际,无一毫之间",只有敏于事才能把握住时机而成事,即孔子所说的"敏则有功"(《论语·阳货第十七》)。很显然,《尔雅》所云"事,勤也",与儒家事论思想是一致的。在儒家看来,如果言不顺了,事就不会成。因此,人不仅要"敏于事",还要"慎于言"。当然孔子在强调敬敏于事的同时,也强调不在其位,不谋其政(事),即"无多事,多事多患"的思想。

一言以蔽之,"敬"是儒家行事的态度,"敏"是儒家处事的方法,"信"是儒家做事的原则,而"鄙事多能"则是儒家的生存理念。从诗学的角度看,正因为有了"敬"的观念,《诗三百》才立经成典;正因为有了"敏"的思想,儒家诗学才盈千累万;正因为有了"信"的操守,儒家"以事系诗"的诗评模式才得以形成;也正因为有了"事事躬行"的务实精神,儒家诗学才成为中国古代最接地气的实用诗学。

(二) 文质彬彬:从礼处事,体仁为事

简而言之,儒家处事之道有二:一是"敬以直内"的仁,二是"义以方外"的礼。前者为质,后者为文。文质合一,名正事顺。《汉书艺文志》云:"儒家者流……游文于六经之中,留意于仁义之际。"②

第一,礼者,即事之治,儒家从礼处事。子曰:"礼者何也?即事之治也。君子有其事,必有其治。"③ 也正是基于此,荀子才有"故人无礼则不生,事无礼则不成"的观念。在中国古代,"以礼处事"可以说是儒家最重要、最有效的处事原则和方法。据《左传》记载:十一年春,滕侯、薛侯来朝,争长。薛侯认为,"先封"理应优先为长。滕侯则认为,周之卜正,不可以后之。最终以"周之宗盟,异姓为后"的礼消除和平息了争端。先秦列国明卿、行人在朝礼、观礼、宴礼以及盟誓、缔约等外交场合常常伴随着各种诗学活动,比如言

---

① (宋)朱熹撰,朱杰之、严佐之、刘永翔主编:《朱子全书》,上海古籍出版社、安徽教育出版社2002年版,第1879页。
② (汉)班固撰,(唐)颜师古注:《汉书艺文志》,商务印书馆1955年版,第25页。
③ 李学勤主编:《十三经注疏·礼记正义》,北京大学出版社1999年版,第1384页。

《诗》、赋《诗》、歌《诗》必以礼相偕。《仪礼注疏》有"吾于《木瓜》，见苞苴之礼行"之说。《毛诗》亦有"发乎情，止乎礼义"之论。总而言之，不管从朝觐、聘问还是赋诗、言志，儒家一般是以事见礼的方式处事的。

第二，仁者，事之体，儒家体仁为事。《说文解字》云："仁，亲也。从人从二。"① 樊迟问仁，孔子的回答是："居处恭，执事敬，与人忠。"② 朱熹进一步指出："体事，谓事事是仁做出来。"③ 在朱熹看来，"仁在事。若不于事上看，如何见仁"④，"事"又是如何显现"仁"的呢？其中"贞"起到了重要的沟通作用。《周易》曰："利者义之和也，贞者事之干也。"⑤ 朱熹解释说："'贞者，事之干'，彻头彻尾不可欠阙。人之遇事所以颓惰不立而失其素志者，不贞故也，此所谓贞，固足以干事。"⑥ 在孔子看来，君子体仁为事，故"君子易事而难说也"；小人见利行事，故"小人难事而易说也"（《论语·子路第十三》）。在儒家看来，做事不能不仁不义，因为事的本体是仁义。扩而言之，儒家是通过"己所不欲勿施于人"的仁爱之法才得以齐家、治国、平天下之事的。

儒家的礼与仁互为表里，二而为一，故有"克己复礼为仁"之说。从诗学的角度看，"《诗》三百，一言以蔽之，曰思无邪"是仁的延伸，而"发乎情，止乎礼义"则是礼的训诫。正由于仁的诉求，儒家更倾向于伦理的诗学。正由于礼的讲求，儒家更侧重于规范的诗学。又由于礼与仁都缘于事，从而使儒家诗学不仅于外有礼的形式要求，而且于内有仁的内容要求。儒诗及其诗学中的历史内容、美学诉求多与事、仁、礼有关。

---

① （汉）许慎：《说文解字》，岳麓书社2006年版，第161页。
② 张卫中校注：《论语》，浙江教育出版社2011年版，第142—143页。
③ （宋）朱熹：《朱子语类》，王星贤点校，中华书局1986年版，第2509页。
④ （宋）朱熹：《朱子语类》，王星贤点校，中华书局1986年版，第116页。
⑤ 李学勤主编：《十三经注疏·周易正义》，北京大学出版社1999年版，第12页。
⑥ （宋）朱熹撰，朱杰之、严佐之、刘永翔主编：《朱子全书》，上海古籍出版社、安徽教育出版社2002年版，第1776页。

（三）温柔敦厚：中事之诗，有为之学

儒家敬敏于事，进取有为，处事不偏不倚、无过不及，实为中庸之道。其为人、为诗，温柔敦厚、无思无邪。孔子曰："入其国，其教可知也。其为人也，温柔敦厚，《诗》教也。"① 其实所谓"敦厚"就意味着"思无邪"，即孔子所云："《诗》三百，一言以蔽之，曰：'思无邪。'"② 所谓"温柔"就意味着主文谲谏，必不狂狷。在孔子看来，"狂者进取，狷者有所不为"，即"过犹不及""不得中行而与之"。③ 通俗地说，"中行"就是行事不偏不倚，乃得其中。在孔子"中行"思想基础之上，荀子还进一步提出了"中事"的概念。荀子有云："凡事行，有益于理者立之，无益于理者废之，夫是之谓中事。"④ 与之相反，"事行失中谓之奸事"⑤。在儒家看来，事行于中，则得其正。对诗而言，就是要作中事之诗。所谓"中事之诗"就是诗之事要中，诗之情要正。比如窈窕淑女，君子何求？既不能狂，亦不能狷，而是于人不淫，于己不伤。此即孔子所云"《关雎》乐而不淫，哀而不伤"也。"先儒谓《关雎》之诗，乐得淑女以配君子，至于琴瑟友之，钟鼓乐之，所谓乐而不淫也。哀窈窕思贤才，至于寤寐思服，辗转反侧，所谓哀而不伤也。"⑥ 后来，杨载在《诗法家数》中也指出："征行之诗……要发兴以感其事，而不失情性之正。或悲时感事，触物寓情方可。"⑦ 由此看来，情要正、事要中是儒家对诗的基本要求。也正是基于情正、事中的诗学原则，儒家才创造出大量温柔敦厚的诗篇。

儒家文化是中国传统文化的主流，汉代之所以"罢黜百家，独尊儒术"，主要取决于儒家立德、立功、立言的有为性。从某种意义上说，儒家之学就是有为之学。由于儒家奉行"敏事慎行"的处事方

---

① 崔高维校点：《礼记》，辽宁教育出版社2000年版，第171页。
② 张卫中校注：《论语》，浙江教育出版社2011年版，第8页。
③ 张卫中校注：《论语》，浙江教育出版社2011年版，第144页。
④ 安继民注译：《荀子》，中州古籍出版社2006年版，第86页。
⑤ 安继民注译：《荀子》，中州古籍出版社2006年版，第86页。
⑥ （明）丘濬：《大学衍义补》，蓝田玉等校点，中州古籍出版社1995年版，第948页。
⑦ （清）何文焕：《历代诗话》，中华书局1981年版，第733页。

法，儒生才皓首穷经，诗论才浩如烟海；由于儒家践行"敬事而信"的处事原则，中国诗学才不失其真、薪火相传；由于儒家"缘事而发"的感发思想，诸如"即事名篇"的现实主义诗歌才熠熠生辉；但同时也由于儒家有"成事不说，遂事不谏"的保守观念，使得其著述多"述而不作""以经立义"，从而使得儒家诗学也有陈陈相因、生搬硬套、缺乏创新的瑕疵。但整体而言，由于儒家有为之学是以中事原则建立起来的，其诗温柔敦厚，其学不偏不倚，故功多大于过。

二 道如是所说事、诗以及诗学

道为何物？庄子曰："何谓道？有天道，有人道。无为而尊者，天道也；有为而累者，人道也。主者，天道也。臣者，人道也。"① 儒家和道家都言道，不过在道家看来，儒道是"有为而累者"的人道。当然正是在"有为"的人道观念下，儒家才敬敏于事、鄙事而多能。然而道家却认为，"尽日极虑而无益于治，劳形竭智而无补于主"，于是道家更看重"无为而尊者"的天道，对事的态度自然与儒家有所不同。相对敬敏于事的儒家，《汉书艺文志》如是界定："道家者流，盖出于史官，历记成败、存亡、祸福、古今之道，然后知秉要执本，清虚以自守，卑弱以自持，此君人南面之术也。"② 道与事有何关系？"秉要执本"的道家又是如何看待和言说事的呢？

《淮南子》云："言道而不言事，则无以与世浮沉。言事而不言道，则无以与化游息。"③ 何以如是说？《说文解字》云："道，所行道也。"④ 其注云："道者人所行，故亦谓之行。"⑤ 道者，人之所行也。行者，事之所成也。事行有道，不可离也。儒家与道家都言道和事，但二者却有很大的区别。儒家的道多是人道、立身之道，对事既敬又敏，追求有为有功；道家的道多是天道、率性之道，对事既避又匿，

---

① 方勇译注：《庄子》，中华书局2010年版，第175页。
② （汉）班固撰，（唐）颜师古注：《汉书艺文志》，商务印书馆1955年版，第28页。
③ （汉）刘安：《淮南子》，中州古籍出版社2010年版，第322页。
④ （汉）许慎：《说文解字》，岳麓书社2006年版，第42页。
⑤ （清）段玉裁：《说文解字注》，中州古籍出版社2006年版，第75页。

强调无为无名。儒家与道家对事的观念之所以不同,主要在于:儒家从"事"对人的建构意义上理解"事",而道家则从"事"对人的异化意义上理解"事"。在道家看来,"形劳而不休则弊,精用而不已则劳,劳则竭"①。正基于此,道家对物、人、事的看法才与儒家有所不同。庄子指出:"贱而不可不任者,物也;卑而不可不因者,民也;匿而不可不为者,事也。"②

道家一方面承认事的客观存在性即"不可不为者",但另一方面,又在主观上尽量回避事以达清虚自守。在道家看来,"取天下常以无事,及其有事,不足以取天下",所以"圣人处无为之事"③。可以说,道家开拓了一条与儒家不一样的处事道路。道家对事的态度直接影响对诗与诗学的认识,自然飘逸、冲淡清虚的诗风以及意境、文外之旨的诗学思想与道家的处事理念有着很大关系。下面笔者将通过对道家处事观念与方法的研究,揭示出事与诗、诗学之间的发生关系和运作规律。

(一)自然之道:弃事形不劳,无事而生定

不管是儒家还是道家都注重对人以及人性困惑的思考。老子曾感叹:"人之迷,其日固久。"④ 继而他指出:"清静恬和,人之性也;仪表规矩,事之制也,知人之性即自养不悖,知事之制则其举措不乱。"⑤ 在人性方面,儒、道两家都承认,不可学而在人者谓之性。不同的是:儒家强调"性相近,习相远",即后天"化性而起伪"的教化功能,反映在事上就是敬敏于事、修辞立诚;道家与之相反,反对一切"可学而能、可事而成"的起伪行为,反映在事上就是清虚自守、无事而生定。在道家看来,性定由于无事,无事由于心静,心静由于自然。自然之道才是万事万物的大道。

在道家学派的创始人老子看来,道由于"独立不改,周行而不

---

① 方勇译注:《庄子》,中华书局2010年版,第247页。
② 方勇译注:《庄子》,中华书局2010年版,第174页。
③ 苏南注评:《道德经》,江苏古籍出版社2001年版,第5页。
④ 苏南注评:《道德经》,江苏古籍出版社2001年版,第161页。
⑤ 李德山译注:《文子译注》,黑龙江人民出版社2003年版,第177页。

殆，可以为天下母"，所以"人法地，地法天，天法道，道法自然"。①可以说，"功成事遂，百姓皆谓我自然"是道家处事的最高原则。为何自然之道是人道的最高法则呢？在道家看来，一方面，是由自然之道的首要地位决定的。老子认为："道之尊，德之贵，夫莫之命而常自然。"②另一方面，也与人道自身的缺陷密切相关。老子指出："天之道，损有余而补不足。人之道则不然，损不足以奉有余。"③也正由于此，道家才极力维护天道的自然性，而批判人道的异化性。《庄子》云："牛马四足，是谓天；落马首，穿牛鼻，是谓人。故曰：无以人灭天，无以故灭命，无以得殉名。"④在道家看来，儒家"苦其心志，劳其筋骨"是对人的自然性的损害，因为"事"不仅劳人之形，而且伤人之神。也正基于此，庄子才提出"相造乎道者，无事而生定"的思想。与之相反，人心中有事，就会神生不定。庄子解释说："有机械者必有机事，有机事者必有机心。机心存于胸中，则纯白不备；纯白不备，则神生不定；神生不定者，道之所不载也。"⑤另外，"事"的矛盾性也扰乱人的心性。《庄子》有言："事若不成，则必有人道之患；事若成，则必有阴阳之患。"⑥对此，庄子的主张有二：一是"无情"，"吾所谓无情者，言人之不以好恶内伤其身，常因自然而不益生也"⑦；二是"弃事"，"事奚足弃而生奚足遗？弃事则形不劳，遗生则精不亏"⑧。在道家看来，弃事无累，无累性定，性定自然。这与儒家克勤毋怠、化性起伪的入世观念显然不同。

由上观之，儒、道两家都承认"事"存在的客观性，不同的是：儒家积极入世把"历事"视为人性完善的途径，而道家清虚自守把"劳事"视为心性紊乱的根源。道家"无事而生定"的思想对诗以

---

① 苏南注评：《道德经》，江苏古籍出版社2001年版，第68页。
② 苏南注评：《道德经》，江苏古籍出版社2001年版，第140页。
③ 苏南注评：《道德经》，江苏古籍出版社2001年版，第207页。
④ 方勇译注：《庄子》，中华书局2010年版，第262页。
⑤ 方勇译注：《庄子》，中华书局2010年版，第192页。
⑥ 方勇译注：《庄子》，中华书局2010年版，第60页。
⑦ 方勇译注：《庄子》，中华书局2010年版，第92页。
⑧ 方勇译注：《庄子》，中华书局2010年版，第295页。

及诗学的影响主要在于：在对诗人"如婴儿之未孩"本心的守护、对作品透彻自然的崇尚以及对诗歌境界的开拓等方面都具有积极的意义。

（二）除烦省事：为不为，事无事

道家认识到"事"对人心性扰乱的一面而强调"无事而生定"，甚至提出"弃事"的主张。从此意义上说，道家是被动的、消极的。但也要看到：道家在"弃事"的背后也有积极的、主动的处事哲学。其中"为不为，事无事"与"除烦省事"的思想与方法值得深入研究。

第一，"为无为，事无事"是道家处事哲学的最高境界。在大道不行、天下大乱的年代，道家是很矛盾的。一方面，道家看到事对人身心伤害的一面而主张"弃事"；另一方面，道家也看到事是"匿而不可不为者"，即事是客观存在的而只能"接于事而不辞"。但与儒家深入其中敬敏于事不同，道家则置身其外"为无为，事无事"。这种置身其外并不是彻底的消极遁世，而是以不变应万变的诗性"敞开"和迂回的"主动"，这恰恰成就了道家的高度和深度。

老子认为："我无为而民自化，我无事而民自富。"① 因此，他极力主张"为无为，事无事"②。老子所谓"为无为，事无事"其实并不是事事不为、事事不做，而是任其自然、无为无所不为。老子曰："逍遥乎无事之业。机械智巧，不载于心，审于无假，不与物迁，见事之化，而守其宗。"③《关尹子》有云："道本至无，以事归道者，得之一息。事本至有，以道运事者，周之百为。"④ 从诗学影响来看，道家"为不为，事无事"的思想对中国诗人胸襟的洞开以及诗歌境界的拓展都有积极的推动作用。想必李白"举身憩蓬壶，濯足弄沧海"的佳句只有在"事无事"的胸襟洞开下才能创作出来。诗之旷达、褊狭

---

① 李德山译注：《文子译注》，黑龙江人民出版社2003年版，第16页。
② 苏南注评：《道德经》，江苏古籍出版社2001年版，第174页。
③ 李德山译注：《文子译注》，黑龙江人民出版社2003年版，第83页。
④ （周）尹喜：《关尹子》，中华书局1985年版，第48页。

的格调与经事的胸襟有很大关系。白乐天的诗句"无事日月长,不羁天地阔"被誉为"达者之词",孟东野的诗句"出门即有碍,谁谓天地宽"被贬为"褊狭者之词",与二人在事上历练所形成的格局直接相关。

第二,"除烦省事"是道家处事的原则方法。西汉河上公对老子"事无事"的解释是"除烦省事"。道家在现世生存中为何要除烦省事?这与事由简入繁的本质特性有关。庄子就认识到:"凡事亦然,始乎谅,常卒乎鄙;其作始也简,其将毕也必巨。"① 王充指出:"世俗所患,患言事增其实。……使夫纯朴之事,十剖百判。审然之语,千反万畔。"② 正是由于"事"由简到繁甚至千反万畔,道家在处事时才提出了"除烦省事"的原则和方法。

"事"之所以难知,与事本身有关,同时也与人自身有关。在道家看来,"天下是非无所定,世各是其所是,而非其所非。所谓是与非各异,皆自是而非人。由此观之,事有合于己者,而未始有是也"③。《淮南子》指出:"夫事之所以难知者,以其窜端匿迹。立私于公,倚邪于正,而以胜惑人之心者也。"④ 面对事"剪不断,理还乱"的本质特性以及人的心术公患,道家的处理方法就是"除烦省事"。在老子看来,"天下难事,必作于易;天下大事,必作于细"⑤。《文子》引老子云:"不夺时之本,在于省事。省事之本,在于节用。"⑥ 与之相应,《周易》亦有"易简而天下之理得"的思想。在道家看来,与其浑水摸鱼、身心俱疲,不如闲庭信步、愿者上钩。从诗学角度看,道家"除烦省事"的处事方法以及对"事有合于己者,而未始有是"的认识对中国诗学尚简风格的形成以及"诗无达诂"诗学命题的理解

---

① 方勇译注:《庄子》,中华书局2010年版,第61页。
② (汉)王充著,袁华忠、方家常译注:《论衡全译》,贵州人民出版社1993年版,第252—256页。
③ 赵宗乙译注:《淮南子译注》,黑龙江人民出版社2003年版,第552页。
④ 赵宗乙译注:《淮南子译注》,黑龙江人民出版社2003年版,第999页。
⑤ 苏南注评:《道德经》,江苏古籍出版社2001年版,第174页。
⑥ 李德山译注:《文子译注》,黑龙江人民出版社2003年版,第227页。

都有着积极的意义。

(三) 飘逸自然：无事之诗，无为之学

清代李渔在《闲情偶寄》中曾指出："老子之学，避世无为之学也。"① 儒家诗学是有为之学，自然在诗歌创作上提倡经世致用，即所谓"成孝敬、厚人伦、美教化"也。与之相反，道家诗学是无为之学，自然在诗歌创作上提倡飘逸自然，即所谓"不著一字，尽得风流"也。相对而言，儒家诗学强调诗之用，道家诗学注重诗之体。清代诗论家薛雪《一瓢诗话》曰："敦厚人诗必庄重，倜傥人诗必飘逸。"② 从儒、道两家诗学的区别来看，儒家多为敦厚之人，诗必庄重、有事有情；道家多为倜傥之人，诗必飘逸、无事无情。如何理解道家的无事之诗，其审美价值究竟何在？道家的无为之学对无事之诗以及言事诗有何影响？下面笔者将剖玄析微、由表入里一一辨析。

何谓"无事之诗"？道家的"无事之诗"真的是无事、无情吗？笔者认为，所谓无事之诗主要是指道家在清虚无事的状态下所创作出的恬静深远、飘逸自然的诗歌。其中玄远之诗是道家无事之诗的典型代表。宋代著名词人、史学家宋祁把"老子《道德篇》"视为"玄言之祖"。及至"汉之仙术，元与黄老分途。魏晋之世，玄言日盛，经术多歧。道家自诡于儒，神仙遂溷于道"。"自中朝贵玄，江左称盛。因谈余气，流成文体，是以世极迍邅，而辞意夷泰。诗必柱下之旨归，赋乃漆园之义疏。"③ 魏晋之世，居官无官官之事，处事无事事之心。道家无事之诗尤其是玄言诗可谓盛极一时。由此看来，道家做事无事事之心，作诗则无事事之诗。这种诗并不是与事毫不相干，而是用无事的心隐匿诗中之事，从而形成飘逸自然、游心物外的审美风格。道家无事之诗除了冲淡朴拙、清新脱俗、宁静玄远以外，最重要的就是：无事之心应无为之事。嵇康"矜尚不存乎心，故能越名教而任自然"，

---

① （清）李渔：《闲情偶寄》，李树林译，重庆出版社2008年版，第519页。
② （清）薛雪：《一瓢诗话》，杜维沫校注，见郭绍虞主编《中国古典文学理论批评专著选辑》，人民文学出版社1979年版，第143页。
③ （南朝梁）刘勰：《文心雕龙》，王运熙、周锋译注，上海古籍出版社2010年版，第218页。

故有"目送归鸿,手挥五弦。俯仰自得,游心太玄"的佳句。宋代全真道第六代掌教宗师尹志平亦有诗云:"收拾轮竿罢钓钩,诸缘顿息便休休。情忘意灭无多事,彼岸高登不用舟。"再比如,郭璞《幽思篇》诗句"林无静树,川无停流"可谓无事,然而这种冲淡朴拙的景物勾画只是景物勾画?而不是"假外物之象以喻人事"?汤用彤在《言意之辨》中指出:"夫玄学者,谓玄远之学。……论人事则轻忽有形之粗迹,而专期神理之妙用。"①

中国古代诗歌受道家思想的影响,在写物、情和理时一般将"事"隐含起来,其实在诗歌的内部,"物"是"事物"、"情"是"事情"、"理"是"事理"。无事之诗并不是没有事的诗歌,而是事蕴其中的诗歌。道家无事之诗需要"从至理实事中领悟,乃得此境界也"。中国没有形成像西方那样的长篇叙事诗,其原因固然很多,但与道家无事之诗的传统以及感观事物的方式有很大关系。道家见素抱朴如婴儿之未孩,其无为之学涤除玄鉴、坐忘心斋而清虚自守、无为而无所不为。中国古代诗歌之所以飘逸自然与道家清虚自守的无为情怀有着直接的关系。可以说,中国古代诗歌的境界多是道家提升或开拓的。

老子曰:"故常无,欲以观其妙;常有,欲以观其徼。"② 如果说儒家诗学的"常有"是一种修辞立诚的有为之学,从而实现了诗歌的实用性存在,那么道家诗学的"常无"则是一种飘逸自然的无为之学,从而实现了诗歌的本体性存在。前者是实有的缘事,后者则是虚有的缘事。道家鼻祖老聃为周之史官,掌国之典籍,故能述古事而信好之。与儒家相比,道家虽出于史官,但对事却有了超越现实的新认识。在中国古代,儒道缘事的互补使得诗歌既有言之有文的"徼",又有文外之旨的"妙"。

三 释如是所闻事、诗以及诗学

明代文学家袁中道在《柞林纪谭》中有段关于道与释的经典论

---

① 汤用彤:《汤用彤全集》第4卷,河北人民出版社2000年版,第22页。
② 苏南注评:《道德经》,江苏古籍出版社2001年版,第1页。

说:"问'叟于释迦、仲尼、老子三人何居?'曰:'释迦不论智愚贤否,只要他了生死。老子则有无为之学问矣。释迦不可及矣,吾庶几者其老子乎!'"① 释迦不论愚贤而只了生死,有执空超越的信念。如果说儒家是有为之学,道家是无为之学,那么释家则是色空之学。王维的诗之所以有空灵之感,不能说与佛没有直接的关系。其诗"一生几许伤心事,不向空门何处销",道出了其中缘由。

(一)破迷开悟:因缘而起,先除事障

在释家看来,人生之所以苦,主要是由无明、行、识、名色、六入、触、受、爱、取、有、生、老死十二因缘造成的。"无明"和"行"是人的前世,"识"到"有"是人的现世,而"生"和"老死"则是人的来世。人要打破因缘的苦海轮回就要先除事障。如何破除事障呢?《圆觉经》指出:"善男子,一切障碍,即究竟觉。得念失念,无非解脱;成法破法,皆名涅槃。"② 如何破迷开悟呢?在知身心皆为挂碍后,就需要净心而远离于心事。譬如磨镜,垢去明存。在释家看来,因有"四事、九事、二十九事"。比如"九事"是指众生事、受用事、彼因起事、起已住事、彼灭事、彼种种事、说事、所说事、徒众事。如何处理这些事呢?至关重要的就是要"摄事分齐""远离心事"。《如楞伽经》就有"远离于心事,不得说惟心"之说。南朝佛教史家僧祐亦云:"夫事起必由于心,报应必由于事,是故自报以观事,而事可变。举事以责心,而心可反。"③

六朝以后,佛教对中国古诗的影响毋庸多论。单就缘起观念和对事的超然态度来说,其影响就不可小觑。且不说王维,就是受儒家思想影响颇深的杜甫也常游佛寺,写下了很多脍炙人口的诗篇。譬如上元二年(675)杜甫蜀州之作《暮登四安寺钟楼寄裴十迪》"知君苦思缘诗瘦,大向交游万事慵"就很有如是见净心的佛性。此所谓觉知诸缘事,无量思量常不断。就诗学而言,缘事诗学观念或多或少也受到

---

① (明)袁中道:《珂雪斋集》,钱伯城点校,上海古籍出版社2001年版,第1483页。
② 荆三隆:《圆觉经注译与评说》,太白文艺出版社2000年版,第128页。
③ (南朝梁)释僧祐:《弘明集》,商务印书馆1929年版,第134页。

了释家缘起论的影响。严羽的《沧浪诗话》更是以禅喻诗，不必多使事，从而开创了妙悟之说。

（二）色即是空：天下本无事，庸人自扰之

从佛法上看，"永舍贪欲，先除事障"是见性成佛的修身之方。但从佛理来看，心无挂碍如明镜，世无有恐怖、无有事烦。之所以心有烦事只是由于凡夫无明以及贪、嗔、痴等欲望造作而成的。释家的这种理念可用唐代宰相陆象先的名言"天下本无事，庸人自扰之"加以概括。当然佛氏之空与老子之无是有所不同的。《朱子语类·释氏》解释说："佛氏之空，与老子之无一般否？曰：'不同，佛氏只是空豁豁然，和有都无了'。"① 通俗地说，释家比道家"无"得更彻底，四大皆空了。《心经》曰："色不异空。空不异色。色即是空。空即是色。"② 明代文学家高濂指出："《心经》曰：'色即是空'，非无色之空，恐人执色为碍耳。'空即是色'，非有色之色，恐人执空为碍耳。色空双泯，心境一如无纤尘可拂，方是了然旷达。"③ 苏轼有诗云："事如春梦了无痕。"

世人对释家"色即是空，空即是色"的认识虽褒贬不一，但其对艺术境界的开拓性尝试还是有审美价值的。清代画家华琳指出："禅家云'色不异空，空不异色。色即是空，空即是色'真道出画中之白，即画中之画，亦即画外之画也。特恐初学未易造此境界……在空白之处，令人一眼先觑著。"④ 试想王维如果没有"空不异色"的佛家理念的话，那么就很难创作出"空山新雨后，天气晚来秋"这样空灵的诗句来。可以说，释家"色即是空"的理念对于中国古代诗歌尤其是唐诗的创作有着重要的贡献。在一个世事纷扰的尘世之中，怀揣"天下本无事"的诗性情怀去创作诗歌、构建诗学，这样诗歌会具空灵性，这样诗学也更具超越性。

---

① （宋）朱熹：《朱子语类》，王星贤点校，中华书局1986年版，第3011—3012页。
② 徐衡译注：《金刚经·心经》，山东画报出版社2013年版，第91页。
③ （明）高濂：《遵生八笺》，王大淳点校，浙江古籍出版社2017年版，第19页。
④ （清）华琳：《南宗抉秘》，见《画学集成》，河北美术出版社2002年版，第702页。

(三) 空灵圆觉: 息事之诗, 执空之学

释家的诗有空灵圆觉之感。究其实质, 与其先除事障、息事宁人的佛理有关。释家强调四大皆空, 会稽元真子董德宁称其为"执空之学"。可以说, "空"使释与儒和道明显地区别开来。从诗与事的关系看, 如果说儒家之诗是温柔敦厚的"中事"诗、道家之诗是飘逸自然的"无事"诗, 那么释家之诗就是空灵圆觉的"息事"诗。在释家看来, 凡夫的苦海源于种种无明的事障, 脱离苦海而见性成佛, 就要除事障、息人事。《息净因缘经》就有"能令净事而得息灭"的说法。道家无事与释家息事不同, 前者基于此岸, 追求无事性定; 后者出于彼岸, 追求息事怀空。

首先, 在观物取象上, 释家执空之学阻断了诗人世事的袭扰而能直观事物的本质, 从而使得诗更具通透性、超越性。宋代禅宗大师青原行思提出参禅的三重境界: 参禅之初, 看山是山, 看水是水; 禅有悟时, 看山不是山, 看水不是水; 禅中彻悟, 看山仍然是山, 看水仍然是水。南北朝佛教涅槃学的代表人物谢灵运的山水诗中的山就是山, 水就是水, 从而使人就是人, 诗就是诗。释家执空之学与儒家有为之学、道家无为之学不同, 释家以息事怀空的理念来观物取象确实铸就了不一样的诗歌形态。

其次, 在命意遣词上, 释家执空之学滋养了诗人闲云野鹤的情性, 从而使诗的内容与形式更具空灵性、脱俗性。释家诗内容空灵、形式脱俗, 究竟如何实现的呢? 魏庆之《诗人玉屑》引《西清诗话》杜甫言: "作诗用事, 要如禅家语'水中着盐, 饮水乃知盐味。'此说, 诗家秘密藏也。如'五更鼓角声悲壮, 三峡星河影动摇', 人徒见凌轹造化之工, 不知乃用事也。"[①] 释家于诗有超凡脱俗的, 也有精雕细刻的。贾岛推敲成诗精于雕琢, 严羽以禅喻诗力避浅俗, 提出了"学诗先除五俗"之说。

最后, 在参诗品诗上, 释家执空之学使诗人四大皆空, 从而使诗

---

① (宋)魏庆之:《诗人玉屑》,古典文学出版社1958年版,第148页。

更具妙悟性、滋味性。释家的禅宗派主张参禅见佛，这种思想对中国的诗歌影响非常大。宋代诗论家包恢解释说："大概以为诗家者流，以汪洋淡泊为高，其体有似造化之未发者，有似造化之已发者，而皆归于自然，不知所以然而然也。……所以前辈尝有学诗浑似学参禅之语。彼参禅固有顿悟，亦须有渐修始得。"① 诗只有熟参才能"谓之顿门""参诗精子"。严羽也曾指出："大抵禅道惟在妙悟，诗道亦在妙悟。"② 中国古代诗歌在欣赏品评时往往不做推理判断，而是在非理性的顿悟之后体味不可述之事的妙趣。

四 小结

一般而言，某种诗学理论的高度往往取决于支撑它的哲学思想的高度。在中国，儒、道、释不仅是中国哲学的高度，而且也是中国诗学的高度。儒、道、释对事与诗的深度言说对中国诗学的缘事理论构成、特性以及运作的方式等都有着直接的根性关系。研究儒、道、释对事与诗的言说既有助于我们深刻地理解事以及诗与事的关系，也有助于理解缘事诗学理论的本质及其特征。

在不同的历事过程中，儒、道、释形成了不同的哲学思想和审美观念。这种不同的哲学思想和审美观念对中国古代诗歌以及缘事诗学理论的构型产生了不同的影响。儒家处事求中，是有为之学，继而形成了以杜甫为代表的极具人文性和实用性的诗歌体式；道家事无事，是无为之学，从而形成了以李白为代表的极具自然性和审美性的诗歌样式；释家除事障、息人事，是执空之学，继而形成了以王维为代表的极具空灵性和超越性的诗歌形式。从诗学的角度来看，儒家重事，从而使得中国诗学出现论诗及事的传统，"四家诗"、《本事诗》以及诗话相继而生。道家和释家隐事，从而使中国诗学形成了心领神会的另一传统，而中国诗学的妙悟品评也多与此密切相关。儒家重事，但述而不作，道家和释家隐事，不立文字、教外别传，又共同铸就了中

---

① （宋）包恢：《答傅当可论诗》，生活·读书·新知三联书店2002年版，第78页。
② （宋）严羽：《沧浪诗话》，中华书局1985年版，第2页。

国诗学较少推理、不成体系的品格。如果说儒家入世而重事使得中国诗学成为实用的诗学，那么道家和释家出世而隐事则使得中国诗学成为审美的诗学。然而不管是显还是隐，"缘事而发"都是中国古代诗歌以及诗学的生命源泉。

当然需要指出的是，儒、道、释并不是泾渭分明，而是相互融合的。宋代道教学者曾慥在《类说·佛书杂说》中就提出了"儒者之阳阴，老氏之有无，释家之色空，言其致则一"的思想。儒者用实，而其妙处本虚。释、道用虚，而其空处本实。中国古代诗歌以及诗学是儒、道、释相融而生，本书分而治之只是为了更好地理解中国诗歌以及诗学的缘事特性。

第二节　史、事、诗

从空间角度看，"诗中有画，画中有诗"，"情"使之然也。从时间角度看，"六经皆史"，"事"使之然也。张九龄"天涯共此时"的诗性感受，其中蕴含着情，也包裹着事。相思之情将天涯（空间）变此在；望月之事将佳期（时间）变此时。诗的意蕴关键就在于：事、情合一。如果"事"是记忆的源头，那么"史"就是记忆的河流，"诗"就是河岸的风景。诗、史（事）相通，故有"'王者之迹熄而诗亡'，西周之诗亡也。诗亡而列国之事迹不可得而见，于是晋之《乘》、楚之《梼杌》、鲁之《春秋》出焉，是之谓'诗亡然后春秋作也'"①。在中国古代，"文胜质则史"。史有诗，诗有史，二者相融相生。

一　史与事：裁衣之待缝缉

史与事如"裁衣之待缝缉矣"，相待而生。史之初为朴之事，事缝缉，史成形。章学诚曾指出："夫史为纪事之书。事万变而不齐，史文屈曲而适如其事，则必因事命篇。"② "事"如何缝缉与处事和言

---

① （清）顾炎武：《日知录》，周苏平、陈国庆点注，甘肃民族出版社1997年版，第113页。
② （清）章学诚：《文史通义》，辽宁人民出版社1998年版，第15页。

事的方式有关，更与史的构成密切相关。中国古代对于史与事的独特认识不仅直接被运用到诗与事的创作之中，而且也形成了中国特色的缘事思想和方法。

（一）记、言、时：事史释义

从字源学的角度看，史与事的实质是"记"。何谓史？《说文解字》云："史，纪事者也。从又持中。中，正也。凡史之属皆从史。叏，古文史。"① 从史的会意构字来看，上为简策之器，下为持中之手，喻执事中正。当然古史浩渺，其意难测。文字未孳，结绳纪事。手执其绳，大事大结，小事小结。书契之兴，大事书之于策，小事简牍而已。可见古之史与事相近，史不偏不倚，以真为务。何谓事？《说文解字》曰："事，职也。从史，之省声。叓，古文事。叏，《玉篇》古文事字。"② 段玉裁解释说："事，士也。职，记微也。"③ 从史与事字源义上看，史与事都是纪事或记微，两字皆可通用，甲骨文中两字实为一字。对于记什么事、如何纪事，这既是史学的问题，也是诗学的问题。"杜逢禄山之难，流离陇蜀，毕陈于诗，推见至隐，殆无遗事，故当时号为'诗史'。"④ 另外，中国诗学的开山纲领"诗言志"亦可理解为"诗言记"。诗到底记什么呢？北宋理学家邵雍指出："何故谓之诗？诗者言其志。既用言成章，遂道心中事。"⑤ 闻一多先生在《歌与诗》中也指出："'诗'的本质是纪事的。"⑥

从语用学的角度看，史与事的媒介是"言"。孔子虽有"成事不说，遂事不谏"之说，但同时也有"夫人不言，言必有中"之论。在孔子看来，委婉诗性地用事，言就中、事就成。诵诗三百在于授之以政、使于四方而能专对，所谓"不学诗，无以言"也。从史学的角度看，章学诚则明确提出"事见于言，言以为事"的命题。其实不仅

---

① （汉）许慎：《说文解字》，岳麓书社2006年版，第65页。
② （汉）许慎：《说文解字》，岳麓书社2006年版，第65页。
③ （清）段玉裁：《说文解字注》，中州古籍出版社2006年版，第117页。
④ （唐）孟棨：《本事诗》，李学颖标点，上海古籍出版社1991年版，第18页。
⑤ （宋）邵雍：《伊川击壤集》，陈明点校，上海古籍出版社1991年版，第147页。
⑥ 闻一多：《闻一多讲国学》，吉林人民出版社2009年版，第244页。

言、事、诗有着紧密的关系，而且言、史、诗也有着密不可分的关系。据《隋书》记载："古者天子诸侯，必有国史，以纪言行，后世多务，其道弥繁。夏殷已上，左史记言，右史纪事……而诸侯之国，亦置史官。"① 宋代赵鼎臣指出："其感物造端，主文而辨事，因事以陈辞，则近于史。故子夏叙诗而系以国史，不其然乎！"② 由此看来，史、事、诗与言是紧密相连的。从言与事的构成来看，"事"就是主客体交互后的言说或记录。换句话说，"事"只有经过言说或记录才能从潜在的变成现实。与之相反，如果"事"没有经过言说或记录，即使客观存在也不会构成可理解的"事"。从此意义上说，"事"本质上是语言构造的结果。

从历史学的角度看，史与事的本质是"时"。历史究竟是科学还是艺术，古今中外，应答纷繁，莫衷一是。尽管如此，史与事都与时间有关，这一点是无可争辩的。如果说"事"首先将抽象的时间充实化，那么"史"则是将偶然的事件逻辑化，从而使得人类的记忆有意义起来。《淮南子》云："时之反侧，间不容息，先之则太过，后之则不逮。夫日回而月周，时不与人游。"③ "事"的实质就是间不容息的时间，只不过是充实的时间罢了。李善注《文选·史论》曰："时，事之征也。故敬其事，则命以始。"④ 也正是基于事与时有着本质性的关系，史家才以时纪事。《春秋左氏传》序云："纪事者，以事系日，以日系月，以月系时，以时系年，所以纪远近，别同异也。故史之所记，必表年以首事，年有四时，故错举以为所记之名也。"⑤ 当然，需要指出的是，中国古人的时间观念不是绝对线性化的，而是宇宙化的，即时间空间化的。也就是说，中国古人对时间的认知尽管有其连续性感受，但这种连续性感受往往是通过空间来确认的。在中国古人心目中，不仅"有实而无乎处者，宇也。有长而无本剽者，宙也"，而且

---

① （唐）长孙无忌等撰：《隋书经籍志》，中华书局1985年版，第37页。
② （宋）赵鼎臣撰，张元济辑：《竹隐畸士集》（卷一），商务印书馆1935年版，第1页。
③ 赵宗乙译注：《淮南子译注》，黑龙江人民出版社2003年版，第23页。
④ （南朝梁）萧统：《文选》，李善注，商务印书馆1936年版，第1075页。
⑤ （南朝梁）萧统：《文选》，李善注，商务印书馆1936年版，第999页。

时（宙）与空（宇）相互表征。譬如东方曰星，其时曰春；南方曰日，其时曰夏；西方曰辰，其时曰秋；北方曰月，其时曰冬。时不仅与空相连，而且也与事相依。比如"岁起于东而始耕，谓之东作。东方之官，敬导出日，平均次序，东作之事，以务农也"，此乃"假外物之象以喻人事"①。中国古人对于史与事时间空间化的观念对中国诗歌的叙事有着直接的影响。譬如王维的《杂诗三首》（其二）："君自故乡来，应知故乡事。来日绮窗前，寒梅著花未？"故乡之事不作线性的叙述，而是融入窗前寒梅的空间之中，诗韵无穷。中国古代叙事诗乃至小说之所以"形如散沙"，主要是由古人时间空间化观事审史的独特方式造成的。"形如散沙"不仅不是中国历史、诗歌的瑕疵，恰恰相反，却是我们的审美特色以及观物取象、意蕴生成的主要方式。古人不着力于事的延展，而更多地是将时间的事融入空间的情之中，从而形成了中国言事诗的特色。中国没有众多的长篇叙事诗，但并不缺乏空间性的叙事诗。

总而言之，史与事之为"记"是其功能的特性，之为"言"是其表现的特性，之为"时"则是其本质的特性。中国古代在记什么、如何记以及言什么、如何言等方面形成了独具特色的史的观念与事的观念，这对中国古代诗歌的审美趣味以及创作都有深厚的影响。

（二）直、善、美：事史品性

中国历史品类繁多，有正史、古史、杂史、霸史、起居注、旧事、职官、仪注、刑法、杂传、地理、谱系、簿录，凡十三种。就其品性而言，主要有三种：尚直、向善和趋美。

第一，古之史与事尚直，秉笔直书。中国古人对事或史没有西方意义上的真理观念，但这并不意味着中国没有实录的精神。古人实录即"其事核，不虚美，不隐恶"之谓也。在中国古代，这种实录的精神在现实层面上往往不表现为"真"，而是"直"。在历史上，"其父

---

① （魏）王弼注，（唐）孔颖达疏：《周易正义》，上海古籍出版社1993年版，第50页。

攘羊"和"良史董狐"有着充分的体现。本来其父偷羊,证之为真,孔子却坦言"父为子隐,子为父隐。直在其中矣"①。北宋经学家邢昺《论语注疏》解释说:"父苟有过,子为隐之,则孝也。孝慈则忠,忠则直也,故曰直在其中矣。"②

隐瞒、谎言如何面对正直和真理?"良史董狐"的历史评价将这一问题凸显出来。董狐直书"赵盾弑君",孔子闻之,曰:"董狐,古之良史也,书法不隐。宣子,良大夫也,为法受恶。惜也,出疆乃免。"③《礼记正义》解释说:"直笔不隐君过,董狐书赵盾弑君,及丹楹刻桷之属是也。若忠顺臣,则讳君亲之恶者,《春秋》辟讳皆是。"④刘知几《史通》云:"如董狐之书法不隐,赵盾之为法受屈。彼我无忤,行之不疑,然后能成其良直,擅名今古。"⑤ 由此看来,董狐为了君臣之礼,为了使乱臣贼子畏惧,才直书"赵盾弑君"。孔子为了父子之情、家和事兴,才"父为子隐,子为父隐"。中国史学曲中有直是"虽口不能言,而心知其不可"的"直",这种"直"并非外在的直,而是内在的直、委婉的直。正是在"直"的思想影响下,"杜逢禄山之难,流离陇蜀,毕陈于诗,推见至隐,殆无遗事,故当时号为'诗史'"⑥。可以说,"直"既是中国史学的品性,也是中国讽喻诗、言事诗的品性。

第二,古之史与事向善,惩恶扬善。中国史学的直是"拘于礼法,限以师训"的"直",这种"直"要向善负责。为了孝义,中国文化允许"鹁鸪呼雏,乌鸦反哺"这样的教化存在;为了励志,我们的诗书也可以有"董仲舒读《春秋》,三年不窥园菜"这样夸张的辑录。基于此,中国古之史与事第二个品性就不在于求真,而在于向善。其基本的功能是为了扬善而惩恶。"前事不忘,后事之师"始终是中

---

① 张卫中校注:《论语》,浙江教育出版社2011年版,第142页。
② (魏)何晏集解,(宋)邢昺疏:《论语注疏》,山东画报出版社2004年版,第168页。
③ (汉)司马迁:《史记》,黑龙江人民出版社2004年版,第188页。
④ 李学勤主编:《十三经注疏·礼记正义》,北京大学出版社1999年版,第170页。
⑤ (唐)刘知几:《史通》,黄寿成校点,辽宁教育出版社1997年版,第58页。
⑥ (唐)孟棨:《本事诗》,李学颖标点,上海古籍出版社1991年版,第18页。

国历史写作的重要目的。在中国古代,如此论说,俯拾皆是。孟子曰:"孔子成《春秋》而乱臣贼子惧。"① 《汉书艺文志》云:"古之王者,世有史官,君举必书,所以慎言行、昭法式。"② 也正基于此种观念,宋代学者赵与时才有"古之信史直书其事,是非善恶靡不毕见"的说法。

中国古代史与事向善是其优良的品性,它对社会稳定、人际和谐以及文化凝聚都有着积极的意义,但"皆知善之为善,斯不善也"③。尼采在《善恶之彼岸》中也认为:"'善'这个词并非像那些道德谱系学家迷信的那样,从一开始就必然与'无私的'行为相联系。"④ 当然不可否定的是,善始终是人类矢志不渝的一种理想追求,它对文学的影响也是有目共睹的。清代诗论家薛雪《一瓢诗话》指出杜诗"'不闻夏殷衰,中自诛褒妲''堂堂太宗业,树立甚宏达',斯则隐恶扬善,而《春秋》之义耳"⑤。杨万里《诚斋诗话》云:"'《春秋》之称,微而显,志而晦,婉而成章,尽而不汙',此《诗》与《春秋》纪事之妙也。"⑥ 历史一再证明:史、事、诗为一家,而善是三者共同的追求。当然也需要注意:善具有两面性,如果善没有真的引导,善也就成为伪善,诗也就成为阿谀之诗。

第三,古之史与事趋美,婉而成章。中国古之史与事不仅尚直、向善,而且趋美。可以说,追求美是中国古之史与事最重要的表现特色,同时也是中西史学最重要的区别。在西方,史与事具有较大的客观性,要力避主观和文饰。而在中国,文史不分,"文胜质则史"。刘知几《史通》有言:"昔夫子有云:'文胜质则史。'故知史之为务,必藉于文。"⑦ 概而言之,古之史与事趋美有两层含义:一是内容美,

---

① (汉)司马迁:《史记》,黑龙江人民出版社2004年版,第138页。
② (汉)班固撰,(唐)颜师古注:《汉书艺文志》,商务印书馆1955年版,第13页。
③ 苏南注评:《道德经》,江苏古籍出版社2001年版,第5页。
④ [德]尼采:《论道德的谱系·善恶之彼岸》,谢地坤等译,漓江出版社2000年版,第11页。
⑤ (清)薛雪:《一瓢诗话》,杜维沫校注,见郭绍虞主编《中国古典文学理论批评专著选辑》,人民文学出版社1979年版,第133页。
⑥ (清)何文焕、丁福保:《历代诗话统编》,北京图书馆出版社2003年版,第155页。
⑦ (唐)刘知几:《史通》,黄寿成校点,辽宁教育出版社1997年版,第55页。

有美教化之义；二是形式美，有美感染之义。刘知几云："夫史之称美者，以叙事为先。至若书功过，记善恶，文而不丽，质而非野，使人味其滋旨……其孰能与于此乎？"①《春秋》之所以"婉而成章"，多由于此。宋代诗论家赵湘在《王象支使甬上诗集序》中就提出了"所谓婉而成章者，岂惟《春秋》用之，盖王公之诗亦然"的思想。

然而我们也应该注意："天下皆知美之为美，斯恶已。"② 从知识学的角度看，人类的知识主要由纯粹理性的"真"、实践理性的"善"和感性判断力的"美"构成的。三者确实存在一定的界限，相对求真的史与事如果完全以善和美为准绳，史将不史、事将不事。刘知几《史通》对此也有所批判："其立言也，或虚加练饰，轻事雕彩。或体兼赋颂，词类俳优。文非文，史非史，譬夫龟兹造室，杂以汉仪，而刻鹄不成，反类于鹜者也。"③ 近现代以来，中国史学现代化在很大程度上就是对古史失真、趋美反思的结果。顾颉刚的《古史辨》就是其中的代表。顾先生不无感慨地说："至于历史上的真相，我们研究学问的，在现在科学昌明之世，决不该再替古人圆谎了。"④

总而言之，"直内方外"，中国古之史与事的内在品性是直；"择善而从"，中国古之史与事的行为品性是善；"将顺其美"，中国古之史与事的表现品性是美。整体而言，西方侧重于真与美的统一，中国则侧重于美与善的统一。以"直"代"真"是中国古代的智慧和独创，其优与劣也是显而易见的。不可否认，古之史与事的品性对中国诗歌尤其是言事诗的影响也是有目共睹的，中国诗歌的优劣亦能在古之史与事品性的优劣中发现。

二 事与诗：水中着盐，饮水乃知

从表面上看，中国古代诗歌情多而事少，然而事实并非如此。薛

---

① （唐）刘知几：《史通》，黄寿成校点，辽宁教育出版社1997年版，第49页。
② 苏南注评：《道德经》，江苏古籍出版社2001年版，第5页。
③ （唐）刘知几：《史通》，黄寿成校点，辽宁教育出版社1997年版，第55页。
④ 顾颉刚：《我与〈古史辨〉》，上海文艺出版社2001年版，第141页。

雪《一瓢诗话》云："作诗用事，要如释语。水中着盐，饮水乃知。"①较之于情，国内学界对事与诗之关系的研究相对滞后。因此，通过对事与诗的研究不仅能全面地认识中国诗歌的传统，而且能深刻地认识中国诗歌的本质及其审美特性。下面我们将从中国诗歌的产生、发展以及内部构成三个方面来阐明诗与事的关系。

（一）诗缘于事：事能产生诗

中国古代诗学有缘情，也有缘事。前者是西晋著名文学家陆机在《文赋》中首次提出的，即所谓"诗缘情而绮靡，赋体物而浏亮"的言说。后者是东汉史学家班固继承刘向、刘歆父子在《汉书艺文志》中首次倡明的，即所谓"自孝武立乐府而采歌谣，于是有代赵之讴，秦楚之风，皆感于哀乐，缘事而发"的述说。缘情和缘事作为诗学观点虽晚出，但作为一种诗学观念却发端很早。也许诗产生之时就是两种诗学观念的分野之际。中国诗学"情志为本"，诗缘情观念自不必多说。我们将从诗之源流的两个方面初步厘清诗缘事而发的思想，继而更进一步理解"诗以纪事"的功能。

第一，沿波讨源，事为诗始。"夫事是造为，造为由民"，民有所感，诗之成也。由此看来，没有事，何来情？更何来诗？无疑事就是诗的真正本源。在中国古代，事产生诗不胜枚举。耕之为事有诗，"日出而作，日入而息。凿井而饮，耕田而食"，此击壤之歌也；举大木有诗，"今夫举大木者，前呼邪许，后亦应之，此举重劝力之歌也"②；伐檀亦有诗，"坎坎伐檀兮，置之河之干兮，河水清且涟猗"，此伐木刺贪之诗也。凡此种种，大概"饥者歌食，劳者歌事"，缘事而发，然后比其音节、合其节奏、以便记诵，素朴的诗也就诞生了。"断竹，续竹。飞土，逐宍"是狩猎之事，更是制弹之歌。诗源于事，诗就是诗性的事，诗性的事就是诗。

第二，寻流逐末，事为诗变。诗何以产生变体？我们认为，事在

---

① （清）薛雪：《一瓢诗话》，杜维沫校注，见郭绍虞主编《中国古典文学理论批评专著选辑》，人民文学出版社1979年版，第135页。

② 赵宗乙译注：《淮南子译注》，黑龙江人民出版社2003年版，第577页。

其中起到了至关重要的作用。譬如诗变赋,与诸侯卿大夫交接邻国,称《诗》以谕其志不兴之事有关。《汉书艺文志》有云:"春秋之后,周道寝坏,聘问歌咏,不行于列国,学诗之士,逸在布衣,而贤人失志之赋作矣。"① 再比如词代诗,则与唐宋雅俗世事更迭有很大关系。正是基于事对文(诗)的这种特殊关系,章学诚才明确提出"文因乎事,事万变而文亦万变,事不变而文亦不变"的观点。《毛诗正义》亦云:"诗人既见时世之事变,改旧时之俗,故依准旧法,而作诗戒之。"② 所谓一时代产生一时代的诗歌,与诗自身有关,更与事的独特性有关。

综上所言,不管从诗之源还是诗之流上来看,事对诗都有发端的意义。换句话说,事是诗歌源与流、正与变的基本要素。事为何能产生诗呢?原因在于:人不仅是抒情的动物,也是纪事的动物。往古之时,书契未兴,结绳而治,事大大结其绳,事小小结其绳。在人类文明初期,之所以有结绳刻木之约,实为人记忆之所需;之所以仓颉造字,鬼为之哭,实为人记忆留存的惊叹。先民结绳而治,有生存之需,也有诗意所需。这种隐含的诗性记忆需要无形中催促了诗的产生。如果超自然的幻想加上有节奏的纪事,史诗就会应和着人类自身的记忆与诗性的追求而诞生。可以说,"事"的记忆性成就了诗的历史性和诗意性。在中国古代,"诗以纪事"可分为两种:一种是"赋诗纪事",即用诗的方式直接记录事件,以杜甫的"诗史"为代表;另一种是"以事系诗",即用诗旁及事的纪事方式,以历朝的"纪事"为代表,譬如《唐诗纪事》《宋诗纪事》《明诗纪事》等。前者是创作意义上的"诗以纪事",后者是史学意义上的"诗以纪事"。就创作意义上的"诗以纪事"来说,其事并不是"已经发生的事",而是"可能发生的事"或"想象以为事"。关于这一点,中西方均有论述。亚理斯多德在《诗学》中指出,"诗人的职责不在于描述已经发生的事,而在于描述可能发生的事,即按照或

---

① (汉)班固撰,(唐)颜师古注:《汉书艺文志》,商务印书馆1955年版,第49页。
② 李学勤主编:《十三经注疏·毛诗正义》,北京大学出版社1999年版,第16页。

然律或必然律可能发生的事"①。叶燮在《原诗》中则提出"想象以为事"的诗意判断。可以说,"诗以纪事"是从诗与事的记忆性角度提出的,诗的产生离不开"可能发生的事"和"想象以为事"。

诗人所缘之事一般是实际发生的事,这表明诗源于生活,具有真切的现实性;诗又高于生活,说明缘事又是合乎情理可能发生的事,具有审美的超越性。一言以蔽之,诗是现实与非现实的统一,不能非此即彼。但需要注意的是,从"实际发生的事"到"想象之为事"的转化是诗产生的关键。

(二) 诗外有事:事能推动诗

不论古今中外,诗外有事,事推动诗都是不争的事实。美国文论家乔纳森·卡勒指出:"叙事诗重述一个事件;而抒情诗则是努力要成为一个事件。"②为何诗要重述事件抑或努力成为一个事件呢?究竟事对诗意味着什么?在中国古代诗歌史上,贾岛骑驴吟诗"推敲"之事,不仅彰显了他"苦吟骨廋"的诗人气质,甚至也昭示了宋代"以文字为诗"的时代风尚。如果说绵延不断的"事"充实了人类存在的内容,那么"事件"则构成了人类精神生存的意义。换句话说,如果人类对"事"不进行事件化处理,那么我们所生活的世界将是杂乱无章、毫无意义的。也正基于此,历史书写需要历史事件支撑起价值,诗歌创作需要诗歌事件建立起意义。笔者认为,诗歌之所以发生变化有其自身的因素,更有外在机缘事件的诱发。前者是相对静态的,即有其内在的约定性和稳定性。后者是相对动态的,即有其外在的拆解性和破坏性。正是由于后者的存在,诗歌乃至整个艺术才得以更新和变化。

诗之所以产生、变化与事有着直接的关系,这一点足以证明"诗外有事"。杜诗之所以被誉为"诗史",与"诗外有事"有关。宋代学者曾慥就指出"子美诗外有事在"的事实。中国诗论之所以崇尚"知

---

① [古希腊] 亚理斯多德:《诗学》,罗念生译,中国戏剧出版社1986年版,第19页。
② [美] 乔纳森·卡勒:《当代学术入门:文学理论》,李平译,辽宁教育出版社1998年版,第88页。

人论世",也与"诗外有事"有关,即所谓"论其世而考其行事",然后知诗之至也。从诗歌外部来看,事件主要是指推动诗歌发展变化的事件。从此意义上说,"事"是诗歌的动力因,它是诗歌产生、发展以及流布的主要外部动因。具体来说,事对诗的推动传播作用主要表现为两个方面:一是诗的流传作用,二是诗的流变作用。前者是诗的继承,后者是诗的革新。总之,诗就是在事件的接续与突变中存在。

第一,诗的流传。一首诗能不能成为经典而流传于世,当然与诗自身的品质有关,也与诗能否引起事件效应有关。在历史的关键时刻,有时后者甚至比前者还要重要。"洛阳纸贵"的事件加速了《三都赋》的流传,贾岛遇韩愈推敲之事使得《题李凝幽居》广为人知,孟棨辑录崔护艳遇之事使得《题都城南庄》家喻户晓。"事"不仅能让一首好诗锦上添花、广为流传,而且也能让寻常之诗大放异彩、人尽皆知。前者以《题都城南庄》流传为例。自孟棨《本事诗》载崔护本事后,不仅崔护艳遇之事不断流传、散播,而且"桃花依旧笑春风"的诗句也随之广为流布。诗与事相互融合、滚动发展,既存在于勾栏瓦肆的日常言说中,又流布于不同体裁之中。崔护艳遇之事,宋话本有《崔护觅水》,杂剧有《崔护谒浆》《桃花人面》《人面桃花》等不同版本流传于世。后者以贾岛《题李凝幽居》为例。诗也并不完全以质取胜,事件的机缘有时也非常重要。明代谢榛《诗家直说》称"韩退之称贾岛'鸟宿池边树,僧敲月下门'为佳句,未若'秋风吹渭水,落叶满长安'气象雄浑,大类盛唐"[①]。"鸟宿池边树,僧敲月下门"之所以成为佳句,与韩愈和贾岛推敲之事有很大关联。由此看来,不类唐诗的唐诗成为唐诗,确与事件所形成的话语权力有着直接的关系。一首诗自己不会不胫而走,它需要借助事件的力量或效应来推动自己前进。

第二,诗的流变。诗的发展变化犹如粒子运动,当粒子顺势流动时,粒子自身变化并不明显,但它会引发更多粒子随之运动,这犹如

---

① 丁福保辑:《历代诗话续编》,中华书局1983年版,第1158页。

事件的正向发展会促进诗歌流传一样。然而当粒子反向撞击时，粒子的种类、数目和内部运动状态就会随之改变，这犹如事件的反向发展会促进诗歌流变一样。粒子运动的性质改变起因的现象，物理学上称作"事件驱动"（Event-driven）。"事件驱动"不仅是粒子变化的原因，也是诗歌流变的原因。诗歌流变如多米诺骨牌效应一样在一个相互联系的系统中，一个很小的初始能量就可能产生一系列的连锁反应，而这个很小的初始能量对诗歌流变来说可能就是一个很小的事件。一个很小的事件也许就会诱发一次重大的诗体、诗风的转变。中国古代诗论有正变、新变和通变之说，皆与事件有关。所谓"正变"最初主要是指《诗经》风、雅的正变。《风》言"一国之事"，《雅》言"天下之事"。变风、变雅之所以作，是由于"国史明乎得失之迹""达于事变而怀其旧俗者也"①。随着经学式微，正变也就不再局限于风雅正变，而是广泛地指涉一切沿其正统主流诗歌的变革。所谓"新变"最初主要是指六朝这个特定时期的诗歌变化。魏晋南北朝被誉为"人的觉醒"和"文的觉醒"的时代。萧子显曰："习玩为理，事久则渎，在乎文章，弥患凡旧。若无新变，不能代雄。"②后来"新变"也被广泛运用到诗歌革新运动以及反复古运动之中，成为诗歌革新的重要思想力量。所谓"通变"最初在《周易》中被提出。何谓通变？《周易·系辞上》最早提出"通变之谓事"的重要命题，后来刘勰将其运用到诗学领域，用以说明诗歌变化的形式和规律。"文变染乎世情，兴废系乎时序"，一时代有一时代的诗歌与时代性的重大事件有很大关联。尽管正变、新变和通变的诗学观念和主张有所不同，但三者都是时代性重大事件的诱发和思考。从这个意义上说，"事"就是诗的第一驱动力。

综上所言，诗不仅在事中产生，也在事中发展变化。一言以蔽之，诗就是在事件中永无间隙地存在着。诗的流传是事件正向发展的结果，诗的流变则是事件反向发展的结果。不管是流传还是流变，诗歌始终是在事件流中不断地确认自己和改变自己的。

---

① 李学勤主编：《十三经注疏·毛诗正义》，北京大学出版社1999年版，第15页。
② （南朝梁）萧子显：《南齐书》，陈苏镇等标点，吉林人民出版社1995年版，第493页。

（三）诗内有事：事能构成诗

陆游《示子遹》诗云："我初学诗日，但欲工藻绘。……汝果欲学诗，工夫在诗外。"卡勒也认为："一首诗既是一个由文字组成的结构（文本），又是一个事件（诗人的一个行为、读者一次经验，以及文学史上的一个事件）。"① 由此可知，诗外有事，诗内也有事。诗外之事主要就是诗的动力，而诗内之事则主要是诗的质料。下面我们将从诗的表现形式、表现内容以及表现方法即字与事、物情理与事以及用事之法三个方面谈谈事与诗相互转化和构成的问题。

第一，事融于字：指事造形，最为详切者。宋代诗论家吴云："鲁直《茶》诗'煎成车声绕羊肠'，其因事用字，造化中得其变者也。"② 钟嵘曰："众作之有滋味者""岂不以指事造形，穷情写物，最为详切者耶？"③ 裘廷梁指出："彼其造字之始，本无精义，不过有事可指则指之，有形可象则象之，象形指事之俱穷，则亦任意涂抹，强名之曰某字某字，以代结绳之用而已。"④ 中国一些汉字尤其是指事字，是如何有事的呢？所谓"指事者，视而可识，察而见意"，"形声者，以事为名，取譬相成"，"假借者，本无其事，依声托事"。⑤ 比如"一、二、三"是别创文字，以代结绳；±（士）：事也。数始于一，终于十，任事之称也；屯（屯）：难也。其字形描绘了草木破土而出的艰难事象。汉字尤其是指事字将事融入字体之中，如"水中着盐"不见其形，但知其味。下面我们将以诗歌中的"响字"为例加以分析。

南宋诗论家蔡梦弼指出："诗每句中须有一两字响，响字乃妙指。如子美'身轻一鸟过''飞燕受风斜'，'过'字、'受'字皆一句响字也。"⑥ "响字"一般是由意指明确、出奇制胜的动词构成。由于动

---

① ［美］乔纳森·卡勒：《当代学术入门：文学理论》，李平译，辽宁教育出版社1998年版，第77页。
② 丁福保辑：《历代诗话续编》，中华书局1983年版，第331页。
③ （南朝梁）钟嵘：《诗品》，张连第笺释，北方文艺出版社2000年版，第16页。
④ 裘廷梁：《论白话为维新之本》，见《中国新文学大系》，上海良友图书印刷公司1935年版，第6页。
⑤ 章太炎：《国故论衡》，上海古籍出版社2003年版，第8页。
⑥ 丁福保辑：《历代诗话续编》，中华书局1983年版，第208页。

作是事的主要构件,所以响字也就成为诗内之事的主要呈现者。子美"身轻一鸟过",或云"疾",或云"落",或云"起",或云"下",却都不如彻头彻尾的俗字"过"为妙,为何?我们认为,"过"(濄)从辶呙声,此为去声。形旁辶可观,比起疾、落、起、下,意指更鲜明。更重要的是,"过"形成了事件效应,鸟的神与情尽收眼底。与之相反,疾、落、起、下只是鸟的动作简单描述,而没有事之神韵。一首诗有没有神韵、事境或生命,确实与制造事态的动词有关。王国维一语中的地说:"'红杏枝头春意闹',着一'闹'字而境界全出;'云破月来花弄影',着一'弄'字而境界全出矣。"① 以往中国诗学过于关注意象分析,而相对忽略了对响字(动作)的分析,从而进一步影响了对诗内有事的研究以及对事境审美的把握。

第二,事物情理:托事于物,穷尽情理。从表现内容来看,诗要么抒情,要么说理,要么言事。在中国古代,诗歌抒情、说理和言事又都离不开托物,而物是"事物",情是"事情",理是"事理"。

首先,我们看一下中国诗歌里的"物"。不管是感物还是咏物,"物"在诗歌创作中似乎必不可少。宋代诗论家陈岩肖指出:"古今以体物语形于诗句,或以人事喻物,或以物喻人事。"② 《诗经·葛覃》云:"葛之覃兮,施于中谷。维叶萋萋。"郑玄笺云:"葛者,妇人之所有事也,此因葛之性以兴焉。"③ 在《诗经》中有很多这样的物,并且物中均有事。这种创作或批评的方式,古人谓之"假物象以明人事"。不管是"昔我往矣,杨柳依依",还是"客舍青青柳色新",柳都是有事之柳,与事态动词"留"谐音。清代经学家陈奂云:"假以明志谓之兴,而以言乎物谓之比,而以言乎事谓之赋。"④ 正由于作诗者常常"托事于物",诗内才有了事,诗才变得有历史意蕴和美学意蕴。

其次,我们看一下中国诗歌里的"情"。中国诗歌"情志为本",

---

① 王国维著,靳德峻笺证:《人间词话》,四川人民出版社1981年版,第8页。
② 丁福保辑:《历代诗话续编》,中华书局1983年版,第180页。
③ 李学勤主编:《十三经注疏·毛诗正义》,北京大学出版社1999年版,第30页。
④ (清)陈奂:《诗毛氏传疏》,中国书店1984年版,第6页。

尤善言情。但其情并不是孤立的、抽象的情，而是有缘、有故的情。也就是说，诗情的背后有诗事的引发，并且事的性质、程度直接决定着情的性质和形态。杜甫"闻官军收河南河北"，当然有"漫卷诗书喜欲狂"的欢畅；苏轼"夜来幽梦忽还乡"，当然有"惟有泪千行"的苦楚。事不同，情也不同。情固然在诗歌中非常重要，但如果没有事，情就会失去航标而遁入迷雾。没有李煜"往事知多少"？哪能领会"恰似一江春水向东流"的"几多愁"？同样，没有柳永"执手相看泪眼"的离别之事，哪能理解"杨柳岸、晓风残月"的凄惨。没有事却执意"为文而造情"，情也就变成了矫情和滥情。

最后，我们看一下中国诗歌里的"理"。诗可以说理，其理有物理、情理和事理之分。比如"不是花中偏爱菊，此花开后更无花"是物之理；"一日不见，如三秋兮"是情之理；"一登一步一回顾，我脚高时他更高"则是事之理。当然诗之物理、情理和事理只是研究意义上的区分，在诗歌的内部其现实性却是相融相生的。譬如王安石的《登飞来峰》"不畏浮云遮望眼，只缘身在最高层"是物理、事理还是情理呢？也就是说，在诗的物理和情理背后都有事理的支撑。二程《论事篇》有云："至显莫如事，至微莫如理，而事理一致也，微显一源也。"① 诗中之理应该在事中体验、提升中才能引发人的共鸣，不然就会"理过其辞，淡乎寡味"。之所以"纸上得来终觉浅，绝知此事要躬行"，正是由于在事中切实地体验理，才是切近生活的真理。

总而言之，不管诗中的物还是诗中的情和理，都需要在事中磨砺、萃取，才能情真理切。或者说，事融进物、情和理中，诗才具有现实感和生活的价值。叶燮在《原诗》中如是说："曰理、曰事、曰情，此三言者足以穷尽万有之变态。凡形形色色，音声状貌，举不能越乎此，此举在物者而为言，而无一物之或能去此者也。"② 我们说，诗来源于生活，其实质就是来源于历事的生存。诗内有事，也就是物、情、

---

① （宋）杨时：《二程粹言》，中华书局1985年版，第52页。
② （清）叶燮：《原诗》，霍松林校注，见郭绍虞主编《中国古典文学理论批评专著选辑》，人民文学出版社1979年版，第23页。

理中事的融入。

第三，用事缀文：不可著迹，只使影子。胡应麟《诗薮》有云："诗自模景述情外，则有用事而已。"① 何谓用事？杨载《诗法家数》曰："用事：陈古讽今，因彼证此，不可著迹，只使影子可也。"② 在中国古代，用事有显用事和隐用事之分。显用事是按照某种思想或审美观念对事的具体编次，包括叙事、事类、比事等。这种用事比较明显，故称为显用事。下面以比事为例加以分析。比事最早源于《春秋》属辞比事之法，清代学者李光地指出，《春秋》中的"比事"是"以同类之事相例"而成的；"属辞"是"孜其上下文以见意"形成的。后来比事之法被广泛运用到诗学领域。譬如"庄生晓梦迷蝴蝶，望帝春心托杜鹃"就属于比事。这种用事方法相对比较明显，所以我们一般称作显用事。与之相反，隐用事相对比较隐晦，这种用事或不可著迹，只使影子，或水中着盐，饮水乃知。譬如杜甫的"五更鼓角声悲壮，三峡星河影动摇"就是隐用事。周紫芝《竹坡诗话》曰："凡诗人作语，要令事在语中而人不知……杜少陵诗云：'五更鼓角声悲壮，三峡星河影动摇。'盖暗用迁语，而语中乃有用兵之意。诗至于此，可以为工也。"③ 由此看来，诗内有事确与用事有很大关系。

另外，传统的赋、比、兴也有与事相通的地方，即也能将事融入诗歌内部。究竟何为赋、比、兴？历来众说纷纭，未有定论。但从事的角度来理解赋、比、兴，也比较普遍。譬如朱熹"铺陈其事"为赋，刘勰"切类指事"、郑众"托事于物"为兴为比。很显然，赋和比的用事大多属于显用事，而兴的用事大多属于隐用事。后来中国诗学渐趋强调兴，而相对忽略赋，确与中国诗学崇尚隐用事有关。对此，我们将在缘事诗法论中做全面的研究。

综上所述，诗是以事件的形式存在的，不仅诗外有事，而且诗内亦有事。前者是诗的动力，后者是诗的质料。换句话说，如果没

---

① （明）胡应麟：《诗薮》，上海古籍出版社1979年版，第64页。
② （清）何文焕：《历代诗话》，中华书局1981年版，第725页。
③ （清）何文焕：《历代诗话》，中华书局1981年版，第346页。

有动力之事，诗就会作茧自缚而踯躅不前；如果没有质料之事，诗就会柔筋脆骨而言之无物。一言以蔽之，"事"构成和推动着诗的发展。中西诗学、古今诗歌之所以不同，主要就是由于各自经历的事件不同。

三 诗与史：事美者，其书亦工

在中国古代，诗史相通，本为一体。诗为史之心，史为诗之身。明末清初诗论家吴伟业指出："古者诗与史通，故天子采诗，其有关于世运升降、时政得失者，虽野夫游女之诗，必宣付史馆，不必其为士大夫之诗也。"① 钱谦益也指出："《春秋》未作以前之诗，皆国史也。""三代以降，史自史，诗自诗，而诗之义，不能不本于史。"② 如先贤所言，诗即史，史即诗，都关乎事，求其美。刘知几在《史通》中认为，"史之称美者，以叙事为先""事美者其书亦工"，"使人味其滋旨，怀其德音，三复忘疲，百遍无敦"③。史与诗同根同源，史诗则是二者的合体。下面笔者将从诗与史官、诗与史书以及诗与史诗三个方面结合缘事理念对此加以阐述。

（一）录掌于史：诗与史官

据钱谦益考证，《春秋》未作以前之诗，皆国史也。三代以降，诗史分野，史自史，诗自诗，而诗之义，皆本于史。也就是说，《春秋》未作以前，虽有作诗之人，但诗之成形，还是源于史官。

第一，史官不仅是诗的记录者，更是创造者。《周礼》（别名《周官》）分设六官，即天官、地官、春官、夏官、秋官和冬官，分别掌邦治、邦教、邦礼、邦政、邦禁和邦务。六官之下又各有属官，史官就分列百官之中。史官有五名，即大史、小史、内史、外史、御史也。其中外史掌书外令，掌四方之志，掌三皇五帝之书，掌达书名于四方。若以书使于四方，则书其令。据《周礼》所言，不仅天子有史官，掌

---

① （清）吴伟业：《吴梅村全集》，上海古籍出版社1990年版，第1205页。
② （清）钱谦益：《钱牧斋全集》，上海古籍出版社2003年版，第800页。
③ （唐）刘知几：《史通》，黄寿成校点，辽宁教育出版社1997年版，第49页。

邦国四方之事，达四方之志，而且诸侯亦各有国史，大事书之于策，小事简牍而已。史官如何掌邦国四方之事、达四方之志呢？史官又如何承担诗的记录者和创造者这种双重身份的呢？

先秦之时，遒人采诗，大师掌其事，大史录其时，最后录掌于国史。据阎若璩《尚书古文疏证》言之，当时大师陈诗，遒人采诗，皆录掌于国史。刘知几云："知时人出言，史官入记，虽有讨论润色，终不失其梗概者也。"[1] 由此看来，民间缘事草创，然后遒人采诗，随后大师润色，最后录国史录掌。此如孔子所言："为命，裨谌草创之，世叔讨论之，行人子羽修饰之，东里子产润色之。"[2] 值得注意的是，国史在录掌所采之诗时，并不是单纯的记录者，还是创造者。尽管"明晓得失之迹，哀伤而咏情性者，诗人也，非史官也"，但是"史官自有作诗者矣""国史采众诗时，明其好恶，令瞽矇歌之"。[3] 可以说，在诗、史未分之时，作诗不是个体的行为，而是各方协作的集体行为，其中史官对于诗的创造起到了至关重要的作用。由此看来，《毛诗序》所谓国史"吟咏情性，以风其上"绝非欺世空言。

第二，史官不仅是诗的创造者，更是裁决者。史学家丹斯认为，在中国，所有的历史与史学，都是为了实用。也就是说，中国史官并不仅仅关注对事实的记录，而更多地强调实用性的评判。所谓纪事实、言报应、辨疑惑、示劝诫，则书之。因为史官在中国古代对政治、文化、伦理以及文学具有重要的匡正作用，所以史官的实用精神对中国诗歌创作、评价产生影响也就不足为怪了。"四家诗"尤其是《毛诗》以事系诗比附历史事件阐释诗的批评模式，《本事诗》"四始"教化的情怀，以及宋以来诗话纪事实、助谈笑的写作方式与史官的职守就极为相似。诗、史一家并非妄谈。

在诗、史未分之时，史官这种职守就不仅仅参与诗的创作，更多的还有裁决诗的权力。谭嗣同认为，周公以前，师道在上，文总史官，

---

[1] （唐）刘知几：《史通》，黄寿成校点，辽宁教育出版社1997年版，第45页。
[2] 张卫中校注：《论语》，浙江教育出版社2011年版，第150页。
[3] 李学勤主编：《十三经注疏·毛诗正义》，北京大学出版社1999年版，第15页。

史之隆轨也。钱谦益指出:"人知夫子之删《诗》,不知其为定史。人知夫子之作《春秋》,不知其为续《诗》。"① 当然在诗、史独立之后,这种裁决的权力移交给了说诗者。何以见得史官有裁决诗歌的权力呢?孔颖达解释说:"国之史官,皆博闻强识之士……国史伤此人伦之废弃,哀此刑政之苛虐,哀伤之志郁积于内,乃吟咏己之情性,以风刺其上,觊其改恶为善,所以作变诗也。"② 也就是说,史官由于是博闻强识之士,其对人君得失、礼义人伦、政教法令有着较多的言说权力,自然对于讲究实用功能的诗歌来说,史官也就有着比诗人还要多的裁决权力。应该说,中国诗歌以及诗学有着极强的实用功能与史官的史学观念、审美观念有很大的关系。当然需要指出的是,国史对诗歌的裁决并不是凭空的,而是缘事而发的裁决,即"达于事变而怀其旧俗"的裁决。

第三,史官不仅是诗的裁决者,更是审美范型的守候者。《汉书艺文志》云:"春秋之后,周道寖坏,聘问歌咏不行于列国,学诗之士逸在布衣,而贤人失志之赋作矣。"③ 孟子曰:"王者之迹熄而《诗》亡,《诗》亡然后《春秋》作。"④ 史官对诗或《诗》的审美范型具有极强的形塑作用。就《左传》而言,据张林川和周春健统计:"《左传》18万余言,言《诗》之处凡277条,涉及《诗》152篇。"⑤ 就《汉书》而言,其《艺文志》专设"诗赋略"。后来,随着诗的历史意识逐渐增强,诗也形成了自己的历史。《本事诗》《唐诗纪事》以及各种诗话这种历史文本的出现,使诗的审美范型得以巩固和稳定。比如《本事诗》,分为"情感""事感""高逸"等七题,其中"情感"就存留了"人面只今何处去,桃花依旧笑春风"的审美范型。

综上所言,在中国古代,史官尤其是诗、史未分时期的史官不仅

---

① (清)钱谦益:《钱牧斋全集》,上海古籍出版社2003年版,第800页。
② 李学勤主编:《十三经注疏·毛诗正义》,北京大学出版社1999年版,第15页。
③ (汉)班固撰,(唐)颜师古注:《汉书艺文志》,商务印书馆1955年版,第49页。
④ 万丽华、蓝旭译注:《孟子》,中华书局2006年版,第179—180页。
⑤ 张林川、周春健:《〈左传〉引〈诗〉范围的界定》,《湖北大学学报》(哲学社会科学版)2004年第3期。

是诗的记录者，更是创造者、裁决者以及审美范型的守护者。史官与诗人以及说诗者有着千丝万缕的联系，其纪事实、示劝诫、助谈笑的实用精神对杜甫、白居易等诗人以及说诗者的审美观念都有着深刻的影响。

（二）互文于书：诗与史书

诗与史都源于记忆的留存，本为一家，互为一体。袁枚说："今诗称'篇什'者，本《左传》所谓'以什其车，必克'之义。"① 从深层意义上看，诗与史是互文性的存在。

首先，从诗人心性来说，史书使人通透，读史有练达人情之效。清代大学士李光地指出："后世情伪之变，无所不有。读史乃练达人情之学。"② 此所谓"世事洞明皆学问，人情练达即文章"。读史何以能练达人情呢？姚鼐说："审理论世，核实去伪，而不为古人所愚，善读史者也。"③ 读史见古人成败、知待人接物，诗人才能敞开胸襟而不为蔽，诗才能致远而不泥。袁枚《随园诗话》云："才欲其大，志欲其小。才大，则任事有余。志小，则愿无不足。"④ 故读史乃练达人情之学，不读史则不知古今，不懂人情，也就不能创作出致远、练达之诗。

其次，从诗歌创作来说，史书使诗深远，读史也是诗歌创作之源。就史书感发而言，陶渊明读《史记》有感而述九章，吴梅村读史有感乃赋八首。在中国古代，读史有感而赋诗的现象非常普遍。王士禛说："实诗文之妙诀，读《史记》、《汉书》，须具此识力，始得其精义所在。"⑤ 王昌龄《诗格》亦云："诗有览古者，经古人之成败咏之是也。咏史者，读史见古人成败，感而作之。"⑥ 卢纶《塞下曲》"月黑雁飞高，单于夜遁逃。欲将轻骑逐，大雪满弓刀"就是一首读史有感之

---

① （清）袁枚：《随园诗话》，王英志校点，江苏古籍出版社 2000 年版，第 126 页。
② （清）李光地：《榕村语录　榕村续语录》，陈祖武点校，中华书局 1995 年版，第 368 页。
③ （清）姚鼐：《惜抱轩文集》，山东画报出版社 2004 年版，第 90 页。
④ （清）袁枚：《随园诗话》，王英志校点，江苏古籍出版社 2000 年版，第 50 页。
⑤ （清）王士禛：《古夫于亭杂录》，赵伯陶点校，中华书局 1988 年版，第 15 页。
⑥ （唐）王昌龄著，胡问涛、罗琴校注：《王昌龄集编年校注》，巴蜀书社 2000 年版，第 306 页。

作，主要源于《史记·匈奴列传第五十》记载："高帝自将兵往击之。会冬大寒雨雪……多步兵，三十二万，北逐之。"① 诗与史互文，但也有区别。诗如酒，为人事之虚用；史如饭，为人事之实用。诗不是历史事件的编凑，否则就会落入"于史有余，于诗不足"的尴尬境地。袁枚在《随园诗话》中就说："读史诗无新义，便成《廿一史弹词》；虽着议论，无隽永之味，又似史赞一派：俱非诗也。"②

最后，从诗歌批评来说，史书使人明智，不读史，便不知作者事何所指。《四库全书总目提要》在集部诗文评的总叙中将诗评分为五大类，其中第四类为"旁采故实"的《本事诗》类。章学诚在《文史通义》中认为，中国诗评（诗话）主要有两种形式："论诗及事"和"论诗及辞"。中国诗评为何热衷于"论诗及事"，事对诗又意味着什么？我们认为，对诗之"事"尤其是"本事"追溯的过程就是诗歌明朗化的过程。"事"不仅是诗歌缘起的依据，也是诗歌批评的依据。"事"依存于史书，读史也就能明辨诗歌事由。袁枚《随园诗话》就指出："读诗不读史，便不知作者事何所指。李焘《长编》载：宋真宗为李沆还债三十万。故宋人诗云：'新祠民祭祀，旧债帝偿还'。《唐书》载：王毛仲奏明皇：愿得宋璟为客。帝许之。故徐骑省《赠陈侍郎花烛》云：'坐客亦从天子赐，更筹须为主人留'。"③ 胡仔在《苕溪渔隐丛话（前集）》中也指出："余读史传，及旧闻于知识间，得少陵诗事甚多，皆王原叔所不注者，如《冬狩行》云：'白从献宝朝河宗。'"④

由上观之，不管从诗人心性还是从诗歌创作以及批评来看，诗之义不能不本于史书。之所以本于史书，其缘由就在于：诗与史本为一家。从缘事的角度看，诗与史书都是人类的诗性记忆，二者成为互文性存在也就不足为怪了。当然，需要指出的是，诗与史相通，亦有区别。在吴乔看来，叙事而不出己意，则史也，非诗也。诗与史相通由

---

① （汉）司马迁：《史记》，黑龙江人民出版社2004年版，第465页。
② （清）袁枚：《随园诗话》，王英志校点，江苏古籍出版社2000年版，第44页。
③ （清）袁枚：《随园诗话》，王英志校点，江苏古籍出版社2000年版，第313页。
④ （宋）胡仔纂集：《苕溪渔隐丛话（前集）》，廖德明校点，人民文学出版社1962年版，第70页。

于诗、史一源,诗与史相别源于诗、史分流。

(三) 易简天下:诗与史诗

近现代以来,随着中西史学以及诗学相互碰撞,产生了一个令中国人无比自卑的困惑——中国汉民族到底有没有史诗?赞成者有之,却让人捉襟见肘。单不说一千七百八十五个字的《孔雀东南飞》,就是《诗经》中《生民》《公刘》《绵》《皇矣》《大明》的联袂也难与一万五千字的《伊利亚特》以及十万多颂的《摩诃婆罗多》相媲美。与之相应,否定声音似乎更不绝于耳。这种声音不管是在过去还是在现在,也不管是在中国还是在国外,其言辞都给中国诗学带来了很大的阴影和无奈。黑格尔断言:"中国人却没有民族史诗,因为他们的观照方式基本上是散文性的,从有史以来最早的时期就已形成一种以散文形式安排的井井有条的历史实际情况,他们的宗教观点也不适宜于艺术表现,这对史诗的发展也是一个大障碍。"① 胡适在《白话文学史》中也指出:"故事诗(Epic)在中国起来的很迟,这是世界文学史上一个很少的现象。"② 这种史诗很少的现象确实让我们中国人既感到自卑,又感到无奈。

华夏民族到底有没有史诗?中国的史诗与诗有何本质的区别?胡适说:"绅士阶级的文人受了长久的抒情诗的训练,终于跳不出传统的势力,故只能做有断制、有剪裁的故事诗。"③ 朱光潜在《长篇诗在中国何以不发达》中提出了五个原因。第一,中国哲学思想的平易和宗教情操的浅薄。第二,西方民族性好动,理想的人物是英雄;中国民族性好静,理想的人物是圣人。第三,文艺上主观的和客观的一个分别固然不是绝对的,但是侧重主观或是侧重客观是可能的。第四,史诗和悲剧都是长篇叙事作品,中国诗偏重抒情,抒情诗篇幅不能长,所以长篇诗在中国不发达。第五,史诗和悲剧都是原始时代宗教思想的结晶,与近代社会状况和文化程度已不相容。

---

① [德]黑格尔:《美学》(三卷),朱光潜译,商务印书馆1981年版,第170页。
② 胡适:《白话文学史》,东方出版社1996年版,第53页。
③ 胡适:《白话文学史》,东方出版社1996年版,第47页。

笔者认为,中国史诗不发达主要有两方面原因。一是中国史、诗分野较早,且早期的史就尚简,一字褒贬。在中国,尽管"诗之义,不能不本于史",但"三代以降,史自史,诗自诗"。① 也就是说,夏商周三代,中国的史与诗的观念就出现了觉醒。敷说故事已让位于史,诗在很大程度上已放弃了敷说故事的功能。另外,中国哲学思维是易简思维,一切尚简。《周易》有"易则易知,简则易从"的思想。沈作喆《寓简》亦云:"凡处大事皆当易(难易之易)之。"② 中国的哲学和史学都尚简,诗又如何逆流而行?因此,巨制长篇的史诗在中国也就不大可能出现或受到关注。二是中国诗、歌融合较早,且歌的抒情已暗自僭越了诗的纪事功能,诗变为诗歌。上古时期,举代淳朴,相答为歌,即是诗也。闻一多在《歌与诗》中说:"'歌'的本质是抒情的,现在我们说'诗'的本质是纪事的","古代歌所据有的是后世所谓诗的范围,而古代诗所管领的乃是后世史的疆域"。③ 诗中融入较多需要反复讽咏的情,自然就不利于史诗中事的铺排和叙述。直到汉代,古人才再一次意识到诗与歌的区别。刘勰指出:"昔子政品文,诗与歌别,故略具乐篇,以标区界。"④

从诗学观念来看,中国古代有重情轻事的倾向,汉民族史诗也很难在情的樊篱中铺排事。《六艺论·论诗》云:"诗者,弦歌讽谕之声也。……及其制礼,尊君卑臣,君道刚严,臣道柔顺,于是箴谏者希,情志不通,故作诗者以诵其美而讥其过。"⑤ 君道刚严,不利于正言直述事件,故只能弦歌讽谕。李东阳《怀麓堂诗话》曰:"盖正言直述,则易于穷尽,而难于感发。惟有所寓托,形容摹写,反复讽咏……此诗之所以贵情思而轻事实也。"⑥《木兰诗》没有战事的详述,只有

---

① (清)钱谦益:《钱牧斋全集》,上海古籍出版社2003年版,第800页。
② (宋)沈作喆:《寓简》,中华书局1985年版,第44页。
③ 闻一多:《闻一多讲国学》,吉林人民出版社2009年版,第244页。
④ (南朝梁)刘勰著,陆侃如、牟世金等译注:《文心雕龙译注》,齐鲁书社1981年版,第82页。
⑤ 李学勤主编:《十三经注疏·毛诗正义》,北京大学出版社1999年版,第5页。
⑥ 丁福保辑:《历代诗话续编》,中华书局1983年版,第1374—1375页。

"旦辞黄河去，暮至黑山头"的空间事境。中国自古尚简，又重情轻事，故很少正言直述，而多比兴讽咏，史诗自然很难发展。

史诗在中国为何不发达？这一问题在中国古代其实并不是什么问题，之所以在现代得以凸显，与西方叙事理论强制阐释和华夏民族焦虑的心理有很大关系。诗与史（事）对于每一个民族来说，都是与生俱来的问题。它们之间没有优劣之分，只有品性差异。

四 小结

无疑，人类既需要抒情，也需要纪事。前者把人的空间情谊充盈起来，后者把人的时间记忆丰富起来。可以说，史、事、诗是人类诗性生存与诗性记忆、生命体验之间的交汇。

从史与事的关系来看，史与事的本质是充实的时间，只不过事是史的构成因。事与史都需要借助"言"来实现"记"的功能，不然事就无法实现自己。从事与诗的关系来看，诗作为事件存在，不仅诗外有事，而且诗内亦有事。前者是诗的动力因，后者是诗的质料因。中西诗学、古今诗歌之所以不同，主要就是由于各自经历的事件不同。从诗与史诗的关系来看，如果按照闻一多先生"古代歌所据有的是后世所谓诗的范围，而古代诗所管领的乃是后世史的疆域"的话理解，我们所谓的诗其实是抒情的歌，而史则是纪事的诗。诗史一体而互文，这是中国诗歌的精髓和灵魂，也是"诗言志"本义所在。

在中国古代，"文胜质则史"。不管是"水中着盐，饮水乃知"的用事之妙，还是"事美者其书亦工"的美学要求，诗与事和史有关，更与文有关。

第三节　文、事、诗

中华民族文明以止，得益于文脉相传。先贤俯仰之间、举手投足，皆以"文"化成天下。文一分殊，有类，也有别。"刚柔交错"是天之文；"文明以止"是人之文。儒家敏于事，以人文德泽四方；道家事无事,以道文颐养天年。在中国古代,"文"既是感性的,又是理性的。或者说,"文"既近于道,类于理,又可以感,可以见。朱熹认为,"理之发见可见者谓之文,文之隐微不可见者谓之理"①。譬如脉象之文必有病兆之理,文理为一也。中国文化讲求内外兼修、文理相通,事无悖谬,而相安无事。文、事、诗之间究竟有何关联?其审美的价值以及诗学的价值又何在?我们将从三者共有的特质——"言"开始探寻,然后由"言"及"辞",由"辞"到"质",从而进一步揭示出"文"对"事"以及诗的价值和意义,进而厘清一些含混的诗学命题。

一 文之于言: 言不顺则事不成

在中国古代,"文"是一个广延宽泛的概念,它上可指天文,下可指地文,中间亦可指人文。就人文而言,刘勰又细化为三种:五色的形文、五音的声文和五性的情文。在中国主流诗学看来,诗就是情文的结果。从缘事的角度看,诗有文情的,也有文事的。诗是语言的艺术、文字的修辞。如果想用语言文字诗性地记述事件,那么对事的文饰就必不可少。如孔子所说"言不顺则事不成",言事的方式、方法在某些时候甚至决定着事的成败。为何言顺就事成呢?言与事又有何关系?《朱子语类》云:"'言与事,似乎不相涉。'曰:'如何是不相涉?如一人被火,急讨水来救始得,却教它讨火来,此便是"言不顺",如何济得事!……皆言不顺做事不成。'"② 由此可知,言顺与事成紧密相连。诗离不开事,事离不开言,言离不开文。下面我们将在厘清文、言、事、诗之间关系的基础上,从缘事与文言的角度重新理解"诗言志,歌永言"这一古老的诗学命题。

(一) 文与言: 言以足志,文以足言

在中国古代,关于文与言的讨论至少有两派值得关注。一种是"言不由衷"派,以道家为代表。庄子云:"语之所贵者意也,意有所

---

① (清) 王阳明:《传习录》,阎韬注评,江苏古籍出版社2001年版,第15页。
② (宋) 朱熹:《朱子语类》,王星贤点校,中华书局1986年版,第1100页。

随。意之所随者，不可以言传也，而世因贵言传书。"① 另一种是"名之必可言"派，以儒家为代表。子曰："君子名之必可言，言之必可行也。"② 需要注意的是，尽管道家怀疑言传的功能，但庄子的寓言、重言和卮言毕竟也是言。在言行与达意方面，人类也很难找到比"听其言"更好的办法了。"志有之：言以足志，文以足言。不言，谁知其志。言之无文，行而不远。"③ 孔子引《志》之言主要表达了两层意思：一是"言以足志"；二是"文以足言"。言何以足志？文又何以足言？下面我们将对这两个命题加以阐释，以明晰文、言、志、诗的关系。

第一，"言以足志"。古人云："人之文，即人之言也。"而"不知言，无以知人也"。④ 可以说，"从心察言而知意"是比较切实的一种知人之法。但不得不承认，在察言而知意的过程中却也存在"子非鱼，焉知鱼之乐"的困惑，即言可察，志却隐。正基于此，古人特别强调直言。郑玄注曰："直言曰言，论难曰语。"⑤ "直"即不曲，"言顺事成"就在于"直在其中"。扬雄曰："言不能达其心，书不能达其言，难矣哉。惟圣人得言之解，得书之体。……故言，心声也。书，心画也。声画形，君子小人见矣。"⑥《毛诗正义》云："赋、比、兴如此次者，言事之道，直陈为正，故《诗经》多赋在比、兴之先。"⑦ 由此看来，古人一般是通过"直道"即"言为心声"达到"言以足志"的目的。或者说，"意诚心正"才能实现"言必有中"的愿望。写诗道事亦当如此，薛雪在《一瓢诗话》中认为，"诗者，心之言，志之声也。心不正，则言不正。志不正，则声不正。心志不正，则诗亦不正"⑧。也许就是在"言以足志"的信念之上，"诗言志，歌永言"才

---

① （清）王先谦：《庄子集解》，三秦出版社2005年版，第189页。
② 张卫中校注：《论语》，浙江教育出版社2011年版，第136页。
③ 廖名春、邹新明校点：《孔子家语》，辽宁教育出版社1997年版，第109页。
④ （宋）朱熹：《朱子语类》，王星贤点校，中华书局1986年版，第532页。
⑤ 李学勤主编：《十三经注疏·毛诗正义》，北京大学出版社1999年版，第1115页。
⑥ （汉）扬雄：《法言》，中华书局1985年版，第14页。
⑦ 李学勤主编：《十三经注疏·毛诗正义》，北京大学出版社1999年版，第12页。
⑧ （清）薛雪：《一瓢诗话》，杜维沫校注，见郭绍虞主编《中国古典文学理论批评专著选辑》，人民文学出版社1979年版，第92页。

成为中国古代诗学的中心议题。

第二,"文以足言"。《国语》云:"言,身之文也。言文而发之,合而后行,离则有衅。"① 之所以"文以足言",就在于声成文,谓之音。言比音而乐之,才可诵可观、行而久远。不管是《易传》"文言"之文还是《文心雕龙》"情文"之文,都是"言为文之用心也"。在中国古代,"文"主要通过"立象尽意"的方式,即通过感性方式传达不可言传之意。子曰:"书不尽言,言不尽意","圣人立象以尽意,系辞焉以尽其言"。王弼指出:"夫象者,出意者也。言者,明象者也。尽意莫若象,尽象莫若言。"②"象"是"文"的运用,而"文"使"意"犹未尽。《淮南子》云:"物之可以喻意象形者,乃以穿通窘滞,决渎壅塞,引人之意,系之无极。"③ 从深层上说,诗之美源于言之文,而诗之意源于文之言。意象、事象、事境等诗学概念都与文有千丝万缕的联系。有文必有象,古人"文以足言"就是通过"立象尽意"的方式得以完成的。其中言之文使言"思而咀之,感而契之",从而有了美学意蕴。基于此,古人才有"言之无文,行而不远"的美学思想。当然"文"也有两面性,即当诗在"四声八病"面前亦步亦趋时,"文"就会束缚诗的发展。

由上观之,诗不是越文越好,也不是直白就好。"文"的发展有自己的内在逻辑,犹《易》之贲卦所言,致饰亨尽,受之以剥。程颐解释说:"夫物至于文饰,亨之极也,极则必反,故贲终则剥也。"④ 章学诚指出:"事屡变而复初,文饰穷而反质,天下自然之理也。"⑤ "五四"以来,白话文运动就是中国古典诗文致饰、亨极而自反的结果。中国古代"以文化天下"是诗歌发展的一个阶段,同样现代不求文饰的白话文运动也是诗歌发展的一个阶段。这是两种不同的阶段,更是两种不同的"文"学观念。诗歌活动不是抽象、固定的,而是具

---

① 《国语》,上海古籍出版社 2015 年版,第 263 页。
② (魏) 王弼:《王弼集校释》,楼宇烈校释,中华书局 1980 年版,第 609 页。
③ 赵宗乙译注:《淮南子译注》,黑龙江人民出版社 2003 年版,第 1108 页。
④ (宋) 程颐:《易程传》,中华书局 1985 年版,第 115 页。
⑤ (清) 章学诚:《文史通义》,辽宁人民出版社 1998 年版,第 15 页。

体、生成的。刘勰《文心雕龙》云："时运交移，质文代变。"① 一时代有一时代的文，一时代也就有一时代的诗。

（二）言与事：言以载事，事信言文

毋庸置疑，言有文，行而远。但言不仅要有文，还要载事。不载事，则言之无物。只有"事信言文"，诗才能行得正、走得远。欧阳修云："某闻传曰：'言之无文，行而不远'，君子之所学也，言以载事，而文以饰言，事信言文，乃能表见于后世。"② 下面我们将从"言以载事"和"事信言文"两个方面阐发言、事、诗之间的关系，以进一步探讨古人是如何将事言为诗的。

第一，"言以载事"。在文字未兴之前，人类主要通过结绳来纪事。当别创文字，以代结绳，用书契以维事，"言以载事"从此兴焉。《礼记正义》引郑驳云："古者圣贤言事，亦有效三者，取象天地人。四者，取象四时。"③ 在古人看来，一切人事征兆尽在天地之象和四时之行中，此所谓纪事者，以事系日，而假外物之象以喻人事也。

首先，言为何能载事？一方面，有"事见于言，言以为事"之说；另一方面，有"成事不说，遂事不谏"之论。究竟言为何能载事？既取决于言自身的功能，也取决于事本身的特性。就言自身的功能来说，语言是人类交流的基本工具，通过语言不仅可以达情，也可以载事。就事本身的特性来说，段玉裁注曰："职，记微也。"④ 事的本质在于记微，记微又有待书契以维事。如果说言足以达意，那么言不仅可以"立象尽意"，也可以"载事尽意"。宋代文论家陈骙云："文之作也，以载事为难。事之载也，以蓄意为工。"⑤ 譬如"冯唐易老，李广难封"之所以能尽王勃之意，就在于言以载事的缘由。应该说，言能载事是由言与事自身的特性共同决定的，同时载事也使言充

---

① （南朝梁）刘勰：《文心雕龙》，郭晋稀注译，岳麓书社2004年版，第512页。
② （宋）欧阳修：《代人上王枢密求先集序书》，见曾枣庄等编《全宋文》第33册，上海辞书出版社、安徽教育出版社2006年版，第78页。
③ 李学勤主编：《十三经注疏·礼记正义》，北京大学出版社1999年版，第704页。
④ （清）段玉裁：《说文解字注》，中州古籍出版社2006年版，第117页。
⑤ （宋）陈骙：《文则》，中华书局1985年版，第3页。

实起来而言之有物。

其次，言如何载事呢？中国古人载事，主要有两大原则：一是序，二是简。

古代序与叙是有差别的，叙更多指向事件的时间性排列，而序既有空间性，又有时间性。对于序的释义，《尔雅》有"东西墙谓之序"的说法。与西方时间性叙事观念不同，中国序事更倾向于在空间中铺排事件。从社会层面上看，这种序事多带有政治的等级性和伦理的秩序性，即"序事，所以辨贤也"，"'以辨贤'者，以其事别所能也"。① 中国史学受此影响很大，顾炎武《日知录》云："古人作史，有不待论断，而于序事之中即见其旨者，惟太史公能之。……皆史家于序事中寓论断法也。"② 就诗学而言，也有序事。袁枚指出，"本朝诗家，序事学古乐府《孔雀东南飞》而绝妙者，如陈元孝之《王将军歌》"③。中国古代除了对事言之有序外，还特别强调言简以载事。宋代文论家陈骙《文则》云："且事以简为上，言以简为当。言以载事，文以著言，则文贵其简也。"④ 事简的原则使中国史学不仅具有微言大义的特征，而且具有文学的色彩。当然从相反方向看，事简的载事方式也使中国长篇叙事诗较为匮乏。

第二，"事信言文"。人类以历事的方式生存，做事和言事是不可或缺的。做事是人物质生存的需要，言事则是人精神生存的需要，二者缺一不可。每一个民族在做事的过程中都会形成不同的言事方式和原则。中国人做事和言事不仅强调"言必信"，而且也强调"行必果"。《周易》提出"贞固足以干事"的思想。《朱子语类》云："'贞固足以干事'。贞，正也，知其正之所在，固守而不去，故足以为事之干。干事，言事之所依以立，盖正而能固，万事依此而立。"⑤ 由此看来，人做事和言事都要知其正之所在，如此才能言必行，行必果。

---

① 李学勤主编：《十三经注疏·礼记正义》，北京大学出版社1999年版，第1439页。
② （明）顾炎武：《日知录》，（清）黄汝成集释，岳麓书社1994年版，第891—892页。
③ （清）袁枚：《随园诗话》，王英志校点，江苏古籍出版社2000年版，第70页。
④ （宋）陈骙：《文则》，中华书局1985年版，第2页。
⑤ （宋）朱熹：《朱子语类》，王星贤点校，中华书局1986年版，第1709页。

在事信的基础上再加以言文，诗文才能真正可靠。在中国古代，即便是小说也多以"真实"的而非虚构的方式面世，志怪小说也不例外。干宝《搜神记》序云："访行事于故老，将使事不二迹，言无异途，然后为信者，固亦前史之所病。"① 在诗学方面，王充《论衡》提出"语增"和"艺增"的现象，并加以批判也是基于事信的考虑。王充指出："世俗所患，患言事增其实。著文垂辞，辞出溢其真，称美过其善，进恶没其罪。"② 宋代关于"夜半钟声到客船"的争论也是基于对事信的考量。之所以中国古代对于"艺增"现象的讨论难分难解，我们认为，很多古人混淆了事信和事真的概念。事信不一定是真实的事件，却是可信的事件。事真是真实的事件，但并不见得可信。前者可称为艺术的真实；后者则可称为生活的真实。事信与事真，或者说艺术的真实与生活的真实有其内在的渊源，但二者还是有一定的质差。亚理斯多德在《诗学》中指出："一件不可能发生而可能成为可信的事，比一件可能发生而不可能成为可信的事更为可取；但是情节不应当由不近情理的事组成；情节中最好不要有不近情理的事；如果有了不近情理的事，就该把它摆在布局之外。"③ 诗与史不分，就容易将史之事真引入诗之事信，从而影响诗对事的正当处理。应该说，事信是艺术的真实，可信的虚构才能最大化地满足人诗性的需要。在生活中，有事应言，则言不为文饰。事真是生活的真实，实事求是才能使做事和言事有基本的保证。在艺术中，因文生事，则言不仅文饰，还要虚构。二者有所区辨才能对艺术与生活有清醒的认识，才能从真正意义上提升生活的品质和艺术的品质。当然关于日常生活审美化的问题是诗性艺术与日常生活相互转化的问题，而不是二者本质的问题。

一言以蔽之，"言以载事"是言的基本功能，它使言之有物；"事信言文"是言的基本原则，它使言之可靠。只有"言以载事"与"事

---

① （晋）干宝：《搜神记》，贾二强校点，辽宁教育出版社1997年版，第1页。
② （汉）王充著，袁华忠、方家常译注：《论衡全译》，贵州人民出版社1993年版，第252—256页。
③ ［古希腊］亚理斯多德：《诗学》，罗念生译，中国戏剧出版社1986年版，第59页。

信言文"协同发展，诗才能既有历史的深度，也有美学的高度。"乐府双璧"以及白居易的《长恨歌》就是中国言事诗的深度与高度。

（三）诗与言：诗以言志，歌以永言

诗与言有何关系？《尚书》的回答是："诗言志，歌永言。"下面我们将从事的角度对"诗以言志"和"歌以永言"加以重新认识，以便深入地理解我国古代的诗歌观念。

第一，"诗以言志"。"诗言志"被誉为中国诗论的"开山的纲领"。"志"究竟是何意？历代诗论多将"志"训为志向和情意。除此之外，其实"志"还有记忆之义。闻一多指出："志有三个意义：一记忆、二记录、三怀抱。"① 其实"止"，甲骨文为𝌀，小篆为止，并非从止下一，也并不像人足停止在地上。与之相似，之，甲骨文为𝌀，小篆为㞢。《说文》释"之"为"出也，象草过中枝茎益大有所之。一者，地也"。②《说文》云："志，意也，从心之声。"③《释名》有"诗，之也，志之所之"的具体解释。因此，㞢不仅不是停止的意思，反而是发出的意思。故《毛诗序》云："诗者，志之所之也。在心为志，发言为诗。"《传》曰："心之所之谓之志。心有所之，必形于言，故曰诗言志。"即"虽有所适，犹未发口，蕴藏在心，谓之为志。发见于言，乃名为诗。"④ 也正基于此，《汉书艺文志》才有"诵其言谓之诗"的断言。一言以蔽之，诗的外在形式是"言"，诗的内在内容是"志"。可以说，"诗以言志"的理论基础就是"言以足志"，而足志之志既可以是所达之情，也可以是所记之事。

"诗言志"之志训为记，为我们重新理解诗打开了一条新的思路。从此角度看，诗就是诗性记忆的语符化。诗人在于描述可能发生的事，唤醒人对生活的记忆，使人真正感受到事物与自身存在而富有诗意。诗为记忆或回忆，也并非中国的独创。在西方，柏拉图亦有"见到尘

---

① 闻一多：《闻一多讲国学》，吉林人民出版社2009年版，第241页。
② （汉）许慎：《说文解字》，岳麓书社2006年版，第127页。
③ （汉）许慎：《说文解字》，岳麓书社2006年版，第217页。
④ 李学勤主编：《十三经注疏·毛诗正义》，北京大学出版社1999年版，第6页。

世的美，就能回忆起上界真正的美"的回忆说。王一川指出："回到'志'即'记忆'或'回忆'的本义上来，于是，中西诗学在这里得出同一命题：诗言回忆。"① 从事的角度看，"事"是人类历史记忆的最基本构成元素，"诗言志"所引发的诗性记忆当然离不开事的构造。由此看来，《汉书艺文志》关于乐府诗"感于哀乐，缘事而发"的断定并非空言，而是有着充分的人论与诗论基础的。

第二，"歌以永言"。对"诗言志，歌永言"的诗学命题历来解释很多，朱熹认为，心有所之，必形于言，故曰"诗言志"；言有长短之节，故曰"歌永言"。永即长也，长言之。在中国古代，歌与可、哥和謌相通。甲骨文𠮷是象形字，像人之口气舒也。金文謌从言，可声，形声字。小篆歌从欠，从哥，歌亦声，为会意兼形声字。段玉裁就有"汉书多用哥为歌"的说法。歌很有可能就是由哥或可衍化而来的。《广韵》训哥为古歌字。《说文》云："哥，声也。从二可。古文以为謌字。"② 所谓"可，肎也。从口丂，丂亦声。"③ 段玉裁《说文解字注》云："哥，肎也。从口丂。口气舒。丂亦声。"④《说文》亦有"咏，歌也"之训。明代杨慎《丹铅杂录》云："肉言歌者，人声也，出自胸臆，故曰肉言。……唐人谓徒歌曰肉声，即《说文》肉言之义也。"⑤《毛诗正义》云："'歌所以长言诗之意'是永歌、长言为一事也。……《乐记》先言长言之，乃云嗟叹之。此先云嗟叹之，乃云永歌之。直言既已嗟叹，长歌又复嗟叹，彼此各言其一，故不同也。……然则在心为志，出口为言，诵言为诗，咏声为歌，播于八音谓之为乐，皆始末之异名耳。"⑥ 正由于此，《汉书艺文志》才有"咏其声谓之歌"的断言。一言以蔽之，歌为声之曲折，又长言之即人之口气舒也。

---

① 王一川：《中国的"诗言志"论与西方的"诗言回忆"论》，转引自黄药眠、童庆炳主编《中西比较诗学体系》，人民出版社1991年版，第105页。
② （汉）许慎：《说文解字》，岳麓书社2006年版，第101页。
③ （汉）许慎：《说文解字》，岳麓书社2006年版，第101页。
④ （清）段玉裁：《说文解字注》，中州古籍出版社2006年版，第204页。
⑤ （明）杨慎：《丹铅杂录》，中华书局1985年版，第336页。
⑥ 李学勤主编：《十三经注疏·毛诗正义》，北京大学出版社1999年版，第6页。

综上所言，书契未兴，歌与诗皆为声，浑然为用，但自汉代"子政品文，诗与歌别"后，歌与诗开始分化——"乐辞曰诗，咏声曰歌"。"辞"主要诉诸视觉，"声"主要诉诸于听觉。就"乐辞曰诗"而言，写诗要"触事兴咏"，读诗则要"知人论世"。就"咏声曰歌"而言，"声成文谓之音"，故"咏其声谓之歌"。歌与诗审美感知分化的转变加大了歌与诗的界限——歌似乎只是为了听，而诗不仅能听，亦可观，即"以文字为诗"。宋代胡仔《苕溪渔隐丛话（前集）》引《西清诗话》云："昔人谓诗中有画，画中有诗者，盖画手能状，而诗人能言之。"① 从早期歌与诗所表达的内容来看，歌多抒情，而诗多纪事。闻一多先生在《歌与诗》中指出："想象原始人最初因情感的激荡而发出有如'啊''哦''唉'或'呜呼''噫嘻'一类的声音，那便是音乐的萌芽……这样界乎音乐与语言之间的一声'啊——'便是歌的起源。"② 闻一多先生认为，"诗与歌根本不同之点"即"'歌'的本质是抒情的，现在我们说'诗'的本质是纪事的，诗与歌根本不同之点，这样就完全明白了"③。"诗言志，歌永言"，诗歌不仅离不开语言这一工具，而且也离不开缘事这一前提。言顺而事成，言文而诗成，言、事、诗有着内在的因缘关系。

二 文之于事：事胜辞则伉，辞胜事则赋

在中国古代，言之义与辞之义不同。一般来说，直言曰言，文言曰辞。《说文解字注》引孔子云："言以足志，词之谓也。文以足言，辞之谓也。"④ 扬雄云："诗人之赋丽以则，辞人之赋丽以淫。"⑤ 章太炎亦云："不足以启人思，亦又无以增感，此不得言文辞，非不得言文也。"⑥ 下面我们将对文与事、辞与事加以研究，以便寻找文之于事

---

① （宋）胡仔纂集：《苕溪渔隐丛话（前集）》，廖德明校点，人民出版社1962年版，第208页。
② 闻一多：《闻一多讲国学》，吉林人民出版社2009年版，第239页。
③ 闻一多：《闻一多讲国学》，吉林人民出版社2009年版，第244页。
④ （清）段玉裁：《说文解字注》，上海古籍出版社1981年版，第430页。
⑤ （汉）扬雄：《法言》，中华书局1985年版，第5页。
⑥ 章太炎：《国故论衡》，上海古籍出版社2003年版，第52页。

的诗学原则与方法。

（一）文与事：物杂为文，事比有类

章学诚《文史通义》云："物相杂而为之文，事得比而有其类。知事物名义之杂出而比处也，非文不足以达之，非类不足以通之，六艺之文，可以一言尽也。"① "物杂为文"与"事比有类"有何关系，其对诗歌创作又有何启示？

就"文"而言，《周易》最早提出"物相杂，故曰文"的观念，《国语》也有"声一无听，物一无文"的思想。由此可见，"文"至少是两种力量（如阴阳）相克相生的产物。就"类"而言，《周易》还提出"方以类聚，物以群分"的思想。万物类聚而群分，事也不例外。《礼记·经解》有六教之说，其中"属辞比事，《春秋》教"为"不乱"之教。孔颖达疏云："'属辞比事，《春秋》教也'者，属，合也。比，近也。《春秋》聚合、会同之辞，是属辞，比次褒贬之事，是比事也。"② 李光地云："《春秋》之教，所谓'比事'者，以同类之事相例也。所谓'属辞'者，考其上下文以见意也。"③ 比事最早是在史学中运用，后广泛运用于诗学。譬如袁枚《随园诗话》云："属词比事，非元、白、梅村不可。"④ 就事类而言，刘勰《文心雕龙》曰："事类者，盖文章之外，据事以类义，援古以证今者也。"⑤ 譬如"庄生晓梦迷蝴蝶，望帝春心托杜鹃"就运用了"事比有类"的创作方法。宋代诗论家从"事比有类"的角度指出，"庄生晓梦迷蝴蝶"是"适也"，"望帝春心托杜鹃"则是"怨也"。庄生与望帝之事有类，比次属对而生适、怨之义。"事比有类"是"物以类聚"思想在诗学中的具体运用，对诗歌影响较大。在中国古代，文事除了"事比有类"的比事，还有编排事件即时间性叙事、空间性序事、对偶性事对等文事方法。

---

① （清）章学诚：《文史通义》，李春伶校点，辽宁教育出版社1998年版，第5页。
② 李学勤主编：《十三经注疏·礼记正义》，北京大学出版社1999年版，第1369页。
③ （清）李光地：《榕村语录　榕村续语录》，陈祖武校校，中华书局1995年版，第279页。
④ （清）袁枚：《随园诗话》，王英志校点，江苏古籍出版社2000年版，第113页。
⑤ （南朝梁）刘勰：《文心雕龙》，郭晋稀注译，岳麓书社2004年版，第378页。

总而言之，"物杂为文"使事在其内部有了张力的本能；"事比有类"则使事在其外部有了积聚的潜能。诗的历史深度与美学高度就是由"物杂为文"与"事比有类"协同完成的。但需要注意的是：诗如何处理辞与事的关系，才能使诗既有历史深度，又有美学高度呢？这是需要进一步解释的重要问题。

（二）辞与事：君子尚事，事辞称经

诗人在述事的过程中，究竟是辞更为重要，还是事更为重要，在中国古代存在尚辞和尚事之争。墨家尚事，有"事无辞也，物无违也"之论；易家尚辞，有"修辞立其诚"之说；儒家尚中，有"辞达而已矣"之议。扬雄云："或问：'君子尚辞乎？'曰：'君子事之为尚。事胜辞则伉，辞胜事则赋，事辞称则经。'"① 章太炎在《国故论衡》中解释说：

> 《法言·吾子》云：诗人之赋丽以则，辞人之赋丽以淫。……事胜辞则伉，辞胜事则赋，事辞称则经。以是见韵文耦语，并得称辞，无文辞之别也。……古者简帛重烦，多取记臆，故或用韵文，或用耦语。为其音节谐适，易于口记，不烦记载也。②

下面从"事胜辞则伉"与"辞胜事则赋"两个方面谈谈辞与事的关系，并推导出"事辞称则经"的诗学原则。

第一，"事胜辞则伉"。事见于言，言而有信，秉直而见。辞见于文，言之无文，行而不远。前者求真，辞达而已。后者求美，娱人耳目。如果诗人作诗事胜于辞则必然有伉。何谓伉？《康熙字典》的解释是"直"。"直"固然对事或史有利，但对诗来说则有害。王廷相在《与郭价夫学士论诗书》中就指出"言征实而寡余味也，情直致而难动物"的诗学主张。欧阳修举例指出："如贾岛《哭僧》云'写留行道影，焚却坐禅身'，时谓烧杀活和尚，此尤可笑也。若步随青山影，

---

① （汉）扬雄：《法言》，中华书局1985年版，第5页。
② 章太炎：《国故论衡》，上海古籍出版社2003年版，第52页。

坐学白塔骨，又独行潭底影，数息树边身，皆岛诗，何精粗顿异也。"①贾岛《哭僧》之所以可笑，固然有"诗人贪求好句，而理有不通"的原因，更与僧焚坐禅之事描写太直有关。与之相反，"步随青山影""数息树边身"数语则述事精微、含蓄蕴藉，与"焚却坐禅身"精粗顿异。正是基于事辞相待而生的诗学要求，明代诗论家钟惺才说："事与诗文，道上子也。……唯是以作者之才，为述者之事，以述者之迹，寄作者之心，使古人事辞从吾心手，而事辞之出自古人者，其面目又不失焉。"②

第二，"辞胜事则赋"。言是人之声，故言为心声，以直为上；辞是言之文，故辞为文言，以美为上。也正由于此，扬雄才有"辞胜事则赋""辞人之赋丽以淫"的论断。所谓"辞胜事则赋"也就是辞之美胜于事之直的时候就会有赋的现象发生。何谓赋呢？在汉代，赋既是一种文体，也是一种方法。就文体而言，赋就是不歌而颂，辞必巧丽的古诗之流。可以说，美而丽是赋的基本特征。如刘勰所云："丽词雅义，符采相胜，如组织之品朱紫，画绘之著玄黄，文虽杂而有质，色虽糅而有本。此立赋之大体也。"③就方法而言，"《诗》有六义，其二曰赋。赋者，铺也，铺采摛文，体物写志也"④。从赋比兴的手法来看，"赋者铺陈其事，比者引物连类，兴者因事感发"。赋与事和丽有关，故"辞胜事则赋"。譬如汉之赋、六朝诗都有"辞胜事"的倾向，即所谓"俪采百字之偶，争价一句之奇"的丽辞倾向。诗如果"辞胜事"就会缺乏兴寄和风骨，而言之无物。唐诗就是在对辞与事的衡量与决绝中取得胜利的。

第三，"事辞称则经"。为何"事辞称则经"？何谓"事辞称"？称又为何意？《康熙字典》对称的解释是"适物之宜也"，即"事辞称"是事辞相称之义。也就是说，事辞内外相称，才可能成为"经"典。

---

① （清）何文焕辑：《历代诗话》，中华书局1981年版，第269页。
② （明）钟惺：《隐秀轩集》，李先耕、崔重庆标校，上海古籍出版社1992年版，第243页。
③ （南朝梁）刘勰：《文心雕龙》，郭晋稀注译，岳麓书社2004年版，第95页。
④ （南朝梁）刘勰：《文心雕龙》，郭晋稀注译，岳麓书社2004年版，第85页。

如果用现代语言来表述，那么事即是客观的存在，辞则是主观的表达，"事辞称则经"就是指主观与客观的完美统一。与之相反，如果偏于主观而没有客观的依据，则容易"巧言令色，鲜矣仁"；如果偏于客观而没有主观的修辞，则容易"言不顺则事不成"。"事辞称则经"其实就是要求事是辞之事，辞是事之辞，即如文如其人，不容半点矫揉造作。刘熙载云："扬子曰：'事辞称则经'，韩昌黎则曰：'辞不足不可以为成文'，此'辞'字大抵已包理事于其中。"① 在中国古代，"事辞称则经"既是史学的最高原则，也是诗学的最高原则。苏洵有言："迁、固史虽以事、辞胜，然亦兼道与法而有之，故时得仲尼遗意焉。……其一曰隐而章，其二曰直而宽，其三曰简而明，其四曰微而切。"② "简而明""微而切"既是史的美学要求，也是诗的美学追求。

三 文之于诗： 想象以为事， 惝恍以为情

清代诗论家叶燮指出："作诗者，实写理、事、情……不可施见之事，不可径达之情，则幽渺以为理，想象以为事，惝恍以为情，方为理至、事至、情至之语。"③ 如果说"理、事、情"是诗之质，那么"幽渺、想象、惝恍"则是诗之文。下面我们将从缘事维度重新审视文（美）对诗的独特价值、质（事）对诗的构成意义，以进一步探讨诗的内容与形式的问题。

（一）事与情：触事兴咏，尤所钟情

"事"是行动的时间记忆，"情"是心志的空间表达。没有无缘无故的情，情背后都有事的根由；也没有无动于衷的事，事都有情的融入。从诗学上看，如果诗人所表达的情无事，那么情就是无病呻吟的矫情；如果诗人所记述的事无情，那么事就是无关痛痒的赘事。也正

---

① （清）刘熙载：《艺概笺注》，王气中笺注，贵州人民出版社1980年版，第115页。
② （宋）苏洵：《苏洵集》，邱少华点校，中国书店2000年版，第77页。
③ （清）叶燮：《原诗》，霍松林校注，见郭绍虞主编《中国古典文学理论批评专著选辑》，人民文学出版社1979年版，第31页。

基于此，唐代孟棨才提倡"触事兴咏，尤所钟情"的诗学思想；宋代魏泰才力主"缘事以审情"，主张"诗者述事以寄情"的诗学观点；明代陆时雍才提出"未有事离而情合者"的诗学命题。

就缘事与缘情两种诗学观念比较来看，缘情靠近心学，善比兴，属空间审美；缘事依傍史学，善赋辞，属时间审美，故史之心即诗之心，诗人描述可能发生的事。具体来说，诗之起有缘情体物的，也有缘事兴咏的；诗之作有因文生情的，也有因文生事的；诗之美有意境传达的，也有事境显现的；诗之评有情志为本的，也有事义为根的。就西方叙事与中国序事比较来看，叙事属于时间性范畴，以"事件为先"；序事属于空间性范畴，以"秩序为准"。前者的情不露声色，后者的情溢于言表。在中国古代，由于受主流诗学观念的影响，即使是纯正的言事诗，也多是"触事兴咏，尤所钟情"。这也许既是中国缘事诗学的亮点和特色，也是它最大的不足和缺憾。

（二）诗与文：文质彬彬，然后为诗

按照刘勰的说法，立文之道，其理有三：形文、声文和情文。我们认为，除了三者之外，还有事文。下面将围绕声、形、事对诗与文加以阐释。

第一，诗与声文。《汉书艺文志》云："诵其言谓之诗，咏其声谓之歌。"① 郑玄注曰："以声节之曰诵，发端曰言。"② 贾公彦疏云："'以声节之曰诵'者，此亦皆背文，但讽是宜言之，无吟咏，诵则非直背文，又为吟咏以声节之为异。"③《毛诗序》云："诗者，志之所之也。在心为志，发言为诗。情动于中，而形于言；言之不足，故嗟叹之；嗟叹之不足，故咏歌之；咏歌之不足，不知手之舞之、足之蹈之也。"④ 声文如何与事相通相连的呢？在中国古代，声有宫、商、角、徵、羽五种，其中"徵为事"。为何"徵为事"？《乐记》有"徵乱则

---

① 张舜徽：《汉书艺文志通释》，湖北教育出版社1990年版，第50页。
② 李学勤主编：《十三经注疏·礼记正义》，北京大学出版社1999年版，第1029页。
③ （汉）郑玄注，（唐）贾公彦疏：《周礼注疏》，上海古籍出版社1990年版，第334页。
④ 李学勤主编：《十三经注疏·毛诗正义》，北京大学出版社1999年版，第6页。

哀，其事勤"的解释。更进一步说，为何徵声乱，其事勤呢？《乐记》的推理是，声成文，谓之音，而音者，生人心者也。故声音之道，与政通矣。基于此，《乐记》云："治世之音安以乐，其政和。乱世之音怨以怒，其政乖。亡国之音哀以思，其民困。"① 所谓"诗可以观""子之武城，闻弦歌之声"等都说明声与事相通。一首诗采用什么声、什么调与诗所表达的意有关，也与诗人经历、面对的世事有关。"诗为心声，文为行辅"，"文不正则声不应。何以谓之不正不应。天地笼万物，物物各有其状，各有其态。指言之不当则不应。由是圣人删诗，取之合于韶武"。② 诗的格调与事有着密切的关系，而且声文相应。

第二，诗与形文。诗不仅是有声的存在，也是有形的存在。也就是说，诗不仅是用来听的，也是用来看的。之所以说诗也是用来看的，是由于诗从文字兴盛以来多以遣词造句为务，形体的美成为诗最重要的追求之一。"昔子政品文，诗与歌别"，"乐辞曰诗，咏声曰歌"。③ 陆机《文赋》曰："每观才士之所作，有以放言遣辞而得其用心。"④ 刘勰《文心雕龙》言："古来文章，以雕缛成体，岂取驺奭之群言雕龙也？"⑤ 这种诗学观念及至宋代"以文字为诗"而登峰造极。形文是如何与事相辅相成的呢？首先，从文字的角度看，字有指事造形的，也有醒目响亮的。前者就是指事字，后者就是响字。对此我们已有论述，不再赘述。不过需要强调的是，响字与指事字之所以能"望文生义"，就在于响字与指事字内含着事。其次，从结构的角度看，诗的形制有古体和近体之分。细而言之，有二言、四言、五言、七言以及律诗、绝句之分。钟嵘指出："夫四言，文约意广，取效风骚，便可多得。每苦文繁而意少，故世罕习焉。"⑥ 其中意既有理和情之义，也有事之义。我们认为，之所以五言取代四言以及长短句的词取代规整

---

① 李学勤主编：《十三经注疏·礼记正义》，北京大学出版社1999年版，第1077页。
② （唐）黄滔：《答陈磻隐论诗书》，《黄御史集》卷七，四部丛刊影刊本。
③ （南朝梁）刘勰：《文心雕龙》，郭晋稀注译，岳麓书社2004年版，第79—80页。
④ （晋）陆机著，张怀瑾译注：《文赋译注》，北京出版社1984年版，第18页。
⑤ （南朝梁）刘勰：《文心雕龙》，郭晋稀注译，岳麓书社2004年版，第576页。
⑥ （南朝梁）钟嵘：《诗品全译》，徐达译注，贵州人民出版社1990年版，第9页。

的诗，当然与诗歌自身发展有关，但也与人情世事有关。在某些时候，后者甚至更起到关键性的作用。因为时代性的世事更具整体性，它一般能决定社会的走向和人情的取向。诗只有沿着这种普遍的审美取向游走，才具有时代性和生命力。"文变染乎世情"，诗的形制定有世事的烙印。

第三，诗与事文。从时间性上看，事有过去的事、现在的事和将来的事。从事与现实的关系来看，有现实的事和虚构的事。在诸多的事中，古希腊的亚理斯多德以及中国的叶燮都认为，"可能发生的事"或"想象之为事"是诗人最应该描述的。究其根源，"可能发生的事"或"想象之为事"可能是最易于文的原因。也许如"鬼魅不世出，而狗马可日见也"，可能的或想象的才是最富诗性魅力的存在。这种事可以顺着笔性"因文运事"，而不必算计文字"以文运事"，这样诗人也就被解放出来，而赋予了更多的审美空间。

但需要补充的是，其实不管何种事，只要经过诗性化即以文化事，任何事都可以入诗。以"文"化"事"除了笔者没提到的比事，其实还有叙事、事对、序事、事类、事象、事境以及托事于物等各种文事的方法。与之相反，事不经过文化，就没有美感和归属感而杂乱无章。譬如杜甫在江南逢李龟年是最日常不过的事，但经过事象"正是江南好风景，落花时节又逢君"的文化，其事、其情溢于言表，诗意盎然。《兵车行》如何显现"君不见青海头，古来白骨无人收"的惨烈，杜甫从"车辚辚，马萧萧，行人弓箭各在腰"铺排其事，可谓叙之巧，文之妙。如果说，事是写什么的问题，文就是怎么写的问题。从传统诗学观念看，用精美的文勾画合情的事就是言事诗了。

四 小结

中华民族是一个"以文化天下"的民族。"物相杂而为文"的"文"化观念不仅是中国的一种哲学智慧和历史观念，更是一种美学思想和生存理念。就诗歌而言，情可文，事亦可文。对此，我们强调两种思想：一是"言不顺则事不成"；二是"事胜辞则伉，辞胜事则赋，事辞称则经"。依据这两种思想，我们明晰了文、事、诗的内在关系，这对重新认识中国古代诗歌以及"论诗及事"和"论诗及辞"的批评提供了新的路径。从此意义上说，诗人在于描述可能发生的事，以便唤醒人对生活的记忆，使人真正感受到事物与自身存在而富有诗意。

中国古代缘事诗学理论之所以可能，就在于它有深厚的文、史、哲基础。中国诗学缘事理论的高度在"哲"中体现，审美在"文"中展现，品性则在"史"中显现。

第二章　缘事范畴论

中国诗学的缘事理论核心概念有三个：事感、事象和事境。事感是诗的发生概念，孟棨《本事诗》明确提出。与物感相比，虽较晚出，但其观念早在"劳者歌事"的远古时代就开始了。事象是诗的创作概念，《周易》最早使用，据事象以喻人事。古诗用事多不直言其事，而是立象尽意，不尽之事见于象外。事境是诗的审美概念，起于唐，成于宋，兴于清。时间空间化是事境的审美特征。本书从人类历事生存出发，由"事"这一范畴衍生出事感、事象、事境三个概念，以此来勾勒和显现中国缘事诗学理论的隐在体系。

第一节　事感：触事感发论

毋庸置疑，宇宙万物相感相应，世间万事相接相随。《朱子语类》引林一之问："凡有动皆为感，感则必有应"，"如风来是感，树动便是应"。[①] 就诗歌而言，诗之所以产生与诗人的诗性感应有很大关系。"悲落叶于劲秋"是对物候的感应，"离群托诗以怨"则是对人事的感应。古往今来，贤人志士多致力于物感的研究，而相对忽略事感的开发。从中国诗学本土化、多元化发展的需要来看，这不能不说是一大遗憾。不可否认，"人心所以动者，外物使之然"的物感说有很强的

---

① （宋）朱熹：《朱子语类》，王星贤点校，中华书局1986年版，第1814页。

学理意义和实践价值,但物感从根本上说是以事感或情感即人的感应为前提的。从广义上来说,物感之"物"亦可笺注为"事",故"事物"多可以合称。黄宗羲就指出:"心感事而为物,感之之中,须委曲尽道,乃是格物。"① 从逻辑发生的前提来说,事感是先于情感和物感的。

中国诗学除了物感、情感说之外,其实还有事感说。与抒情传统的物感说不同,事感说是中国古代诗人基于人类历事生存有感必有应的缘事诗学传统而形成的一种诗歌发生学说。就言事诗创作而言,大凡诗人感于事而有所兴咏,然后指事造形,用事类义,游乎事境,而形于诗赋。事感有验见型事感和途说型事感,也有述事感思、即事感怀、托事感想等类型。从事感的角度创作和鉴赏诗歌,既是诗歌回到现实生活的标志,也是诗歌回到自身的努力。深入发掘和研究事感这一概念,不仅会使中国诗歌更具历史的深度感、美学的诗意感,而且会使中国诗学向着本土化、多元化的方向和谐发展。

一 事感的史与论

事感是中国诗学独创的一个概念。它既有自己的历史风貌,也有自己的理论基础。就历史渊源而言,事感是我国言事诗与缘事理论顺势发展的产物。从概念的角度看,事感较之于物感虽晚出,但从实际创作来看,触事感发的诗甚至要比物感之诗早得多。上古之时,火耕水耨,穴居野处,于事感发,伏羲氏有网罟之歌,葛天氏有操牛尾之乐。东周列国"王事靡盬,我心伤悲",诗多触事兴咏。秦汉以降,后世之诗即事兴怀者,亦多如牛毛。事感作为概念最早萌芽于汉代乐府诗兴盛之时。《汉书艺文志》"感于哀乐,缘事而发"的诗学观念,可以说是事感的胚芽。及至六朝,钟嵘《诗品》在提出"春风春鸟,秋月秋蝉"四候之感(物感)外,还提出了嘉会寄诗、离群托诗、楚臣去境、汉妾辞宫、解佩出朝、负戈外戍等感荡心灵的事感。伴随着

---

① (清)黄宗羲:《明儒学案》,沈芝盈点校,中华书局1985年版,第406页。

前贤筚路蓝缕的开拓以及大量即事兴怀诗的涌现，"事感"这一概念终于在唐僖宗光启二年（886）孟棨的《本事诗》中被明确提出。"以事系诗"的《本事诗》共分七题，其中最重要的前两题就是"情感"和"事感"。孟棨《本事诗》自序云："其间触事兴咏，尤所钟情，不有发挥，孰明厥义？因采为《本事诗》。"①据有关资料显示，七题各有小序，遗憾的是，现已遗失。孟棨对事感的界定，我们虽然不得而知，但从事感在七题中的位置，我们可以揣摩到"事感"在孟棨心目中以及唐诗创作中的地位。自孟棨明确提出"事感"这一概念以来，事感就比较普遍流行于诗歌创作与诗学的言说之中了。譬如宋代阮阅所撰《百家诗话总龟》，《前集》五十卷分四十五门，其中就有"故事""书事""感事"和"用事"四大门类。

不可否认，任何概念都有其外延的规定，也有内涵的框定。如果说事感概念在中国形成是中国诗歌创作对其外延历史演进规定，那么事感为何能产生诗则是中国缘事诗学理论对其内涵的本质框定。事感概念形成的动力源于什么？又如何界定事感的本质？下面我们将从生存论的"事"和感知论的"感"这两个维度对事感加以分析和阐释。

第一，从生存论角度看，事感是人类历事性生存的必然反应。人是以一件事接一件事的方式生存的，人在事面前并不是无动于衷，而是有所感发的。这种感发不是人与物之间移情的浅表感发，而是人与事之间入思的深度感发。可以说，人对事的感发不仅是人类历事生存的本能反应，而且也是政治、道德、伦理等意识形态的文化反应。从诗产生的角度看，凡触事感发，形于诗赋者，古人皆称为事感。

"事"为何能感发人的意志呢？古人认为，一方面，事无时无刻地存在于我们的身边，我们无法摆脱事的袭扰。如《二程遗书》所说："一事息，则一事生，中无间断。"② 另一方面，心无尽无休地与事相遇，心无所感绝无仅有。如黄宗羲在《明儒学案》中所说："人心曾有一刻无事时？一刻无事是槁灭也，故时时必有事……非可以有

---

① （唐）孟棨：《本事诗》，李学颖标点，上海古籍出版社1991年版，第3页。
② （宋）程颐、程颢：《二程遗书》，上海古籍出版社2000年版，第180页。

感而感论也。"① 一言以蔽之，心与事是相互感发、相互磨砺的一对存在。人无事，心寂然凝虑；人有事时，心则躁动不安。古人处事的最高境界就是：以无事之心，处有事之事。可以说，事是心性磨砺最好的试金石。黄宗羲指出："事上磨炼，一日之内，不管有事无事，只一意培养本原。若遇事来感，或自己有感，心上既有觉，安可谓无事？"② 由此看来，王国维对"客观之诗人，不可不多阅世"的告诫，并非空言。

毋庸置疑，中国缘事诗学理论的事感概念是有着深刻的生存论基础的，这种基础就来源于人时时必有事，一刻无事是槁灭的事实。在中国古人看来，人需要在事上磨炼自己的心性，遇事应感而又安若无事是古人的最高追求。中国诗歌内蕴其事，却如水中着盐，就是源于事感的奥妙。白居易阅事渐深而用旷达之心感事，故其诗"无事日月长，不羁天地阔"有旷达之美；孟郊阅事渐浅而用褊狭之心感事，故其诗"出门即有碍，谁谓天地宽"则有褊狭之蔽。人都于事中生存，也都有所感，但与诗人相比，就没有那么机敏、深刻和诗性了。

第二，从感知论角度看，事感是人类自身感应的必然产物。在古人看来，天下万事万物，都有感通之理。凡有动则必有感，感则必有应。譬如"草上之风必偃"，风来是感，草偃是应。天地相感，万物化生。君臣相感，天下和平。物有相随，故有相感；人有耳目视听，故有感也必有应。程颢一言以蔽之曰："天地之间，只有一个感与应而已，更有甚事。"③

何谓感？感即动人心者也，物能动人心，事亦能动人心。如果说，气之动物，物之感人是物感，那么事之动人，缘事而发则是事感。按照朱熹的说法，感应有两层意思：一是"以感对应而言，则彼感而此应"；二是"专于感而言，则感又兼应意"。④ 前者意在于：感与应不

---

① （清）黄宗羲：《明儒学案》，沈芝盈点校，中华书局1985年版，第638页。
② （清）黄宗羲：《明儒学案》，沈芝盈点校，中华书局1985年版，第586页。
③ （宋）程颐、程颢：《二程遗书》，上海古籍出版社2000年版，第198页。
④ （宋）朱熹：《朱子语类》，王星贤点校，中华书局1986年版，第2438页。

是单向的,而是双向的互动。后者则意在于:心不是纯客观的,而是有意向性的。对事感发要有历史感、诗意感,就不能仅仅停留在有感有应的本能之上,而是要有心意审美的意向性和认知性。事感的美学高度就在于:事我两忘、异质同构、互渗互融的浑然之美。此如"思无邪,思马斯徂",如果思马而马应,那么其思必无邪,其马必有疆。因此,创作出一首好的言事诗,不仅要求诗人在世事中磨砺而渐趋深刻、独到,而且也要求诗人对世事感发的角度独特、新颖。诗人与商贾、闾左的感事不同,诗人是用诗性的眼光看待事,用诗性的心胸来感应事。尽管诗发生的起点在于感,但并不是所有的感都能转化成诗。只有审美心胸加之"感又兼应意",才能转化成诗。由此看来,事能否转换成诗,与事感的方式、角度以及人的心胸有关。可以说,事感对于诗尤其是言事诗至关重要,因为它是诗之为诗的第一步。

综上所言,事感作为诗歌发生的起点以及中国缘事诗学理论的核心概念是中国诗学的独创,它不仅有着自己独特的历史演进轨迹,而且也有着生存论和感知论的理论基础。与西方模仿论的事感不同,中国的事感多指向事中的情,而西方的事感多指向事中事。一个强调"缘事以审情",另一个强调"事件的组合"。中国长篇叙事诗不发达以及言事诗的风格、形态多与事感的方式有关。

二 事感的类与质

事以感之,类以聚之。对事感分类,我们可以从事的类型着手,也可以从感的方式入手。就前者而言,由于事按时间先后可分为过去的事、现在的事和将来的事三种,那么事感以此可分为:述事感思型、即事感怀型和托事感想型三类。就后者而言,由于感按感官不同可分为眼见为实的感和耳听八方的感,那么事感以此可分为:验见型事感和途说型事感。

首先,依据事的类型不同,事感可分为述事感思型、即事感怀型和托事感想型三类。第一,述事感思型主要是对过去的事的一种感发方式。这种事感所述之事一般是神话传说、民间故事、历史事件、个人往事等已发生的事。譬如咏史诗、怀古诗多是这种类型。在中国古代，述过去之事更多地不是为了推演已发生的事，而是"借他人酒杯，浇自己块垒"以古来讽今。班固《咏史》之所以述"缇萦上书救父"之事，何尝不是自己身陷囹圄时的感发；杜甫《蜀相》之所以讲诸葛亮"出师未捷身先死"之事，何尝没有自己"百年多病独登台"的感触。中国古代这种事感的方式在某种程度上也就决定了中国诗歌很难形成史诗的叙事结构。第二，即事感怀型主要是对现在即时发生的事的一种感发方式。这种事感所言之事一般是诗人所亲历的正在发生的事。杜甫逢禄山之难，颠沛陇蜀，以诗系事的"诗史"，可以说是这种事感的实践标尺；白居易"文章合为时而著，歌诗合为事而作"的诗学思想，可以说是这种事感的理论旗帜。即事感怀型的事感多是即兴感发，这种事感也多是对即时发生的事的回应，具有较强的现实针对性。譬如《本事诗》载，宁王强娶卖饼者妻，饼师之妻迫于强权而无奈，只能双泪垂颊。此时，宁王却命王维赋诗。其诗曰："看花满眼泪，不共楚王言。"王维这首即事诗对现实之事的感发可谓微而显，志而晦，婉而成章。第三，托事感想型主要是对将来的事的一种感发方式。这种事感所托之事一般是未发生的想象之事。比如《诗经·硕鼠》"乐土乐土，爰得我所"就是对"食我黍"，却又"莫我肯顾"现实的批判以及对未来之事的想象。在中国古代，纯粹描述将要发生的事的诗并不多见，但古代诗谶现象却是十分常见的，尤其是汉代谶纬之学盛行的时期。比如据《本事诗·征咎》记载，刘希夷初春离世，与其诗《代白头吟》"今年花落颜色改，明年花开复谁在"就有谶纬的关联。

综观这三种事感，前两种事感即述事感思型和即事感怀型的事感在中国古代比较常见，出现的精品也较多。这可能主要取决于中国是一个有着浓厚的历史情怀和现实关怀的国度，即由诗的本事观念和功用观念相当浓重所造成的。中国没有形成纯粹的托事感想型诗歌可能与中华民族务实、不耽遐想的文化有关，但这绝不意味着中国诗歌里就没有想象、虚构的事。事感究竟起于过去的事、现在的事，还是将来的事，不同的诗学观念就会有不同的回答。诗应该是现实性和超越性的有机统一体。诗不是感于现实之事，其超越性又有何意义？同样诗不超越于现实之事，其与现实又有何分别？叶燮"想象之为事"与亚理斯多德"诗人描述可能发生的事"其实都有现实的土壤，而并非空中楼阁。因此，事感应观古今于须臾，抚未来于一瞬，挫万事于笔端，诗才能妙不可言。

其次，依据感官的形式不同，事感可分为验见型事感和途说型事感。第一，验见型事感是一种主要诉诸视觉感受事的方式。这种事感方式是从亲历者自身的文化背景、知识结构以及审美观念真切地感受、理解、编排事件。因此，这种事感事真、景切，既有如临其境的现场感特色，又有独一无二的个性化特色。比如《诗经·东山》"我徂东山，慆慆不归"的事，决定了我的所见多是"零雨其濛"，所感自然是"我心西悲"。《诗经·采薇》"昔我往矣""薇亦柔止"之事，则所见"杨柳依依"；"今我来思""我戍未定"之事，则所见"雨雪霏霏"。这种事感所带来的是一种事景相偕的美感。第二，途说型事感是一种主要诉诸听觉感受事的方式。俗话说，百闻不如一见。其实对于述事诗来说，也不尽然。不可否认，亲见的事是实，途说的事有虚。但途说中的事已是被认定有价值、可信的事，对这种事二度感发必然有特殊的审美价值。谢榛《四溟诗话》指出："写景述事，宜实而不泥乎实。有实用而害于诗者，有虚用而无害于诗者，此诗之权衡也。"① 亚理斯多德也认为对于诗的情节安排，"一件不可能发生而可能成为可信的事，比一件可能发生而不可能成为可信的事更为可取"②。

综上所言，验见出实，途说有虚。"实"给人真切感，"虚"给人奇妙感。有实有虚，才有滋有味。验见型事感与途说型事感有着不同的品性与审美趣味，二者各有所长，又有其短，不可责全求备，偏一而用。对于事感，实者虚之，虚者实之，虚实相生为妙。

---

① （明）谢榛：《四溟诗话》，中华书局1985年版，第12页。
② ［古希腊］亚理斯多德：《诗学》，罗念生译，中国戏剧出版社1986年版，第68页。

与生俱来，谓之性。事感作为中国诗学缘事理论的核心概念，与物感、情感和理感有着本性的不同。具体来说，事感不仅有时间性（事）的审美特性，而且有空间性（感）的审美特征。

第一，事感的本质特征是时间性。尽管人们对世界的感受都是以时间和空间的方式进行的，但是由于事的本质是一种充实的时间，那么事感主要就是对时间的感受。譬如《诗经·采葛》"一日不见，如三秋兮"，虽然诗中有情，但整体而言，这首诗的感发主要还是事感。因为"一日不见"之事"如三秋兮"的感受主要是对事的时间性感受，情只是事生情的结果。换句话说，事感之后所形成的充实性时间不过是事生情的产物。

当然触事感发所形成的充实性时间感受除了事生情，还有事生事和事生理两种。杜甫《江南逢李龟年》从"岐王宅里寻常见"过去之事到"落花时节又逢君"的当下之事是事生事的感发，此诗美的本质在于：时间的流动美即过去岐王宅里美好的记忆又在落花时节里重现，其事、其情得以诗性交会而美不胜收。唐穆宗长庆年间，元稹、刘禹锡、韦楚客在白居易居所以诗会友，谈及南朝兴废之事，其中刘禹锡《西塞山怀古》从"王濬楼船下益州"感发开始，最后以"人世几回伤往事，山形依旧枕寒流"为收。我们说"人世几回伤往事，山形依旧枕寒流"是一种充实性的时间感慨，而之所以这种时间是充实的，原因就在于这种时间性里说出了"理"。这种事感就是由事生理的感发，其美是深度的美，有内涵的美。总而言之，不管事感所引发的充实性时间的类型多么不同，也不管它们之间的审美感受多么不同，但事感的本质特性都是时间性，即事感围绕着过去、现在和将来的时间性展开充实性感受这一点是无疑的。

第二，事感的表现特征是形象性。笔者在古之史与事的观念研究中指出，中国人的知时、言事的智慧在于让时间在空间中显现。比如日拂于扶桑，是谓晨明；薄于虞渊，是谓黄昏。也就是说，对于中国人而言，事的时间性并不在事件的铺排中展开，而是在空间的形象中显示。譬如李商隐的诗句"夕阳无限好，只是近黄昏"对时间的感悟、人情的体验是在夕阳西下的景象中显示的。中国诗人的事感表现特征一般是"指事造形",即通过形象感发事义。这是中国事感的独特个性和审美特性,同时也是中国叙事诗不发达的主要原因。

中国诗人事感的形象性特征与中国人的感发形式有关,同时也与中国人的思维方式有关。从感发的形式来看,事感可以通过情节即事生事的方式表现,也可以通过形象即事生象的形式显现。西方热衷于前者,重情节而轻形象;中国热衷于后者,重形象而轻情节。需要指出的是,尽管中国叙事长篇也有情节,但与形象相比并不是中国诗人的首要关切。与西方"按照可然率或必然率描写可能发生的事"不同,中国古人更倾向于"假物象以明人事"。也许在中国古人看来,立象明事才有历史深度和美学意味。中国古人不善于感事后推演事,而善于感事后品评事。因此,中国诗人事感的表现特征是形象性。

第三,事感的感发特征是深度性。感知作为思维的前提,可分为浅部感知和深部感知两种。所谓浅部感知主要是指感官对事物的颜色、温度、形状等外在特性的把握,具有较强的直观性。诗学中的物感说就主要属于浅部感知。譬如钟嵘《诗品》"四候之感诸诗者"——"春风春鸟""秋月秋蝉""夏云暑雨""冬月祁寒"就属于浅部感知的产物。当然浅部感知即物之感人后也会摇荡性情(如"悲落叶于劲秋,喜柔条于芳春"),但物感之初主要属于浅表的感知。与之不同,所谓深部感知主要是指感官对历史、文化、道德以及情绪等非直观性的人文和心理的感知,具有较强的深度性。诗学中的情感和事感就主要属于深部感知。就事感而言,"事"本身就是内含着文化、道德、历史等观念,对其感发就不可能采用直观的形式,而是有一定的理性因素的渗入。

从物感与事感的差异来看,物感是浅部感知,有审美的自由性,而干预性不足。事感是深部感知,有充足的干预性,而审美自由性不够。李白《独坐敬亭山》在"众鸟高飞尽,孤云独去闲"之后可以尽情地享受"相看两不厌,只有敬亭山"带来的诗性自由。与杜甫《茅屋为秋风所破歌》"安得广厦千万间,大庇天下寒士俱欢颜"深情厚谊的事感相比，物感确实具有更多的审美自由，这也是中国诗学重物感而轻事感的主要原因。然而需要指出的是，物感由于本质上属于浅部感知，如果物感之后不继续深度化，就很容易堕入"极貌以写物""穷力而追新"的泥淖。事感虽然本质上属于深部感知，但是如果事感之后力避说教、直白而加以感性化处理（如指事造形），也可以走向审美的自由。譬如因事感而生的《长恨歌》不也诗兴盎然吗？事感的优势在于自身的深度性，言之有物而不空洞。当然事感的不足也源于这种深度性。事感的感发特征是深度性，其美学的特征就在于这种深度美学的特征。事感所引发的伦理叙事、文化叙事、政治叙事等都是属于事感深度性感知的延展。

总而言之，事感作为一种深度感知世界的方式，以其时间性的本质特性以及形象性的表现特性而成为中国诗歌尤其是言事诗感发的一种重要方式。可以说，事感建基于人类历事生存论和人性感应论的基础之上，它不仅是诗歌实践的起点，而且也是中国缘事诗学理论概念的起点。

三 事感的功与用

人在事中生存，不可能无动于衷，而是有感而发的。事感就是人类历事性、感应性生存的必然产物。观澜索源，研究事感对于人类日常生活诗性化以及缘事诗学理论的建构都具有积极的功用价值。如果说物感主要揭示人与物之间的诗性关系，那么事感则主要揭示人与人之间的诗性关系。也就是说，事感是对人与人之间行动结果的感发，它主要致力于人事的诗性化研究。具体而言，事感的功用价值主要表现为以下三个方面。

第一，生存论的功与用——事感诗性化能提升人类生活的品质，从而使日常生活审美化。毋庸置疑，人都生活在事件流之中，每个人也都会对事有所感发。但一般人对事的感发更多地是概念化、惯例化的，而深入灵魂的个性化、生命化的感发比较少。何以见得？按照海德格尔的说法，常人之所以"鹦鹉学舌"，就在于常人缺乏此在性，更多的是一种非此在的文化性生存。对于中国人而言,做事和言事的方式受儒、释、道文化观念的影响很大,甚至言听计从、概念化地看待和感受这个世界。不可否认,儒、释、道在中国文化语境下所形成的事的观念,一方面促成了中国人历事生存的理念,另一方面也束缚了人的日常生活。儒家多做、少说事,对事的感言不利;道家不做、不说事,对事的感受不利;释家四大皆空,空无一事,对事的感悟不利。与之不同,诗人的事感是在尊重文化、道德律令基础上,对事的感受是源自生命本能极具个人化的真切感受。这种感受既是此时此在的感受,又是贯古通今、继往开来的感受,即所谓"观古今于须臾,抚四海于一瞬"的诗性感受。如海德格尔所指出的,诗人在贫乏时代的职责就是要引领常人走出历事生存被抛的"沉沦"境域,而走向"诗意的栖居"。常人与诗人最大的区别就在于:常人时常"怕"和"畏",而陷入"人云亦云"之中;诗人时常无所畏惧,而"执着于神的踪迹"。用孔子的话来说,就是"君子坦荡荡,小人长戚戚";用庄子的话来说,就是"众人匹之""有所待","神人无功""逍遥游"。与众人的事感不同,诗人事感由于主要是对人事的审美化感发,这种鲜活的、指向未来的感发对日常生活的品质提升具有积极的意义。陶渊明感事尘网三十年,归园田居是一种诗性;欧阳修退居汝阴,而以事系诗以资闲谈也是一种诗性;苏轼谪置惠州,不言贬谪之苦,却自得其乐,"不辞长作岭南人"更是一种诗性。这一切都是感事于诗的力量,这种源自世事的诗性力量对日常生活的惯例化、概念化有着天然的消解性。毋庸多言,事感除了有物感的审美价值外,还有日常生活诗性化、品质化的生存论价值和意义。

第二,创作论的功与用——事感实践化能充实和丰富诗歌的内涵,从而使诗歌更具现实性。一首诗是何种风格、有何价值与其创作时感发的方式有很大关系。如果诗人采用物感,在物我交感之后,以外无物,内无我,物我两忘为上。这种感发而成的诗意在脱离现实,将人引向纯审美的想象空间,其价值就不在于现实性,而在于审美性。譬如王维的山水诗《山居秋暝》"明月松间照,清泉石上流"就是此类诗歌。如果诗人采用事感，在遇事感应之后，尽管也有坦然处事的诗性引导，但诗的内部总隐含着大我的现实关怀。比如王维的边塞诗《使至塞上》"萧关逢候骑，都护在燕然"就是此类诗歌。由此看来，同一诗人采用不同的感发方式，诗歌的意蕴和风格就不尽相同。事感对创作的价值主要体现在现实主义的现实性上，以杜甫"诗史"为代表。

从古至今，诗总是在现实与非现实的轨道上游走，它们所创造的审美观念也各不相同。前者主要通过事感逼真地描绘，后者主要通过物感合理地想象。就前者而言，从《击壤歌》"凿井而饮，耕田而食"的事感开始，到《诗经》"铺排其事"的十五国风，再到"即事名篇"的杜甫诗史，乃至胡适的白话诗等都是在强调事感的重要性。之所以强调事感，就在于事感是诗走向现实、走向大众的起点。这类诗主要关注诗的现实功能价值。不可否认，诗在现实与非现实的轨道上有时也相互融合，但更多地是矛盾和冲突。物感之诗指责事感之诗过于直白，而味如嚼蜡。事感之诗则指责物感之诗过于含蓄，而不知所云。其实这两类诗的矛盾与冲突主要是由两种不同的诗学观念造成的，只不过在中国古代强调物感和情感，而相对缺乏事感的审美经验和审美意识而已。可以肯定地说，物感发是诗，事感发也是诗。事感指向现实，其美就主要在于对现实的再现之美，其功能就主要在于对现实的宣泄和改造。下面以《诗经·北门》为例加以剖析，首句"出自北门，忧心殷殷"开门见山感发，为何有此感念，紧接着"终窭且贫，莫知我艰"有所点明，最后通过重章叠句、反复讽咏，"忧心"与"我艰"之事力透纸背，即"王事敦我，政事一埤遗我"。这首诗不写物，只写事，百姓忧心之情、卫国乱世之音却可感可触。为何？就在于诗人从个人独特的事感视角出发，真切地再现了整个现实，人融其中而感同身受，现实就会被诗意化。《毛诗正义》解释说："诗人览一国之意，以为己心，故一国之事系此一人，使言之也。……《北山》，下怨其上……言己独劳从事，则知政教偏矣，莫不取众之意以为己辞。"[①] 事

---

① 李学勤主编：《十三经注疏·毛诗正义》，北京大学出版社1999年版，第17页。

感对于创作的意义就在于让诗具有现实的审美价值。

第三，诗学理论的功与用——事感概念化能支撑诗学理论，从而使中国诗学的缘事理论渐趋成熟。任何理论都起于概念，形于推理，成于体系。事感作为中国诗歌创作的一种感发方式，自有诗以来就较为普遍地存在着，只不过诗人日用而不知罢了。随着汉代乐府诗"缘事而发"观念的形成以及"以事释诗"诗学活动的展开，事感概念得以萌芽。及至唐代即在中国古代诗歌的高峰期，事感概念终于在孟棨《本事诗》中被明确提出。我们认为，事感对中国缘事诗学理论的功用价值主要表现为以下三个方面。其一，事感不仅是缘事诗学理论的核心概念，而且也是缘事诗学理论的起始概念。也就是说，没有事感的概念化或事感的创作基础，缘事诗学理论也就不可能建立起来。其二，事感不仅是缘事诗学理论的起始概念，而且也是事象和事境概念的源起概念，即事感之后，感而生象，事象生焉，象而生境，事境行焉。也就是说，没有事感概念，事象和事境概念就很难推演出来。其三，事感不仅是事象和事境概念的源起概念，而且也是缘事诗学理论的审美概念。也就是说，事感的审美方式决定了事象和事境的审美方式，同时也决定了中西诗学审美观念的不同。

综上所言，事感是人类历史记忆、文化记忆、诗性记忆与生命体验以及生活经验感发的起点，它对于人类诗性生存、诗歌创作以及诗学理论的建构有着重要的功用价值。很显然，当下已进入日常生活审美化的时代，事感的诗意性和审美性的独特价值理应在当下得到加强。

第二节　事象：据事象形论

古往今来，人们惯于从物象的空间静景中寻找诗意，而相对忽略从事象的时间动图中构造诗性。事象是一个民族之历史中各种事变和动作的灵魂。透过事象既能领略一个时代的精神气象，也能体验一个民族的诗性生存。借助事象重估中国诗歌，一个崭新的诗学世界可能向我们敞开。基于抒情传统的物象、意境理论已不能全面解释古今复杂的诗学现象，也不能满足新时代中国诗学多元发展的需要，我们有必要把事象理论从中国诗学隐体系中发掘出来，为"讲好中国故事，共塑中国形象"增砖添瓦。从现代学术史上看，事象并非诗学的独有概念，它还在民俗学、社会学、心理学、哲学等领域广泛使用，产生了民俗事象、社会事象、心理事象等诸多新概念。早在20世纪30年代，朱光潜、艾青《诗论》对事象就有所涉及，艾青提出"单纯是诗人对事象态度的肯定"。陈伯海发现诗是"透过外表事象的描绘"①。可以说，对中国诗学的事象说展开发掘式研究，不仅有利于全面理解中国诗学的传统，以促进中国诗学的全面复兴，而且也有利于中西诗学平等对话，以繁荣当下的中国诗歌创作。

一 事象的源与流

道之为物，其中有象；事之为形，心构万象。事象不是外在于人的抽象存在，而是人类对事与生俱来的一种心理反应。也就是说，有人就有事，有事就有感，有感就有应，有应就有事象。但需要指出的是，尽管事象伴随着人类的产生而产生，但它作为概念存在却没有那么遥远。换句话说，事象从日常的认知方式演变为诗学的感知方式经历了一个漫长时期。也就是说，事象作为诗学概念不是一蹴而就的，而是有源有流的。

（一）事象之源

振叶寻根，追根索源。我们认为，事象的源头主要有两个：一个是《易》象，另一个是《乐》象。前者是事象"微而显"的哲学渊源；后者是事象"婉而成章"的诗乐传统。我们之所以这样推论，是由于"六经之文，容无异体。故《易》文似《诗》，《诗》文似《书》"②。

第一，就《易》而言，事象源于"假物象以明人事"的易象。《周易》主要是对人事尤其是未来之事假以物象的预测，其基本的占数方式就是以象明事。所谓"象事知器，占事知来"就是此意。朱熹解释说："'象事知器'是人事，'占事知来'是筮。'象事知器'是

---

① 陈伯海：《唐诗学引论》，知识出版社1988年版，第25页。
② （宋）陈骙：《文则》，中华书局1985年版，第1页。

人做这事去。'占事知来'是他方有个祯祥，这便占得他。"① 从卦象上看，《序卦》以喜随人者必有事，故受之以蛊。蛊即为事。何也？按照宋大儒程颢的解释，蛊为第十八卦，下巽风上艮山。山下有风，遇山而回，物皆扰乱，是为有事之象，故云蛊者事也。从蛊卦之前的随卦来看，"随"其实就预示着事的滋生。人喜悦而追随于人，事就会滋生蔓延。不喜不随，事就不会造作。可以说，"随"是事的原因，"蛊"是事的结果即事象。《易》通过事象占卦不是随和蛊的专责，其他卦象一般也是通过事象释义的。譬如鼎卦"六五　震往来厉，亿无丧，有事"。《象》曰："'震往来厉'，危行也。其事在中，大无丧也。"②《周易》是中国的智慧之书，它不仅是意象的源头，更是事象的源头。可以说，《易》之事象是诗之事象形成的一大源泉。

第二，就《乐》而言，事象源于"礼乐之事"的乐象。据《乐记》所言，乐由音生，音由声成。声又分五种：宫、商、角、徵、羽。其中"宫为君"，"商为臣"，"角为民"，"徵为事"，"羽为物"。为何"徵为事"？《礼记正义》云："'徵为事'，所以为事者，郑注《月令》云'徵属火，以其徵清，事之象也'。"③ 古代乐理把徵声与事对应起来，事又与火、夏之象联系起来，从而完成了事的具象化。在古人看来，火有燎原之势，其象如事绵延不断；夏有炙热之感，其象如事焦躁不安。基于此，事象才得以确立起来。之所以声与政（事）通，就是基于事象的表征。即所谓治世之音，政和象；乱世之音，政乖象；亡国之音，民困象。鲁襄公二十九年（前544），吴公子札聘鲁，请观周乐，诗之事象皆收眼底。可以说，《乐》之事象也是诗之事象形成的另一大源泉。

（二）事象之流

事象源远流长，不仅有源，而且也有流。自《易》与《乐》从观念和思想上发源事象以后，《诗》析齐、韩，《乐》分龙、赵，《易》

---

① （宋）朱熹：《朱子语类》，王星贤点校，中华书局1986年版，第1962页。
② 宋祚胤注译：《周易》，岳麓书社2000年版，第250页。
③ 李学勤主编：《十三经注疏·礼记正义》，北京大学出版社1999年版，第1078页。

有数家之传，事象也随之有所流变、发展。正是由于各种思想的相互碰撞和影响，事象的概念才在汉代正式被提出。

据考证，汉代王充在《论衡》中首次明确提出事象这一概念。王充指出："《易》据事象，《诗》采民以为篇，《乐》须（不）〔民〕欢。"① 如果说"《易》据事象"为诗之事象提供了智慧的种子，那么"《乐》须（不）〔民〕欢"则为诗之事象提供了欢愉的沃土。二者同源共流，最终交会而成诗之事象。《易》据事象以切天意，《乐》依事象以和人事，《诗》游事象以顺人情，三者形虽不同，但其质为一。章学诚《文史通义》有云："《易》象虽包六艺，与《诗》之比兴，尤为表里。"② 《易》与《乐》的事象源头向诗之事象流淌，各种诗论发言盈庭。王昌龄《诗格》认为，赋乃"象事布文"，比为"取外物象以兴事"，兴是"立象于前，然后以事喻之"。宋代张炎《词源》如是说词之五音："徵属火，事之象，为礼，角所生。"③ 凡此种种，不胜枚举，勿多累述。

综上所言，古诗分体后，不仅汉赋、唐诗、宋词、元曲中都有事象的踪迹，而且《本事诗》《唐诗纪事》《宋诗纪事》以及各种诗话也都有事象的相关论述。事象不仅有源，而且也有流。它与意象一样都是中国诗学概念中的瑰宝。

二 事象的形与神

毋庸置疑，事象有形，也有神。形者，神之舍也。神者，形之魂也。魂不守舍，形神迷离。就事象而言，其形是象，其神是事。《周易正义》指出："物有万象，人有万事，若执一事，不可包万物之象。若限局一象，不可总万有之事，故名有隐显，辞有玗驳，不可一例求之，不可一类取之。"④ 一方面，事象是有形（显）的存在，故不可一例求之；另一方面，事象又是无形（隐）的存在，故"事"都有微妙

---

① （汉）王充：《论衡》，陈蒲清点校，岳麓书社1991年版，第436页。
② （清）章学诚：《文史通义》，刘公纯标点，古籍出版社1956年版，第6页。
③ （宋）张炎：《词源》，中华书局1991年版，第4页。
④ 李学勤主编：《十三经注疏·周易正义》，北京大学出版社1999年版，第1页。

之处。一般而言，象事协和，事象就惟妙惟肖、楚楚动人。如何象事协和呢？既然"心有此事，即心有此事之象"，那么致良知、本心性，其象自然就是事之象。因此，如若诗人能按其本心述事描摹，事象就会如其本然的样子呈现出来。事象之形是事象美的原因，事象之神则是事象妙的根源。事象形神兼备，才能入诗。

（一）事象之形

顾名思义，事象就是了然于心的事的形象。事象之形不同于可视、可触的物象之形，但用心体察，亦有模、有样。纪昀《阅微草堂笔记》载曰："人作一事，心皆自知。既已自知，即心有此事。心有此事，即心有此事之象，故一照而毕现也。……心无是事，即无是象耳。"① 人在做事之前或做事过程中，事都有某些征兆或现象。以《周易》卦二十八事象为例，大过（巽下兑上）：《象》曰："泽灭木，大过。"据孔颖达注疏：过是"过越之过"，不是"经过之过"。以人事言之，就是"圣人过越常理以拯患难也"。当"老妇得其士夫"越常理之事发生时，则有"枯杨生华"之象呈现，占事则"无咎无誉"。《易》如是描绘大过九五卦象："枯杨生华，老妇得其士夫，无咎无誉。"② "老妇得其士夫"，"言其衰老，虽被拯救，其益少也"，故用"枯杨生华"呈现其事。"枯杨生华"之象与"老妇得其士夫"之事协和一致，事象之形尽显。细而察之，"枯杨生华"不仅有事义的深度感，而且也有事象的审美感。

在中国古代，《诗》《易》莫不相通。譬如《诗经·关雎》"关关雎鸠，在河之洲"是"立象于前"，然后以芼采荇菜、奏琴鼓瑟之事喻之。如果说物感之象是气之动物，物之感人的结果，那么事感之象则是人做一事，心有此事之象的结果。二者的区别就在于：前者是"天地自然之象"，而后者是"人心营构之象"。章学诚指出，"心之营构"就是"感于人世之接构而乘于阴阳倚伏为之也"。③ 由上可知，事

---

① （清）纪昀：《阅微草堂笔记》，夏风扬校点，巴蜀书社1995年版，第388页。
② 李学勤主编：《十三经注疏·周易正义》，北京大学出版社1999年版，第128页。
③ （清）章学诚：《文史通义》，刘公纯标点，古籍出版社1956年版，第5页。

象之形其实就是人感于世事后，在心中所营构的形象。事象可以"假物象以明之"，也可以"默会想象之表"。

（二）事象之神

在中国古代，神是不可企及的最高存在。在诗学领域，神韵、神气、传神、入神等也是至高的概念。在中国古人看来，尽管神玄之又玄而不可知，但虚其心志，极其精微，也是有迹可循的。对事而言，李光地指出："接事时则心著于事，未必有此气象矣。"① 即人在接事时，心囿于时事，而不能凝神观照，事象也就不可能有神韵。只有事来而应其化，事去而虚其心，事象才有可能入神。下面我们将结合叶燮的《原诗》谈谈事象之神的旨趣。

叶燮在《原诗》中指出，在物者而为言，曰理、曰事、曰情。就述事作诗而言，叶燮首先强调"人之胸襟"，并将其视为"诗之基"。在叶燮看来，诗人有胸襟然后才能载"性情智慧"和"聪明才辨"，继而才能"随所遇之人、之境、之事、之物"触类而起。可以说，胸襟既是诗的基础，也是入神的基础。就如何言事来说，叶燮认为，天下之事有两种：一种是"可征之事"，另一种是"不可述之事"。前者是俗常之事，即所谓"可征之事，人人能述之，又安在诗人之述之"。后者则是入神之事，即所谓"不可述之事，遇之于默会意象之表，而理与事无不灿然于前者也"。② "不可述之事"是不可直接言传的事，如何言之？叶燮的方法就是"遇之于默会意象之表"，即通过事象述事。事象如何入神？叶燮对杜诗做了细读，"如《玄元皇帝庙》作'碧瓦初寒外'句，逐字论之：……'初寒'无象无形，'碧瓦'有物有质"，"然设身而处当时之境会，觉此五字之情景，恍如天造地设，呈于象、感于目、会于心"，"取之当前而自得，其理昭然，其事的然也"。③ 很显然，"碧瓦初寒外"如《易》卦中的"枯杨生华"一样是

---

① （清）李光地：《榕村语录　榕村续语录》，陈祖武点校，中华书局1995年版，第320页。
② （清）叶燮：《原诗》，霍松林校注，见郭绍虞主编《中国古典文学理论批评专著选辑》，人民文学出版社1979年版，第30页。
③ （清）叶燮：《原诗》，霍松林校注，见郭绍虞主编《中国古典文学理论批评专著选辑》，人民文学出版社1979年版，第31页。

事之象，而且是不可述的事象。这一事象究竟隐含何事？吴乔指出："唐自高祖追崇老子为祖，天宝中，现象降符，不一而足，人主崇信极矣。此诗直纪其事以讽也。配极四句，讥其用宗庙之礼。碧瓦四句，讥其宫殿逾制。"① 也正基于此，吴乔盛赞："子美，神也。""碧瓦初寒外"之所以神，就在于它诗性地道说了"宫殿逾制"这样的不可述之事。在中国古代，有很多事拘于礼法，限以师训，而口不能言，只能通过事象来尽意。无疑，杜甫的事象"碧瓦初寒外"深得《春秋》笔法的精髓，确实是神来之笔。又若温庭筠"鸡声茅店月，人迹板桥霜"的事象，则是"道路辛苦，羁愁旅思"之事的传神之作。中国古代诗歌大多需要妙悟才能得其神，正是由于诗中深藏着不可述之事、不可言之情、不可达之理。诗人要述不可述之事、言不可言之情、达不可达之理，就要立象尽意。在中国古代，观象悟事也是诗歌审美的一种重要方式。

对于不可述之事，其神源自事与象的协和一致。事象不合，神就难聚。明代诗论家王世贞《艺苑卮言》引挚虞论诗赋云："假象过大，则与类相远；造辞过壮，则与事相违。"② "碧瓦初寒外"与"人迹板桥霜"有不可言之事，而事在言外，幽微难见。

（三）事象之旨

中国诗学对事象有两个最高的标准：一是尽善，二是尽美。前者是对"事"的伦理要求，后者是对"象"的美学追求。可以说，"尽善尽美"既是事象形神兼备的体现，也是事象意蕴旨归的表现。

第一，"事象尽善"源于中国人对"事"的伦理要求。按其本性来说，事既向善，也求真。但与西方事的观念相比，中国人更强调善的功能。"为尊者讳""难得糊涂"的处事原则和生存策略就是集中的体现。在新文化运动中，鲁迅对这种"瞒和骗"的文化传统给予了无情的鞭挞。不可否认，徒有善意而没有真事，是令人寒心的。但真善

---

① （清）吴乔：《围炉诗话》，见《续修四库全书》，上海古籍出版社2002年版，第610—611页。

② （明）王世贞著，罗仲鼎校注：《艺苑卮言校注》，齐鲁书社1992年版，第6页。

冲突在中国古代也并不是不可调和的。古人智慧在于：真善相违，"直在其中"（《论语·子路》）。直不是真，而是正心的良知。中国人靠着良知行事，从而求得问心无愧。

与之相应，中国诗论以及诗教的最大功能也不是求其真，而是向其直善。可以说，向善尚直是中国诗学的基本特征。如果仅用真的观念来绳之中国诗学，不仅会削弱中国诗学的现实功能，而且也会给中国诗学带来不公正的评价。譬如学界对"以事解诗"的"四家诗"尤其是《毛诗》多有微词，认为这种解诗很多时候是穿凿附会、生搬硬套。但我们想说的是，第一，《毛诗》遵循向善的原则，其目的不是探求诗之体，而是诗之用。即《毛诗》主要实现的是诗的现实功能，而不是本体功能。比如"《关雎》，后妃之德也"，是中国古代治乱、正心、平天下的一种诗性方式。《毛诗正义》云："以夫妇之性，人伦之重……阴阳为重，所以《诗》之为体，多序男女之事。"① 在中国古人看来，天不祸，在于阴阳调和；国不乱，在于男女相亲。先王恶乎乱，故重男女之事。序男女之事，却言后妃之德，是自上而化下也，从而实现国泰民安的愿景。中国的叙（序）事大多是伦理的叙事，并且诗教与政教合而为一。《孔雀东南飞》《木兰辞》等长篇多以伦理的善为指针，注重诗的现实功能。"事象尽善"尽管也存在这样那样的问题，但整体而言，在人性向善的诗性引导上，它还是有其独特价值的。

第二，"事象尽美"源于中国人对"象"的美学要求。《周易》对"老妇得其士夫"之事用"枯杨生华"之象明之，不仅有向善之义，更有趋美之心。《易》之象与《诗》之兴相类，诗中事象更注重美的因素。孔子称《韶》乐尽善尽美，而谓《武》乐尽美，未尽善也。为何？究其实质，《武》乐的事象中存有杀气，故不善。诗之事象的最高境界就不仅要尽善，而且要尽美。宋荦《漫堂说诗》云："诗至唐人七言绝句，尽善尽美。"②

---

① 李学勤主编：《十三经注疏·毛诗正义》，北京大学出版社1999年版，第5页。
② （清）宋荦：《漫堂说诗》，见《续修四库全书》，上海古籍出版社2002年版，第624页。

诗之所以美，一方面，源于形式的美，即"比律吕而可歌，列干羽而可舞，是诗之美也"；另一方面，源于内容的美，即由事象、事境、意象、意境构成的美。

以陶渊明的《归园田居》为例，与"尘爵耻虚罍，寒华徒自荣"的官宦生活不同，陶渊明归隐田园后，其事象大多是"晨兴理荒秽，带月荷锄归""徘徊丘垄间，依依昔人居"。这是一种"日出而作，日入而息"的原生态的生活事象，同时也是"充满着劳绩，但诗意地栖居在这块大地之上"的诗意性的生活事象。陶渊明从"余尝学仕，缠绵人事"到逃离尘网、返得自然的世事历练后，其诗深得事情。一方面，陶渊明所描绘的事象之所以美，就在于田园的闲居生活是人类反抗自身异化的理想之境；另一方面，陶渊明的诗之所以美，就在于陶诗切于事情、平淡而入神。潘德舆《养一斋诗话》就指出："陶诗之美，不止于'切事情'"，"平淡入神"的"陶诗未尝'不文'"。① 由此看来，诗歌事象之美源于人生命本能的诗性活动之中，事无止息的异化活动不可能产生诗。当然诗性美也不是闲来无事的美，而是劳作之后闲暇的美，即如果没有"事"的"劳绩"，也就不会有"象"的"充实之美"。就陶诗而言，如果陶渊明早年没有"缠绵人事""久在樊笼里"的磨砺，也就不会有陶诗闲适之美。相比于"意"，"象"以生动、美观而著称，所以"事象尽美"是从"象"的角度来理解事象的。

综上所言，事象有形，其形即"心有此事之象"；事象有神，其神即"遇之于默会意象之表"。从事的角度看，它尽善；从象的角度看，它尽美。正因为事象尽善，才使得中国言事诗具有惩恶扬善的现实功能；也正因为事象尽美，才使得中国言事诗具有反复讽咏的美学色彩。中国没有真正意义上的长篇叙事诗，也许主要就是由于崇尚含蓄隽永的事象。

三 事象的体与用

诗有体，就有用。象有用，就有体。象不仅有理、有情，也有事。

---

① （清）潘德舆：《养一斋诗话》，朱德兹辑校，中华书局2010年版，第118页。

对事象而言，象有体则显，事无形则隐。据于象，事象有何体？依于事，事象有何用？下面我们将借以体用为一的观念来照亮事象的本体和功能。

（一）事象的体

事象有体，源于象有形。旧题贾岛《二南密旨》在"事格"之说的基础上提出了"体以象显"的思想，并指出："颜延年诗'庭昏见野阴，山明望松雪'，鲍明远诗'腾沙郁黄雾，飞浪扬白鸥'，此以象见体也。"① 对"象"而言，有显，也有隐。显者，昭晰之象；隐者，镜中之象。昭晰之象多为"天地自然之象"，镜中之象多为"人心营构之象"。事象之体有假"天地自然之象"的实象之体，也有借"人心营构之象"的虚象之体。

第一，事象的实体。章学诚所说"天地自然之象"以及郑板桥所谓"眼中之竹"都是可触可感的第一形象，它具有客观实在性。在中国诗学中，物象多是这种形象代表。如果将事融入可感可触的物象之中，事象就具有了客观实在性。这样的事象之体，我们称之为事象的实体。

事象的实体主要源于古人朴素的模仿观念。这种朴素的观念将天地万物的模仿视为人的天性，并以此来构建古代的文化、道德、政治、诗学等意识形态。《易》云："法象莫大乎天地，变通莫大乎四时，县象著明莫大乎日月。"② 可以说，"近取诸身，远取诸物"是中国古人观物取象的一种重要方式。唐代诗僧虚中在《流类手鉴》中指出："善诗之人，心含造化，言含万象。且天地、日月、草木、烟云皆随我用，合我晦明。此则诗人之言应于物象，岂可易哉。"③ 其实善诗之人不仅能言含万象，而且也能蕴事于象。这种事象都是以日常生活中客观存在的物象为依托而蕴含事的。这种事象之体，就是事象

---

① （唐）贾岛：《二南密旨》，中华书局1985年版，第18页。
② 李学勤主编：《十三经注疏·周易正义》，北京大学出版社1999年版，第289页。
③ （唐）僧虚中：《流类手鉴》，见张伯伟撰《全唐五代诗格汇考》，江苏古籍出版社2002年版，第418页。

的实体。下面我们将以《诗经·墙有茨》"墙有茨,不可扫。中冓之言,不可道。所可道也,言之丑也"为例,对实体性的事象加以分析。

《诗经·墙有茨》的核心物象是"茨"。茨,俗称蒺藜,果实有刺。茨为杂草,于庄稼不利。由于有刺,于人也有害。诗取这样的物象必有讽刺、难言之意。此诗不仅是写"茨",更是写"墙上的茨"。"墙有茨"更有僭越、鞭挞之意。寻象观意,诗人也并不是为了写"墙有茨"这一物象,而是写物象背后的事象。也就是说,与其说"墙有茨"是物象,不如说是事象。"墙有茨"这一事象之事为何?《左传·闵公二年》曰:"初,惠公之即位也少,齐人使昭伯烝于宣姜,不可,强之。"① 何谓烝?与母辈淫乱为烝。故"中冓之言,不可道。所可道也,言之丑也。"这种写作方式,就是郑众所说的兴,即"托事于物"也。《诗经》"诗人述其事,而作此歌"与《周易》"假物象以明人事"的观念是相通的。这种观念对以后的诗歌创作以及诗评活动有着很大的影响。譬如三山老人《胡氏语录》曰:"子美《慈恩寺塔》诗乃讥天宝时事也。山者,人君之象。"②

总而言之,事象的实体就是以日常生活中的物象为依托而融事于象的一种事象之体。这种事象之体由于是通过"托事于物"而来,因而具有较强的现实可感性。这种事象之体的美感就源于这种现实可感性,即能唤醒我们对现实生活的记忆以及审美感受的能力和社会批判的意识而富有诗意。这种事象之体是现实主义诗歌的主要关切,在中国古代以杜甫的诗史为代表。

第二,事象的虚体。与事象的实体不同,事象的虚体不以"天地自然之象"即物象为基础构造自己,而是以"人心营构之象"即心象为基础构造自身。"象"有昭晰之象,也有镜中之象。昭晰之象,是实有之象;镜中之象,是虚无之象。"虚"是"虚以待物"的虚,"无"

---

① (春秋)左丘明:《左传》,蒋冀骋标点,岳麓书社1988年版,第46页。
② (宋)蔡梦弼:《杜工部草堂诗话》,见《续修四库全书》,上海古籍出版社2002年版,第4页。

是"欲以观其妙"的无。梅尧臣在《续金针诗格》中指出:"诗有内外意,内意欲尽其理,外意欲尽其象,内外意含蓄,方入诗格。"① 如果说诗的内意是由事象的实体构成的,那么外意就是由事象的虚体构成的。事象的虚体追求象外之象,最终超以象外,得其环中。

毋庸置疑,诗既有现实性,也有超越性。之所以诗是现实的,是由于诗都是源于生活的;之所以诗是超越的,是由于诗都是起于想象的。叶燮"想象之为事"与亚理斯多德"诗人描述可能发生的事"就是基于后者而提出的。"人心营构之象"即心象是在神思基础上生成的。刘勰云:"古人云'形在江海之上,心存魏阙之下',神思之谓也。文之思也,其神远矣。"② 诗佛王维虚静、神思,其诗《山居秋暝》的意蕴不在情感的表达,而在事象的描述。可以说,尾联"王孙自可留"不仅是点题的神来之笔,而且也是事象的传神之作。王维身在"空山新雨后",心却寂然凝虑、思接千载。不可否认,王维这首诗的言内之意确实是当下的景和情即"明月松间照"和"随意春芳歇",但其言外之意却是迈古超今的事象"王孙自可留"所引发的诗意。"王孙自可留"用事于《楚辞·招隐士》"王孙游兮不归,春草生兮萋萋",这种用事所形成的事象是镜中之象,它不仅做到了古今相通、虚以待物,还给人带来更多的想象空间和诗性寄托。

事象的虚体,其事是"想象之为事",其象是"人心营构之象";事象的实体,其事是"造为之为事",其象是"天地自然之象"。二者确实存在不同,但是事象的虚体与实体也并不是水火不容的。陆时雍《诗镜总论》云:"'诗虚境也,安得与纪事同论?'夫虚实异致,其要于当情则一也。汉乐府《孤儿行》,事至琐矣,而言之甚详。傅玄《秦女休行》,其事甚奇,而写之不失尺雨。夫情生于文,文生于情,未有事离而情合者也。"③ 由此看来,中国诗歌虚实相生的特性,并不

---

① (宋)魏庆之:《诗人玉屑》,古典文学出版社1958年版,第197页。
② (南朝梁)刘勰:《文心雕龙》,郭晋稀注译,甘肃人民出版社1982年版,第318页。
③ (明)陆时雍:《诗镜总论》,见丁福保辑《历代诗话续编》,中华书局1983年版,第1404页。

仅仅适用于情，也适用于事。

（二）事象的用

薛雪在《一瓢诗话》中指出："诗之用，片言可以明百义。诗之体，坐驰可以役万象。"① 事象作为诗尤其是言事诗的重要构成元素，其片言亦可以明百义。概而言之，事象对于诗歌主要有两大功用：一是立象以尽事义；二是融事以讽古今。

第一，立象以尽事义。"立象以尽意"是《周易》首创的命题，同时也是中国诗学重要的思想。中国人的智慧就在于：当书不尽言，言不尽意时，就立象以尽意。这种诗性的智慧与西方推理的智慧有所不同，对意的把握是一种模糊性的控制。基于《周易》"假物象以明人事"的事实，王弼在对《文言》注解时又提出"随事义而取象"的重要命题。因此，"立象以尽事义"既是中国人的诗性智慧，也是事象的主要功用。

在诗学领域，六朝钟嵘《诗品》最早提出"辞既失高，则宜加事义"的命题。需要指出的是，尽管钟嵘主张"吟咏情性"的"直寻"，反对"殆同书抄"的"用事"，但他同时也指出："穷情写物"有滋味，"指事造形"也有神韵。即"指事造形，穷情写物，最为详切者耶"。"指事造形"从某种意义上说，就是"立象以尽事义"。与之相应，刘勰《文心雕龙》则提出了"事义为骨髓，辞采为肌肤"的诗学主张，并且在"阅文情，标六观"之中，还提出了"五观事义"的思想。刘勰的基本诗学观念是"神用象通"，只要"窥意象而运斤"，那么"庸事或萌于新意"。唐代上官仪《笔札华梁》在谈到"诚以事不孤立，必有配匹而成"的属对时指出，"上与下，尊与卑，有与无"等，都是"事义各相反，故以名焉"②。譬如"城阙辅三秦，风烟望五津"，城阙为帝王的居住之处为上，三秦、五津

---

① （清）薛雪：《一瓢诗话》，杜维沫校注，见郭绍虞主编《中国古典文学理论批评专著选辑》，人民文学出版社1979年版，第121页。

② （唐）上官仪：《笔札华梁》，见张伯伟撰《全唐五代诗格汇考》，江苏古籍出版社2002年版，第69页。

为地方乡里为下，其物象中所蕴含的事义各不相同。这就是易家所谓的"随事义而取象"，诗家亦经常使用。由此看来，"立象以尽意"这一诗学命题的内涵是非常丰富的，它既包括立象以尽情义，也包括立象以尽事义。

第二，融事以讽古今。历史和诗歌都蕴含着事，不同的是历史记述个别的已经发生的事；诗歌描述普遍的可能发生的事。"诗比历史更富有哲学意味"也正由于此。诗人之所以纪事就是旨在揭示历史记忆与生命体验之间的诗性关系，以融事讽喻古今。诗人的职责就在于描述想象中可能发生的事，唤回人对生活的记忆，使人真正感受到事物与自身的存在而富有诗意。融事于象以讽古今是诗歌事象与历史述事的最重要的区别，同时也是诗歌事象的重要功用。

事作为时间性存在，有过去、现在和将来之分。古今相通就在于这三种事绵延相连。与之相应，事象也有过去、现在和将来的事象之分。譬如《长干行》"郎骑竹马来，绕床弄青梅"是昔日的事象；《茅屋为秋风所破歌》"唇焦口燥呼不得，归来倚杖自叹息"是现实的事象；《夜雨寄北》"何当共剪西窗烛，却话巴山夜雨时"是未来的事象。当然，过去、现在和将来的事象不是截然分开的，而是相融而生的。譬如古有"有女同车，颜如舜华"（《诗经》）的邂逅事象，今有"最是那一低头的温柔，像一朵水莲花不胜凉风的娇羞"（《沙扬娜拉》）的偶遇事象。为何？从根本上说，这是由于相近的事就会产生相近的情。将普遍的事融入象中，古今相通就会富有诗意。"冯唐易老，李广难封"之所以有滋味，就在于古今事象相通。"人世几回伤往事，山形依旧枕寒流"之所以有深度，就在于古今事理为一。事融于象而不直陈其事，事也就有了讽喻性。这是事象与日常说教之事以及历史之事的区别，也是事象给予诗的审美功用。

综上所言，事象是中国古典诗学所独创的概念。它对中国叙事诗歌的创作和鉴赏具有独特的贡献。但由于抒情传统下意象观念的压抑，事象的内涵、特性以及审美旨趣还不够明朗，有待学界进一步发掘。

第三节　事境：立事境界论

百年来，中国诗学在现代焦虑的艰难啮合中逐渐形成了缘情理论和叙事理论。在此基础上，前者形成了以意境为核心的抒情传统；后者形成了以典型为核心的叙事传统。这两大传统对中国诗学现代转换确实功不可没。然而随着中国诗学多元发展以及中国话语意识增强，学界对此也进行了深入反思。周剑之就曾指出："对抒情传统、对'意境'的强大认同，使得古典诗歌的其他许多特质在无意间被遮蔽了，尤其有代表性的，是注重记录情境、记述事实、忠实呈现外在世界的这一脉络。"[①] 在我们看来，这一脉络主要是由事感、事象、事境等"呈现外在世界"的诗学思想描绘出来的。从此角度来看，诗人感事兴咏，指事造形，用事类义，游于事境，而形于诗歌，以提升日常生活的品质。很显然，这与"情动于中而形于言"的物感、意象、意境等"抒发内在世界"的诗学思想不同。事境在中国古典诗学中不仅屡屡出现，而且也在诗歌实践中经常使用。对事境展开发掘式研究，不仅有助于全面理解中国诗学的传统，而且有助于为现实主义诗歌提供本土理论资源。

一　事境的理与势

与意境相比，事境也是中国诗学独创的一个概念。它是中国纪事诗歌和缘事理论走向成熟的重要标志。在中国古代，事境有广狭之分。广义的事境就是诗人处事于境的一切场景。狭义的事境则是诗人借助言辞铺陈其事所构造的精神审美空间。用清代诗论家叶燮的话说，事境就是"设身而处当时之境会"，"从至理实事中领悟，乃得此境界也"。[②] 顾名思义，事境是由事和境构成的。通俗地说，就是处事过程

[①] 周剑之：《论古典诗学中的"事境说"》，《上海大学学报》（社会科学版）2015 年第 1 期。
[②] （清）叶燮：《原诗》，霍松林校注，见郭绍虞主编《中国古典文学理论批评专著选辑》，人民文学出版社 1979 年版，第 32 页。

中形成的诗性境界。这种审美境界也是中国诗学宝贵的历史财富,但遗憾的是,它往往被抒情传统所遮蔽而未能得到充分的展示。王夫之对杜甫《石壕吏》的评价是"而每于刻画处犹以逼写见真,终觉于史有余,于诗不足"①。严羽《沧浪诗话》对"多务使事,不问兴致"的诗学倾向是给予批判的。然而不管历史上有多少反对的声音,事境审美终究是中国诗学的一个基本事实。且不说《诗经》有"以一国之事,系一人之本"的"风","言天下之事,形四方之风"的"雅",以及杜甫"即事名篇"的诗史,白居易"歌诗合为事而作"的讽喻诗等作品存在,单就汉代"以事解诗"的《诗》学,唐代"触事兴咏"的《本事诗》,宋代"论诗及事"的诗话以及"诗因于事,不迁事以就诗"的诗法中也足见事境的踪迹。与之相关,"事境"缘何而生？其理与势又何在？我们将一一析之,以显明事境的来龙去脉。

　　第一,从理的角度看,事境于宋以来渐成声势是由于玄远精致的《雅》之理让位于切近写实的《风》之理的缘故。源于民间的《风》是"下以风刺上",凡俗却不失自由和鲜活;出于官方的《雅》是"上以风化下",高雅却不失规整与大气。清代诗论家吴乔指出:"诗文有雅学,有俗学。雅学大费工力,真实而暗然,见者难识,不便于人事之用。俗学不费工力,虚伪而的然,能悦众目,便于人事之用。"② 具体来说,雅学崇情,俗学重事。前者追求意境,"见者难识";后者追求事境,"能悦众目"。事境在宋代形成声势主要表现在两个方面。一是有宋以来生活趣味转变,务实写照之风盛行。明代著名诗人于慎行提出:"古人之诗如画意,人物衣冠不必尽似,而风骨宛然。近代之诗如写照,毛发耳目无一不合,而神气索然。"③ 清代诗论家方东树引诸家诗话云:"凡诗写事境宜近,写意境宜远。近则亲切不泛,远则想味不尽。"④ 可以说,唐诗写意,以意境为上;宋诗写

---

① (明)王夫之:《古诗评选》,李中华、李利民校点,上海古籍出版社2011年版,第138页。
② (清)吴乔:《围炉诗话》,见《古今诗话续编》,台北:广文书局1973年版,第13—14页。
③ (明)于慎行:《谷山笔麈》,吕景琳点校,中华书局1984年版,第87—88页。
④ (清)方东树:《昭昧詹言》,汪绍楹校点,人民文学出版社1961年版,第504页。

照，以事境为上。二是有宋以来诗学观念转向，闲谈议论之气日盛。不必说欧公《六一诗话》以资闲谈，单从严羽《沧浪诗话》以文字、才学、议论为诗的批判中亦会感到诗风的转变。从深层的角度看，这都是唐以后缘情诗学观念向缘事诗学观念转向的一种反映。在吴乔看来，"唐诗主于达性情"，"宋诗主于议论"。诗学究竟以"情"还是以"事"建构，确实会呈现出不同的诗学景象。抒情是出于人类情感表达的需要，纪事则是基于人类记忆留存的需要。如果说抒情诗是文"心"，那么叙事诗就是绘"事"。由上观之，事境之所以在宋代形成浩大的声势，其根本原因就是由上（雅）向下（俗）之理转向的缘故。与意境的雅致不同，事境追求俗之理。俗理在于明白入素，事境在于顺时随俗。与意境的情致不同，事境追求事之理。就二者的本质而言，事境尚俗宜近，是空间化的时间审美；意境尚雅宜远，是时间性的空间审美。

第二，从境的角度看，事境于宋以来渐成声势是由于境界观念的推波助澜。境，本义是土地所止的疆界，后引申为精神所达到的高度。在中国古代，庄子较早地将境从实有性的地理概念转化为虚有性的心理概念，其"坐忘""心斋""逍遥游"等心理概念对"辩乎荣辱之境"有着极大的启发。庄子之后、六朝以来，道家、佛家对境的概念又有所拓展。在南朝宋求那跋陀罗《楞伽阿跋多罗宝经》中已出现"自性空事境界"的术语。更为重要的是，刘勰已将境用于诗歌品评。比如刘氏将"叔夜之《赠行》，嗣宗之《咏怀》"判定为"境玄思澹，而独得乎优闲"。① 及至唐代，诗追求境成为一种时尚。皎然《诗式》务求"取境"，并强调"取境之时，须至难、至险，始见奇句"。② 王昌龄《诗格》力求"三境"，即物境、情境、意境之说。就事与境的关系看，青溪道士孟安排在《道教义枢》中云："因事而显事，显则心明，故尽其形迹也。夫人心无质，运之有境。"③ 可以说，孟安排最

---

① （南朝梁）刘勰：《文心雕龙浅释》，向长清释，吉林人民出版社1984年版，第348页。
② （唐）皎然：《诗式》，中华书局1985年版，第5页。
③ （唐）孟安排：《道教义枢》，见《中国古代文化全阅读》（第4册），时代文艺出版社2008年版，第93页。

早发现了事、境、心之间的诗性关系。唐以来,佛对于事境的言说更值得关注。普济《五灯会元》载唐禅师西余拱辰上堂语"理因事有,心逐境生。事境俱忘,千山万水",这是文字记载中第一次出现事境的概念。随后,宋代在事境的内涵及诗评方面做出了不懈努力。日本学者内藤湖南曾说:"唐代是中世的结束,宋代则是近世的开始。"[①]吴乔指出,"宋诗率直,失比兴而赋犹存","比兴是虚句活句,赋是实句"。[②]朱熹则认为,赋有"敷陈其事而直言之"的意思。宋代世俗化的生活使宋诗发生根本性的变化,事境也就势在必行。及至明清,事境得到了充分发展而渐趋成熟。清代诗论家翁方纲提出论诗要"以理味事境为节制",并进一步提出了"事境益实"的诗学原则。近现代以来,尤其是白话诗运动以来,中国诗歌以及诗学对事的追求日渐高涨,而对境的追求则日渐减弱。这也意味着中国古典诗歌的结束,现代诗歌的开始。

概言之,事境运用走势有三。一是事境用于日常生活,意指世事的境况。有宋以来,事境概念已在日常生活中比较普遍地使用。如宋代许景衡《横塘集》有"京居久客,事境纷乱"之说。二是事境用于心理活动,意指弛事冥心的境会。如明代袁黄《游艺塾文规》云:"遇理境则忘理以观妙也,涉事境则因事以冥心也。"[③]三是事境用于诗学活动,意指言事的境界。翁方纲在《石洲诗话》中指出:"唐诗妙境在虚处,宋诗妙境在实处。""若以诗论……自必以理味事境为节制,即使以神兴空旷为至,亦必于实际出之也。"[④]从诗学的角度来看,事境对于宋代以后诗歌创作的影响还是很大的。事境的创设让日常生活变得更加审美化,"日啖荔枝三百颗,不辞长作岭南人"就是宋诗新的风尚。

二 事境的虚与实

比而论之,事境宜近,意境宜远。近者求实,远者务虚。事境之

---

① [日]内藤湖南:《概括的唐宋时代观》,见刘俊文主编《日本学者研究中国史论著选译》(第1卷),中华书局1992年版,第10页。
② (清)吴乔:《围炉诗话》,见《古今诗话续编》,台北:广文书局1973年版,第35页。
③ (明)袁黄:《游艺塾文规》,武汉大学出版社2009年版,第70页。
④ (清)翁方纲:《石洲诗话》,中华书局1985年版,第131页。

所以求实,与人追求真理、实事求是的本性有关。但从文言修辞的角度看,言征实寡余味,事有所增,闻者才能快其意、惬其心。如何解决这种矛盾呢?中国诗学的高明之处就在于:僻事实用,熟事虚用,虚实相生而用。谢榛云:"写景述事,宜实而不泥乎实。有实用而害于诗者,有虚用而无害于诗者,此诗之权衡也。"① 明代邱濬曰:"夫事有实有虚,务其实则有其功,骛乎虚则无其效,非但用将一事然也。"② 叶燮亦云:"能实而不能虚,为执而不为化,非板则腐。"③ 如果说意境之美是通过"情景交融"实现的,那么事境之美则是通过"事景相偕"来实现的。具体来说,事境虚实相生的审美感知是"从实事中领悟",然后"僻事熟用,实事虚用",最后乃得此境界。

第一,从实事中领悟,乃得此境界。叶燮指出,"天下惟理、事之入神境者",只有"合虚实而分内外","从至理实事中领悟,乃得此境界也"。④ 对事境而言,要先从实事中领悟,然后处身于境,视境于心,方能得此境界。下面我们将以杜甫诗句"星临万户动,月傍九霄多"为例来探讨这种诗法。

在中国诗学史上,杜甫的诗句"星临万户动,月傍九霄多"向来难解难辨。明代著名诗论家胡应麟对此句甚为推崇,称其为"精彩过之"。清末诗人施补华对此句也甚为赞赏,称其为"华贵语"。赵翼把此句推为绝唱,称其为"亦有气势"。"星临万户动,月傍九霄多"为何如此精彩、华贵和有气势?又如何难解难辨?叶燮在《原诗》中指出:古往今来,诗人对月摹写,一般从圆缺、明暗、升沉、高下着笔,未曾有从多少处下笔的。在叶燮看来,"多"处起笔,多有歧义。即"不知月本来多",还是"九霄而始多",抑或是"月所照之境多"?究竟为何"惟此多字可以尽括此夜宫殿当前之景象",叶燮并没有明言。

---

① (明)谢榛:《四溟诗话》,中华书局1985年版,第12页。
② (明)邱濬:《大学衍义补》,中州古籍出版社1995年版,第1681页。
③ (清)叶燮:《原诗》,霍松林校注,见郭绍虞主编《中国古典文学理论批评专著选辑》,人民文学出版社1979年版,第30页。
④ (清)叶燮:《原诗》,霍松林校注,见郭绍虞主编《中国古典文学理论批评专著选辑》,人民文学出版社1979年版,第32页。

也许"多"字就是此诗难解难辨的主要原因。值得反思的是，以往我们惯用的意境分析法是否真正能合理地解释此诗？我们需不需要另辟蹊径，重新探讨这句诗呢？尾联"明朝有封事，数问夜如何"点题之笔一再提醒我们用事境分析要比用意境分析妥帖得多。不可否认，此诗有情，但更多地还是写事。也就是说，《春宿左省》主要是围绕事展开运思的。理所当然，对其景的分析也应该从事境的角度加以研究。此诗的实事又是什么呢？据吴乔《围炉诗话》载：肃宗时扈从还京，官左拾遗，作《春宿左省》。唐玄宗天宝十四载（755），安史之乱爆发。长安失守，玄宗入蜀。756年，肃宗在灵武即位。至德二年（757）四月，杜甫排除万难，投奔肃宗，受任左拾遗。但由于玄、肃势力纷争，杜甫疏救房琯，迁怒肃宗而获罪，后因张镐劝谏被豁免。十月，杜甫扈从肃宗还京，官复左拾遗。此时，作《春宿左省》《晚出左掖》《奉和贾至舍人早朝大明宫》《宣政殿退朝晚出左掖》《紫宸殿退朝口号》等纪事诗。唐代分左右拾遗，官八品，掌供奉讽谏。左拾遗虽官职不高，但对杜甫来说已来之不易，甚为重视。从至德二年（757）开始，杜甫仕途多舛，如履薄冰，故更加谨言慎行，勤勉于政。《春宿左省》的尾联"明朝有封事，数问夜如何"足以证明这一点。从以上这些实事中，我们如何领悟"星临万户动，月傍九霄多"这一事境呢？

  当然对"星临万户动，月傍九霄多"从情景相融的角度分析似乎也能差强人意，但不如从事景相偕的角度剖析更妙。我们认为，句读是文本释义的钥匙，而从实事中领悟则是得到这把钥匙的关键。清代冒春荣在《葚原诗说》中指出："上一下一中三，如'星临万户动，月傍九霄多'（杜甫），'剑留南斗近，书寄北风遥'（祖咏）。此皆以五字成句，而句中有读者也。"① 以此说，"星临万户动，月傍九霄多"的句读是"星/临万户/动，月/傍九霄/多"。如此句读，倒是规整，但近乎刻板。究竟如何句读？我们认为需要从杜甫的实事中领悟。在

---

① 郭绍虞：《清诗话续编》，富寿荪校点，上海古籍出版社1983年版，第1579页。

笔者看来，杜甫的实事主要体现为两个方面：一是"肃肃宵征，夙夜在公"的操劳，即在远大的抱负面前不辞辛苦，勤勉于政；二是"落叶满长安"的伤感，即在残酷的现实面前又不免有些落寞。从杜甫的实事中，我们领悟到"星临万户动，月傍九霄多"有其实境，也有虚境。实境就是"此夜宫殿当前之景象"；虚境就是"事之入神境者"。基于此，我们认为，星、月、万户、九霄既是眼前实物，同时又不仅仅是实物，而是有所指、有其事的存在。星与万户，一上一下，且上行下效，所以"星临/万户动"。于是"星临万户动"字面义就是星降临，万家闭户。此景与杜甫"不寝听金钥，因风想玉珂"形成鲜明对比，其事、其情不表自显。月与九霄，均为上上，物类相聚，所以"月傍九霄多"应句读为"月傍九霄/多"。这一"多"字不是"月所照之境多"，也不是"九霄而始多"，更不是"月本来多"，而是月依傍九霄的时候多。这两句诗都是在描写时间（星临之时）在空间（万户、九霄）中的流逝和转化。"星临/万户动"可能就蕴含着一阖一辟的乾坤事变的深意，同时也蕴含着杜甫扈从肃宗的事实。"月傍九霄/多"可能就隐含着玄、肃势力的较量，同时也隐含着杜甫无奈的落寞与两难的愁绪。当然这一切只是我们从实事中的领悟，其允当与否还有待进一步佐证。不过《春宿左省》无疑是有事境的，其事境也是有实有虚的。可以说，从实事中领悟，"设身而处当时之境会"是进入"事之入神境者"的一把钥匙。也许这是中国古代除意境以外，欣赏诗歌的另一条门径。

第二，从反常中创造，乃得此境界。如果说"从实事中领悟"是事境实的基础，那么"从反常中创造"则是事境虚的原因。苏轼就有"诗以奇趣为宗，反常合道为趣"之说。对于事境而言，其反常的奇趣就在于"僻事熟用，实事虚用"。"僻事熟用，实事虚用"的创作方法最早是由南宋著名诗论家姜夔在《白石诗说》中提出的。姜夔云："难说处一语而尽，易说处莫便放过。僻事熟用，实事虚用。说理要简切，说事要圆活，说景要微妙。"[①] 在姜夔看来，诗"说事要圆活"，

[①] （宋）姜夔：《白石诗说》，郑文校点，人民文学出版社1962年版，第29页。

就要"僻事熟用,实事虚用"。为何这种反常之法能形成事境虚实相生的审美效果呢?姜夔进一步指出:"学有余而约以用之,善用事者也。意有余而约以尽之,善措辞者也。乍叙事而间以理言,得活法者也。"① 由此看来,得活法,使理、事、景得当,就有可能产生言已尽而意有余的事境。

在中国古人看来,"反常"新奇而有新鲜感,"合道"普遍而有共通性,"反常"与"合道"结合起来,才能创作出既特殊又普遍的事境来。就"反常"而言,它是一种艺术手法,能出奇制胜,比较符合众人的审美心理。王充指出:"俗人好奇。不奇,言不用也。故誉人不增其美,则闻者不快其意。毁人不益其恶,则听者不惬于心。"② 不可否认,日常比较刻板,反常比较新鲜。好奇而厌常是人类的普遍心理,中国古代"反常"的诗歌创作方法就是建立在这种普遍的审美心理基础之上的。在俄国的陌生化理论创始人什克洛夫斯基看来,经过数次感受过的事物,人们便开始用认知来接受;事物摆在我们面前,我们知道它,却对它视而不见。艺术的手法就是要摆脱这种俗常的认知性感受,从而使感受在事物身上延长,以尽可能地达到高度的力量和长度,同时一部作品不是在其空间性上而是在其连续性上被感受的。从时空感受上来看,中国事境的最终感受也是连续性的,当然其感受的过程中也融合着空间性感受。对事境而言,连续性感受源于事,空间性感受则源于境。从反常感受上来看,中国事境的创作手法就是"僻事熟用,实事虚用"。就"实事虚用"来说,就是用陌生的方式述说俗常的事,从而造成虚实相生的审美效果。清代词论家谢章铤指出:"'那人正睡里,飞近蛾绿',此即熟事虚用之法。"③ "那人正睡里,飞近蛾绿"是姜夔《疏影》中的一句,此句不仅极熟,可谓尽人皆知,而且用寿阳之事,却又不为所使。那人正睡,却飞近蛾绿,此为实。但飞近蛾绿后事如何?却虚位以待,遐想万千,此为虚。此句虚

---

① (宋)姜夔:《白石诗说》,郑文校点,人民文学出版社1962年版,第29页。
② (汉)王充著,袁华忠、万家常译:《论衡全译》,贵州人民出版社1993年版,第521页。
③ 刘荣平校注:《赌棋山庄词话校注》,厦门大学出版社2013年版,第257页。

虚实实，俗中有雅。可见熟事虚用也能创造出虚实相生的事境来。当然"僻事熟用，实事虚用"并不是越反常越好，反常过度就会适得其反。为此，吴乔提出"反常而不合道，是谓乱谈"的观点。所以事境需要"反常合道为趣"。如元稹《离思》"取次花丛懒回顾"是"反常"，"半缘修道半缘君"则是"合道"。对于诗歌而言，只有"反常合道"才能既让人陌生，又让人熟悉；既给人新奇感，又给人亲切感。"僻事熟用，实事虚用"就是反常合道之法，它对事境创设极为重要。

一言以蔽之，事境与意境都有虚实相生的审美特性，但产生虚实相生的审美效果的根源有所不同。事境本质上是时间性审美，其虚与实一般是通过事即"僻事熟用，实事虚用"的方式实现的。意境本质上是空间性审美，其虚与实一般是通过情即"为情造文"的方式实现的。当然二者也有共通之处，即都注重空间性的境界开掘。准确地说，事境的审美是时间空间化的审美。

三 事境的妙与用

清代诗论家叶燮在《原诗》中指出："可征之事，人人能述之，又安在诗人之述之？""必有不可言之理，不可述之事，遇之于默会意象之表，而理与事无不灿然于前者也。"[①] 这些不可述之事也就是事境的奥妙之处。对不可述之事而言，必先有应感之会的事感，然后神之于心，乃得事之境界。

（一）事境之妙

事境之所以奥妙，其根本原因在于诗人将事的时间性进行空间化处理。具体来说，事境主要有三种类型：一是托事于物的事物型；二是融事于情的事情型；三是比事于理的事理型。所谓"托事于物型"的事境就是指将时间性的事托付给空间性的物，从而使时间性的事拥有空间审美的一种诗歌境界。譬如刘禹锡的《乌衣巷》"旧时王谢堂

---

① （清）叶燮：《原诗》，霍松林校注，见郭绍虞主编《中国古典文学理论批评专著选辑》，人民文学出版社1979年版，第30页。

前燕,飞入寻常百姓家"中的"燕"就蕴含着沧桑的世事;张若虚的《春江花月夜》"人生代代无穷已,江月年年只相似"中的"江月"就反衬着多变的人事。这两句诗,不管是运用对比,还是反衬,托事于物都增加了事的感受距离和难度,从而使欣赏者在一定意义上获得了更为充分的审美享受。所谓"融事于情型"的事境就是指将时间性的事融入空间性的情之中,从而使时间性的事具有空间审美的一种诗歌境界。譬如"天涯若比邻""醉眠秋共被"有情境,更有事境。秦观《江城子》"便做春江都是泪,流不尽,许多愁"之情是基于"碧野朱桥当日事,人不见,水空流"之事上的。所谓"比事于理型"的事境就是指将时间性的事比托给空间性的理,从而使时间性的事拥有空间审美的一种诗歌境界。"不畏浮云遮望眼,自缘身在最高层""山重水复疑无路,柳暗花明又一村"何尝不是有理的事境?何尝没有时间空间化的审美感受呢?

  事境之所以妙,就在于事中有可把玩的物、情、理的存在。其中空间性的物、情、理不仅给予时间性的事无限想象的空间,还给予时间性的事无穷的诗性魅力。可以说,事境审美的本质特性就是时间空间化审美。

(二) 事境之用

  任何"用"都有一定的时域性限制,当然事境的运用也是有其限度的。事境的使用时限当是近代以前,其使用的域限则主要在俗雅之间。与情境和意境相比,事境属于俗境。但对事境自身来说,则有俗也有雅。俗主要由于事,雅主要由于境。在中国古代,"歌诗合为事而作"的观念一般是民间的底层写作,而"视境于心"的思想一般是官方的上层写作。应该说,事境既有民间歌谣的自由与鲜活,又有官方诗歌的规范与稳重。正是基于这种融合的审美观念,清代诗人刘公勇评价宋祁诗说:"'红杏枝头春意闹',一闹字卓绝千古。字极俗,用之得当,则极雅,未可与俗人道也。"① 此句雅俗共赏,着一"闹"

---

① (清)刘公勇:《刘公勇词论》,见唐圭璋编《词话丛编》,中华书局1986年版,第600页。

字，而境界全出。中国古代之所以创设事境，主要想通过日常之事以及想象之事融入物、情、理的审美空间之中，来唤醒人对生活的诗意感受和深度体验，从而进一步理解历史记忆、文化记忆与人类生存经验、生命体验之间的诗意关系。从生存论上看，事境之用就是让人摆脱日常之事的纷扰，在事的诗性世界里去感受和体验应然的生活，从而使人心灵得以净化，生活得以提升。

综上所言，事境是宋代以来中国古典诗歌的一种境界追求，其妙用之处自然有一定的时域限制。然而当下诗歌在经历了俗与雅双重否定之后，"境"很有可能被我们虚拟的媒介时代所唤醒、激活。也就是说，中国古典诗学的事境观念很可能在当下的诗歌创作中重新焕发生机。

第三章　缘事发生论

从"事"的角度来看，大凡感于事而有所兴咏，然后指事造形，用事类义，发乎情理，游乎事境，而形于诗赋。这与"情动于中而形于言"的缘情发生论有所不同。缘情发生论以"情"为本，强调诗是由内而外发生的，即所谓"在心为志，发言为诗"表现出来的。缘事发生论以"事"为本，强调诗是由外而内发生的，即所谓"在事为诗"再现出来的。与缘情发生观念相比，缘事发生观念尽管不那么光鲜亮丽，但其素朴的诗风、现实的情怀在中国诗学史上起到了不可或缺的作用。韩婴"劳者歌事"、班固"缘事而发"、杜甫"即事名篇"、白居易"歌诗合为事而作"、魏泰"缘事审情"等缘事观念对中国古代诗歌创作起到了至关重要的作用。诗在"事"中是如何产生的？"事"又是如何转化成诗的？这是本章主要解决的两个问题。

第一节　感于哀乐，缘事而发

就诗歌发生而言，缘情靠近心学，缘事依傍史学，其区别是相当明显的。但从实践上说，缘情与缘事并不是泾渭分明的，而是事情合一的。《汉书艺文志》云："自孝武立乐府而采歌谣，于是有代、赵之讴，秦、楚之风，皆感于哀乐，缘事而发。"[①] 明代诗论家陆时雍也指

---

① （汉）班固：《汉书》，岳麓书社1993年版，第777页。

出:"夫情生于文,文生于情,未有事离而情合者也。"① 诗的发生有一个渐进的生成过程。"譬之木,其始抽芽,便是木之生意发端处。抽芽然后发干,发干然后生枝生叶,然后是生生不息。"② 从缘事观念来看,事之于心是诗发生之根,事之于声是诗发生之华,事之于义则是诗发生之实。缘事诗歌生生不息,"事"须臾不离。

一 事之于心: 诗发生之根

叶燮指出,作诗者必先有诗之基。所谓诗之基,就是其人之胸襟。在叶燮看来,胸襟就是虚以待物的胸怀,有胸怀才能载其性情智慧,而后才能文思泉涌、诗兴大发。胸怀作为一种心性既是自然的天性,也是后天的修养。人在历事中生存,但并非事事都能发而为诗。诗只有通过事之于心的诗性净化和提升,才有可能生成诗。但需要指出的是,尽管诗所缘之事可以是日常生活中实际发生的事,也可以是历史上曾经发生的事,甚至也可以是神话故事、民间传说等虚构的事,但不管哪一种事,都必须经过事之于心的取舍才能生成个性鲜明的诗歌。从缘事的角度看,事之于心是诗发生的根基所在。

(一) 事在人为,悉心以对

何谓"事"?从施事者的角度看,"事"是人行动的结果,即"事"是人之所为。人在事中生存,言其志、咏其声是自然而然的事。"飞土,逐宍"是人类早期狩猎之事,"郎骑竹马来,绕床弄青梅"是童年难忘之事……人世间有很多难忘的事需要用诗的方式记忆和记录。从事的角度看,"诗言志"就是诗言"记忆"或"记录",而"记忆"或"记录"的东西多是一些难忘的事。究其实质,记忆是事之于心的一种心理活动。对诗人而言,到底历史上发生了什么事是一回事,而心如何识别、取舍、转化以及合成具有必然性、整体性的事则是另一回事。人对历史的记忆总是有选择的,哪些事映入脑海、哪些事被

---

① (明)陆时雍:《诗镜总论》,见丁福保辑《历代诗话续编》,中华书局1983年版,第1404页。

② (明)王阳明:《传习录》,阎韬注评,江苏古籍出版社2001年版,第83页。

规避都是经过心处理的。正基于此，叶燮才指出："作诗必先有诗之基，胸襟是也。"① 所以我们认为，尽管事在人为，但如果悉心以对地诗性转化，诗就会生根发芽。

（二）喜怒哀乐，缘事而生

究竟诗歌在发生之时，是事在先，还是情在先，抑或二者协同作用而发生？对此，中国古代主要有两种截然不同的回答。一种观点认为，"情"是自然而生的，与"事"毫无关系。这种诗学观念在理论上以孔颖达为代表，在创作实践上以袁枚为代表。孔颖达指出："若夫哀乐之起，冥于自然，喜怒之端，非由人事。"② 袁枚在《随园杂兴》诗中云："喜怒不缘事，偶然心所生。升沉亦非命，偶然遇所成。"另一种观点认为，"情"是缘事而生的。这种诗学观念的理论代表是班固，创作代表是白居易。班固继承刘歆的思想提出乐府诗"感于哀乐，缘事而发"的观点。究竟如何理解"感于哀乐"与"缘事而发"之间的内在关系呢？朱熹指出："在人则喜怒哀乐未发时，而所谓中节之体已各完具，但未发则寂然而已，不可见也。特因事感动，而恻隐、羞恶之端始觉因事发露出来，非因动而渐有此也。"③ 由此看来，事比情更具有逻辑优先性。关于这一点，从白居易的诗歌创作上也可见一斑。我们发现，尽管白居易早期有"感人心者，莫先乎情"的创作体验，但随着创作经验的丰富即"阅事渐多"后更加体验到"歌诗合为事而作"的宝贵。

综上所言，事之于心是诗发生的根基所在。从缘事角度看，诗发生是事之于心的诗化过程。人不仅在事中历练、反思自我，还诗性地虚构、想象自我以及这个世界。人人都在历事中生存，但唯有诗人入乎世事之中，又要出乎世事之外。入乎世事之中，才能有地气和生气；出乎世事之外，才能有雅致和高致。诗人所缘之事一般是实际发生的

---

① （清）叶燮：《原诗》，霍松林校注，见郭绍虞主编《中国古典文学理论批评专著选辑》，人民文学出版社1979年版，第17页。
② 李学勤主编：《十三经注疏·毛诗正义》，北京大学出版社1999年版，第3页。
③ （宋）朱熹：《朱子语类》，王星贤点校，中华书局1986年版，第1792页。

事，这表明诗源于生活，具有真切的现实性；诗又高于生活，说明缘事又是合乎情理、可能发生的事，具有审美的超越性。诗是现实与非现实的统一，不能非此即彼。从某种意义上说，事之于心既是诗发生的现实基础，又是理想的归宿。

二　事之于声：诗发生之华

诗是有声有色的存在，它不仅可观，而且可听。诗有声不仅仅因为诗中有响字、有平仄押韵的声感，而更为重要的是诗中之事所促发的内在感觉的声音联想。诗有声使诗变得不再沉默而有了美感，这种美感是通过事之于声来完成的。如果说事是诗的内容、声是诗的形式，那么事之于声则是诗歌内容与形式完美的统一。揭示事与声的内在关系对于研究诗的发生有着积极的意义。

（一）事声相通——诗缘事而发的美学要求

在中国古代，不管是声情并茂说还是声无哀乐论，声与情的相关论述倒是不少，然而对于声与事的谈及似乎不多。但是如果我们能显微阐幽、静观默察，也不难发现中国古代也有声与事的相关论述。譬如秦客与嵇康在争论声有无哀乐时就指出："若葛卢闻牛鸣，知其三子为牺。师旷吹律，知南风不竞，楚师必败。羊舌母听闻儿啼，而审其丧家。凡此数事，皆效于上世，是以咸见录载。推此而言，则盛衰吉凶，莫不存乎声音矣。"[①] 这其实已经涉及声与事的协同关系了。如果我们进一步细察还会发现，尽管嵇康强调声无哀乐论，但他更特别指出："至夫哀乐自以事会，先遘于心，但因和声以自显发。"[②] 从此维度来看，嵇康与秦客声与情的讨论确实是建立在声与事相通的基础之上的，即前贤所形成的金科玉律的观点——"声音之道，与政通矣"。在中国古代，政有为事求正之义，故政与事是紧密相关的。古人将声一分为五，即宫、商、角、徵、羽。其中"徵为事"。在古人看来，如果徵声乱就有哀情显，其原因就在于政繁事勤。用《乐记》

---

① （魏）嵇康著，武秀成译注：《嵇康诗文选译》，巴蜀书社1991年版，第162页。
② （魏）嵇康著，武秀成译注：《嵇康诗文选译》，巴蜀书社1991年版，第158页。

的表述就是"徵乱则哀,其事勤"。一般而言,古人是通过洗耳恭听徵声而获得事的讯息的。不管是季札在鲁,观《诗》察事,还是孔子于武城,闻弦歌之声而知子游之政,都反映了声与事通的事实。对此,我们在前文已有相关论述,不再累述。之所以重提声与事的协同相通关系,就在于进一步论证诗、声、事的内在关系以及声和事与诗的发生关系。

就声与诗而言,诗、声同功。诗与歌都是对声的文饰,即所谓"声之曲折,又长言而为之也"。闻一多在《歌与诗》中就指出:"界乎音乐和语言之间的一声'啊——'便是歌的起源。"① 歌如是,诗亦如此。上古之人感于事而形于有节奏的语音声响,素朴的诗就这样产生了。后世沿袭,不管是诗之律还是词之谱,都与声不分不离。故有"诗是乐之心,乐为诗之声,故诗、乐同其功"之说。《汉书艺文志》从声的维度即"诵其言谓之诗,咏其声谓之歌"来界定歌与诗绝非无稽之谈。严羽对宋代"以文字为诗""以才学为诗","盖于一唱三叹之音,有所歉焉"的批判也是切中要害的。诗有声,声有义,诗声同功。诗如果没有声,不仅会失去节奏的美感,而且会失去存在的意义。

就声与事而言,事、声一致。郊祀天地之乐歌即郊庙歌辞所用之声以及所述之事,与朔野行军之鼓吹铙歌所用之声以及所述之事是有天壤之别的。孔子之所以"放郑声",就在于郑声有不雅之事。郭茂倩之所以将五千三百八十九首乐府诗分成郊庙歌辞、燕射歌辞、鼓吹曲辞等十二大类就是依据征夫之忧、科敛之暴等事类不同,曲辞声响就不同的原则编次分类的。诗在早期产生之时,事、声一致更为明显。《伊耆氏蜡辞》"土反其宅,水归其壑,昆虫勿作,草木归其泽"是述"诸神总祭之事",有声、更有事。"昔葛天氏之乐,三人操牛尾,投足以歌八阕",不管"三人操牛尾"是劳者歌其事还是巫者祷其事,必然是同声一辞。然而随着人类生活、生产方式以及审美需要的多样

---

① 闻一多:《闻一多讲国学》,吉林人民出版社 2009 年版,第 239 页。

化发展，诗歌声与事的关系变得相对弱化了。这对诗歌的现实功能提出了较大的挑战。章学诚《文史通义》就指出："古者声诗立教，铿锵肄于司乐，篇什叙于太史……自诗乐分源，俗工惟习工尺，文士仅攻月露。于是声诗之道，不与政事相通。"① 杜甫主张"即事名篇"，白居易倡导"歌诗合为事而作"也许就是对声诗之道与事相通的坚守和回归。诗缘于声，才有音乐之美；诗缘于事，才有生活之美。

（二）事声相化——诗缘事而发的生成方式

诗人不管对日常生活之事还是神话传说之事，不仅要有所取舍和笔削，还要有所转化即"化事为声"和"化声为事"两种方式才能使诗歌真正生成，并使诗变得更有美感和动感。毋庸置疑，事只有通过言说才能从真正意义上实现自己。也就是说，如果世人皆不知或不言说，那么事只能是潜隐的存在。由此看来，章学诚所谓"事见于言，言以为事"是有道理的，事是以言（声）的方式最终实现自我的。如果说"诗言志"有诗言记之义，那么诗就是有节奏声响的事。因此，诗在发生之际如何"化事为声"和"化声为事"就显得尤为重要。由于事声相通，所以事声相化也就成为诗形成的一个自然行为。诗先有其词、其事，而后有其声者，此为"因诗为乐"。诗先有其声、其曲，而后有其词者，此为"因乐为诗"。但不管是哪一种生成方式，诗在发生之际都需要"化事为声"和"化声为事"这种双向的转化过程。

第一，"化事为声"。对诗而言，化事为声，尤其是把事转化为有节奏、有诗性的声音是至关重要的。首先，"化事为声"要考虑到事本身的轻重缓急，以便依事化声。古者举大木者，有节奏的前呼后应之声就是举重劝力之歌了。化举重之事为劝力之歌当以前呼后应之声相应。因此，行军急切之事，当以短促、昂扬之声应；丧葬悲切之事，当以低沉、哀婉之音谐。边塞诗有苍凉、豪放之声，花间词有温婉、矫情之音，就是由于这些作品是依事化声而来的。其次，"化事为声"还要考虑事本身所蕴含的情绪和情感，以便据事化声。譬如天宝末年，

---

① （清）章学诚：《文史通义》，李春伶校点，辽宁教育出版社1989年版，第251页。

李白在宣城谢朓楼饯别校书郎李云之事，就蕴含着非常复杂的情感和情绪。如何表达这种既有离愁别恨的情感，又有怀才不遇的压抑情绪呢？李白《宣州谢朓楼饯别校书叔云》据事化声，堪称奇崛。全诗押ou韵平声，平声音最长，高起高收。如此用声，送别之事，忧愁之情可谓恰到好处。尤其值得一提的是，起句破格、发兴无端，更是奇异。首句除了韵脚"留"字和助词"之"字，其余都是仄声，而仄声中上声高呼猛烈强，去声分明哀远道。以此出其不意而超常规之声，如临其境，其事可见，其情可感。

第二，"化声为事"。对诗而言，化声为事，尤其是把"声"化成引人入胜的"事"是非常关键的。"化声为事"与"化事为声"相反相成，前者是形式的内容化，后者是内容的形式化。从缘事的角度看，一首诗之所以内容与形式协和一致，主要就在于：诗在发生之时就不断进行着事声的转化。其中事是有声的事，声是有事的声。相传箜篌乃郑、卫之声，以其有亡国之音，故多托哀思之事。古乐府《公无渡河》之曲就是化声为事的杰作。古者先有箜篌哀思之声，后有白首翁溺于河之事，其妻化箜篌之声以寄丧夫之痛。《公无渡河》之曲显然是白首翁妻丽玉化箜篌亡国之声为丧夫之事而创作出来的。而对于"徵乱则哀，其事勤"者，徵音之乱，其声哀苦，其民事勤劳故也。从缘情的角度看，可能是"缀文者情动而辞发，观文者披辞以入情"，但如果从缘事的角度看，则是写诗者化事为声，观诗者披声入事。叶燮指出："我一读之，甫之面目，跃然于前"，"无处不可见其忧国爱君，悯时伤乱，遭颠沛而不苟，处穷约而不滥，崎岖兵戈盗贼"[①] 之事。从观诗的角度看，诗也是化声为事的。

一言以蔽之，"化事为声"和"化声为事"是有事之诗产生必不可少的过程。诗在事声相化的过程中使诗既有了事的内容，又有了声的形式，从而使诗变得文质彬彬、灼灼其华。

---

① （清）叶燮：《原诗》，霍松林校注，见郭绍虞主编《中国古典文学理论批评专著选辑》，人民文学出版社1979年版，第50页。

三　事之于义：诗发生之实

如果说事之于心是诗人求真，事之于文是诗人求美，那么事之于义则是诗人求善之举。刘勰把"事义为骨髓"作为缀思之恒数；曾慥将"事义为皮肤"作为文章之则。中国诗论形成以事系诗的传统，与中国诗人注重事之于义的传统密切相关。

（一）诗人的事义

《毛诗正义》有云："诗人抑扬，因事发咏。"① 诗人感于事而有所吟咏，必有事义为其旨归。譬如杜诗即事名篇，无事不可言，其事多有悲天悯人、忠君爱国之义。太白诗出入世事，若无其事，其事多有超凡脱俗、洗心革面之功。基于此，杜甫《茅屋为秋风所破歌》与李白《梦游天姥吟留别》所述之事以及所达之义迥然有别。如果说杜甫是体制的维护者，那么李白则是体制的解构者。前者立足当下之事，故有深刻的现实关怀；后者放眼未来之事，故有浓郁的浪漫情怀。从文如其人的角度看，诗人的事义也就是诗歌文本的事义，它是诗人世事经历后对这个世界的独特体验和感受。一首诗的独特性主要就在于诗人世事经历的独特性。李白之所以为李白以及杜甫之所以为杜甫也正是由此而形成的。由于诗人世事经历的体验和感受是独特的、唯一的，所以也使得诗的事义或本义是独特的和唯一的。另外，诗人的事义对于诗学思想和理论的形成也具有积极的推动作用。唐代孟棨的《本事诗》依据杜甫个人世事经历及其作品事义的倾向，创造性地提出了"诗史"的概念。由此看来，诗人事义是一种感性的思想断片和诗性的智慧，它对于各种诗论思想具有极强的感召和启发意义。换句话说，一切生命力旺盛的诗论一般是对诗人尤其是诗人事义的理性把握和思考。因此，诗人事义不可不察。

诗人的事义如果取向于过去的事，那么这种事义就是历史性的事义。这种历史性的事义一般把过去的事视为人类诗性生活的范型，具

---

① 李学勤主编：《十三经注疏·毛诗正义》，北京大学出版社1999年版，第1018页。

有怀古和虚构的特性。《诗经》之《文王》《生民》，陶渊明《桃花源诗》等诗就有此类事义。诗人的事义如果取向于现在的事，那么这种事义就是批判性的事义。这种批判性的事义一般把现在的事作为批评和反省的对象，对现实生活具有较强的干预性和介入性。《诗经》之《硕鼠》《伐檀》，杜甫之"三吏""三别"等诗就有此类事义。这类诗一般对现实生活事件有直接的干预和介入，以实现诗的现实拯救功能，即所谓美教化、移风俗，莫近于诗。诗人的事义如果取向于将来的事，那么这种事义就是理想性的事义。这种理想性的事义一般把未来的事视为人类诗性生活的理想，具有幻想和浪漫的特性。从《诗经》"乐土乐土，爰得我所"的理想追求，到李白"欲上青天揽明月"的奇绝想象，再到李商隐"何当共剪西窗烛"的生活意愿、叶燮"想象以为事"等都蕴含着对未来之事的憧憬。可能发生的事是诗人事义应有的指向，它不仅使我们的现实生活充满着诗意性的憧憬，而且也使我们的现实生活向着可能的方向发展。

（二）诗论的事义

按照清代著名史学家章学诚的说法，中国诗论（诗话）主要有两种：一种是"论诗而及事"，备古今、纪盛德、录异事是也；另一种是"论诗而及辞"，辨句法、定语势、正讹误是也。诗论之所以有"论诗而及辞"主要是由于诗是言语修辞的产物，而诗论之所以有"论诗而及事"主要是由于诗是缘事而发的产物，诗人事义需要论者揭示和阐发。"论诗而及事"有着悠久的历史传统，它发端于以事证诗的"四家诗"，发展于以事系诗的《本事诗》，成熟于以事话诗的《六一诗话》。诗论事义是对诗人事义进一步的挖掘和拓展，它不仅有助于全面理解和阐释诗歌，而且也有助于诗歌超越时代的局限而与时俱进地实现自己的价值和意义。如果诗歌徒有诗人事义而没有诗论事义，那么诗歌的意义就会失去前进的动力。一般而言，诗的政治性、伦理性、道德性、审美性的阐释都是在各个时代的诗论中彰显和确立的。正如宋代沈作喆所云："《诗》之作也，其寓意深远。后之人莫能知其意之所在也，因《诗序》而知之耳。然则《序》其有功于《诗》

矣。予谓病夫《诗》者，亦《序》之力也。……今为之《序》者，晓然使人之知其为某事而作也，又知其切中于其所忌也，故后世以《诗》而得罪者相属，是则《序》之过也夫。"①

综上所言，事之于义是诗发生的最后阶段，也是诗的意义的最后形成阶段，诗歌的价值也取决于此。

第二节　触事兴咏，随遇发生

诗的发生既是历史性的，又是偶然性的。之所以说诗的发生是偶然性的，就在于诗产生的此时、此景、此事的感触是独特的、偶然的。即所谓应感之会，来不可遏，去不可止。薛雪指出："随遇发生，随生即盛。千古诗人推杜浣花，其诗随所遇之人、之境、之事、之物，无处不发。"② 诗的独创性以及不可重复性也就主要在于诗发生的偶然性上。

叶燮云："于以发为文章，形为诗赋，其道万千，余得以三语蔽之，曰理、曰事、曰情，不出乎此而已。"③ "能发生者，理也。其既发生，则事也。既发生之后，夭矫滋植，情状万千，咸有自得之趣，则情也。"④ 可以说，理、事、情是诗发生的三大源泉。诗之所以分为说理诗、叙事诗和抒情诗，主要就在于诗在发生之际遇之理、事、情的缘故。但需要强调的是，诗所遇之理是有事之理即事理；所遇之事是有事之事即叙（序）事；所遇之情是有事之情即事情，并且在诗歌发生之际，还需要遇之于境。因为诗有事境，才有生气，才有高致。

一　事遇于理：　诗有隐有秀

严羽云："诗有别趣，非关理也。然非多读书，多穷理，则不能

---

① （宋）沈作喆：《寓简》，中华书局1985年版，第1页。
② （清）薛雪：《一瓢诗话》，杜维沫校注，见郭绍虞主编《中国古典文学理论批评专著选辑》，人民文学出版社1979年版，第91页。
③ （清）叶燮：《原诗》，霍松林校注，见郭绍虞主编《中国古典文学理论批评专著选辑》，人民文学出版社1979年版，第25页。
④ （清）叶燮：《原诗》，霍松林校注，见郭绍虞主编《中国古典文学理论批评专著选辑》，人民文学出版社1979年版，第23页。

极其至。"① 尽管诗歌有吟咏情性的"别趣",但"理"对于诗歌的作用也是不可替代和或缺的。究竟何谓"理"?"理"对于诗歌发生意味着什么?又形成什么样的诗歌?这是我们不得不解决的问题。

与哲学中的"理"相比,诗学中的"理"不是通过概念推理来认知的,而是通过形象感受即通过可见之"文"发见隐微之"理"来显现的。因为"理之发见,可见者谓之文,文之隐微,不可见者谓之理"②。在叶燮看来,"其能发生者,理也"③。诗人"以文化天下",注重"幽渺以为理"的诗意性创造。对于诗歌,叶燮摒弃偏见,提出了"先揆乎其理,揆之于理而不谬,则理得"的思想。一般来说,诗歌幽渺、深邃的哲学意味都是由诗中蕴含着"理"达成的。"理"又从何而来?多从世事体验中来。因为"至显莫如事,至微莫如理,而事理一致也,微显一源也"④。事遇于理,使诗有微有显、有隐有秀。当然需要指出的是,诗人临事达理也并不见得都能生成诗,而只有在临事达理之时会通虚一而静的心境才能真正创作出诗来。戴震认为:"夫事至而应者,心也;心有所蔽,则于事情未之能得,又安能得理乎?"⑤ 诗人应心无蔽、思无邪、虚一而静、事至而应、事息而止才能悟得真理。

中国古代诗歌有通过物的描画显理的,此理为物之理,譬如《题西林壁》"横看成岭侧成峰,远近高低各不同";也有通过情的表达见理的,此理为情之理,譬如《采葛》"一日不见,如三秋兮";当然更有通过事的叙述达理的,此理为事之理,譬如《赤壁怀古》"大江东去,浪淘尽,千古风流人物"。苏轼《赤壁怀古》"公瑾当年""小乔初嫁"可谓事显,"谈笑间,樯橹灰飞烟灭"可谓理切。杨慎《临江仙》如是感发"古今多少事,都付笑谈中"。事显理隐不仅是事和理的

---

① (宋)严羽:《沧浪诗话》,中华书局1985年版,第6页。
② (明)王守仁撰,吴光等编校:《王阳明全集》(上册),上海古籍出版社1992年版,第6页。
③ (清)叶燮:《原诗》,霍松林校注,见郭绍虞主编《中国古典文学理论批评专著选辑》,人民文学出版社1979年版,第21页。
④ (宋)杨时:《二程粹言》,中华书局1985年版,第52页。
⑤ (清)戴震:《孟子字义疏证》,见《戴震集》,上海古籍出版社1980年版,第274页。

本性造成的，也是诗的审美要求造成的。诗有实有虚才美，有显有隐才妙。在刘勰看来，"隐"就是"文外之重旨"；"秀"就是"篇中之独拔"。当然需要指出的是，事理之事要显隐有度，可以含蓄蕴藉，但绝不能晦涩难懂。事的本质在于显，如果事事皆隐，也就失去了事应有的价值。如薛雪所云："作诗用事，要如释语。水中著盐，饮水乃知。"①

一言以蔽之，诗缘事发生之际，如果遇于理，诗就会有微有显而拥有隐秀之美。一方面，诗人在临事之时，应涤除玄鉴从而使心无蔽、思无邪，方能通达真理之路；另一方面，诗人取事之时，应有微有显从而使事不浊、理不浅，方能走向隐秀之途。理在事中显现，哲理诗在事理中发生。

二 事遇于事： 诗亦铺亦陈

中国古代长篇叙事诗不发达，这是中国学界对中国古代诗歌的一个基本判断。古代叙事长篇为什么产生的数量不多，这与中国古人的审美情趣有很大的关系。李东阳《怀麓堂诗话》曰："盖正言直述，则易于穷尽，而难于感发。惟有所寓托，形容摹写，反复讽咏……此诗之所以贵情思而轻事实也。"② 中国古代诗人铺陈其事而形成跌宕之诗主要有两个维度：一个是时间维度，另一个是空间维度。一般而言，如果诗人按照时间维度排列其事，那么这样的铺陈就是叙事。如果诗人按照空间维度剪裁其事，那么这样的排列就是序事。可以说，序事和叙事是中国古代言事诗产生的两个主要方式。

首先，我们考察一下空间性序事之于言事诗的产生问题。序事为何以空间的方式铺陈其事呢？我们先从序事之序说起。何谓"序"？在中国古代，"序"有别内外之义，是一个有着极强空间意味的字。《尔雅》云："东西墙谓之序"。古人多以堂上东西墙为界，分为东序和西序。东序引申为大学，在国中；西序引申为小学，在西郊。《周

---

① （宋）胡仔纂集：《苕溪渔隐丛话（前集）》，廖德明校点，人民文学出版社1962年版，第66页。

② 丁福保辑：《历代诗话续编》，中华书局1983年版，第1374—1375页。

礼·春官》"掌四时祭祀之序事"是按其等级、地位和规格对神坛以及人类社会自身进行礼序掌管。这种伦理性、空间性的序事后来在史学上有着突出的表现。乱世《春秋》条贯有序,"属辞比事"而不乱者,深于春秋之教;盛世《史记》井然有序,"寓论断于序事"而不逊离骚者,立于一家之言。孔颖达疏:"比次褒贬之事,是比事也。"①从某种意义上说,比事也是序事。对事而言,不管是比还是序,二者都是空间性的。北朝民歌《木兰诗》"东市买骏马,西市买鞍鞯",这是空间铺陈的序事。谢榛云:"'东市买骏马,西市买鞍鞯,南市买辔头,北市买长鞭',此乃信口道出,似不经意者,其古朴自然,繁而不乱。若一言了问答,一市买鞍马,则简而无味,殆非乐府家数。"②《木兰诗》铺排事件何以"繁而不乱"而"简而有味"?木兰从军前的事有很多叙述方式,但是诗人不是在时间中展开事件,而是将"事"置入东、西、南、北四个不同空间中让人在真切的空间中深刻地感受事的紧迫与忙碌。这就是中国序事的独特魅力,它与单纯地在时间中展开的审美感受是不同的。序事是中国古代史学的首创,在诗学中得到广泛应用。深入研究序事不仅能发扬中国古代诗歌的民族特色,而且会为中外诗学的比较研究找到一个有力的支点。

其次,我们再考察一下时间性叙事之于言事诗的产生问题。何谓叙?《说文解字》云:"叙,次弟也。"③《尔雅》曰:"叙,绪也。"④何谓"绪"?段玉裁《说文解字注》云:"绪,丝耑也。耑者,草木初生之题也。因为凡首之称。抽丝者得绪而可引。引申之,凡事皆有绪可缵。"⑤ 由此看来,"叙"有厘清头绪、继往开来的之义,极富时间意味。中国叙事从《周礼》"掌叙事之法,受纳访以诏王听治"开始,到朱熹"史家叙事,或因时而记之,或因事而见之",再到蔡宽夫"子美诗善叙事,故号诗史",中国言事诗确实有迹可循。

---

① 李学勤主编:《十三经注疏·礼记正义》,北京大学出版社1999年版,第1369页。
② (明)谢榛:《四溟诗话》,中华书局1985年版,第51页。
③ (汉)许慎:《说文解字》,岳麓书社2006年版,第69页。
④ 邹德文、李永芳注解:《尔雅》,中州古籍出版社2013年版,第24页。
⑤ (清)段玉裁:《说文解字注》,中州古籍出版社2006年版,第643页。

当然不可否认的是，对于叙事，古人反对者有之，赞成者也有之。陆时雍就认为"叙事议论，绝非诗家所需，以叙事则伤体，议论则费词也"[①]。周紫芝则认为："其叙事简当，而不害其为工。"[②] 不管是反对还是赞同，叙事都要"出己意"才能构成诗。吴乔在《围炉诗话》中就强调："但叙事而不出己意，则史也，非诗也。"与西方相比，中国叙事有崇简、尚礼的特点。方东树指出："苏东坡诗叙事，言简而意尽。"[③] 譬如《孔雀东南飞》对兰芝"十三能织素，十四学裁衣，十五弹箜篌，十六诵诗书"的叙事可谓简省。《木兰诗》中木兰"旦辞爷娘去，暮宿黄河边，不闻爷娘唤女声，但闻黄河流水鸣溅溅"，究竟早晨如何辞爷娘？路上发生了什么事？暮宿黄河边又发生了什么事？中国叙事在时间绵延过程中并不关注事之间的逻辑，而是关注对事背后的情与理的揭示。

概而言之，中国诗人感于事而铺陈其事可以通过序事和叙事两种方式创作诗歌，但不管哪一种方式都不以事的真理性为旨，也不以时间性为规，而更多地以政教、人伦为矩，这也许是中国长篇叙事诗较少产生的根本原因，同时也是中国古代诗歌言事的基本特性。

三 事遇于情：诗可群可怨

在中国古代，诗缘情是比较流行的一种诗学观念。诸如《毛诗序》"情动于中而形于言"之说，《诗品》"摇荡性情，形诸舞咏"之辨，《文赋》"诗缘情而绮靡"之说，《文心雕龙》"诗人什篇，为情而造文"之论等思想无处不在。在诗歌产生之际，"事"与"情"又是什么关系呢？白居易云："大凡人之感于事，则必动于情，然后兴于嗟叹，发于吟咏，而形于歌诗矣。"[④] 钟嵘曰："离群托诗以怨。……凡斯种种，感荡心灵，非陈诗何以展其义。非长歌何以骋其情。故曰：

---

① （明）陆时雍：《诗镜总论》，见丁福保辑《历代诗话续编》，中华书局1983年版，第1419页。
② （清）何文焕辑：《历代诗话》，中华书局1981年版，第350页。
③ （清）方东树：《昭昧詹言》，汪绍楹校点，人民文学出版社1961年版，第532页。
④ （清）董浩等编：《全唐文》（卷六七一），中华书局1983年版，第6853页。

'《诗》可以群,可以怨。'"① 我们认为,诗可群、可怨,与事遇于情有关。当事遇于情时,诗中之事可以群,诗中之情可以怨。

第一,诗之所以产生,源于"可以群"即有诗性的聚集功能。孔安国注"可以群"为"群居相切磋"。邢昺疏云:"'可以群'者,《诗》有'如切如磋',可以群居相切磋也。"② 如果说诗可以兴、可以观、可以怨是作诗之人抑或诵诗之人的个人行为,那么诗可以群则是群体的交往行为。人之相聚,后世公宴、赠答以及送别都是群体行为,同时也是"以文会友"的为事活动。诗可以群也再一次证明:诗是以事件的方式存在的。可以说,诗发生、完善于"群居相切磋"的事件之中。

"群臣进谏,门庭若市",这是盛世庙堂的聚集;"斩木为兵,揭竿为旗",这是乱世乡民的聚集;"以文会友,以友辅人",这是学士文人的聚集。人世间,爱能聚集,恨也能聚集。"群"本质上就是一种聚集。聚集不管是为了拆解还是和解,都意味着某种在场的沟通和交流。海德格尔用"桥"的聚集特性来阐释物和诗的存在意义。海氏说:"桥梁以自己的方式使大地和天空、神圣者和短暂者聚集于它自身。"③ 不可否认,宗教有聚集性,家园有聚集性,但是永恒无限的聚集可能只在诗人那里。如曹丕《典论·论文》所言:"年寿有时而尽,荣乐止乎其身。二者必至之常期,未若文章之无穷。"④ 可以说,诗"可以群"既使诗实现了现实功能,又使诗可以永恒。

第二,诗之所以产生,源于"可以怨"即有诗性的宣泄功能。黄宗羲云:"善于风人答赠者,可以群也。凄戾为骚之苗裔者,可以怨也。"⑤ 我们认为,客观之诗人即经事多者,其诗更"可以群";主观之诗人即承情多者,其诗更"可以怨"。当然中国古代诗歌很多是事遇于情的产物,故其诗可群,也可怨。那么古人又是如何理解"可以

---

① (南朝梁)钟嵘:《诗品全译》,徐达译注,贵州人民出版社1990年版,第9页。
② (魏)何晏集解,(宋)邢昺疏:《论语注疏》,山东画报出版社2004年版,第228页。
③ [德]海德格尔:《诗·语言·思》,彭富春译,文化艺术出版社1991年版,第138页。
④ 王筑民:《中国古代文论选篇注析》,贵州人民出版社2005年版,第94页。
⑤ 胡经之:《中国古典文艺学丛编》,北京大学出版社2001年版,第332页。

怨"的呢？下面我们沿波讨源一看究竟。在中国古代，诗教与政教不分。诗的产生以及人的情感波折往往与政治休戚相关。孔安国就注"可以怨"为"怨刺上政"。在孔颖达看来，诗产生以制礼为限，上皇之时，举代淳朴，未有礼义之教，故未有诗咏之声。及礼备乐正，君道刚严，故情志不通，始作诗。譬如屈原以忠信流放，忧思难当，而作《离骚》。

诗能使人回到自身，西方一般通过"净化"的方式来实现，中国则是通过"怨刺"的方式来完成。"怨"即怼也，恨也。诗为何能消除人的怨恨而使人回到自身呢？怨恨又缘何而生的呢？知其所起，也就知其所止。子曰："放于利而行，多怨。"① 其大意是，如果每事依利而行，就会多生怨气。与之相反，不依利而行，也就不生怨气。世间何物无怨呢？《礼记·乐记》曰："乐至则无怨，礼至则不争。"② 之所以"礼至则不争"，是由于礼是"别异"的；之所以"乐至则无怨"，则是由于乐是"合同"的。诗乐一体，以此类推，诗至则无怨。清代诗论家吴乔就有"读王右丞诗，使人客气尘心都尽"的深切感受。可以说，儒家温柔敦厚的诗风形成与"诗可以怨"关系密切。诗之所以可以群、可以怨，主要是由于事遇于情的缘故。具体来说，"可以群"是由于事的融入，"可以怨"是由于情的参与。当一首诗事情合一的时候，才可群可怨。

第三节　事境相触，援引成诗

诗人与常人的境界不同，对事的态度也就不尽相同。常人遇事容易慌乱，诗人遇事，物我两忘。这与各自的心境有关。清代诗论家牟愿相在《小澥草堂杂论诗》中就提出了"事境相触，援引成诗"的思想。事遇之理、事、情能产生诗，但并不一定能产生至善至美的诗。只有事遇之于境即在理境、事境和情境中，才能真正形成尽善尽美的诗。

---

① （宋）朱熹撰，张茂泽整理：《四书集注》，三秦出版社2005年版，第103页。
② 崔高维校点：《礼记》，辽宁教育出版社2000年版，第127页。

一 身临其境，实境发生

境对于诗以及诗人来说，都非常重要。明代顾起纶在《国雅品》中就有"诗亦从实境中出"的说法。清代诗论家贺贻孙在评价杜甫诗时也特别强调："'云随白水落'，皆当时实有此境，入他想中，无非空幻。"① 叶燮在对杜甫诗句诵评时就主张"设身而处当时之境会"，因为"天下惟理、事之入神境者，固非庸凡人可摹拟而得也"。②

诗人在创作之时要身临其境，因为只有身临其境才能感同身受，才能创作出有真切感受的作品来。但需要指出的是，诗人在身临其境的过程中并不仅仅是一个感性的过程，也是一个理性的过程。即诗人在不同的境况下，要有一个理性的选择。这就涉及取境的问题。在诗学领域，究竟有多少种境？又如何取境呢？王国维指出："境非独谓景物也。喜怒哀乐，亦人心中之一境界。"王国维所谓景物之境其实就是古人所说的物境，而喜怒哀乐之境就是情境。王昌龄在《诗格》中就对境有明确的分类。王氏将境一分为三：物境、情境和意境，并根据物、情、意不同品性来取境。"物境"要抓住物的特性即"极丽绝秀者"，然后处身于境，视境于心，即所谓"置意作诗，即须凝心，目击其物，便以心击之，深穿其境"。"情境"要"张于意而处于身，然后驰思，深得其情"。"意境"要张于意，思于心，而得其真。与之相关，皎然在《诗式》中主张，取境须至难、至险。我们需要进一步指出的是，物境、情境和意境并不是中国诗境的全部，中国古代还有一种非常重要的境界就是事境。就事境而言，诗人要融入至少要如临其境地想象其事，然后处身于境，深得其事，而后才能得其事境。由上可知，当事与境相遇之时，诗人应处身事境之中，才能使诗真切、自然、动听。贺贻孙云："圣贤事境圆明，风谣工歌，无不可以入理。"③

---

① （清）贺贻孙：《诗筏》，清道光二十六年（1846）刻本。
② （清）叶燮：《原诗》，霍松林校注，见郭绍虞主编《中国古典文学理论批评专著选辑》，人民文学出版社1979年版，第32页。
③ （清）贺贻孙：《诗筏》，清道光二十六年（1846）刻本。

诗之所以事境圆明，就在于诗人身临其境、深得其事。

二　澄明之境，虚境发生

从深层意义上说，人与物莫不相为蔽。境界没有优劣之分，只有大小之别。其大小源于"心术之公患"。荀子云："博为蔽，浅为蔽。万物异则莫不相为蔽，此心术之公患。"① 因此，"有蔽则昏，无蔽则明。……在身忘身，在事忘事，在家忘家，其受用无量"。"以为制事之本，然后心体无蔽，临事无失。"② 海德格尔也指出："诗人的思绪进入被存在的澄明所限定的境界。"③ 存在的显明意味着无蔽的敞开，人如其所是地存在。这种无蔽的敞开以及人如其所是的存在就意味着诗人进入了澄明之境。

何谓澄明之境？诗人又如何通达澄明之境呢？所谓澄明之境就是思无邪、念无私，无功无利、不偏不倚的一种理想境界。进入澄明之境，应是处于坐忘心斋、无我无物的审美状态。有我有物，人就不能凝神关注，也就进入不了澄明之境。因此，我们可以说，诗人无畏，不偏不倚，故诗比历史更真实；诗人无蔽，明觉通透，故诗比明镜更洁净。在中国古代，有"以物观物"（无我之境）和"以我观物"（有我之境）之分，但这两种观物并不是澄明之境下的观物方式。清代学者黄宗羲指出："以物观物，性也。以我观物，情也。性公而明，情偏而暗。"④ 性情之下，固然有诗，但诗人不经澄明之境，必然有私有碍。想必陶渊明"久在樊笼里"的诗作与"复得返自然"的诗作不可同日而语。为何？陶诗的古淡清远，与其后期进入澄明之境有关。太白情境入神，体格高妙；少陵事境传神，千古流传；摩诘理境养神，沁人心脾。伟大的诗人心如明镜，不为一时一事所左右，而是世事洞明、迈古超今。诗人身临其境所形成的境是实境，给人真切自然之感；

---

① 安继民注译：《荀子》，中州古籍出版社2006年版，第343页。
② （明）王阳明：《传习录》，阎韬注评，江苏古籍出版社2001年版，第140页。
③ ［德］海德格尔：《诗·语言·思》，张月等译，黄河文艺出版社1989年版，第101页。
④ （清）黄宗羲：《宋元学案》，王梓材等校定，商务印书馆1986年版，第60页。

诗人澄明之境所形成的境是虚境，给人通透自然之感。前者源于现实，亦真亦善；后者源于理想，亦美亦幻。诗之所以有虚实相生之美，主要是诗人遇于境的缘故。理、事、情都能入境，在境的导引下也都能形成说理诗、叙事诗和抒情诗。事遇之于境即事境的美学价值就在于让人如其所是地诗意栖居。

三 事之入神，事境化生

从实事中领悟，"设身而处当时之境会"是进入"事之入神境者"即事境的一把钥匙。也许这是中国古代除意境以外，创作和欣赏诗歌的另一条路径，具有重要的诗学价值。

第一，中国古代诗歌缘事发生是华夏民族诗性生存的一种必然选择，对日常生活的审美化具有重要的意义。中华民族是一个有着诗性智慧的民族，善于用诗理解世界和创造生活。且不说唐宋诗人离别托兴、宴饮兴咏，单就先秦国卿朝礼、行人盟誓用《诗》就非常普遍。春秋之后，更有学《诗》之士，逸在布衣之说。在中国古代，确实"不学诗"，就"无以言"。从某种意义上说，诗就是古人生活的重要组成部分。中华民族历尽沧桑，但还能诗意地栖居在大地上，也许正由于我们是一个诗的国度。人以历事的方式存在，大凡感于事而有所兴咏，当下中国人诗意性生存离不开诗歌的佑护。

第二，中国古代诗歌缘事发生创造了一种割舍不断的历史财富，对当下诗歌创作具有重要的意义。在中国古人看来，诗的产生离不开"理、事、情"的表达与书写，更离不开"才、胆、识、力"的融入与参与。太白情境入神，体格高妙；少陵事境传神，千古流传；摩诘理境养神，沁人心脾。伟大的诗人心如明镜，不为一时一事所左右，而是世事洞明、迈古超今。诗所遇之理不是空洞的理，而是有事之理即事理；所遇之事不是杂乱的诗，而是有事之事即叙事与序事；所遇之情不是无故的情，而是有事之情即事情。诗人的职责就是要把"不可言之理""不可述之事""不可达之情"诗性地表达出来。诗不应成为语言的牢笼，而应唤醒人对生活的记忆，激发人的想象而富有诗意。

这是当下诗歌值得深入反思的地方。

第三，中国古代诗歌可兴、可观、可群、可怨，在讽喻教化、吟咏情性、调畅精神等方面发挥着举足轻重的作用，但在人类命运、存在、历史的深刻揭示与反思方面也有很大的提升空间，需要当下诗歌继之而前行。海子在《诗学：一份提纲》中写道："因为我恨东方诗人的文人气质。他们苍白孱弱，自以为是。他们隐藏和陶醉于自己的趣味之中。他们把一切都变成趣味，这是最令我难以忍受的。比如说，陶渊明和梭罗同时归隐山水，但陶重趣味，梭罗却要对自己的生命和存在本身表示极大的珍惜和关注。这就是我的诗歌的理想，应抛弃文人趣味，直接关注生命存在本身。这是中国诗歌的自新之路。"①

中国自古就是诗的国度，善于用诗理解世界和创造生活。从生存论的角度看，诗歌是触事兴咏、随遇发生的结果。诗以其独特的诗性方式存在，它让我们懂得了"理"、通晓了"事"、理解了"情"、通达了"境"。

---

① 西川：《海子诗全编》，上海三联书店1997年版，第897页。

第四章　缘事发展论

　　世间万事万物是如何发展的？老子云："道生一，一生二，二生三，三生万物。"① 庄子亦云："凡事亦然，始乎谅，常卒乎鄙。其作始也简，其将毕也必巨。"② 就诗体发展而言，从一言到两言，再到四言、五言和七言，诗由简入繁，始简而毕巨。胡应麟云："四言变而《离骚》，《离骚》变而五言，五言变而七言，七言变而律诗，律诗变而绝句，诗之体以代变也。"③ 就雅俗变化而言，诗无疑遵循由俗到雅、否定之否定的规律。刘勰云："黄歌断竹，质之至也；唐歌在昔，则广于黄世；虞歌卿云，则文于唐时；夏歌雕墙，缛于虞代。"④ 上古举代淳朴，诗作之时，简朴自然，不求文饰。追至以雅化俗、皆可弦歌之时，诗开始有声有色起来。及至逐声追律、丽辞章句之时，就会"致饰然后亨则尽矣"，诗歌就会否定自身，从而重新回到素朴的状态中去。不管是诗体发展还是雅俗变化，诗歌都是缘事发展的。

第一节　"临事制变"的发展观念

　　建安诗人陈琳在《檄吴将校部曲文》中曾提出"临事制变，困而

---

① （春秋）老子著，苏南注评：《道德经》，江苏古籍出版社2001年版，第117页。
② 方勇译注：《庄子》，中华书局2010年版，第61页。
③ （明）胡应麟：《诗薮》，中华书局1962年版，第1页。
④ （南朝梁）刘勰：《文心雕龙》，郭晋稀注译，岳麓书社2004年版，第369页。

能通"的思想。很显然,"临事制变"与"凡事师古"是两种不同的发展观念。前者放眼未来,是一种运动的、除旧布新的发展理念;后者着眼过去,是一种静止的、因循守旧的思想观念。儒家济人所需而制礼作乐,其发展观念基本是运动着的。如孔子所言:"逝者如斯夫,不舍昼夜。"① 道家安身守命而虚静无为,其发展观念基本是静止的。如老子所言:"民至老死不相往来。"② 具体来说,"临事制变"又分为正变、新变、异变、通变等各种发展观念。正是由于中国古人"临事制变"的发展观念,中国诗歌以及诗学才不落熟套、常变常新。

一 无物不化,无事不变

在中国古人看来,宇宙万物有变与不变之分。有以不变应万变者,也有常变常新者。不变者,形而上者(道),万变不离其宗;变者,形而下者(器),千变万化而无常。世间就是由形而上者的不变与形而下者的变构成的。

(一) 无物不化

郑玄注云:"物,犹事也。"③ 黄宗羲进一步指出:"夫物犹事也,事在心不在外,凡吾心所着之事即是物。"④ 在中国古代,物与事如影相随,故有事物之称。"事"不仅让物运动起来,而且也让物变得更加人化。所谓自然的人化与人化的自然其实都是在事中完成的。

尽管中国古人对物的认识不尽相同,但大多还是承认无物不化、无物不变的事实。儒家尽管强调"物以类聚、人以群分"的等级观念,但也无法阻止"觚不觚,觚哉"物变的事实。道家尽管主张物我齐一,认为"物无非彼,物无非是",但也无法否认"道行之而成,物谓之而然""此之谓物化"的事实。那么物又是如何动起来的呢?在古人看来,阴阳相接之气会使物动起来。此所谓"天地合而万物

---

① 张卫中校注:《论语》,浙江教育出版社2011年版,第89页。
② (春秋)老子著,苏南注评:《道德经》,江苏古籍出版社2001年版,第216页。
③ 李学勤主编:《十三经注疏·礼记正义》,北京大学出版社1999年版,第1000页。
④ (清)黄宗羲:《明儒学案》,沈芝盈点校,中华书局1999年版,第1289页。

生,阴阳接而变化起"。钟嵘"气之动物,物之感人"的诗学思想主要就源于此。在中国古人看来,世间万物都是由主次造化而成的。五代道家代表人物谭峭有言:"道之委也,虚化神,神化气,气化形,形生而万物所以塞也。"① 在中国古代,诸如"橘树之江北,则化而为枳""燕雀入海,化为蛤"等化生之说广为流传。不仅如此,五行、五味、五音也相化相生。《淮南子》有云:"变宫生徵,变徵生商……是故以水和土,以土和火,以火化金,以金治木,木得反土。五行相治,所以成器用。"② 万事万物都在变化着,诗当然也不会例外。清代诗学家薛雪在《一瓢诗话》中引叶燮的话说:"天道十年而一变,无事无物不然,岂独诗乎?就《三百篇》而论,《风》有正风,有变风。《雅》有正雅,有变雅。"③

当然需要注意的是,万物化生也是为道日损的过程。荀子指出:"万物为道一偏,一物为万物一偏,愚者为一物一偏,而自以为知道,无知也。"④ 为此,儒家强调"格物致知";道家强调"返璞归真"。俗人被万物蒙蔽,而只有诗人是敞开的。王维的"人闲桂花落,夜静春山空"让桂花、春山之物回到事物本身和"事无事"的诗性生活。就物而言,诗人的职责就是让物如其所是地成为自己,从而让人在物中看到自己。俄国形式主义学者什克洛夫斯基在《作为手法的艺术》中说:"那种被称为艺术的东西的存在,正是为了唤回人对生活的感受,使人感受到事物,使石头更成其为石头。艺术的目的是使你对事物的感觉如同你所见的视象那样,而不是如同你所认知的那样。"⑤

(二)无事不变

任何事都有一个开端、发展和结束的过程。也就是说,任何事件

---

① (五代)谭峭:《化书》,丁祯彦等点校,中华书局1996年版,第1页。
② 赵宗乙译注:《淮南子译注》,黑龙江人民出版社2003年版,第213页。
③ (清)薛雪:《一瓢诗话》,杜维沫校注,见郭绍虞主编《中国古典文学理论批评专著选辑》,人民文学出版社1979年版,第103页。
④ 安继民注译:《荀子》,中州古籍出版社2006年版,第276页。
⑤ (苏)什克洛夫斯基:《作为手法的艺术》,见《俄国形式主义文论选》,方珊等译,生活·读书·新知三联书店1989年版,第6页。

都是在"变"和"化"中实现自身的。中国古人就是基于无事不变的事实,才提出"一事息则一事生,生息之际,无一毫之间"的观点的。为什么事要变呢?事变的动力在哪里?事变又与诗变有何关系呢?下面我们将从事的构成要素以及事的存在方式上加以研究。

首先,我们看一下事的构成要素,以从中探究事到底是如何发展变化的。一般而言,事之所以能动起来至少要由四个因素构成:第一个就是动力因即施事者,毕竟"事在人为",事是由人推动完成的;第二个是目的因,毕竟"事出有因",行事的目的其实就是事起的原因;第三个是环境因,毕竟"事过境迁",这里的境是广义的境,既是自然之境、社会之境,也是人文之境;第四个是天命因,毕竟"谋事在人,成事在天",在古人看来,天命不可违,天命既是事的必然因素,又是事的偶然因素。可以说,"天时、地利、人和"是事顺利发展的基础。《淮南子》云:"世异则事变,时移则俗易。故圣人论世而立法,随时而举事。"① 元代李治《敬斋古今黈》曰:"又知作诗者,近能达于事变,远能怀其旧俗,是以诗之去取,无一之不当焉。"②

其次,我们再看一下事的存在方式,以从中显明事究竟是如何发展变化的。毋庸置疑,事是以时间的方式存在的。与纯粹时间不同的是,时间本身是没有内容的形式存在,而事既有形式的存在,又有内容的存在,即一种具体的、充实的、有意义的时间存在。对此,二程有"一事息则一事生"的感慨。"事"既是无穷、永恒的,又是有穷、阶段的。"文变染乎世情,兴废系乎时序",诗是随着世事的变化而变化的,它不仅在事中形成自己的内在本质,而且也在事中形成自己的外在风格。之所以一时代有一时代的诗,主要就是由事的阶段性造成的;之所以诗是永恒的,主要就是由事的永恒性形成的。

总而言之,古人物动而知其反,事萌而察其变。正是在这种"无物不化,无事不变"的变化思想观念下,中国缘事诗歌以及缘事诗学才生生不息,且永恒地发展变化着。

---

① 赵宗乙译注:《淮南子译注》(上),黑龙江人民出版社2003年版,第544页。
② (元)李治:《敬斋古今黈》,刘德权点校,中华书局1995年版,第52页。

二 临事制变，缘事变诗

在中国古人看来，任何事物都是变化着的。"无物不化，无事不变"是这个世界的常态。面对这个无事不变的世界，诗歌到底该如何应对呢？中国古人的智慧主要就体现在"临事制变"和"缘事变诗"上。

（一）"临事制变"的发展观念

人是以历事的方式存在的，必然面临着诸多事件的袭扰。对此，儒、道两家有着不同的处事观念和方法。孔子云："必也临事而惧，好谋而成者也。"① 即孔子强调世事是多变的，对事要有所"戒惧、谋划"才能成其事。儒家尊重事多变的事实，并对事采取积极的应对。老子曰："功成事遂，百姓皆谓我自然。"② 即老子肯定事变是无常的，对事要"为无为、事无事"才能功成事遂。道家也尊重事多变的事实，只不过道家对事任其自然，以不变应万变。临事制变的观念是建立在古人"无事不变"的思想基础之上的，它主要是指人在面临世事时能随机应变，见机行事。与之不同的思想观念就是守其常而不知其变的刻板思想。这种不知变的刻板思想在中国古代寓言故事中多有描述，也多有讽刺。譬如"刻舟求剑"中的刻板行事，"守株待兔"中的死板做事都有所体现。临事制变的发展观念不仅是人类生存的重要原则，而且也是中国诗学的重要法则。《春秋说题辞》最早将事、谋和诗联系起来。其辞云："在事为诗，未发为谋，恬澹为心，思虑为志。诗之为言，志也。"③ 在诗学上，诗人陈琳最早明确提出"临事制变"的思想。"临事制变"的发展观念不仅是中国诗学发展的动力，而且是创新的动力。

（二）"缘事变诗"的发展策略

不可否认，诗歌只有临事制变，才能有所创新和发展。但诗又该如何临事制变，才能实现创新发展呢？"缘事变风"和"缘事变体"

---

① 张卫中校注：《论语》，浙江教育出版社2011年版，第62页。
② （春秋）老子著，苏南注评：《道德经》，江苏古籍出版社2001年版，第161页。
③ 李学勤主编：《十三经注疏·毛诗正义》，北京大学出版社1999年版，第5页。

是中国古代诗歌的两种主要发展方式。

第一，缘事变风。"变风"这一概念是基于《诗经》对事的不同描述而提出的。《诗经》有十五国风，共一百六十篇。风、雅与事都是紧密相关的。何谓"风"？何谓"雅"？贾岛在《二南密旨》中有"歌事曰风""正事曰雅"的认定。"风"有"正风"和"变风"之分；"雅"有"正雅"和"变雅"之别。一般而言，《风》自《周南》《召南》之属，谓之"正风"；懿王、夷王而止于陈灵公淫乱之事，则谓之"变风"。清代诗伦家薛雪在《一瓢诗话》中指出："达事情、通讽谕，谓之风。纯乎美者，谓之正风；兼美刺，谓之变风。"①

诗风的转变不是任意的、主观的，而是有据可查、有事可依的。也就是说，诗风的转变是缘事变风的。何以这样说呢？既然诗之风是歌其事即所谓"歌事曰风"，那么诗风若变就理应"达于事变"而歌其新事。《毛诗序》曰："国史明乎得失之迹，伤人伦之废，哀刑政之苛，吟咏情性以讽其上，达于事变而怀其旧俗者也。"② 元代李治《敬斋古今黈》进一步指出："作诗者，近能达于事变。远能怀其旧俗，是以诗之去取，无一之不当焉。"③ 诗的转变尽管有其内因，也有其外因的促成，但不管是内因还是外因，都是以事变的方式展开进行的。究其实质，皆是由诗内外都有事造成的。比起标新立异的"新变"，缘事"正变"是一种应时代之变、诗体之变的务实、稳妥的诗变方式。可以说，缘事变风是中国诗学务实精神的集中表现，也是中国古代诗歌发展变化的主要动力。

第二，缘事变体。何谓"体"？"体"，从骨豊声，本义是人体总十二属之谓，后来泛指一切有形的事物，所以事事物物皆有体。在贾岛看来，诗体若人之有身，颜延年诗"庭昏见野阴，山明望松雪"，

---

① （清）薛雪：《一瓢诗话》，杜维沫校注，见郭绍虞主编《中国古典文学理论批评专著选辑》，人民文学出版社1979年版，第113页。
② 李学勤主编：《十三经注疏·毛诗正义》，北京大学出版社1999年版，第15页。
③ （元）李治：《敬斋古今黈》，刘德权点校，中华书局1995年版，第52页。

鲍明远诗"腾沙郁黄雾,飞浪扬白鸥",都是以象见体的。象有道,惚兮恍兮。亦如文显理,水中之月,其变化是显而易见的。形象对本体的显现总是多变的、片面的。任昉《文章缘起注·题辞》有言:"《易》曰:'拟议以成其变化。'不有体,何以拟议?"①

诗有体,体有变。诗体是如何变的呢?究其实质,是事象的转变导致了诗体的变化。为何这样说呢?譬如"聘问歌咏不行于列国,学《诗》之士,逸在布衣,而贤人失志之赋作矣"②。春秋之后,从诗体到赋体的转变就是由"周道浸坏"的事象转变而形成的。从诗体的整体来看,建安体不同于元嘉体,元嘉体又不同于齐梁体也是由不同时代的事象所决定的。从诗体的个体来看,即使时代相近,如果所经历的世事不同,诗体也不同。太白体不同于少陵体就是如此。诗体代变不是任意的,而是缘于事而变其体的。

总而言之,诗的转变首先起于诗风的转变,而诗风的转变又会引起诗体的转变。从诗的发展变化动力来看,诗是在"事"的推动下发展的,所以诗风与诗体的转变都是缘于事而转变的。

三 事行有常,诗变无方

在中国古人看来,无物不化,无事不变,故要临事制变,缘事变诗。然而我们也必须看到,事物有"变"的一面,也有"常"的一面。荀子曰:"天行有常,不为尧存,不为桀亡。"何谓常?《玉篇》云:"恒也。"《正韵》曰:"久也。""天下大势,分久必合,合久必分"是一种"常",当然"常"是蕴含着"变"的"常"。也就是说,任何"变"都是有不变(常)的"变",任何"常"都是有变的"常"。所以说,事行有常,诗变却无方。

(一) 事行有常

毋庸置疑,世事是多变的,但变中是否也有其常?王充云:"世俗所患,患言事增其实。……使夫纯朴之事,十剖百判。审然之语,

---

① (南朝)任昉撰,陈懋仁注:《文章缘起注·题辞》,中华书局1985年版,第1页。
② (汉)班固撰,(唐)颜师古注:《汉书艺文志》,商务印书馆1955年版,第49页。

千反万畔。"① 由上可知，事变是必然的，但事变也有其常即是沿着由简到繁的方向发展的。就诗而言，刘勰曰："榷而论之，则黄唐淳而质，虞夏质而辨，商周丽而雅，楚汉侈而艳，魏晋浅而绮，宋初讹而新。"② 叶燮亦云："彼虞廷《喜》《起》之歌，诗之土簋、击壤、穴居、俪皮耳。一增华于《三百篇》，再增华于汉，又增华于魏，自后尽态极妍，争新竞异，千状万态，差别井然。"③

如果说由简到繁是事发展的常规，那么求真、向善、尚美则是事发展的常态。"事"是主观见之客观的行为结果，其本质的要求就是求真。尽管中国古代探求真实的文化倾向与西方探索真理的文化观念有所不同，"真"主要表现为"直"，但在心与物即主观与客观求取一致上还是有异曲同工之处的。也正是在这种事常观念的影响下，中国古代诗歌才"片言可以明百义"，中国古代诗学才有《本事诗》《唐诗纪事》等以事系诗的诗学传统。"事"尽管有善恶之分，但每一个民族所行之事最终都是趋向于善的。程子曰："至于善恶治乱是非，天下之事莫不皆然，必善为先。"④ 正是在这种"必善为先"事常观念的影响下，中国古代诗歌具有弃恶扬善、针砭时弊的现实向善的功能。"事"不仅求真和向善，而且也特别尚美。刘知几《史通》云："言媸者其史亦拙，事美者其书亦工。"⑤ 求真、向善是事在内容上的要求，而尚美则是事在形式上的要求。可以说，真、善、美是事追求的常理。当然需要指出的是，诗学中的真与生活中的真有所不同，诗学中的真是艺术的真实。白居易《长恨歌》之所以既真、又善、也美，就在于《长恨歌》的事是"真"的、善的和美的。古往今来，一切优秀的伟大诗篇都是真、善、美的完美统一。这是事的常态，更是

---

① （汉）王充著，袁华忠、方家常译注：《论衡全译》，贵州人民出版社1993年版，第252—256页。
② （南朝梁）刘勰著，王运熙、周锋译注：《文心雕龙译注》，上海古籍出版社2010年版，第270页。
③ （清）叶燮：《原诗》，霍松林校注，见郭绍虞主编《中国古典文学理论批评专著选辑》，人民文学出版社1979年版，第6页。
④ （宋）程颢、程颐：《二程集》，王孝鱼点校，中华书局1981年版，第769页。
⑤ （唐）刘知几：《史通》，黄寿成校点，辽宁教育出版社1997年版，第50页。

诗的常态。

（二）诗变无方

从变的角度来看，万事万物都在变。事有其变，也有其常。诗如事，也有变与不变的一面。为此，刘勰就有"文之体有常，变文之数无方"的观点。如果说诗有常是诗发展变化的必然性，那么诗无方则是诗发展变化的偶然性。为何诗变无方呢？古人认为，诗变无方是由事变无常引起的。诗内外皆有事，"事"不仅在其外部是诗发展变化的驱动力量，而且在其内部也是诗最为重要的构成元素。章学诚认为，"文因乎事，事万变而文亦万变，事不变而文亦不变"①。诗因乎事，事万变而诗亦万变。一时代有一时代的诗歌，与特定的世事变迁有关；同一时代，不同诗派有不同的诗风和诗体形式，与特殊的历事体验有关。魏庆之《诗人玉屑》就指出："自西昆集出，时人争效之，诗体一变。而先生老辈，患其多用故事，语僻难晓，殊不知自是学者之弊。"② 西昆体多用故事，诗体一变。西昆体为何"多用故事"，而不用新事，这与杨亿、刘筠、钱惟演等馆阁文臣历事体验以及唐宋世事变迁所形成的诗学观念有着直接的关系。诗变无方是诗歌多元创新的保证，一个民族如果没有诗变无方的观念和胸怀，这个民族的诗歌就会僵化而失去前进的动力。

综上所言，诗既是有常的，又是有变的。诗有常是诗永恒发展的基石，它源于事行有常。诗有变是诗变无方的反映，它是诗多元创新的保证。诗行有常与诗变无方既是矛盾的，又是统一的。究其实质，诗发展变化的特性主要取决于事的永恒性发展与阶段性变化的矛盾性。既然诗行有常与诗变无方是矛盾统一的，那么武断地强调一方而忽略另一方就都是不可取的。诗行无常，诗就会失去方向而堕入虚无的深渊。诗安常守故，诗就会亦趋亦步而失去创新的能力。中国古人执两而用其中，守常而又知变，诗人亦如此。

---

① （清）章学诚：《文史通义》，严杰、武秀成译注，贵州人民出版社1997年版，第615—616页。

② （宋）魏庆之：《诗人玉屑》，古典文学出版社1958年版，第362页。

第二节 "通变之谓事"的发展规律

任何事都有始有终、有来有往，也有规律可循。《大学》云："物有本末，事有终始。知所先后，则近道矣。"① "事有终始"表明事是一种有时间性的存在。何谓"事"？《周易》以"通变之谓事"加以解释。"通变之谓事"既是事的发展规律，也是诗的发展规律。从长远来看，所有的诗都是按照通中求变、变中求通的规律发展的。不通，诗无法接续历史；不变，诗无法面对未来。

一 穷则变，变则通：通变之谓事

事物究竟是如何变化与发展的？中国古人有自己朴素的辩证思想，即一阴一阳、一动一静、一消一息的相待而生的发展观念。《朱子语类》云："一动一静，循环无端。无静不成动，无动不成静。譬如鼻息，无时不嘘，无时不吸。嘘尽则生吸，吸尽则生嘘，理自如此。"②《周易·系辞上》曰："是故君子居则观其象而玩其辞，动则观其变而玩其占……圣人有以见天下之赜，而拟诸其形容，象其物宜，是故谓之象。"③ 在中国古代，静者，"观其象而玩其辞"；动者，"观其变而玩其占"。前者观物取象，形成了"情志为本"的意象思想；后者观事取象，形成了"在事为诗"的事象观念。

"通变"这一概念最早是在《周易》中被明确提出的，它凝聚着华夏先民对世间万事万物变化的深刻理解。《周易》曰："极数知来之谓占，通变之谓事。"王弼注曰："物穷则变，变而通之，事之所由生也。"孔颖达《周易正义》曰："'通变之谓事'者，物之穷极，欲使开通，须知其变化，乃得通也。凡天下之事，穷则须变，万事乃生，故云'通变之谓事'。"④

---

① 《四书五经》，巴蜀书社2000年版，第4页。
② （宋）朱熹：《朱子语类》，王星贤点校，中华书局1986年版，第2374页。
③ 宋祚胤注译：《周易》，岳麓书社2000年版，第250页。
④ （魏）王弼、魏康伯注，（唐）孔颖达等正义：《周易正义》，上海古籍出版社1993年版，第78页。

一言以蔽之,《易》家对事与物的发展理念就是"穷则变,变则通,通则久"。这种思想后来引入诗学领域,在刘勰的《文心雕龙》里发扬光大。

首先,我们审视一下"穷"字。《说文解字》云:"穷,极也。"① 物极则必反,穷极则思变。"穷"可以说是事与物产生变化的起点。对诗而言,"诗穷而后工"也。诗亡(穷),然后词兴;词亡(穷),然后曲盛……对此,明代诗论家俞彦就曾指出:"词何以名诗余,诗亡然后词作,故曰余也,非诗亡,所以歌咏诗者亡也。词亡然后南北曲作,非词亡,所以歌咏词者亡也。"② 词为诗之余,不仅反映了由诗到词是有变的,而且反映了诗与词之间也是有通的。一言以蔽之,诗亡词作是以"通变之谓事"的方式发展变化的。

其次,我们再审视一下"通"和"变"。第一,何谓"通"?《周易》对通有两个解释:一个是"往来不穷谓之通",另一个是"推而行之谓之通"。前者即"往来不穷谓之通"是从时间性上规定"通"的;后者即"推而行之谓之通"则是从空间性判定"通"的。如果说司马迁《史记》"通古今之变,成一家之言"是史学上的时间感通,那么王羲之《兰亭集序》"情随事迁""后之览者,亦将有感于斯文"则是诗学上的时间感通。朱熹曰:"处得恰好处便是通。"③ 第二,何谓"变"?《周易》云:"一阖一辟谓之变""化而裁之谓之变"④。"一阖一辟谓之变"是从空间上审视变的。所谓阖,即阖(关)户,喻指阴。所谓辟,即辟(开)户,喻指阳。之所以"日月相推而明生焉",主要就是由于阴阳相接变化而致。"化而裁之谓之变"既有空间上的潜移默化,更有时间上的日积月累。朱熹曰:"化,是渐渐移将去。截断处便是变。且如一日是化,三十日截断做一月,便是变。"⑤ 从"通"和"变"的释义来看,通变是以事的方式即"通变之谓事"的

---

① (汉)许慎:《说文解字》,岳麓书社2006年版,第153页。
② 张璋等:《历代词话》,大象出版社2002年版,第802页。
③ (宋)朱熹:《朱子语类》,王星贤点校,中华书局1986年版,第1938页。
④ 宋祚胤注译:《周易》,岳麓书社2000年版,第343页。
⑤ (宋)朱熹:《朱子语类》,王星贤点校,中华书局1986年版,第1936页。

方式运作的。对诗而言，由于不仅诗外有事，诗内也有事，所以诗要永恒地发展变化，就要在事中有通有变地发展。

综上所言，中国古代通变发展观念的核心观点就是，有穷就有变，有变就有通即所谓"穷则变，变则通"也。万事万物最终都是以"通变之谓事"的方式发展变化的。可以说，"通变之谓事"是诗发展的基本规律和基本原则。

二 感其通，正其变：通变之为诗

无疑，诗之体有常，而变体无方。诗在发展变化的关键时刻，既不能唯新是从，也不能因循守旧。在诗的转变之际，通其常，应其变是最明智之举。具体来说，既感其通，又正其变是诗歌发展颠扑不破的真理。诗要寻求熟悉的陌生感，就要在"通变之谓事"中发展变化。

（一）诗感其通，才能行而远

何谓"感通"？《易》云："天地感而万物化生，圣人感人心而天下和平。观其所感，而天地万物之情可见矣。"① 程颐曰："感，动也，有感必有应。凡有动皆为感，感则必有应，所应复为感，感复有应，所以不已也。"② 就空间感通而言，中国古人的观念是人的各个感官之间是息息相通的。在古人看来，尽管"鼻之所以息，耳之所以听"，但是"若一志，无听之以耳而听之以心，无听之以心而听之以气"，其内在的感知是一致的。可以看出，口、耳、眼、鼻虽各有其职，但若有"一志"相通，就会感知相通。钱锺书曾指出："通感很早在西洋诗文里出现。……把各种感觉打成一片、混作一团的神秘经验，我们的道家和佛家常讲。"③ 感通将人类的感官沟通起来，从而使得感知的个性与共性统一起来，进而使人类的感知获得了普遍的审美意义。就时间感通而言，中国古人的观念是古今是相通的。以《诗经·硕人》为例，之所以"巧笑倩兮，美目盼兮"比"手如柔荑，肤如凝

---

① 宋祚胤注译：《周易》，岳麓书社 2000 年版，第 152 页。
② （宋）朱熹、吕祖谦编：《近思录》，查洪德注译，中州古籍出版社 2004 年版，第 26 页。
③ 钱锺书：《通感》，上海古籍出版社 1985 年版，第 72—73 页。

脂"更传神美妙,其原因主要就在于"巧笑"是古今感通,而"柔荑"是古今有碍。

(二) 诗正其变,才能化而通

关于诗是如何变化的问题,早在汉代《诗》学研究中就有所涉及了。一般而言,"懿王、夷王而下讫于陈灵公淫乱之事",谓之"变风""变雅"。《毛诗序》就认为,诗要"达于事变而怀其旧俗","故变风发乎情,止乎礼义"。《毛诗序》虽没有直接提出正变这一概念,但"止乎礼义"而归正的观念里就蕴含着正变的思想了。清代诗论家叶燮云:"既不能知诗之源流、本末、正变、盛衰互为循环,并不能辨古今作者之心思、才力、深浅、高下、长短,孰为沿为革,孰为创为因。"① 诗与事相应,宋代诗人魏野就指出:"事之正变,遇事激发,则可千里之外而应之。"② 故"依古以来,世道之污隆,政事之得失,皆于诗之正变辨之。"可以说,"事之正变"关乎诗之正变。追根溯源,所谓"正"就是不偏不倚,所谓"正变"无非就是诗在文化、伦理、诗学的道路上不偏不倚地发展变化。

由上可知,诗上下感通,才能行将久远;诗古今正变,才能化而通。一言以蔽之,"通变之谓事"是诗发展的正道所在。

三 变则新,通则久:通变之为用

任何事物的发展变化最终都指归于"用"上,诗的发展变化也不例外。对变而言,不仅能使其通,更能使其新。对通而言,不仅能感通,更能久通。通变的功用主要就在于使诗歌在世事中恒久,常变常新。

(一) 通变之变:变则新

李渔指出:"才人所撰诗赋古文,与佳人所制锦绣花样,无不随时更变。变则新,不变则腐;变则活,不变则板。"③ 上古之时,人民

---

① (清)叶燮:《原诗》,霍松林校注,见郭绍虞主编《中国古典文学理论批评专著选辑》,人民文学出版社1979年版,第3页。
② (宋)魏野:《钜鹿东观集》,中华书局1985年版,第1页。
③ (清)李渔:《闲情偶寄》,诚举等译注,云南大学出版社2003年版,第59页。

少而野兽众，采摘、狩猎之事兴焉。远古时期，先民在与自然的抗争与妥协中，以诗性、象征的方式力求达成与现实的和解。不管是葛天氏"投足以歌八阕"，还是尧作《大唐》之歌、舜造《南风》之诗，也不管是表现狩猎生活的《弹歌》，还是反映日常劳作的《击壤歌》，诗与事的象征性和诗意性都是非常明显的。

当人与自然的关系开始让位于人与人的关系之时，古人所冥思苦想的就不再是自然，而是人事。即使描述自然，也不过是人化的自然而已。与之相应，离奇古怪的《山海经》式的神话描述也就不复存在，取而代之的就是人事的刻画与描写。如果说《诗经》是中国诗歌从自然转向人事的分水岭，那么《离骚》则是自《诗经》以来，诗歌新变第一次成功尝试——对人事之怨情的表达是破天荒的。《离骚》之后，情的表达方式、事的存在方式都发生了很大变化，这种变化主要表现为五言取代四言、骚体取代风雅之体。就后者而言，汉代歌谣有直接继承。严羽云："《风》《雅》《颂》既亡，一变而为《离骚》，再变而为西汉五言，三变而为歌行杂体，四变而为沈、宋律诗。"[①] 诗之所以在思想上和形式上能常变常新，主要就是由于通变之变的功能作用。

（二）通变之通：通则久

无疑，人是有限的时间性存在。古往今来，如何摆脱自身的有限性而走向永恒，一直是诗人梦寐以求的。时间是永恒的，世事是不息的。曹丕云："盖文章经国之大业，不朽之盛事。年寿有时而尽，荣乐止乎其身，二者必至之常期，未若文章之无穷。"[②] 这种无穷就源于通变之通。通变之通的主要功用就是使诗在事件的洪流中万变不离其宗，从而使诗在无限的发展中具有历史的深度感。

诗为何能通？在中国，诗之所以通，主要是由于诗所表达的情是人之常情，所传达的理是人之常理。在西方，诗之所以通，主要是由于"诗所描述的事带有普遍性"。亚理斯多德指出："写诗这种活动比

---

① （宋）严羽：《沧浪诗话》，中华书局1985年版，第10页。
② （南朝梁）萧统：《文选》，山东画报出版社2004年版，第1832页。

写历史更富于哲学意味，更被严肃地对待；因为诗所描述的事带有普遍性，历史则叙述个别的事。所谓'有普通性的事'，指某一类人按照或然律或必然律会说的话，会做的事，诗首先追求这一目的。"① 诗本来是个性非常鲜明的主观感性存在，其感受的普遍性又从何而来呢？康德认为："在鉴赏判断中所假定的不是别的，只是这样一种不借助概念而在愉悦方面的普遍同意；因而是能够被看作同时对每个人有效的某种审美判断的可能性。"② 这种普遍性使得个体的差异性暂时消逝而获得"普遍同意"即所谓"对每个人有效"。如果诗获得了"普遍同意"，那么就在时空意义上获得了"感通"。中国古代诗歌在欣赏上之所以能古今感通，在发展上之所以能通则长久，就在于诗具有普遍意义即"普遍同意"。中国古代诗歌之所以流传至今，甚至在当下还能引起强烈的共鸣，就在于诗自身是感通的，诗的发展也是相通的。诗虽是个性化的、主观化的，但诗在感受上也有其"普遍同意"，这可能就是诗古今相通的根源所在。总而言之，诗之所以能古今感通，虽有起伏波折，但终能永恒地发展，主要就在于通变之通的缘故。可以说，通变之通的主要功用就是使诗贯通、永恒地发展。

综上所言，通变对于诗歌的主要功能就是通则久，变则新。通和变既是中国诗歌发展的基本规律，同时又是人们审美心理的基本需要。可以说，前者是人们寻求普遍性、贯通性的一种心理倾向；后者则是人们寻求特殊性、创新性的一种心理倾向。其实不仅中国诗歌是以"通变之谓事"的方式发展的，而且中国诗学乃至中国古代很多文化领域的精神性产品也是以"通变之谓事"的方式发展的。就诗学通变发展而言，前有钟嵘《诗品》，后有袁枚《续诗品》；唐有孟棨《本事诗》，清有叶申芗《本事词》；等等。可以说，中国古代"通变之谓事"的发展观念使得中国诗歌、诗学乃至整个文化既有一脉相承的"通"，又有勇往直前的"变"。中国诗歌与诗学有着斩不断的根、开不完的花，就主要得益于通变的功能。一言以蔽之，"通变之谓事"

---

① ［古希腊］亚理斯多德：《诗学》，罗念生译，中国戏剧出版社1986年版，第19页。
② ［德］康德：《判断力批判》，邓晓芒译，人民出版社2002年版，第51页。

既是中国诗歌与诗学发展的根本动力,也是中国诗歌与诗学发展的基本规律。

第三节 "在事为诗"的发展机制

如果说"在事为诗,未发为谋,恬澹为心,思虑为志"是诗的发生机制,那么历事互文性发展则是诗的发展机制。换句话说,在中国古代,"在事为诗"的发展机制主要有两种类型:一种是历事性发展;另一种是互事性发展。前者是时间性的发展,后者则是空间性的发展。对具体的诗歌创作来说,诗人一般是在历事和互事的基础上缘事直观地创作,从而最终实现创作上的发展变化。

一 自躬其行:历事转化机制

宋代王素《王文正公遗事》有"全未历事,恐不能任事"之说。何谓历事?通俗地说,就是历经事件的意思。海德格尔提出:"生存的行运是从此在伸展着的途程得以规定的。这种伸展开来的自身伸展所特有的行运我们称之为此在的历事。"① 一方面,人在历事中生存;另一方面,人也在历事中创造诗性文化。

从根本上说,事是相继转化、更迭代变而来的,即事都是以一件事接一件事的方式运行的。历事转化主要是指一件事总是由上一事件转化而来,即任何事在止息的过程中或多或少地都对下一个事件有着直接或间接的影响。换句话说,新事件的形成和发展或多或少地都内含着前一事件的某些品质和特性。当然需要指出的是,后一事件内含着前一事件的品质有正向的,也有反向的。譬如当一件事行之有效时,后一事件通常一如既往地继承前一事件的品性,这种运行就是事件之间的正向转化。与之相反,当一件事以失败告终时,后一事件通常改弦更张地批判前一事件的纰漏,这种运行就是事件之间的反向转化。

---

① [德]海德格尔:《存在与时间》,陈嘉映等译,生活·读书·新知三联书店1987年版,第441页。

事件的反向转化与前一事件虽看似迥然有别，但在其深层，后一事件或多或少也遗留着前一事件的烙印，只不过这种烙印比较隐蔽而已。诗就是以事件的方式存在的，同时也是以事件相接的方式即历事的方式运作的。就四言向五言转化而言，胡应麟云："四言不能不变而五言，古风不能不变而近体，势也，亦时也。"① 胡应麟所说的时和势，不仅有诗自身事态的原因，更有时代事势的原因。

诗以历事转化的方式或正向或反向，最终还会形成一个线性发展的轨迹。诗为何有正向与反向这两种发展的模式呢？在中国古人看来，万事万物的运动都是两极相推的结果。对事来说，有本事，也有反本事。所谓本事就是对原初发生事件的确证力量，所谓反本事就是对原初发生事件的质疑力量，诗就是在本事与反本事两股相反势力的较量中发展变化的，只不过有时二者的斗争比较明显，有时比较隐晦而已。具体来说，诗在产生和发展的过程中，其内部和外部既有维护本事的力量，也有反对本事的势力。譬如前有屈原《离骚》，后有扬雄《反离骚》。有时是比较缓和的，甚至是在完全继承的表象下悄无声息地实现变革发展的，譬如前有枚乘《七发》，后有傅毅《七激》、崔骃《七依》等七体。刘勰云："盖七窍所发，发乎嗜欲，始邪末正，所以戒膏粱之子也。"② 后之诗人在继承前人的首创时并不是心安理得的，而是焦虑万分的。按部就班，就会味同嚼蜡，诗也就失去了新鲜感；另辟蹊径，就会筚路蓝缕，诗也就失去了根基。对于后起的诗人，只有在本事与反本事的斗争中才能寻求诗的平衡点，以创造出既有熟悉感，又有陌生感的好诗来。面对枚乘《七发》，于是傅毅《七激》以"清要"为工，崔骃《七依》以"博雅"为巧。

综上所言，诗在历事发展的过程中，一般是以本事与反本事的方式运行的。中国诗歌本事与反本事的运行机制是事的线性发展本质以及中国古人发展观念的实践产物。本事与反本事运作既是中国古代诗

---

① （明）胡应麟：《诗薮》，中华书局1962年版，第23页。
② （南朝梁）刘勰著，王运熙、周锋译注：《文心雕龙译注》，上海古籍出版社2010年版，第58页。

歌复古与反复古运动的动力，也是中国古代诗歌正、反、合发展的动力。可以说，以本事与反本事为主要运作方式的历事转化机制是中国古代诗歌线性发展最重要的一种模式。

二　他山之石：互事合生机制

任何存在不仅是时间性的存在，而且也是空间性的存在。如果说时间性构筑的是事物线性发展，那么空间性构筑的则是事物全息性发展。从诗歌创作的手法来看，"铺陈其事"的赋更多是时间性审美，"先言他物以引起所咏之辞"的兴则更多是空间性审美。在中国古代，事的空间性和全息性一般用互事性加以概括。刘知几云："遂相交互，事势当然。"① 诗的这种发展模式，可以称为互事性发展。

何谓互事？通俗地说，就是互融事件的意思。一方面，"事"会以一件事接一件事的方式即历事的方式发展变化。在这种线性发展的过程中，后一事件一般是由前一事件转化而来，具有一定的因果关联。可以说，历事转化是事线性发展的基本运行模式。另一方面，"事"也会以一件事与另一件事交织、互融、合生的方式即互事的方式发展变化，事件之间就不是时间性的继起关系，而是空间组接、合生的关系。从某种意义上说，互事合生就意味着诗空间审美的展开。历事与互事的不同主要就在于：历事是时间性的，它基于现实，属于线性发展；互事是空间性的，它起于想象，属于网状发展。"冯唐易老，李广难封"之所以能形成事境审美，与冯唐、李广之事和王勃正经历的世事相恰相融有关。班固《咏史》之所以咏缇萦"上书诣阙下，思古歌鸡鸣"历史之事，与自己身陷牢狱形成互事有关。在中国古代诗歌之中，这种互事性的诗歌并不是少数，而是俯拾皆是。与历事时间性审美不同，互事是空间性的审美，二者的区别犹如赋与比兴的区别。因此，互事的诗性魅力就不在于时间性，而在于空间性。下面我们将以屈原投江与李白流放之事为例，具体谈谈互事究竟是如何运作成

---

① （唐）刘知几：《史通》，黄寿成校点，辽宁教育出版社1997年版，第27页。

诗的。

　　据《史记》所载：屈原虽博闻强志，明于治乱，娴于辞令，忠心不二，但楚国佞臣当道，怀才不遇、报国无门，于是遂怀石自沉汨罗以死。"自屈原沉汨罗后百有余年，汉有贾生，为长沙王太傅，过湘水，投书以吊屈原。"① 大约一千年后，李白又近乎重步屈原后尘。据《本事诗》所载：李白才调无双，取笔抒思，无不精绝。自蜀至京师，深得玄宗嘉许，但终以非廊庙器，优诏而罢遣之。白终以不羁而流落江外，又以永王招礼，累谪于夜郎。及放还，卒于宣城。杜甫闻之，作《天末怀李白》一诗记之。其诗曰："凉风起天末，君子意如何？鸿雁几时到？江湖秋水多。文章憎命达，魑魅喜人过。应共冤魂语，投诗赠汨罗。"李白与屈原之所以能隔空对话，就在于二者所经历的事相近相似，可以形成互事性的共鸣感造成的，即所谓"应共冤魂语"。正如李贽在《杂说》中所说："夺他人之酒杯，浇自己之垒块；诉心中之不平，感数奇于千载。"②

　　中国古代诗歌在发展过程中，主要形成了两种互事合生的运作模式。一种是时间空间化的模式，即在过去、现在与将来的时间中形成历史审美空间或想象审美空间的方式。譬如古战事的豪迈与今战事的苍凉形成互事，王昌龄《出塞》"但使龙城飞将在，不教胡马度阴山"是有历史审美价值的；现实苛政猛于虎的时事与未来安居乐业的世事形成互事，《硕鼠》"乐土乐土，爰得我所"是有想象审美价值的。除此之外，其实任何不同时间阶段的两件事在一定的条件下都可以通过互事合生的方式形成诗性的审美空间。譬如"庄生晓梦迷蝴蝶，望帝春心托杜鹃"这种互事的审美就可以为证。另一种是空间时间化的方式，即所谓"天涯共此时"的方式。这种互事合生方式是将不同的空间划归为一时间来实现永恒、无限的审美。比如王昌龄的诗句"秦时明月汉时关"不仅有互事性，而且也有空间时间化的审美性。苏轼《江城子》"料得年年断肠处，明月夜，短松岗"亦是采用互事性的空

---

　　① （汉）司马迁：《史记》，黑龙江人民出版社2004年版，第370页。
　　② （明）李贽：《焚书　续焚书》，岳麓书社1990年版，第97页。

间时间化的审美处理方式。

中国古代很多诗歌存在互事性的诗性关系，用现代互文性理论能得到较为合理的解释。布鲁姆在《影响的焦虑：一种诗歌理论》中指出："每一个诗人的存在都陷入了与另一个或另几个诗人的辩证关系（转让，重复，谬误，交往）。"① 克里斯蒂娃也指出："任何作品的本文都像许多行文的镶嵌品那样构成的，任何本文都是其他本文的吸收和转化。"② 可以说，互事合生机制是中国古代诗歌创作与发展最重要的一种运作方式。

三 既是即目：缘事直寻机制

钟嵘在《诗品》中提出"直寻"的诗学观念。诸如"思君如流水""高台多悲风"是"亦惟所见""既是即目"地描绘眼之所见、耳之所闻的实景，既"羌无故实"，又"讵出经史"，故观古今胜语，多非补假，皆由直寻。与之相应，事也可以通过"既是即目"的直寻方式创作和发展，从而体悟事外之事的韵味。杜甫流离陇蜀，所见之事，毕陈于诗就是"既是即目""即事名篇"的创作方式。与历事转化、互事合生的运作模式不同，缘事直寻既是一种即时性的创作方式，也是一种诗歌瞬时发展的方式。

何谓"既是即目"？所谓"既是即目"也就是即目既是的意思。用现代的话说，就是感官直悟真知的意思。由此看来，"既是即目"不是理性认识的，而是感性直觉的。需要指出的是，"既是即目"并不是人人都能做到的，只有拥有灵性的人才能直寻到"是"。在道家看来，只有致虚极、守静笃的人才能直入事物的本质。庄子之所以知鱼乐于濠梁上，就是坐忘心斋、既是即目的结果。在禅家看来，参禅之初，看山是山，看水是水，这只是动物性的本能地看；禅有悟时，

---

① [美]哈罗德·布鲁姆：《影响的焦虑：一种诗歌理论》，徐文博译，江苏教育出版社2005年版，第92页。
② [法]朱丽娅·克里斯蒂娃：《符号学：意义分析研究》，史忠义等译，见朱立元主编《现代西方美学史》，上海文艺出版社1993年版，第947页。

看山不是山，看水不是水，这只是社会性的文化地看。二者都有所蔽，而只有禅中彻悟，看山仍然是山，看水仍然是水才是真正的"既是即目"。因为禅中彻悟是心性否定之否定后的全部敞开，此时心与感官真正合而为一，所见也就"既是即目"。在此，即目就是既是。诗人的"既是即目"就是无蔽敞开的既是即目，就是直寻真理的既是即目。人们之所以喜欢诗也主要就是由于诗是在"既是即目"的审美感官中自然显现真、善、美的，而不是抽象的概念化地显现。

何谓"缘事直寻"？"直寻"是不涉理路的直观与寻索的意思。它与既是即目相近相邻。在钟嵘看来，直寻之人就是自然英旨之人。自然英旨之人不是"殆同书抄""竞须新事"之人，而是"罕值其人""既是即目"的"天才"。"直寻"是中国古人认知世界的一种独特方式，它一般不借助理性思考，而是凭借直观的方式整体把握事物的本质。对事而言，"直寻"就是指诗人由事象直接体悟事本身的感知形式。譬如李商隐的《贾谊》"可怜夜半虚前席，不问苍生问鬼神"就是运用直寻其事的方式创作的，只不过是以古讽今即以汉代贾谊的事迹讽晚唐的事象以及唐道不载的事本身而已。可以说，"缘事直寻"就是诗人缘于事象直观事本身的诗歌创作手法和运行机制。对于诗歌发展运作来说，可以通过历事转化、互事合生的方式实现，也可以通过缘事直寻的方式实现。根据事的性质不同，缘事直寻的诗歌运作方式可以分为三种：其一是缘历史之事直寻，其二是缘现实之事直寻，其三是缘未来之事直寻。

第一种缘历史之事直寻是诗人对历史传说、神话故事等过去的事直寻体悟的一种方式，这种诗歌以咏史诗为代表。譬如袁枚《读史有感》诗云："魏其屏迹南山下，知道田蚡是阿谁。"袁枚缘史书中魏其与田蚡之事而发，直寻到"祸福凭人各自为，尘心一动便难追"的人生真谛。第二种缘现实之事直寻是诗人对当前耳之所闻、目之所见的事直寻体悟的一种方式，这种诗歌以杜甫"即事名篇"的"诗史"为代表。杜甫《曲江》诗云："即事非今亦非古。"第三种缘未来之事直寻是诗人当前对未来可能发生的事直寻体悟的一种方式，这种诗歌以送别诗为代表。在中国古代,纯粹书写未来之事的诗歌并不多见,但在一些送别、寄托等诗歌中往往有很多展望未来之事的诗歌。譬如孟浩然《过故人庄》在"待到重阳日,还来就菊花"的未来之事中直寻到一种优游、闲适的生活;杜甫与左尚书分别在展望"白鸥没浩荡,万里谁能驯"的未来之事中直寻到任自然、无拘又无束的美好生活;李商隐《夜雨寄北》"何当共剪西窗烛,却话巴山夜雨时"在未来的想象中更是直寻到了一种爱意绵绵的诗情画卷。

  总而言之,诗可以在时间中以历事转化的方式发展,也可以在空间中以互事合生的方式发展,更可以在特定瞬间以缘事直寻的方式发展。历事转化是诗歌绵延性的线性发展,互事合生是诗歌全息性的网状发展,缘事直寻是诗歌即时性的瞬息发展。诗从来就不是单线的发展,而是点、线、面的全面发展。以往学界对诗的发展的研究往往强调时间性,而相对忽略了空间性和即时性。

第五章　缘事创作论

从缘情角度看，诗就是"情动于中而形于言"的产物；从缘事角度看，诗则是"感之于事而形于歌诗"的结果。诗人对所缘之事进行艺术加工、处理的过程就是缘事创作的过程，其中从实际发生的事到"想象之为事"的转化是诗创作的关键。就其创作阶段而言，大致可分为"感通眼中之事""耽思胸中之事"和"考辞手中之事"三个重要阶段。其中"耽思胸中之事"是日常之事转化为诗性之事最为关键的阶段。

第一节　感通眼中之事

依据时间存在的形式，"事"主要分为过去的事、现在的事和将来的事三种类型。从感知深度上看，过去的事已发生、将来的事未发生都不易于把握，只有现在的事（眼中之事）正发生是最易于把握的。然而从审美角度看，现在的事较之于过去的事与将来的事缺乏审美的距离而较少诗意性。"眼中之事"是过去的事与将来的事形成诗意的起点，没有"眼中之事"的真切感受，过去的事与将来的事所形成的美感就没有现实的意义。

一　眼界即事界

眼界是人眼所及的最大边界，它决定着一个人的认识水平和高度。

人在生活中行事和言事，与其眼界直接相关。观事多者，豁达；知事少者，褊狭。对诗人来说，其眼界大小决定着其诗作的格局大小。白乐天诗"无事日月长，不羁天地阔"之所以是"达者之词"，而孟东野诗"出门即有碍，谁谓天地宽"之所以是"褊狭者之词"，就在于白居易与孟郊的眼界格局不同。

（一）创作应始于解蔽，扩其眼界

古往今来，客观之诗人特别重视眼界的开拓。黄宗羲认为，天下第一等人是从眼界做起的，因为眼界不开，骨力就不坚。学问如此，作诗亦如此。沈德潜云："作文作诗，必置身高处，放开眼界。"① 何世璂亦云："为诗须要多读书，以养其气。多历名山大川，以扩其眼界。"② 诗人心如明镜，一般不为世俗所囿，更多地会按照事物本然的样子放眼世界。与商旅幕僚、农氓策士相比，诗人是无蔽的敞开者。

（二）创作应务在博观，感通眼前事

在刘勰看来，解决人之蔽，务求博观。他指出："凡操千曲而后晓声，观千剑而后识器，故圆照之象，务先博观。"③ 陆机亦强调"伫中区以玄览，颐情志于典坟"的博观思想。诗人务先博观，才能感通眼前之事。蔡梦弼引《萤雪丛说》云："老杜诗词，酷爱下'受'字，盖自得之妙……然其所以大过人者无它，只是平易，虽曰似俗，其实眼前事尔。"④ 吴乔在《围炉诗话》中也提出了"贾诗写眼前事，亦出于杜"的观点。杜甫逢禄山之难，流离陇蜀，毕陈于诗，殆无遗事。不管是暮投石壕村有吏夜捉人，还是暮婚晨告别努力事戎行以及南村群童欺我老无力，杜甫都将小我的感知融入"禄山之难"的世事之中。尽管自己"床头屋漏无干处"，却依然抱有"安得广厦千万间，大庇天下寒士俱欢颜"的济世情怀。这一切均源于杜甫务先博观，感

---

① （清）沈德潜：《说诗晬语》，霍松林校注，见郭绍虞主编《中国古典文学理论批评专著选辑》，人民文学出版社1979年版，第188—189页。
② （清）王夫之等撰，丁福保辑：《清诗话》，上海古籍出版社1999年版，第120页。
③ （南朝梁）刘勰：《文心雕龙》，上海古籍出版社2012年版，第329页。
④ 丁福保辑：《历代诗话续编》，中华书局1983年版，第205页。

通了眼前之事。

人对事物的感知都是意向性的,即并不是所有的事物都会映入人的眼帘,而是有所选择的。也正由于此,人对事物的观照都是有所蔽的。诗人解蔽多从澄明心境、扩其眼界出发。主观之诗人多澄明心境,客观之诗人多扩其眼界。王国维在《人间词话》中就指出:"客观之诗人,不可不多阅世,阅世愈深,则材料愈丰富、愈变化,《水浒传》、《红楼梦》之作者是也。主观之诗人,不必多阅世,阅世愈浅,则性情愈真,李后主是也。"① 客观之诗人或言事之诗人创作之初是需要扩其眼界的,因为眼界即事界,没有眼界就不能感通眼前之事,也就写不出引人共鸣的诗性事件来。

二 事上磨炼得

在中国古代,很多哲人和诗人特别强调思想与技艺是在事上磨炼而出的。从哲学角度来看,孔子注重"多能"与"鄙事"的关系。朱熹以尘镜研磨加以喻之,他指出:"因一事研磨一理,久久自然光明。如一镜然,今日磨些,明日磨些,不觉自光。"② 王阳明也指出:"人须在事上磨炼做功夫,乃有益。若只好静,遇事便乱,终无长进。"③ 可以说,"事"从某种程度上说就是人的本质力量最重要的现实转换方式。事如明镜,人的行事过程就是审视自我、提升自我的过程,因为人在历事的过程中不仅能累积经验,而且能创造新我,俗语所谓"不经一事,不长一智"就有此意。与之相反,没有"事上磨炼",就会"遇事便乱,终无长进"。中国古代的这种哲学思想观念对中国人的生活习惯、审美观念、做事风格以及诗学精神都有着深刻的影响。

从诗学角度来看,"事上磨炼"也是诗歌创作最重要的前提。钟嵘在《诗品》中除了强调"四候之感诸诗者",更强调了嘉会离群、

---

① 王国维:《人间词话》,广西人民出版社2017年版,第9页。
② (宋)朱熹:《朱子语类》,王星贤点校,中华书局1986年版,第93页。
③ (明)王阳明:《传习录》,阎韬注评,江苏古籍出版社2001年版,第235页。

去境辞宫、外戍杀边等世事的感荡。白居易指出："阅事渐多，每与人言……始知文章合为时而著，歌诗合为事而作。"① 陆游《示子》所云"汝果欲学诗，工夫在诗外"，想必既有书上的啃读，又有事上的磨炼。在陆游看来，"纸上得来终觉浅，绝知此事要躬行"。王世贞云："吾少年时不经事，意轻其诗文，虽与酬酢，而甚卤莽。"② 阅事渐多，始知歌诗合为事而作。清代词论家蒋敦复云："昔人论作诗必有江山书卷友朋之助，即词何独不然。不读万卷书，不行万里路，不交万人杰，无胸襟，无眼界，嗫嚅龌龊，絮絮效儿女子语，词安得佳。"③

总而言之，诗人只有在事上磨炼，才能感同身受继而发愤著书。屈原谗蔽投江而赋《离骚》、李陵凌辱降胡而歌《别苏武》、文姬受辱虏庭而作《悲愤》、杜甫遭乱、李白投荒，千古绝唱必在事上磨炼而得。诗人经过事上磨炼不仅能发乎真情，而且能触类旁通、穷尽事理。

三　感通事中事

事有显微之分，诗人的职责就是把隐微的事显现出来。如叶燮云："可征之事，人人能述之，又安在诗人之述之？"④ 于是诗人在遇事时不能仅仅浅留在事本身上，而是要能感通到事外之事的意蕴。在朱熹看来，"世间事虽千头万绪，其实只一个道理，'理一分殊'之谓也。到感通处，自然首尾相应。或自此发出而感于外，或自外来而感于我，皆一理也"⑤。另外，事从来不是静止的，而是永不停息的。因此，诗人在遇事时也不能画地为牢、故步自封，而是要能敏锐地把握住事中之事，因为事都不是静止的。《朱子语类》云："只因这一件事，又生

---

① （唐）白居易：《白居易集》，顾学颉校点，中华书局1979年版，第961页。
② （明）王世贞著，罗仲鼎校注：《艺苑卮言校注》，齐鲁书社1992年版，第299页。
③ 唐圭璋：《词话丛编》，中华书局1986年版，第3465页。
④ （清）叶燮：《原诗》，霍松林校注，见郭绍虞主编《中国古典文学理论批评专著选辑》，人民文学出版社1979年版，第30页。
⑤ （宋）朱熹：《朱子语类》，王星贤点校，中华书局1986年版，第3243页。

出一件事，便是感与应。因第二件事，又生出第三件事，第二件事又是感，第三件事又是应。"① 白居易"一吟悲一事"，感通事中之事，《卖炭翁》可谓佳作。诗人感通事中之事，自然下笔如神、首尾相应。可以说，感通事中之事是进入深度创作的必由之路。

综上所言，感通眼中之事是纪事诗创作前最为重要的准备阶段。具体来说，需要扩其眼界、事上磨炼和感通事中事，才能真正进入创作。可以说，不扩其眼界，诗人就会流于褊狭而不能贯通；不在事上磨炼，诗人就会流于轻浮而变得肤浅；不感通事中事，诗人就会流于平庸而没有神妙之处。

第二节 耽思胸中之事

依据陆机《文赋》所说，诗文之作在"伫中区以玄览"之后，就会进入"耽思傍讯"的阶段。"耽思傍讯"不仅需要"收视反听"，而且需要"心游万仞"。在诗歌创作过程中，"收视反听"是一种闭目归心的内化方式，它使诗人的所见所闻更具属人的性质和诗意的性质。"心游万仞"是天马行空的想象，它使诗人的所感所想更具超越的性质和自由的性质。对诗人缘事创作来说，在"感通事中之事"后，自然也会进入"耽思胸中之事"的阶段。可以说，"耽思胸中之事"是日常之事转化为诗性之事最为关键的阶段，同时也是缘事诗歌走向深度审美的最为重要的阶段。在"耽思胸中之事"的创作阶段，古人尤重胸襟，把胸襟视为诗之基。有胸襟，而后才有"收视反听"的驰思和想象。有驰思和想象，而后才有"心游万仞"的自由和奔放，最后事才能昭晰而互进。

一 胸襟乃诗之基

在中国古代，诗论家叶燮最早明确提出"胸襟乃诗之基"这一诗

---

① （宋）朱熹：《朱子语类》，王星贤点校，中华书局1986年版，第1815页。

学观点。对"胸襟乃诗之基",叶燮借物以譬之,如谋一大宅,须结撰托基,然后始基而经营之,大厦乃可次第而成。作诗与谋宅同,亦必先有诗之基。在叶燮看来,"诗之基,其人之胸襟是也。有胸襟,然后能载其性情智慧,聪明才辨以出,随遇发生,随生即盛。千古诗人推杜甫,其诗随所遇之人之境之事之物,无处不发其思君王、忧祸乱、悲时日、念友朋、吊古人、怀远道,凡欢愉、幽愁、离合、今昔之感,一一触类而起"①。后来薛雪在《一瓢诗话》中化用这段话,直接提出了"作诗必先有诗之基,胸襟是也"②。

胸襟之于创作究竟有何意义?为什么诗歌创作要有胸襟呢?这是需要进一步追问的问题。方东树指出:"大约胸襟高,立志高,见地高,则命意自高。"③ 在清代诗论家潘德舆看来,胸襟大一分,诗进一分耳。可以说,诗人的胸襟在某种程度上决定着诗歌创作的水平和质量。也正基于此,叶燮才提出"有是胸襟以为基,而后可以为诗文"的观点。有胸襟,即有人品。有人品,也就有诗品。薛雪特别指出:"诗文与书法一理,具得胸襟,人品必高。人品既高,其一声一欬,一挥一洒,必有过人处。"④ 翁方纲指出:"东坡《自岭外归次韵江晦叔》诗,苕溪渔隐极赏其'浮云世事改,孤月此心明',所谓语意高妙,吐露胸襟,无一毫窒碍者也。"⑤ 由此看来,胸襟宏阔与否确与诗品的高下直接相关。在中国古代,胸襟也直接运用到诗评领域。方东树云:"太白胸襟超旷,其诗体格宏放,文法高妙,亦与阮公同。"⑥ 魏庆之亦云:"专意此事,未常少忘胸中,故能遇事有得,遂造神妙。"⑦

---

① (清)叶燮:《原诗》,霍松林校注,见郭绍虞主编《中国古典文学理论批评专著选辑》,人民文学出版社1979年版,第17页。
② (清)薛雪:《一瓢诗话》,杜维沫校注,见郭绍虞主编《中国古典文学理论批评专著选辑》,人民文学出版社1979年版,第91页。
③ (清)方东树:《昭昧詹言》,汪绍楹校点,人民文学出版社1961年版,第382页。
④ (清)薛雪:《一瓢诗话》,杜维沫校注,见郭绍虞主编《中国古典文学理论批评专著选辑》,人民文学出版社1979年版,第91页。
⑤ (清)翁方纲:《石洲诗话》,中华书局1985年版,第50—51页。
⑥ (清)方东树:《昭昧詹言》,汪绍楹校点,人民文学出版社1961年版,第81页。
⑦ (宋)魏庆之:《诗人玉屑》,古典文学出版社1958年版,第116页。

由上可知，古人所谓胸襟乃诗之基，绝非虚言。有胸襟，然后能载其性情智慧，所遇之事"收视反听""妙思神悟"，诗触类旁通，皆有所寄。可以说，胸襟是诗歌创作宏阔与否的关键所在。

二 以想象来化事

在叶燮看来，"诗之至处，妙在含蓄无垠，思致微渺"，"以言乎事，天下固有有其理而不可见诸事者"。正是由于世间有"不可施见之事"，才需要"想象以为事"，继而才能"事之入神境者"。① 在日常生活之中，现实的事之所以没有美感和诗性主要有两个原因：一是人与事之间没有审美距离，从而形成不了无功利的美感；二是人在事中没有抽身耽思，从而也形成不了自由自觉的诗性。可以说，"事之入神境者"是以胸襟为基，想象而成的。诗人是如何通过想象将现实之事转化为诗性之事的呢？下面我们对王维的《送元二使安西》与高适的《别董大》两首诗加以对比研究。

王维（701—761）与高适（704—765）生活时代虽极为相近，但二人历事求取声名途径却各不相同。开元十九年（731），王维状元及第，历官右拾遗、监察御史、河西节度使判官。开元二十三年（735），高适应征落第。客游中曾授封丘尉、府任掌书记、彭州刺史等职。从二人不同的历事经历来看，王维久在官宦樊笼之中，遂生诗佛之心；高适长期客游边塞，遂有四海为家的豪壮。同为事、景、情的送别诗，却有着不同的气象和情怀。从"事"的角度看，王维送元二使安西，高适则别董大。从景的角度看，王维的起句"渭城朝雨浥轻尘，客舍青青柳色新"轻柔、唯美，高适的起句"千里黄云白日曛，北风吹雁雪纷纷"豪迈、肃杀。从情的角度看，王维的结句"劝君更尽一杯酒，西出阳关无故人"唯美中又显出悲凉与无奈，高适的结句"莫愁前路无知己，天下谁人不识君"肃杀中又显出豁达与欢快。历事不同，眼界就不同，眼中所见之景、之事也就不同。王维在送元二使安

---

① （清）叶燮：《原诗》，霍松林校注，见郭绍虞主编《中国古典文学理论批评专著选辑》，人民文学出版社1979年版，第30页。

西之事面前是不依不舍的，他将此事融入"渭城朝雨浥轻尘，客舍青青柳色新"的画面之中，从而构成了一组轻柔、唯美的事境形象。然而送君千里，终有一别。眼前的美景瞬间又化作了对未来的担忧与想象——"西出阳关无故人"。清代诗论家赵翼指出："人人意中所有，却未有人道过，一经说出，便人人如其意之所欲出，而易于流播，遂足传当时而名后世。如李太白'今人不见古时月，今月曾经照古人'，王摩诘'劝君更尽一杯酒，西出阳关无故人'，至今犹脍炙人口，皆是先得人心之所同然也。"① 朋友送别，几乎是人人经历过的事，但是诗人能将其中的意和事诗意地传达出来，究竟靠的是什么？我们认为，王维这首诗的成功就在于：通过跌宕起伏的人事想象，以美景衬悲情。与之相近，高适在别董大之事面前是拿得起放得下的，他将此事融入"千里黄云白日曛，北风吹雁雪纷纷"的画面之中，从而构成了一组豪迈、肃杀的事境形象。高适这首诗的成功就在于：通过错综复杂的人事想象，以悲景衬豪情。结句"西出阳关无故人"与"天下谁人不识君"给读者展开的与其说是未来的一种想象图景，不如说是未来的一种想象事境。由此看来，叶燮所谓"想象以为事"的论断并非虚言。日常之事要挣脱各种现实的羁绊而具有诗意性的审美价值，想象是非常必要和重要的。

三　事昭晰而互进

在陆机看来，诗人"收视反听，耽思傍讯"的极致就是"物昭晰而互进"。对诗人耽思胸中之事来说，耽思与想象会使"事昭晰而互进"。一般而言，诗人进入"事昭晰而互进"的创作状态主要基于两方面原因：一是灵感的介入；二是"因文生事"的推动。

第一，灵感的介入。不论古今中外，灵感之于创作的问题都是一个绕不开的学术问题。陆机指出："若夫应感之会，通塞之纪。来不可遏，去不可止。藏若景灭，行犹响起。"② 在此，陆机讲明了灵感的

---

① 郭绍虞：《清诗话续编》，上海古籍出版社1983年版，第1333页。
② （晋）陆机著，张怀瑾译注：《文赋译注》，北京出版社1984年版，第18页。

存在状态。皎然云:"时意静神旺,佳句纵横,若不可遏,宛若神助。不然,盖由先积精思,因神旺而得乎。"① 于此,皎然又点明了灵感的生成原因。不管灵感如何妙不可言,终归还是诗人精思神旺的结果。对于耽思胸中之事来说,灵感的介入直接关系到"事"的深度和广度。譬如刘禹锡《酬乐天扬州初逢席上见赠》的创作,正由于刘禹锡身处"巴山楚水凄凉地",又历经"二十三年弃置身"的人事变迁,才让他悟到"沉舟侧畔千帆过,病树前头万木春"的人生真谛。设若刘禹锡没有"到乡翻似烂柯人"的现实反思与灵感的照会,"事"就不会昭晰而互进。王世贞就曾指出:"'沉舟侧畔千帆过,病树前头万木春',以为有神助。"②

第二,"因文生事"的推动。文学创作之所以比历史书写更自由,就在于文学创作中的事料是可以自由虚构的。金圣叹就曾指出:"其实《史记》是以文运事,《水浒》是因文生事。以文运事,是先有事生成如此如此,却要算计出一篇文字来,虽是史公高才,也毕竟是吃苦事。因文生事即不然,只是顺着笔性去,削高补低都由我。"③ 对于言事诗的创作来说,之所以能进入"事昭晰而互进"的创作状态,主要就是由于"因文生事"这种自由性的创作方式。因为"因文生事"地创作既不用受语言形式的束缚,也不受现实环境的压制,而是完全能顺着笔性自由地展开想象。

当诗人一旦进入"事昭晰而互进"的创作状态之中,也就意味着耽思胸中之事的创作阶段即将完成,而进入不吐不快的物化阶段即"考辞手中之事"的创作阶段。

第三节 考辞手中之事

如果说"耽思胸中之事"是创作的构思阶段,那么"考辞手中之

---

① (宋)皎然:《诗式》,中华书局1985年版,第5页。
② (明)王世贞著,罗仲鼎校注:《艺苑卮言校注》,齐鲁书社1992年版,第192页。
③ 林乾:《金圣叹评点才子全集》第3卷,光明日报出版社1997年版,第19页。

事"就是创作的物化阶段。在陆机看来,"收视反听,耽思傍讯","然后选义案部,考辞就班"。① 从缘事的角度看,"考辞就班"阶段就是"事"被呈现出来的过程。在此阶段,"言顺"和"辞达"是创作的形式要求,"事简"与"蓄意"是创作的内容要求。二者相得益彰,言事诗创作才有滋有味。

一 言顺事成, 辞达事信

诗人进入"考辞手中之事"的创作阶段,"言顺"和"辞达"相当重要。因为对于言事诗来说,言顺才能事成,辞达才能事信。具体来说,"言顺"是语言的外部(现实)要求,"辞达"是语言的内部(自身)要求。

第一,对于言事诗来说,言顺才能事成。所谓"言顺"就是指事之所言必须符合伦理、道德、文化以及审美习惯的需要,才能构成合理之事。与神思妙悟的构思阶段不同,诗歌的有形化过程不得不面对各种现实的压迫与束缚。也正由于要面对各种现实的压迫与束缚,在言事诗歌现实化过程中才形成美刺、反讽、譬喻等各种写作技巧。孔子云:"言不顺,则事不成。"② 《朱子语类》云:"言不顺,则无以考实而事不成。"③ 由此看来,在言事诗歌语符化和现实化的过程中,"言顺事成"是不能不考虑的一个现实性问题。清代诗论家施补华就疑惑不解地说:"香山《长恨歌》今古传诵,然语多失体。如'汉皇重色思倾国',明明言唐,何必曰汉?"在中国古代,有很多事"拘于礼法,限以师训,虽口不能言,而心知其不可者,盖亦多矣"④。"汉皇重色思倾国"是残酷的历史教训,深谙人事的白居易不会直接言及现世唐皇的,而是巧妙地运用言在"汉皇"而意在"唐皇"的笔法委婉劝谏,只有这样才能言顺事成。

---

① (晋)陆机著,张怀瑾译注:《文赋译注》,北京出版社1984年版,第24页。
② 来可泓注:《论语》,陕西人民出版社1996年版,第163页。
③ (宋)朱熹:《朱子语类》,王星贤点校,中华书局1986年版,第1100页。
④ (唐)刘知几:《史通》,黄寿成校点,辽宁教育出版社1997年版,第109页。

第二，对于言事诗来说，辞达才能事信。圣门设科，文学言语并存。就言辞而言，先师有辞达之训。子曰："辞达而已矣。"① 朱熹曰："辞，取达意而止，不以富丽为工。"② 对缘事诗来说，辞达事信。梁刘勰有"事信而不诞"的说法，明宋濂有"事信而辞实"的观点，清方苞有"辞达而事信"的观念。亚理斯多德曾说："一件不可能发生而可能成为可信的事，比一件可能发生而不可能成为可信的事更为可取。"③ 在言事诗中，不可能发生的事可以通过言顺、辞达的方式变成可信的事，这种转化可能比可能发生而不可能成为可信的事更为可取。清代诗论家冒春荣在《葚原诗说》中指出："诗家下笔，即当有千秋自命之意。……是故每叙一事，务使后人如稔其故。每述一事，务使后人如值其时、历其地。诗至此方可称工，方可信其必传于后。"④ 北朝民歌《木兰辞》"同行十二年，不知木兰是女郎"是"一件不可能发生的事"，但是在"阿爷无大儿，木兰无长兄"的言顺之下，"从此替爷征"也就变成了"可能发生的事"。尤其是在"脱我战时袍，着我旧时裳"的辞达之下，替父从军之事也就变成了可信之事。

在"考辞就班"的创作阶段，"言顺"和"辞达"是对诗歌语言的一种形式要求。言事诗要有深度的厚重感，还需要在内容上有所建树。

二 事简为上，蓄意为工

诗人进入"考辞手中之事"的创作阶段，不仅要使"事"言顺、辞达，而且也要使"事"言简、意赅。可以说，"言简"是对言事诗述事风格的要求，"意赅"是对言事诗述事内容的要求。与西方鸿篇巨制的叙事诗相比，"言简意赅"既是中国古代言事诗的一种文化倾向，也是一种审美倾向。

---

① 来可泓注：《论语》，陕西人民出版社1996年版，第216页。
② （宋）朱熹：《四书章句集注》，中华书局1983年版，第169页。
③ ［古希腊］亚理斯多德：《诗学》，罗念生译，中国戏剧出版社1986年版，第59页。
④ 郭绍虞：《清诗话续编》，富寿荪校点，上海古籍出版社1983年版，第1626页。

第一，言事诗在考辞上，以事简为上。中国传统文化历来崇尚简约，并以简为美。《周易》就有"易简而天地之理得"的说法。对于诗文而言，一简之内，音韵尽殊。清代文论家刘大櫆在《论文偶记》中提出了"简为文章尽境"的思想。从诗评的角度看，诗多以"文约意广"即简约为上。宋代诗论家许顗在《彦周诗话》中指出，杜诗苟有所得，亦不可不记也，可谓简而尽。宋代文论家陈骙亦指出："事以简为上，言以简为当。言以载事，文以著言，则文贵其简也。"① 在陈骙看来，文简而理周，斯得其简也。六经之文，容无异体，《诗》与《春秋》同归。譬如《春秋》有"陨石于宋五"之载。此载事"闻其磌然，视之则石，察之则五"，既有听觉、视觉的享受，又有知觉、联觉的想象，可谓文简而意丰。杜甫《秋兴》"香稻啄余鹦鹉粒，碧梧栖老凤凰枝"与之有异曲同工之处。就言事诗的简省而言，《木兰诗》可谓叙事简当。木兰出征准备之事，以"东市买骏马，西市买鞍鞯"一语言尽；木兰从军跋涉之事，以"旦辞爷娘去，暮宿黄河边"一句点明。与西方叙事诗相比，中国言事诗多以空间并置的方式铺陈事，以事简为上、为美。"简"是中国言事诗不言自明的特征，无须多言。我们之所以不惜繁复论述，就在于揭示中国言事诗简约背后的审美趣味，从而更进一步理解中国言事诗的意蕴特性。

第二，言事诗在考辞上，以蓄意为工。在中国古代，缘情诗学强调情以蓄意为工。譬如宋代诗论家释景淳《诗评》就提出了"缘情蓄意，诗之要旨"的观点。其实对于缘事诗学来说，事也以蓄意为工。陈骙就指出："文之作也，以载事为难。事之载也，以蓄意为工。"② 随后，陈骙以《左传》载事佐证。"楚师寒拊勉之事，但云'三军之士，皆如挟纩'。则军情愉悦之意，自蓄其中。"③ 楚师伐宋，王巡三军，拊而勉之，三军之士，皆如挟纩。纩，绵也。言王恩泽三军，

---

① （宋）陈骙：《文则》，刘彦成注译，中华书局1985年版，第2页。
② （宋）陈骙：《文则》，刘彦成注译，中华书局1985年版，第2页。
③ （宋）陈骙：《文则》，刘彦成注译，中华书局1985年版，第3页。

将士悦以忘寒也。刘知几云："三军之士,皆如挟纩。斯皆言近而旨远,辞浅而义深,虽发语已殚,而含义未尽。"① 言事诗蓄意与史之载事有相近之处,但也有质的差别。在清代诗论家吴乔看来,叙事而不出己意,是史非诗也。也就是说,言事诗所蓄之意更多地是"己意",而非"他意"。或者说,"己意"就是"在心为志"的"志"。也就是说,叙事出己意,才能"发言为诗"。由此看来,言事诗人率其意固然重要,但造语即考辞也不可小觑。因为诗歌蓄意毕竟是通过造语即考辞来完成的。如果说"意"是体,那么"辞"就是用。体用不二,须臾不离。叶燮《原诗》就指出:"其意也,所以为体也,措之于用则不同。辞者,其文也,所以为用也,返之于体则不异。"②

三 言辞有味,事义为妙

言事诗在考辞手中之事的阶段,最重要的就是事义的表达。可以说,"事义"是言事诗的"质","言辞"是言事诗的"文"。对于言事诗而言,只有文质彬彬,才能尽善尽美。具体来说,就是言辞要有韵味,事义要有妙旨。

第一,从"文"的角度看,只有言辞有味,言事诗才耐人寻味。一般而言,言事诗切近、征实而味寡,抒情诗幽远、委婉而味浓。钟嵘品诗以此为据,认定"班固《咏史》,质木无文"③。方东树评诗以此立论,认为事境宜近,近则亲切不泛;意境宜远,远则想味不尽。此所谓诗偏于叙则掩意。其实也不尽然,在中国古代,很多诗人通过文事也能让言事诗耐人寻味。这种诗学观念直接受微显、志晦的史学观念的影响很深。

对言事诗而言,除了言顺、辞达,言辞如何才有滋味呢?在中国

---

① (唐)刘知几:《史通》,黄寿成校点,辽宁教育出版社1997年版,第53页。
② (清)叶燮:《原诗》,霍松林校注,见郭绍虞主编《中国古典文学理论批评专著选辑》,人民文学出版社1979年版,第7页。
③ (南朝梁)钟嵘:《诗品》,张连第笺释,北方文艺出版社2000年版,第11页。

古代，此类问题的讨论不绝于耳。刘勰《文心雕龙》强调"辞约而旨丰，事近而喻远"的方法；魏庆之《诗人玉屑》坚持"语少意足，有无穷之味"的信念；宋荦《漫堂说诗》倡导"词简而味长"的理念。在中国古代，言辞有味，多推崇杜诗。杜少陵作诗用事，水中着盐，饮水乃知盐味。可以说，诗之言辞就是一种"有意味的形式"。诗人缀字属篇、炼字成句，无不强调意味。

第二，从"质"的角度看，只有事义为妙，言事诗才引人入胜。在中国古代，事义作为一个诗学概念运用是相当广泛的。一方面，它有典故、成辞的意思；另一方面，也有事之义理的意思。钟嵘在《诗品》中所使用的事义，多是典故、成辞之义。我们所谓事义多取事之义理的意思。在古人看来，"至显莫如事，至微莫如理"。事义是各个民族在历事生存中所形成的对事件认识的文化、道德、美学等各种价值倾向性的总和。它对人类日常生活以及诗意性生活具有重要的指导意义。也正由于此，《易》有"随其事义而取象"的说法。

对于言事诗来说，最重要的莫过于事之义理了。刘勰《文心雕龙》就积极倡导"事义为骨髓，辞采为肌肤"的创作理念。言事诗中的事义可以指事中的情，也可以指事中的理。譬如李白《子夜吴歌·秋歌》云："长安一片月，万户捣衣声。秋风吹不尽，总是玉关情。何日平胡虏，良人罢远征。"此诗铺叙了两件事：一件是长安城万户捣衣的事，另一件是平定胡虏、将士归乡的事。表达的情只有一个，那就是遥遥无期的牵挂与期盼之情。从"一片"和"万户"用词中，既让人感受到了战事所激发的团结与奋进的盛况，也让人更深入地体验到了战事无比艰难与惨烈的状况。于此事中，家破、国危的愁绪如秋风一般吹也吹不尽。可以说，此诗的"骨髓"就是通过事中所包蕴的情造就的。当然"事义为骨髓"的"骨髓"也可以通过事理来造就。譬如陈与义《感事》中的事蕴就是由"世事非难料，吾生本自浮"事理（事义）引发的。

诗人经过言顺、辞达、化简、蓄意等考辞创作后，言事诗才在真正意义上被创造出来。或者说,"考辞手中之事"的完成也就意味着诗人创作的完成。但从缘事创作的观念来看,诗人创作的结束并不意味着创作的完全结束。因为诗歌在事件的流动过程中还要不断地被改写或重写。当诗歌形成了一种稳定的创作形式和风格时,也就意味着创作真正的结束,同时也意味着一种诗体的形成。

第六章 缘事诗体论

世间万物，凡有形者，必有其体。郑玄笺云："体，成形也。"①对诗之体而言，有以一时而成形者，建安体、太康体是也；有以一人而成形者，少陵体、太白体是也；有以选集而成形者，柏梁体、玉台体是也。凡此种种，枚不胜举。在中国古代诗体论说之中，其实还有一种容易被人忽略的诗体。这种诗体是基于人类诗性生存的需要而产生，具有朴实的现实主义热情和济世情怀，可以称为缘事诗体。唐代诗论家成伯玙云："事之长者，歌之难尽，不思章句之繁，此皆诗之体。"② 按照诗的发展规律以及事的性质特征，缘事诗体可分为纪事诗、即事诗和占事诗三种类型。这三种诗体分别对应着过去的事、现实的事和将来的事，具有沟通历史、干预现实和勾画未来的诗性价值。

第一节　往事可谏：纪事诗

楚狂人接舆曾歌曰："往者不可谏，来者犹可追。"③ 一千多年后，白居易诗云："往事勿追思，追思多悲怆。来事勿相迎，相迎亦惆怅。"不可否认，时不我待，往事如烟，不可挽回。正如韩琮《柳枝词》诗云："何如思想千年事，谁见杨花入汉宫。"然而如果抛弃情感

---

① 李学勤主编：《十三经注疏·毛诗正义》，北京大学出版社1999年版，第1080页。
② （唐）成伯玙：《毛诗指说》，商务印书馆2013年版，第19页。
③ 来可泓注：《论语》，陕西人民出版社1996年版，第245页。

的因素，仅从纪事的角度看，其实往者也是可谏的。上古结绳而治，后世圣人易之以书契，百官以治，万民以察。仓颉造字，天雨粟，书契代结绳纪事而留住了过去。诗是书契之精者，往事更是可谏的。杨万里《诚斋诗话》云："'微而显，志而晦，婉而成章，尽而不污'，此《诗》与《春秋》纪事之妙也。"① 当然在往者的识记上，史有史的优势，诗有诗的特长，但在特定的时期，诗有时比历史更真实、更富有哲学的意味。在众多诗歌体式中，纪事诗对往者的记忆更富有诗意。

一 纪事诗的界定与诗意

在中国古代，纪事诗关乎历史诗性再现的问题，具有独特的诗学价值。清代诗论家吴乔在《围炉诗话》中就提出"纪事诗不可不慎"的观点。在中国古代，纪事诗与纪事诗、咏史诗和怀古诗既有相同之处，也具有明显的差别。

首先，纪事诗绝不等同于纪事诗。纪事之"纪"有纪念、怀古之义。由此可知，纪事诗本之于过去发生的事。也就是说，纪事诗主要指向过去的历史。纪事之记有记忆、记载之义，由此看来，纪事诗就不仅仅限于过去的事，当下发生的事亦在所记之列。从纪的本义来看，所谓纪有"丝别"之义。段玉裁解释说："别丝者，一丝必有其首，别之是为纪。""史记每帝为本纪，谓本其事而分别纪之也。"② 与之相应，纪事诗也有"本其事而分别纪之"的自然本性。当然需要说明的是，在中国古代，纪事诗与纪事诗也并不是泾渭分明的，有时也存在混用的现象，但二者还是有质性差别的。

其次，纪事诗绝不等同于怀古诗。纪事诗本之于过去的历史，但与怀古诗有交叉，更有区分。从广义上看，诗人怀古既可以对历史事件兴咏，也可以对历史人物、名胜古迹感怀，但诗人纪事则主要针对历史事件感怀和兴咏。也就是说，纪事诗主要指向过去的历史事件，并不包括对历史人物和名胜古迹的感怀。从狭义上看，纪事诗与感怀

---

① 丁福保辑：《历代诗话续编》，中华书局1983年版，第139页。
② （清）段玉裁：《说文解字注》，中州古籍出版社2006年版，第645页。

古事的咏史诗最为接近。现代著名学者施蛰存先生就曾指出:"咏史诗是有感于某一历史事实,怀古诗是感于某一历史遗迹。"① 当然咏史诗在古代运用也是相当广泛的,它不仅限于吟咏古事,也吟咏古人。沈德潜在《古诗源》中指出:"咏史不必专咏一人,专咏一事,已有怀抱,借古人事以抒写之,斯为千秋绝唱。"②

一言以蔽之,纪事诗与纪事诗、怀古诗、咏史诗有共通之处,也有差异之处。与后者相比,纪事诗运用范围更为固定,内涵也更为丰富。如果对纪事诗界定的话,那么纪事诗主要是诗人运用诗性的语言表达对过往历史事件感受和理解的一种诗歌体式。既然纪事诗人要对过往事件发古幽思、感发意志,那么纪事诗必然也只能本之于过去的事件。具体来说,纪事诗主要本之于神话传说、民间故事、官修史书等富有诗意、影响深远、传诵广泛的重要事件。

从纪事诗的界定来看,其诗意主要有两大缘由:一是事件本身的诗意,二是诗人主观的诗化。就前者而言,过往的事件必须具有一定的诗意性,才能有可能形成诗歌。也就是说,并不是所有的事件都能形成诗歌,而只有诗意性的事件才能形成诗歌。或者说,事件的诗意性是诗歌形成的基本潜质。即如果事件没有诗意性的潜质,诗就会于史有余,于诗不足。到底什么样的事件具有诗意性呢?事件的诗意性又是指的什么呢?

第一,普遍寓于特殊的事件多具有诗意性。从事件的特殊性来看,纪事诗所选取的事件只有特殊、个别,才能让人耳目一新乃至记忆犹新。与之相反,司空见惯的事件就很难娱人耳目,更不会让人念念不忘。譬如王维《夷门歌》"非但慷慨献良谋,意气兼将身命酬。向风刎颈送公子,七十老翁何所求"之所以豪气冲天而富有诗意,就在于诗人选取了历史上一个特殊的事件——侯嬴"刎颈送公子"的纪事布局。《夷门歌》的滋味在哪里?就在侯嬴"刎颈送公子"的悲壮历史事件与王维等志士仁人一腔热血而空悲切的现实事件反差之中。《夷

---

① 施蛰存:《唐诗百话》,上海古籍出版社1987年版,第239页。
② (清)沈德潜:《古诗源》,中华书局1963年版,第166页。

门歌》的诗意在哪里？就在侯嬴"刎颈送公子"的特殊事件悲情之中。从事件的普遍性来看，纪事诗所选取的事件也并不是越特殊越好，而是特殊中显现一般为最好。如果一件事徒有特殊性而没有普遍性，那么这件事也就不会引起普遍的共鸣，其诗意性也就会大打折扣。

亚理斯多德在《诗学》中就明确指出："诗所描述的事带有普遍性，历史则叙述个别的事。"① 事件的普遍性，一方面可以指事件的普遍规律性；另一方面也可以指事件的普遍有效性。对中国古代诗歌而言，事件的普遍性更多地指向后者。譬如《孔雀东南飞》叙事伦理的普遍性、"长安不见使人愁"政治意识的普遍性等都是中国古代文化观念下的普遍。这种一定范围的普遍性就是一个民族的文化精神，在此范围内就具有普遍的永恒性。由此看来，中国诗歌纪事要有共鸣感，最好去到民族的、文化的审美观念中去寻找。诗人也只有在民族的、文化的审美观念中选取事件才能引起普遍的共鸣感。当然，如果事件只有共鸣的普遍性而没有鲜明的个性，那么这样的事件也不会形成诗意性。因此，诗歌的诗意性更多存在于普遍寓于特殊的事件之中。

第二，过去寓于现实和将来的事件多具有诗意性。纪事诗主要本之于过去的事件，但这种起于过去所形成的诗意性并不是单单在过去的记忆中形成的，而是在过去与现实和未来的反差张力中形成的。韩琮的《柳枝词》云："何如思想千年事，谁见杨花入汉宫。"一方面，过去的事永远地过去了，我们无法重复已过去的经历和感受，更无法找到历史上曾发生的事本身；另一方面，过去的事如果不与现实和未来沟通，过去的事就会失去自身的意义而消失殆尽。与之相反，当过去的事寓于现实的事之中，过去的事就富有了生命而具有了当下性和批判性；当过去的事寓于未来的事之中，过去的事就富有了希望而具有了憧憬性和浪漫性。王昌龄的《出塞》"但使龙城飞将在，不教胡马度阴山"，就是过去的事融入现实之中而形成的诗意。李商隐的《夜雨寄北》"何当共剪西窗烛，却话巴山夜雨时"就是过去的事融入

---

① ［古希腊］亚理斯多德：《诗学》，罗念生译，中国戏剧出版社1986年版，第19页。

未来之中而形成的诗意。前者具有现实的人文关怀与批判，后者则具有未来的憧憬与浪漫。

尼采在《历史的用途与滥用》中认为，历史事件对于当下和未来既有利，也有弊。纪念的历史为现实树立了"效仿的榜样"，但它与"虚构的浪漫故事"没有区别；怀古的历史是把过去的事都视为尊贵，而"新的精神"则被当成敌人遭摒弃；批判的历史是为生活服务的，为了生活，人们需要打破过去，同时运用过去。历史给予现实的，既是财富，也是束缚。纪事诗人的职责就在要弥合过去与现实和未来的鸿沟，从而在古今贯通中看到真实的、应然的生活。对人类而言，诗意的产生一般不在现实之中，而是在过去和未来之中。前者通过记忆唤醒诗意，后者通过幻想通达诗意。对纪事诗而言，其诗意显然主要是通过记忆或回忆的方式来唤醒的。马尔库塞就认为"艺术正是通过回忆显示了现实的可能性"[①]。纪事诗由于本之于过去的事件，那么其诗意性的美感必然主要就是由过去的事件引发而在现实的对照与未来的憧憬中形成的。更进一步来说，纪事诗的美学价值主要就是通过历史记忆与生命体验交互而形成的。纪事诗记述、回忆过去的事正是为了向着美好过去和理想未来的样子塑造现实。一言以蔽之，纪事诗的本在于过往的事件，其美感是通过回忆获取的。

二 纪事诗的体性与分类

在中国古代，咏史诗有三体，纪事诗也有三体。袁枚云："咏史有三体，一借古人往事，抒自己之怀抱，左太冲之《咏史》是也。一为隐栝其事，而以咏叹出之，张景阳之《咏二疏》、卢子谅之《咏兰生》是也。一取对仗之巧，义山之'牵牛'对'驻马'、韦庄之'无忌'对'莫愁'是也。"[②] 纪事诗与咏史诗相类，大致也形成了以事、情、理为核心的三种诗歌体式。

---

① [美]马尔库塞：《单向度的人——发达工业社会意识形态研究》，刘继译，上海译文出版社1989年版，第55页。
② （清）袁枚：《随园诗话》，王英志校点，江苏古籍出版社2000年版，第350页。

第一,"但指一事"的纪事诗。曰若稽古,肇始于轩辕氏的《弹歌》"断竹,续竹,飞土,逐宍"制弓挟弹,专叙一事,可为"但指一事"即纯粹纪事诗的滥觞。有汉以来,承袭古制,"缘事而发",班固《咏史诗》应时而生,铺排其事的乐府诗蜂拥而至。胡应麟云:"《咏史》之名,起自孟坚,但指一事。"① 杜甫有"诗史"美誉。宋代诗人庄绰当川陕驿路,有纪事诗十余韵。清代诗人范锴往来楚蜀者三十年,作浔溪纪事诗七十首。

何谓"但指一事"？其特性又是什么？明代文论家何良俊指出:"班孟坚书,虽无太史公之奇,然叙事典赡,亦自成一家之言。"② 具体来说,班固自成一家源自其纪事缜密。刘熙载指出:"苏子由称太史公'疏荡有奇气',刘彦和称班孟坚'裁密而思靡'。'疏'、'密'二字,其用不可胜穷。"③ 方东树进一步指出:"何谓二派？一曰杜子美:如太史公文,以疏气为主。雄奇飞动,纵恣壮浪,凌跨古今,包举天地,此为极境。一曰王摩诘:如班孟坚文,以密字为主。庄严妙好,备三十二相。"④ 班固《咏史》看似"但指一事",在冷峻叙事的背后,何尝没有古今的对比与想象呢？大汉民族尽管没有形成有世界影响的长篇叙事诗,也没有形成引以为豪的纯粹纪事诗,但是汉民族纯粹纪事诗在时间流动中审美的传统却一直保留着。"但指一事"的纯粹纪事诗就是靠着事与事之间的铺排的方式形成记忆时间流而有诗意、有韵味的。

第二,"情动于中"的纪事诗。宋代诗论家张戒云:"诗以用事为博,始于颜光禄而极于杜子美。以押韵为工,始于韩退之而极于苏黄。然诗者,志之所之也。情动于中而形于言,岂专意于咏物哉？"⑤ 这种纪事诗,事情交融,意味深长。可以说,纪事抒情是中国诗歌最引人注目的一种诗歌类型。下面笔者将以左思的《咏史·习习笼中鸟》为

---

① (明)胡应麟:《诗薮》,上海古籍出版社1979年版,第147页。
② (明)何良俊:《四友斋丛说》,上海古籍出版社2012年版,第34页。
③ (清)刘熙载:《艺概笺注》,王气中笺注,贵州人民出版社1980年版,第45页。
④ (清)方东树:《昭昧詹言》,汪绍楹校点,人民文学出版社1961年版,第378—379页。
⑤ (清)何文焕辑:《历代诗话》,中华书局1981年版,第452页。

例加以分析。

左思的《咏史》共有八首，均寄身世之情于古事之中。其中第八首即《咏史·习习笼中鸟》主要讲述了"落落穷巷士"发迹的种种艰辛与困阻以及荣华之后又复凋枯的种种感慨与无奈。此诗之所以是"情动于中"的纪事诗，主要是由于诗人是围绕着"苏秦北游说"和"李斯西上书"两个历史事件展开情感表达的。据史书载：苏秦，东周雒阳人。穷困之时，妻不下纴，嫂不为炊，父母不与言。北游六国，为从约长，并相六国，显贵一时。发达之际，父母清宫除道，嫂蛇行匍伏。去燕投齐，荣华阴云，反间以死，天下共笑。李斯，楚上蔡人。其事与苏秦相类。李斯入秦，游说秦王，拜为上卿，显贵一时。二世当政，生不逢时，五刑而死，惨不忍睹。左思在诗中对"落落穷巷士""抱影守空庐"生存境遇既有同情，也有无奈。对"苏秦北游说""李斯西上书""俛仰生荣华，咄嗟复凋枯"的无常命运既有可怜，又有可悲。诗人缅怀历史古事，从而悟出"饮河期满腹，贵足不愿余"这种旷达、知足常乐的人生道理。此诗可谓是事中有情、情中有事、事情合一的典范之作。

在中国古代，"情动于中"的纪事诗不仅创作数量比较多，而且创作质量也比较高。究其原因，我们认为主要有两点：一是社会文化的原因；二是创作主体的原因。就前者而言，中国社会文化向来追求礼顺人情的治国理念。中国古人之所以制礼就是为了分等级、别贵贱，然后在等级贵贱允许的范围内"发乎情，而止乎礼"地行事和创作。就后者而言，中国古人在礼的规约下向来追求立于事而达其情。《六艺论·论诗》云："及其制礼，尊君卑臣，君道刚严，臣道柔顺，于是箴谏者希，情志不通，故作诗者以诵其美而讥其过。"[①] 由此看来，立事达情而有所讽咏是中国纪事诗的主要关切和倾向。这是"情动于中"纪事诗发达的原因，同时也是"但指一事"纪事诗不发达的原因。

---

① 李学勤主编：《十三经注疏·毛诗正义》，北京大学出版社1999年版，第5页。

第三,"言之成理"的纪事诗。"事"是人的一种行为结果,其中蕴含着情,也包蕴着理。这是由于人在处事的过程中,既是感性的,又是理性的。在中国古人看来,天有天理,地有地理,人有人理。人之理源于天理和地理,更源于人在世事中的感悟。因此,人类要寻求社会和谐、人情融洽,就要在世事中寻出个理来。事与理虽为二,但不可分。由此看来,事显明而理微妙。诗人通过纪事来显明微妙之理,也就构成了"言之成理"的纪事诗。

三国思想家刘劭曾将"理"分为四家:"道理之家""事理之家""义理之家"和"情理之家"。"道之理"在"天地气化,盈虚损益"之中;"事之理"在"法制正事"之中;"义之理"在"礼教宜适"之中;"情之理"在"人情枢机"之中。在中国古代,诗歌所言之理主要就是道理、事理、义理和情理。譬如刘希夷的《代悲白头吟》"年年岁岁花相似,岁岁年年人不同"就蕴含着"盈虚损益"的道理;胡曾的《商郊》"谁知继桀为天子,便是当时祝网人"就潜藏着"法制正事"的事理;杜甫的《百忧集行》"痴儿不知父子礼,叫怒索饭啼门东"就蕴藏着"礼教宜适"的义理;《采葛》"一日不见,如三秋兮"就蕴含着"人情枢机"的情理。一般而言,"言之成理"的纪事诗中的理主要就是"法制正事"的事理。"言之成理"的纪事诗的纪事不是为了纪事而纪事,也不是为了抒情而纪事,而是为了达理而纪事。如果说刘禹锡的《西塞山怀古》"王濬楼船下益州,金陵王气黯然收"是纪事,那么"人世几回伤往事,山形依旧枕寒流"则是达理。"言之成理"纪事诗的美就不仅仅是娱人耳目的体察之美,而是一种深度的哲思之美,其诗意性主要就在于"理趣"的营造。沈德潜《说诗晬语》云:"杜诗'江山如有待,花柳自无私'、'水深鱼极乐,林茂鸟知归'、'水流心不竞,云在意俱迟',俱入理趣。"当然需要指出的是,沈德潜所举杜诗中的事象已融入物象之中,纪事也已让位于理趣。这是中国古代"言之成理"纪事诗的文化特性,也是"言之成理"纪事诗的审美特性。中国古人不善敷说故事,却善于品玩事外之事、事外之情以及事外之理。中国叙事诗不发达的原因也许就在于中国纪事诗的本体需要和文化诉求。

综上所言,由于人类对于过去的事是有记忆、情感和思虑的,所以纪事诗有了"但指一事""情动于中"和"言之成理"三种体式类型。这三种体式的纪事诗分别承载了人类对事的线、点、面的诗性认识。"但指一事"的纪事诗是人类对事的线性认识,它不仅专注于说什么事,更专注于如何说事。"情动于中"的纪事诗是人类对事的节点感受,它更强调情感的表达与宣泄。"言之成理"的纪事诗是人类对事的全面认识,它更关注事的普适性与超域性。在中国古代,尽管纪事诗在其本性上是对一种充实性时间的感受和认识,但由于中国诗学文化以及审美观念的影响,中国纪事诗普遍有时间空间化审美的倾向。

三 纪事诗的"兴"与"观"

就诗之功能而言,不出乎"兴、观、群、怨"之论。子曰:"《诗》,可以兴,可以观,可以群,可以怨。"① 邢昺《论语注疏》云:"'可以观'者,《诗》有诸国之风俗,盛衰可以观览知之也。"② 吕大临《论语解》曰:"'观'者,察事变。"③ 具体来说,纪事诗可"兴"与"观"主要体现为三个方面:一是知兴替更迭,"但指一事"的纪事诗是也;二是懂人情世故,"情动于中"的纪事诗是也;三是明是非曲直,"言之成理"的纪事诗是也。

第一,观"但指一事"的纪事诗可以知兴替更迭。"但指一事"的纪事诗可由景入事来观事。譬如唐代诗人刘禹锡为吊六朝之兴替而写了《金陵怀古》一诗。此诗"蔡洲新草绿,幕府旧烟青。兴废由人事,山川空地形",由金陵景入六朝事,兴替之谜昭然若揭。当然"但指一事"的纪事诗也可通过就事论事的方式来观事。比如唐末诗人胡曾有感秦之覆亡而写了《阿房宫》一诗。此诗"新建阿房壁未

---

① 张卫中校注:《论语》,浙江教育出版社2011年版,第194—195页。
② (魏)何晏集解,(宋)邢昺疏:《论语注疏》,山东画报出版社2004年版,第228页。
③ (宋)吕大临:《蓝田吕氏遗著辑校》,陈俊民辑校,中华书局1993年版,第464页。

干,沛公兵已入长安。帝王若竭生灵力,大业沙崩固不难",就始皇新建阿房而民不聊生之事论其覆亡之事,兴替在民的思想跃然纸上。"但指一事"的纪事诗可以观,主要就是由于人类的历史记忆与生命感受是可以在时间的流动中显现的。或者说,"但指一事"的纪事诗犹如人类生存的一面镜子,可以观古今、正得失,这是此类纪事诗特性与价值的根本所在。

第二,观"情动于中"的纪事诗可以懂人情世故。"情动于中"的纪事诗如何使人懂人情事故的呢?下面我们以韩愈的两首诗《题楚昭王庙》和《游太平公主山庄》为例加以分析。《题楚昭王庙》是元和十四年(819)二月二日,韩愈贬潮州行经湖北宜城县拜访楚昭王庙时所作,属于颂诗之列。据韩愈《记宜城驿》所载:"旧庙屋极宏盛,今惟草屋一区;然问左侧人,尚云:'每岁十月,民相率聚祭其前。'"① 韩愈诗云:"丘坟满目衣冠尽,城阙连云草树荒。犹有国人怀旧德,一间茅屋祭昭王。"这首诗对楚昭王勤勉于事的记述隐而有显、切而中的、出口成章,有"唐人万首之冠""为晚唐第一"的美誉。《游太平公主山庄》是韩愈游太平公主山庄时所作,属于刺诗之列。其诗云:"公主当年欲占春,故将台榭压城闉。欲知前面花多少,直到南山不属人。"这首诗对太平公主妄为行事的讽喻柔中有刚、曲中有直、婉而成章,有微言纪事的盛誉。韩愈这两首诗都反映了历史的沧桑感,《题楚昭王庙》的沧桑在于:"丘坟满目""一间茅屋""草树荒";《游太平公主山庄》的沧桑在于:当时"直到南山不属人",而现在却"飞入寻常百姓家"。不管昭王如何有德,太平公主如何专断,都改变不了这种历史的沧桑。此所谓"天行有常,不为尧存,不为桀亡"。在韩愈看来,天不可逆,但人有可塑。对楚昭王而言,孔子曰:"楚昭王知大道矣,其不失国也宜哉。"昭王勤政爱民,即便历史如何沧桑,却也有"一间茅屋祭昭王"那份人情存在世间,永恒也就在此诞生。对太平公主而言,专横独断、飞扬跋扈,即便"公主当年欲占

---

① (唐)韩愈:《韩愈集》,严昌校点,岳麓书社 2000 年版,第 447 页。

春，故将台榭压城闉"，但岁月无痕亦会将此消失殆尽。历史的事让韩愈的情更明朗，韩愈的情让历史的事更充实。这就是"情动于中"纪事诗的独特审美价值，观"情动于中"的纪事诗确实可以使我们懂得人情与事故。

第三，观"言之成理"的纪事诗可以明是非曲直。"言之成理"的纪事诗承载着中华民族的文化之理，观审这种纪事诗自然可以明辨是非、深得曲直。下面我们将以杜牧的《赤壁》"折戟沉沙铁未销，自将磨洗认前朝。东风不与周郎便，铜雀春深锁二乔"为例加以分析。

杜牧的《赤壁》在诗学史上既享有盛誉，又饱受争议。在吴乔看来，杜牧《赤壁》叙事恰到好处，用意隐然，最为得体，妙绝千古。与之不同，宋代无名氏《道山清话》也有"此诗佳甚，但颇费解说"的批评。从现存的历史资料来看，古人对于《赤壁》的解说主要有两种代表性的观点：一种是宋代文论家许𫖮的观点。许𫖮《彦周诗话》云："牧之作《赤壁诗》……意谓赤壁不能纵火，为曹公夺二乔置之铜雀台上也。孙氏霸业，系此一战，社稷存亡，生灵涂炭都不问，只恐捉了二乔，可见措大不识好恶。"① 另一种是清代文论家贺贻孙的观点。贺贻孙《诗筏》曰："牧之此诗，盖嘲赤壁之功，出于侥幸，若非天与东风之便，则周郎不能纵火，城亡家破，二乔且将为俘，安能据有江东哉。牧之诗意，即彦周伯业不成意，却隐然不露，令彦周辈一班浅人读之，只从怕捉二乔上猜去，所以为妙。诗家最忌直叙，若竟将彦周所谓社稷存亡，生灵涂炭，孙氏霸业不成等意，在诗中道破，抑何浅而无味也。"② 杜牧的《赤壁》之所以饱受争议而"颇费解说"，主要就在于杜牧好异于人，善于"反说其事"，诗中蕴含的事理不好参透造成的。赵翼《瓯北诗话》就曾明确指出："杜牧之作诗，恐流于平弱，故措词必拗峭，立意必奇辟，多作翻案语，无一平正者。"③ 于是对

---

① （宋）阮阅：《诗话总龟后集》，周本淳校点，人民文学出版社1987年版，第129页。
② （清）贺贻孙：《诗筏》，见郭绍虞选编《清诗话续编》，上海古籍出版社1983年版，第131页。
③ （清）赵翼：《瓯北诗话》，霍松林、胡主佑校注，见郭绍虞主编《中国古典文学理论批评专著选辑》，人民文学出版社1963年版，第163页。

杜牧《赤壁》诗的阐释与分析就不能单从常理和常语来入手，而是要多关注《赤壁》拗峭的用词以及奇辟的翻案语，才能真正将隐然的用意挖掘出来。杜牧立意奇辟、异于常人，其历史的裁决是"东风不与周郎便，铜雀春深锁二乔"。一般而言，常人在对历史重大事件评价时往往避轻就重，忽略无关紧要的小事件，然而在杜牧看来，东风却是赤壁之战生死攸关的决定因素。杜牧如此立意，却有奇辟之感。然而深而察之，事无巨细，往往也会在偶然中实现自身的必然性。从此角度来看，杜牧不但没有违背事理，反而丰富了事理。当然我们并不是说，杜牧就优于史家而找到了历史的真相，而是说作为诗人的杜牧给予世人看待历史的另一种视角是弥足珍贵的。在诗人这一视角下，"事"就不再那么干瘪、苍白了，而是更人情、更人化了。因此，观"言之成理"的纪事诗可以明是非曲直，并不是让人懂得应该如何，而是让人回到本然所是的样子生活。

总而言之，纪事诗主要针对过去的事发古幽思，从而将过去美好的诗性记忆与生命体验延续至今。具体来说，纪事诗的功能主要就是将过去的事、情、理诗性地、文化地绵延，从而使人知兴替、懂人情和明是非。元代诗人刘因《读史》云："纪录纷纷已失真，语言轻重在词臣。若将字字论心术，恐有无穷受屈人。"① 往事可鉴，纪事诗不可不明，不可不慎。

第二节　今事可感：即事诗

在中国古代，诗人触事兴咏，因事立题，即事创作的现象非常普遍。中国古代即事诗人将日常生活诗意化的思想对当下诗歌创作具有积极的启发意义。据《明诗纪事》载：诗人刘三吾《姑苏即事》诗，就有十二卷。白居易以"即事"为题的有二十多首，陆游以"感事""即事"为题的则有百余首。然而古往今来，对即事诗的评价褒贬不

---

① 米治国编：《元明清诗文选》，吉林人民出版社1981年版，第3页。

一、众说纷纭。一方面，即事诗推见至隐，有号为"诗史"的美誉；另一方面，又有"见驼则恨马背之不肿"的讥诮。列朝列代对即事诗判若云泥的奇怪现象，与即事诗自身水平良莠不齐有关，更与对即事诗缺乏深刻认识和审美自觉有关。吴乔在《围炉诗话》中指出："老杜创为新题，直指时事，一言一句，皆关世道，遂为歌行之祖，非直变体而已。"① 对"歌行之祖"的即事诗展开全面、深刻的考察，不仅有助于深刻认识即事诗的本质和体式，而且有助于消除纷争、增强即事诗的审美意识。

一　即事诗的内涵与外延

古往今来，之所以对即事诗判定存在诸多分歧，虽原因众多，不能孤立看待，但对即事诗内涵发掘不深、外延认定不清可能是最重要的原因。长期以来，这种对即事诗不清不楚的认识不仅引起了各种无休止的纷争，而且也造成了人们即事审美能力的下降。因此，我们只有对即事诗的内涵与外延全面考察后，才能对即事诗的审美意蕴有深入认识。

在中国古代，即事诗有广狭之分。广义即事诗外延较大，泛指一切既是即目的诗歌。这类诗歌不拘一事，不拘一物、一时、一地、一人，只要即时遣兴都可视为即事诗。清代诗论家方东树云："《饮酒》二十首据序亦是杂诗，直书胸臆，直书即事，借饮酒为题耳，非咏饮酒也。阮公《咏怀》、杜公《秦川杂诗》、退之《秋怀》，皆同此例，即所谓遣兴也。人有兴物生感，而言以遣之，是必有名理名言，奇情奇怀奇句，而后同于著书。不拘一事，不拘一物、一时、一地、一人，悲愉辛苦，杂然而陈，而各有性情，各有本色，各有天怀学诚才力，要必各自有其千古，而后为至者也。"② 狭义即事诗外延较小，主要是指触事即兴的诗歌。这类诗歌成立要有两个基本的条件：一是必须有事感发；二是必须即时而发。郭茂倩指出："杜甫《悲陈陶》《哀江

---

① 郭绍虞：《清诗话续编》，上海古籍出版社 1983 年版，第 531 页。
② （清）方东树：《昭昧詹言》，汪绍楹校点，人民文学出版社 1961 年版，第 111 页。

头》《兵车》《丽人》等歌行，率皆即事名篇，无复倚傍。"① 从郭茂倩的话中，我们可以领会到：杜诗是即事诗的典范，其基本的特点是缘事而发，无复倚傍，率性而为。"杜逢禄山之难，流离陇蜀，毕陈于诗，推见至隐，殆无遗事，故当时号为'诗史'。"② 这是诗圣为我国诗歌开辟的一条新道路，同时也为狭义即事诗的内涵开创了新天地。

即事诗有广狭之分，学界其实争议并不是很大，而主要在广义即事诗中非即事的诗歌何以称为即事诗的这一奇怪现象上。譬如曾巩的《冬夜即事》"香清一榻氍毹暖，月淡千门霜淞寒"，其中要么即"物"，要么即"景"，"事"究竟在哪里？没有"事"，又为何称其为即事？对于这一问题，我们需要了解中国古代诗学观念中"物"与"事"的内在关系之后，可能才会明白其中的道理。在中国古代，"物"不是孤立的、纯客观的东西，而是"物"中有"情"，也有"事"。东汉经学家郑众就有"兴者，托事于物"之说；唐代经学家孔颖达有"物，事也"之训。清代著名诗论家叶燮曾对杜诗"托事于物"做过相关的分析，"如《玄元皇帝庙》作'碧瓦初寒外'句，逐字论之：……'初寒'无象无形，'碧瓦'有物有质"，"然设身而处当时之境会，觉此五字之情景，恍如天造地设，呈于象、感于目、会于心"，"取之当前而自得，其理昭然，其事的然也"。③ 魏庆之引《西清诗话》曰："杜少陵云：作诗用事，要如禅家语'水中着盐，饮水乃知盐味'此说，诗家秘密藏也。如'五更鼓角声悲壮，三峡星河影动摇'，人徒见凌轹造化之工，不知乃用事也。"④ 在中国古代，诗家物（景）中秘密藏事不是偶然的，而是普遍的显现。广义的即事诗中的"物"或"景"也不是纯客观之物，而是可以"移情"，也可以"托事"，只不过有时秘而不宣罢了。可以说，"托事于物"是广义即事诗名正言顺的内在根据。

---

① （宋）郭茂倩：《乐府诗集》，山东画报出版社2004年版，第645页。
② （唐）孟棨：《本事诗》，李学颖标点，上海古籍出版社1991年版，第18页。
③ （清）叶燮：《原诗》，霍松林校注，见郭绍虞主编《中国古典文学理论批评专著选辑》，人民文学出版社1979年版，第31页。
④ （宋）魏庆之：《诗人玉屑》，古典文学出版社1958年版，第148页。

从更宽泛的意义上说，任何诗歌不管是抒情的还是写景的，其背后一般都有事可循。孟棨《本事诗》的诗学理念就是由此而生的。中国古代即事诗的内涵其实非常丰富，但由于中国古代诗歌重情抑事，缺乏即事审美的习惯，其微妙至深之处往往被忽略。对"事"审美需要从时间性上把握，才能领略到它的奥妙。从人类对时间的感知来看，时间一般被人为地分成过去的时间、现在的时间和将来的时间。与之相应，事也就被分为过去的事、现在的事和将来的事。过去的事与将来的事尽管有诸多地方不同，但二者都较少与现实产生直接的利害冲突而能产生更丰富的想象空间和审美空间。由于过去的事和将来的事这一特性与诗的旨趣不谋而合，所以古往今来很多所谓超凡脱俗的诗人都热衷于此。与之相反，当下发生的事由于自身缺乏时间的积淀以及空间的距离，容易引起利害冲突以及美感缺失。我们不禁要问：诗人即时感知，诗意就注定会丧失吗？

历史的事实告诉我们：即事诗在中国古代乃至当代不仅存在着，而且诗意地存在着。吴乔在《围炉诗话》中就指出，汉人歌谣采入乐府的都多言当时事。当下发生之事的诗意性究竟在哪里？其与诗歌创作又有何内在的关系？这是即事诗合理性存在首要解答的问题。古往今来，很多论者认为，诗源于人们生活的闲情与逸致。然而在我们看来，这仅仅说对了一半，其另一半就是生存的劳累。《淮南子》就指出："耕之为事也劳，织之为事也扰，扰劳之事而民不舍者，知其可以衣食也。"[①] 毋庸置疑，人是由身（肉体）与心（精神）构成，并且二者须臾不可离。执一而用，则不能称其为完整意义上的人。如果说生活的劳累是身的承担，那么生活的闲情与逸致则是心的追求。对诗来说，只有当人是完整意义上的人时，才能创作出完整意义上的诗歌来。也就是说，诗不会产生于身体劳累之时，也不会产生于心无旁"物"之时，而是产生于身心和谐之时。荷尔德林诗云："人充满劳绩，但还诗意地居住在这块大地之上。""人充满劳绩"就是"日出而作"

[①] 赵宗乙译注：《淮南子译注》（上），黑龙江人民出版社2003年版，第463页。

身的充实,"诗意地居住"就是"日入而息"心的安然。从此意义上说,诗就是身与心深层矛盾化解的产物,其中身体力行地行事即当下正发生的事是导向诗意追求的前提和保证。没有这种充实性,诗也就言之无物。陶渊明"晨兴理荒秽,带月荷锄归"的诗意就是这样产生的。

一言以蔽之,即事诗就是即时而发的诗歌,其内涵又依据各自外延的不同而有所不同。一般而言,即事诗背后都有事的积淀,其审美意蕴主要是由身之事与心之智即时融合形成的。

二 即事诗的分类与特性

曰若稽古,即事诗萌发甚早,伴随着人类劳动而产生。先民"前呼邪许,后亦应之"的"举重劝力之歌","断竹,续竹,飞土,逐宍"的"竹弹之谣"就有即事吟咏的意味了。汉代以来,在乐府"缘事而发"以及杜甫"即事名篇"的创作观念影响下,即事诗逐渐形成了一种较为成熟的诗歌体式,其类型也渐趋分明。根据诗歌创作特点不同,中国古代即事诗可分为两种类型:一种是应制型的即事诗;另一种是灵感型的即事诗。前者体现了即事诗的现实性,以王维的《奉和圣制从蓬莱向兴庆阁道中留春雨中春望之作应制》为代表;后者体现了即事诗的超越性,以曹植的《七步诗》为代表。与之相应,即事诗在即时发生时,就有了应制型诗体与灵感型诗体的区别。相对来说,应制型创作是理性的、受限的创作活动;灵感型创作是感性的、自由的创作活动。前者以杜甫、贾岛、黄庭坚为代表,追求"两句三年得,一吟双泪流"的人工技艺之美;后者以李白、王维、谢灵运为代表,追求"清水出芙蓉,天然去雕饰"的自然灵性之美。当然这只是基于即事诗创作取向不同而划分的,二者并非泾渭分明,而是应制之中有灵感、灵感之中有应制互相包含的存在。需要进一步指出的是,两种类型的即事诗各有利弊,不存在优劣之分。正如"清水芙蓉"与"镂金错彩"的诗歌一样,只是诗歌本性和诗学观念不同而已,没有优劣高下之分。

(一)应制型即事诗及其现实批判性

何谓应制?其特点又何在?在中国古代,应制型的创作起初主要是指应皇亲国戚之命创作诗文的活动，后泛指宴饮、征伐、唱和、赠答等所有应命性的创作活动。应制诗作为一种诗体发端于齐梁时期，在唐代前期盛行于高宗、武后至玄宗开元之时，先后出现了《翰林学士集》《景龙文馆记》《龙池集》《朝英集》《白云记》等应制的唱和诗集。在君臣应制创作风气影响下，诗人与诗人之间唱和、赠答之风也渐趋流行起来，出现了元白、韩孟等家喻户晓的唱和诗，形成了一唱一和、往复唱和、一唱多和以及同题唱和等多种唱和方式，起到了以诗会友、精神慰藉的作用，增进了诗人之间的感情。从君臣之间的应制到诗人、幕僚之间的唱和、赠答，尽管诗歌产生的契机有所不同，但一般都有生活事件作为基础。譬如《本事诗》载，宁王强娶卖饼者妻，迫于强权而无奈，只能双泪垂颊。时王座客十余人，皆当时文士，王命赋诗。王维即事赋诗曰："看花满眼泪，不共楚王言"。王维这首即事诗对现实之事的感发可谓微而显，志而晦，婉而成章。再比如杜甫的《奉和贾至舍人早朝大明宫》"旌旗日暖龙蛇动，宫殿风微燕雀高"不是单纯的写景，而是早朝大明宫事象的真实写照。

　　与灵感型即事创作相比，应制型即事创作是被动的、不自由的。也正由于应制的被动性和不自由性，才使得应制型即事创作多了一些人工雕痕，而少了一些神性的灵光，但也不失为诗歌创作的一种重要形式——以诗会友。与怀古型纪事创作相比，应制型即事创作少了一些虚构浪漫情怀，而多了一些现实批判意识。更进一步考察，应制型即事诗的特性有二：一是现实性，二是批判性。即事诗体的现实性主要源于即事诗自身起于正在发生的事，即事诗体的批判性则主要源于即事诗人积极介入、干预生活的批判精神。

　　在中国古代，应制唱和的即事诗虽自成一家，却褒贬不一。宋代诗论家葛立方指出："应制诗非他诗比，自是一家句法，大抵不出于典实富艳尔。"[①] 有人认为，应制诗规矩烦琐、自由匮乏，了无佳作。赵翼在《瓯北诗话》中就指出，东坡自黄州起用后，其诗多即席、

---

① （宋）葛立方：《韵语阳秋》，中华书局1985年版，第14页。

即事，随手应付之作，遣词或有率略，押韵亦有生硬。当然也有人认为，应制诗是长期积累、触事而应，勃然迸发的结果，其中亦有佳妙之处。清代诗论家冒春荣就指出："唐初应制、赠送诸篇，王、杨、骆、陈、杜、沈、宋、燕、许、曲江，并皆佳妙。"① 清代诗论家薛雪也指出："人言应制、早朝等诗，从无佳作。非无佳作也，人自不佳耳。"② 一般应制、早朝等诗为何没有诗意？究竟什么样的应制诗有诗意呢？薛雪进一步指出："此等诗（应制诗——笔者注）竟将堂皇冠冕之字，累成善颂善祷之辞，献谀呈媚，岂有佳作？若以堂皇冠冕之字，寓箴规、陈利弊，达万方之情于九重之上；虽求其不佳，亦不可得也。"③ 由此可以看出：尽管应制型的即事诗有典实富艳、堂皇冠冕的夸饰之辞，但如果能够"寓箴规，陈利弊"即有"事"充实其中，亦会有所兴寄而言之有物。薛雪所谓"寓箴规，陈利弊"，其实就是即事诗的现实性和批判性的具体展示。可以说，现实性是即事诗的出发点，批判性是即事诗的落脚点，二者是应制型即事诗的基本特性。或者说，即事诗的审美之途就是一条从现实出发，在批判的征程中对现实不断否定之否定，从而提升现实的诗意品质与审美内涵的路途。

客观地说，应制唱和的即事诗由于缺乏审美距离，流传于世的经典之作相对比较少，但这并不等于应制之作的即事诗没有佳作，甚至没有存在的价值。应制之作的即事诗只要做到两点：一要言之有物、有据，即要缘时事而发；二要言之有讽、有谏，即要有委婉的现实批判性，还是可以出精品的。譬如杜甫的《即事》"百宝装腰带，真珠络臂鞲。笑时花近眼，舞罢锦缠头"就拥有这两个基本特性而成为经典的。这首题为《即事》的五言绝句是杜甫在宝应元年（762），有感于严武府第酒筵上歌妓乐舞获赠的即事诗。很显然，"笑时花近眼，

---

① （清）沈德潜：《说诗晬语》，见《清诗话》，上海古籍出版社1963年版，第541页。
② （清）薛雪：《一瓢诗话》，杜维沫校注，见郭绍虞主编《中国古典文学理论批评专著选辑》，人民文学出版社1979年版，第105页。
③ （清）薛雪：《一瓢诗话》，杜维沫校注，见郭绍虞主编《中国古典文学理论批评专著选辑》，人民文学出版社1979年版，第105页。

舞罢锦缠头"既诗性地记录了历史、保留了文化,又因蕴含着"武穷极奢靡,赏赐无度"的现实批判情怀而富有了诗意。在中国古代,即事批判不仅仅是一种个体的写作方式,还是一种集体的创作方式。白居易在《与元九书》中就强调,"自武德讫元和,因事立题,题为《新乐府》者,共一百五十首,谓之'讽谕诗'","兼济之志也"。① 可以说,在缘事而发,有所讽咏方面,杜甫的"即事名篇"、白居易的"因事立题"给予应制的即事诗很多启发。

由上可知,在中国古代赠答唱和的文化氛围中,应制唱和之作的即事诗不仅有存在的必要,而且也有存在的价值。应制之作的即事诗对于人际关系的和谐、日常生活的干预、思想认识的深化等方面是有着重要意义的。扩而言之,古人讽谏之诗,"要感事陈辞,忠厚恳恻";征行之诗,"要发兴以感其事,而不失情性之正。或悲时感事,触物寓情方可"。② 在中国古代,不管是宴饮、唱和还是赠答、征伐,凡能载入诗集、为人传诵的应制型即事诗都是拥有现实关怀与讽喻情怀的,其基本特性就是现实批判性。

(二) 灵感型即事诗及其审美超越性

何谓灵感?灵感又与即事诗的审美超越性有何关系?在中国古代,尽管人们没有对灵感做出一个准确、清晰的判定,但对灵感的描述却是独到、深刻的。譬如唐代李淳风悟到灵感的遥通性,他在《乙巳占》中指出:"而灵感遥通,有若影响,故非末学所能详之。"③ 深受崔融、元兢、王昌龄影响的日本僧人遍照金刚看到了灵感的神秘性,他编撰的《文镜秘府论》就有"徒竞文华,空事拘检。灵感沈秘,雕弊实繁"的思想。值得注意的是,陆机在《文赋》中给予灵感更全面、更深刻的描述:"若夫应感之会,通塞之纪。来不可遏,去不可止。藏若景灭,行犹响起。方天机之骏利,夫何纷而不理。"④ 总而言

---

① (唐)白居易著,朱金城笺校:《白居易集笺校》,上海古籍出版社1988年版,第2794页。
② (清)何文焕辑:《历代诗话》,中华书局1981年版,第733页。
③ (唐)李淳风:《李淳风集》,中央编译出版社2012年版,第600页。
④ (晋)陆机著,张怀瑾译注:《文赋译注》,北京出版社1984年版,第18页。

之，灵感型的创作不是"如切如磋，如琢如磨"式的创作，而是"文章本天成，妙手偶得之"式的创作。不管古人对灵感的审视角度以及审美态度如何不同，大多诗论家均不反对或排斥灵感是在世事中久经磨砺、勃然迸发的结果。陆机"伫中区以玄览，颐情志于典坟"的"文"论，钟嵘"嘉会寄诗以亲，离群托诗以怨"的"诗"品也都说明了这一点。尽管灵感有"行犹响起""神秘不测"的特性，但诗人在灵感面前也并不是束手无策的，而是有所应对的。针对灵感这一特性，宋代道教传承者张君房提出了"仰慕灵感，思求真应"的浮屠之法来加以应对。

　　在中国古代，有物感、事感、情感和灵感诸种说法。如果说诗人的物感、事感和情感是形下之感，归属于"器"，那么诗人的灵感则是形上之感，隶属于"道"。此所谓"形而上者谓之道，形而下者谓之器"。在老子看来，道"微妙玄通，深不可识"，它不占有空间却又"独立而不改"，它拥有时间却又"周行而不殆"。道与物（器）相偕，"道之为物，惟恍惟惚"（《道德经》）。在古人看来，道和器不是貌合神离的，而是相融相生的。此所谓：非道则器无所成，非器则道无所寓。道为妙、器为徼，故道可悟、器可观；道普遍、器具体，故道有超越性、器有鲜活性。灵感隶属形上又兼具形下，是道、器合一的感发。因此，灵感不仅有超古迈今、妙不可言的特性，又有思求真应、可感可悟的特性。在现实生活中，当诗人面对着现实之事而突发灵感之时，现实之事就会得到升华而具有了普遍性、超越性和审美性。如果说现实是"山重水复疑无路"，那么灵感就是"柳暗花明又一村"。灵感型的即事诗就是由于灵性感发世事才拥有审美超越性的，这与应制型即事诗理性创作是有所不同的。

　　从比较的角度来看，灵感型即事诗与应制型即事诗最大的不同就在于：前者导向审美的超越；后者趋向现实的批判。就后者而言，是不得已的应制促发了诗人对现实的批判，这时应制的有限性反而成就了即事的创造性。譬如刘义庆《世说新语》记载，魏文帝曹丕令东阿王曹植七步成诗，不成将大法惩戒。曹植应制作诗"煮豆燃豆萁，豆在釜中泣。本是同根生，相煎何太急"。曹丕闻之，涕泣涟涟，遂释前仇。很显然,曹植的《七步诗》是应制而作的,具有很强的现实批判性。就前者而言,是无拘束的灵感激发了诗人对审美的超越。譬如王维屏居淇水之上,乘兴而作《淇上田园即事》。其诗云:"屏居淇水上,东野旷无山。日隐桑柘外,河明间井间。牧童望村去,田犬随人还。静者亦何事,荆扉乘昼关。"毋庸置疑,既是即目的事本来是具体的、现实的,但在"屏居淇水"这种特定的事境之中,诗人灵感顿发,而植入了神性的启示,"事"自然就具有了超越性。这首诗的尾句"静者亦何事,荆扉乘昼关"就是灵感的写照,其中不仅包含了对事的深刻感悟,而且也包含了对人生的深刻思考。方东树在《昭昧詹言》中就指出:"辋川托意亦不远,而笔势雄放奇纵,用事更神助自然,不着痕迹,设色天然高秀,以较东川,有仙凡之判,不可同语也。"① 诗是有实有虚、虚实相生的精神存在。实是有,是现实;虚是无,是超越。前者形象具体,后者奥妙传神。对诗而言,只有二者兼得,才能算得一首好诗。《硕人》云:"手如柔荑,肤如凝脂,领如蝤蛴,齿如瓠犀,螓首蛾眉,巧笑倩兮,美目盼兮。"从全诗来看,诗人对庄姜的手、肤、颈、齿、额、眉描绘可谓细致入微、生动形象,但由于过于现实,其审美就有了诸多时代局限性。与之相反,诗人对庄姜回眸一笑的描绘真可谓神来之笔,千古流传。孔子以为这是由于"绘事后素"的缘故,其实不尽然。容颜之美固然是先"质"后"文",然而容颜之妙则往往不在有形的质之上,而在无形的神之上。对神而言,非灵感不能绘其真。"巧笑倩兮,美目盼兮"之所以能穿越时空,成为亘古的佳句,就在于诗人在灵感的触发下寻到了庄姜的"神",而不是具体的"形"才得以成功的。

总而言之,即事诗有应制型的即事诗,也有灵感型的即事诗。前者基于生活的理性需要,现实功用性比较强;后者基于生命的感性需要,审美超越性比较强。人在历事中生存,必然遇事有所检讨、有所批判,才能更好地认识事、理解事,从而更好地诗意生存。在中国古

---

① (清)方东树:《昭昧詹言》,汪绍楹校点,人民文学出版社1961年版,第393页。

代，不管是应制型的即事诗还是灵感型的即事诗，大抵是出于这一目的才创作的。

三 即事诗的"群"与"怨"

对于诗的功用，孔子以"兴、观、群、怨"蔽之。如果过去的事（纪事诗）更多可以兴、可以观，那么现实的事（即事诗）则更多可以群、可以怨。何以这样说？因为纪事诗中的"事"是历史性的存在，有更多的审美距离，所以更多可以兴、可以观。由于即事诗中的"事"是即时性的存在，缺乏一定的审美距离，所以更多可以群、可以怨。当然即事诗作为一种具体诗歌类型也具有兴和观的基本价值。宋代关学的杰出代表吕大临在《论语解》中指出："'兴'者，起志意。'观'者，察事变。"① 对于"兴"，《诗人玉屑》有"兴者因事感发"的说法。对于"观"，郑玄有"观风俗之盛衰"的看法。从欣赏的角度来看，即事诗的兴也能起到感发意志的功用。朱熹云："凡《诗》之言，善者可以感发人之善心，恶者可以惩创人之逸志，其用归于使人得其情性之正而已。然其言微婉，且或各因一事而发，求其直指全体，则未有若此之明且尽者。"② 优秀的即事诗一般也有兴寄的功能，而这一功能主要就是从《诗》之兴延伸而来的。对于"观"，朱熹有"观谓考见得失"的观点。早在先秦，行人振木铎徇于路以采诗，王者不窥牖户而知天下。迨杜逢禄山之难，即事名篇，号为"诗史"，即事诗功用全面展开。当下新闻诗人据时事报道而感发志意，更体现了即事诗的"观"的特性。事象是"一个民族之历史中各种事变和动作的内部指导的灵魂"，诗人将时事转化成事象，让我们看到更真实、更诗意的生活。

钟嵘在《诗品》中指出："'诗可以群，可以怨。'使穷贱易安，幽居靡闷，莫尚于诗矣。"③ 何谓群？何谓怨？即事诗的功能和价值为

---

① （宋）吕大临：《蓝田吕氏遗著》，陈俊民辑校，中华书局1993年版，第464页。
② （宋）朱熹：《四书章句集注》，山东友谊出版社1989年版，第131—132页。
③ （南朝梁）钟嵘：《诗品》，张连第笺释，北方文艺出版社2000年版，第22页。

什么主要体现在"群"和"怨"上？朱熹将"可以群"解释为"和而不流"，将"可以怨"解释为"怨而不怒"。吕大临在孔安国"群居相切磋"的解释基础上直接提出："群居相语，以诗则情易达。有怨于人，以诗则意不迫。"① 简单地说，"群"就是聚集切磋，以诗会友。"怨"就是平复怨怒，净化心灵。诗人围绕某一公共事件或话题聚集以文会友，不仅增进了认识，同时也净化了心灵。从某种意义上说，"群"（聚集）就是诗和诗人的存在方式，"怨"（净化）就是诗和诗人的存在目的。"群"和"怨"与"事"有着直接的关系。可以说，"事"让我们群在一起，怨在一块儿。从深层意义来看，即事兴咏就意味着"群"和"怨"。清代学者陆以湉指出："'一日不见，如三月兮'，《采葛》咏之，见谗谤交构之际，犹不忘君也，读之可似怨。《子衿》咏之，见学业衰废之时，尤亟须友也，读之可以群。"②

从社会意义上来说，即事诗的怨可理解为"怨刺上政"。宋代经学家邢昺解释说："'可以怨'者，《诗》有'君政不善则风刺之'，'言之者无罪，闻之者足以戒'，故可以怨刺上政。"③ 从心理意义上来说，即事诗的怨可理解为"自怨自艾"。所谓"自怨自艾"，就是自省自己毁损、过失的意思，亦即净化之义。譬如孟棨《本事诗·怨愤》曾记载："贾岛于兴化凿池种竹，起台榭。时方下第，或谓执政恶之，故不在选。怨愤尤极，遂于庭内题诗曰：'破却千家作一池，不栽桃李种蔷薇。蔷薇花落秋风后，荆棘满庭君始知。'"④ 中国古代，"怨"不仅激发了诗人的创作欲望，而且也铸就了中国诗歌的民族特色。单不说屈原之于《离骚》，"汉人诗未有无所为而作者，如《垓下歌》、《春歌》《幽歌》《悲愁歌》《白头吟》，皆到发愤处为诗，所以成绝调"⑤。凡此种种，不胜枚举。可以说，"怨"是中国古代诗人创作的直接动力。怨自何生？起于"事"，终于"事"。或者说，"事"是中

---

① （宋）吕大临：《蓝田吕氏遗著》，陈俊民辑校，中华书局1993年版，第464页。
② （清）陆以湉：《冷庐杂识》，上海古籍出版社2012年版，第80页。
③ （魏）何晏集解，（宋）邢昺疏：《论语注疏》，山东画报出版社2004年版，第228页。
④ （清）何文焕辑：《历代诗话》，中华书局1981年版，第17页。
⑤ 丁福保辑：《清诗话》，上海古籍出版社1999年版，第947页。

国古代诗人创作的根本动力和基本素材。在宋代经学家钱时看来，"不流于邪"就可以群；"不溺于私"就可以怨。省察、中节、无私、不伤，这也许就是即事诗自怨自艾的诗性功能。即事诗可以群，更可以怨。"怨"既是心理由内而外的发泄过程，也是心理由外而内的消解过程。前者就是"怨刺上政"，构成了"怨"干预生活、批判社会的功能；后者就是"自怨自艾"，构成了"怨"的灵魂净化、人格提升的功能。中国古代讽喻诗、即事诗的"怨"虽也有"不平则鸣"这种排山倒海式的怨愤之作，但整体而言，中国主流的诗学文化还是比较主张"哀而不伤，乐而不淫"的委婉之怨。

综上所言，即事诗作为触事兴咏的一种诗歌形式在中国古代是有着自己独特存在价值的。当然不容忽视的是，很多即事诗由于自身具有较为强烈的现实批判性而使其审美性变得不足，从而造成诗味不够的遗憾。但即事诗人即时诗性表达时事的认识和感受对日常生活诗意化具有重要的价值，这是即事诗存在的根本依据，也是当下诗歌创作需要继承的地方。

第三节　来事可追：占事诗

毋庸置疑，人是以一件事接一件事的方式存在的。正如黄宗羲在《明儒学案》中所说："人心曾有一刻无事时？一刻无事是槁灭也，故时时必有事……非可以有感而感论也。"① 诗歌之所以产生与"摇荡性情"有关，更与"触事兴咏"相关。白居易就深刻地指出："大凡人之感于事，则必动于情，然后兴于嗟叹，发于吟咏，而形于歌诗矣。"② 由于感于事的"事"有"过去的事""现在的事"和"将来的事"之分，诗歌也相应就有了"怀古幽思"的纪事诗、"直指时事"的即事诗和"来事可追"的占事诗三种类型。在中国古代，对纪事诗和即事诗的创作与研究可谓汗牛充栋，而对占事诗的研究与创作却是

---

① （清）黄宗羲：《明儒学案》，沈芝盈点校，中华书局1985年版，第638页。
② （清）董浩等编：《全唐文》（卷六七一），中华书局1983年版，第6853页。

犹抱琵琶半遮面。当然这与中国古代现世的实用精神和浓厚的慕古思想有着直接的关系。然而对于诗意的营造，过去的事是不可或缺的，但将来的事更是必不可少的。亚理斯多德在《诗学》中指出："诗人的职责不在于描述已经发生的事，而在于描述可能发生的事，即按照或然律或必然律可能发生的事。"① 不可否认，与纪事诗和即事诗相比，中国古代占事诗的格局、选材、诗意以及影响等方面都有自身的局限，甚至一时还被视为迷信谶纬、戏谑打趣的代名词。然而从人类憧憬未来的愿景来看，中国古代占事诗不仅具有民族的本土特色，而且具有向未来展开诗意的诸多能力。在当今多元与包容的新时代，我们应该甩开历史的包袱和偏见去重新审视占事诗对于现实生活的价值与意义。

一 占事诗的形成与发展

何谓占事诗？占事诗又是如何产生、发展的？其存在的学理依据又在哪里？在古人看来，"凡事豫则立，不豫则废。言前定则不跲，事前定则不困"。② 与之相应，《周易·系辞下》提出了"象事知器，占事知来"的思想。孔颖达《周易正义》疏云："'象事知器'者，观其所象之事，则知作器物之方也。'占事知来'者，言卜占之事，则知未来之验也。"③ 朱熹则进一步指出："'象事知器'是人事，'占事知来'是筮。'象事知器'是人做这事去。'占事知来'是他方有个祯祥，这便占得他。"④ 在易家看来，象事谓坤，占事谓乾。坤为地、为器，故能厚德载物、成象知器；乾为天、为道，故能自强不息、道化知来。形下为地、为器，形上为天、为道。器者，观其徼；道者，观其妙。由是观之，所谓"占"就是借助神秘力量预测和占卜的意思，即《说文解字》"视兆问"之义。所谓"占事"就是依靠神启的感召

---

① [古希腊] 亚理斯多德：《诗学》，罗念生译，中国戏剧出版社1986年版，第19页。
② 《大学·中庸》，湖南大学出版社2013年版，第37页。
③ 李学勤主编：《十三经注疏·周易正义》，北京大学出版社1999年版，第320页。
④ （宋）朱熹：《朱子语类》，王星贤点校，中华书局1986年版，第1962页。

预测和占卜未来之事的意思，即"占事知来之术"。为何顺天占事，就可卜知未来？占与天、事、诗究竟又有何内在的联系呢？三国经学家虞翻解释说："占事谓乾以知来。乾五动成离，则玩其占，故'知来'。"① 在古人看来，天有神功，道有神妙。天道不言，却四时行，百物生。承天顺道，占其意旨，可谓有神有功、无为无所不为。由此看来，占通于天，事接于地，诗则介乎天地之间，成人事众妙之源。所谓占事诗就是亨通天地、指向未来的神启性诗歌。可以说，"占"是中国古人把握未来的一种重要方式，"占事诗"则是中国古人面向未来走向诗性乃至神性的桥梁。

曰若稽古，占事诗伴随着人类万物有灵的思想而诞生。洪荒时代，人类把握世界的能力相对较差，更多要借助想象来认知这个世界，从而形成了万物有灵的生存观念。在这种生存观念的影响之下，早期的人类每做一件事都求助于神灵，于是从劳力者中就分离出了一批专门从事巫术活动的劳心者。这些劳心者各就其职，传神写照。女为巫，专职"以舞降神"；男为觋，专职"齐肃事神明"。但不管是巫还是觋，其职事都具有很强的诗意想象性。王国维在《宋元戏曲考》中就曾有"巫之事神，必用歌舞"的论断。章学诚在《文史通义》中也指出："《易》象虽包六艺，与《诗》之比兴，尤为表里。"② 在中国古代，巫与诗有联系，《易》与诗有联系，占事必然与诗有着千丝万缕的联系。也许在"昔葛天氏之乐，三人操牛尾，投足以歌八阕"咒语乐歌中，占事诗就孕育成形了。在《伊耆氏蜡辞》"土反其宅，水归其壑，昆虫毋作，草木归其泽"卜辞祭歌中，占事诗就应验实践了。在中国远古时期的歌谣中，有很多祝辞具有明显的咒语巫术性质，带有浓厚的占卜意味。宋代诗人吴处厚就指出："谣谶之语，在《洪范》五行，谓之诗妖，言不从之罚，前世多有之，而近世亦有焉。"③

秦汉以降，随着谶纬之学的兴盛，占事、预言的谶诗开始大量出

---

① （唐）李鼎祚：《周易集解》，巴蜀书社1991年版，第325页。
② （清）章学诚：《文史通义》，刘公纯标点，上海古籍出版社1956年版，第6页。
③ （宋）吴处厚：《青箱杂记》，李裕民点校，中华书局1985年版，第69页。

现。"谶"即"验"也，是秦汉年间儒家预示吉凶的一种隐语，后来在民间发展为求神问卜的一种求签方式。这种官方乃至民间的文化对中国诗人也有着深刻的影响。梁天监三年（504）六月八日，南朝梁诗人宝志陪梁武帝讲经于宫中重云殿就作《谶诗》一首。诗云："乐哉三十余，悲哉五十里。但看八十三，子地妖灾起。佞臣作欺妄，贼臣灭君子。若不信吾言，龙时侯贼起。且至马中间，衔悲不见喜。"后世有赞，宝志咏此五言诗，预言未来之事，尽皆灵验无讹。当然需要指出的是，对谶纬的虚妄也有极力反对的，譬如王充在《论衡·知实》中就指出："凡论事者，违实不引效验，则虽甘义繁说，众不见信。"魏晋以后，尽管神学时代早已结束、人学时代勃然兴起，然而占事诗依然在民间有一定的市场。诗人于慎行归田闲日，每事都要占诗一首。在历史上比较有名的谶诗是刘希夷的《代悲白头翁》。据说刘希夷诗成未满一年，就为奸人所杀。"今年花落颜色改，明年花开复谁在"终为应验的绝笔。宋代秦观《吕与叔挽章四首其一》亦有"今日始知诗是谶，魂兮应已度函关"的感慨。对于占事谶诗的辑录，唐代孟棨《本事诗》凡七题，其中专设"征咎"加以名目。宋代阮阅《诗话总龟前集》分四十五门，其中特设"诗谶门"加以张目。明代杨慎《升庵诗话》则专目记述"梁武帝父子诗谶""隋末诗谶"等。在中国古代，对于占事谶诗的态度也各有不同。反对者有之，清代学者周亮工有"诗话往往言诗谶，亦大可笑"之说。赞同者亦有之，清代诗人龚自珍有"诗谶吾生信有之"的执念，袁枚有"诗谶从古有之""古人所云诗谶，其信然耶"的信念。

从诗歌形体角度来看，如果即事诗相当于风、纪事诗相当于雅，那么占事诗就相当于颂。何谓风、雅、颂？薛雪如是说："达事情，通讽谕，谓之风"，"述先德，通下情，谓之雅"，"用之宗庙，享于神明，美盛德，告成功，谓之颂"。① 即事诗触事兴咏，有所讽喻，故谓之风。即事诗现实性较强，具有讽喻实用的功能。纪事诗撰述古事，

---

① （清）薛雪：《一瓢诗话》，杜维沫校注，见郭绍虞主编《中国古典文学理论批评专著选辑》，人民文学出版社1979年版，第113页。

感怀先德，故谓之雅。纪事诗虚构性较强，具有审美宣泄功能。占事诗用之宗庙，启发神明，故谓之颂。占事诗神圣性较强，具有诗性引导的功能。占事与颂相类，甚至可谓之颂，主要是从占事与宗庙和神明相关而言的。当然需要指出的是，占事与颂之间也存在较大的区别。具体来说，颂主要是对当下尤其是过去事迹的歌"颂"，而占事则主要是对未来之事的把控和幻想。由于未来之事是非现实的，所以占也就意味着是对"无"的把握。当然占对"无"的把握并不是"无中生有"的"无"，而是"有中生无"的"无"，即根据现实的"有"来推断、预测未来的"无"。所以这种"无"就不是虚无的"无"，而是有实在意义的"无"。从此意义上来说，占事诗就是通过有形的事象显现可能发生的事，具有宣泄和净化的诗性功能。

二 占事诗的体式与类型

占事诗有形，也有体。其形取决于事之象即事象，其体则取决于事之义即事义。易家把玩爻辞，并非遇事而占，而是"居则观其象而玩其辞，动则观其变而玩其占"。在中国古代，占事诗的创作大多也不是即事而占的，而是在"静观其象"和"动观其变"的基础上创作的。前者可谓平素的积累和参悟，后者可谓应感的际会和来袭。易家名卦，体例不同，有"以物象而为卦名者"，如否、泰之属；也有"以人事而为卦名者"，如家人、归妹之属。据此不同，可以将占事诗分为两类：一类是物象之体的占事诗；另一类是人事之体的占事诗。当然需要指出的是，这两类占事诗又不是决然分离的，而是有所包容和相连的。《周易正义》有言："凡易者象也，以物象而明人事，若《诗》之比喻也。"①

（一）关乎物象的占事诗

一般而言，占事主要是借助物象来卜知未来之事的。《周易正义》曰："《易》占事之时，先用蓍以求数，得数以定爻，累爻而成卦。"②

---

① 李学勤主编：《十三经注疏·周易正义》，北京大学出版社1999年版，第27页。
② 李学勤主编：《十三经注疏·周易正义》，北京大学出版社1999年版，第2页。

譬如乾卦九二爻辞，有"见龙在田，利见大人"的卦象。《周易正义》解释说："'见龙在田'，是自然之象。'利见大人'，以人事托之，言龙见在田之时，犹似圣人久潜稍出，虽非君位而有君德，故天下众庶利见九二之'大人'。"① 很显然，"见龙在田"是一种物象，它与"九四，或跃在渊"和"九五，飞龙在天"在事义的指涉上有所不同。更进一步来说，"见龙在田"不仅仅是一种物象，而且也是一种蕴含着"利见大人"的事象。在《易经》中，由物象引发事象和事义的现象并不是个例，而是《易经》惯用的一种说辞方式。再譬如大过卦九二爻辞"枯杨生稊，老夫得其女妻"以及九五爻辞"枯杨生华，老妇得其士夫"亦是如此。由此可见，《易经》中很多爻辞并不是单纯地就事论事，而多是通过物象的感发和事象的召唤来营造诗意和推知事义的方式占事。章学诚在《文史通义》中就将《易》象与《诗》之比兴相提并论，并称为表里关系，可见《易》与《诗》确有协和一致的地方。由此看来，物象之体的占事诗就是物象之中蕴含事象的占事诗，它既有《易》的占，又有《诗》的义。

《易》之占事，先以蓍草求其象数，然后据此来定爻成卦。关乎物象的占事诗秉其意旨，亦从物象中得其象数，然后修其辞、斟其句。在中国古代，天地、日月、飘风、苦雨、岩松、溪竹、山峦、叠嶂等物象都有象有数，可谓占事诗的常用语。贾岛在《二南密旨》中直接提出了"四时物象节候者，诗家之血脉"的观点。物象之体的占事诗一般就是通过物象显现事象的诗体。由于中国古代社会以农耕、集权为主，所以物象之体的占事诗多以物象表现农殖嘉谷、启运遭际之事。

第一，就农殖嘉谷之事的占事诗而言，多以四时节候、自然物象为契机来表达农事的希冀。刘勰《文心雕龙》云："昔伊耆始蜡，以祭八神。其辞云'土反其宅，水归其壑，昆虫毋作，草木归其泽'，则上皇祝文，爰在兹矣。"② 孔颖达疏云："此蜡祭祝辞""是诸神总祭

---

① 李学勤主编：《十三经注疏·周易正义》，北京大学出版社1999年版，第3页。
② （南朝梁）刘勰著，王运熙、周锋译注：《文心雕龙译注》，上海古籍出版社2010年版，第41页。

之事也"。① 这里的"土""水""昆虫""草木"等物象以及相应的祝辞"反其宅""归其壑""毋作""归其泽"等，都蕴含当时人们对农事的希冀。昔者伊耆氏占事为辞，物象以明事象。后世接其余续占事为诗，物象以明人事。仅在唐代就出现了诸如《占雨》《占月语》《占四时甲子雨》等很多物象之体的占事诗。譬如《占月语》诗云："月如弯弓，少雨多风。月如仰瓦，不求自下。"占月诗人将月的物象（弯弓/仰瓦）与事象（少雨多风/不求自下）直接联系起来，继而也与稼穑祈雨之农事紧密联系起来。再譬如《占雨》"乾星照湿土，明日依旧雨。云行西，星照泥。朝霞不出门，暮霞行千里。天将雨，鸠逐妇"，不仅将星、霞等各种物象巧妙地转化成"依旧雨""天将雨"等具体的事象，而且更值得一提的是，《占雨》句式也严整、韵脚也考究，可谓占事诗中的杰作。农殖嘉谷之事的占事诗虽有经验之谈的嫌疑，但其"仰则观象于天，俯则观法于地"以文化天下的思想确是有诗性意义的。

第二，就启运遭际之事的占事诗而言，多以星占事应、干动天象为依据来显示世事的变迁。维柯认为，"和偶像崇拜的这种起源一起，占卜的起源也得到证明了……最后，诗的起源如此，也从诗的永恒特性得到证实：诗所特有的材料是可信的不可能（credible impossibility）"。② 在维柯看来，人类早期多通过占卜这种诗性的智慧去想象地创造这个世界，而这些神启性的占卜师"因为能凭想象来创造，他们就叫做'诗人'"③。在中国先秦《诗经》的时代，这种现象依然存在。譬如"召彼故老，讯之占梦"（《小雅·正月》）、"大人占之，维熊维罴"（《小雅·斯干》）、"卜云其吉，终焉允藏"（《鄘风·定之方中》）、"尔卜尔筮，体无咎言"（《卫风·氓》）等卜筮诗句俯拾皆是。汉代以降，在董仲舒"天人感应"思想的感召下，尤其是谶纬之学的影响下，谶诗现象日趋普遍。古人通过星占来求取世事变迁的动向，物象之体的占事诗是有所涉及的。这些世事变迁一般关乎着国运盛衰、

---

① 李学勤主编：《十三经注疏·毛诗正义》，北京大学出版社1999年版，第1100页。
② ［意］维柯：《新科学》，朱光潜译，商务印书馆1989年版，第187页。
③ ［意］维柯：《新科学》，朱光潜译，商务印书馆1989年版，第182页。

王侯升降，古人对此甚为重视。其中"荧惑守心""彗星竟天"的现象更为古人所看重。荧惑即所谓法星，今谓之火星，此星守心则有祸乱之灾。诸如"荧惑守心而文帝崩""彗星长竟天，天下兵当大起"，在先秦乃至汉代，人们不仅都信以为真，而且也多以此行事。明代诗人顾璘有诗云："长星流天火堕地，荧惑扰纪何为哉？"

由上可知，不管占事诗反映的是农殖嘉谷之事，还是启运遭际之事，都是通过各种物象来显现事象的。这种占事诗体，我们一般名之曰：物象之体的占事诗。以物象占事的诗体，其思想的实质是天人合一、天人感应的神学思想，其美学的价值则是以文（象）化成天下的审美思想。在中国古代，物象之体的占事诗虽不像感发情志的诗歌那么普遍和流行，但作为一种经验与先验相统一的前瞻性诗体，它对人们心志的激励以及五谷丰登的愿景还是有着积极的现实价值的。尤其值得注意的是，在中国古代皇权专制的严苛体制下，物象之体的占事诗人通过君权神授的意旨在某种程度上能获取诗性言说的权力并对暴政有所钳制，从而将人类的灾难避开而走向可能的自由和诗意的栖居。

（二）关乎人事的占事诗

一般而言，《易》之爻辞明义有两种方式：一种是"取象者"，另一种是"取人事者"。《周易正义》就指出："或直以人事，不取物象以明义者，若《乾》之九三'君子终日乾乾'，《坤》之六三'含章可贞'之例是也。圣人之意，可以取象者则取象也，可以取人事者则取人事也。"在易学之中，"取象"和"取人事"这两种明义方式有时各自独立，有时又相融相生。尽管占事一般是借助物象来卜知未来之事的，但是占事诗中的物象并不是单纯的物象，而是蕴含着事象的物象，并且一切物象最终也是回归到人事上面来的。所谓"假外物之象以喻人事"的易学精髓就是基于此才提出的。占事与《易》相关，亦与《诗》相关。孔颖达就曾指出："凡易者象也，以物象而明人事，若《诗》之比喻也。"[①]

---

① 李学勤主编：《十三经注疏·周易正义》，北京大学出版社1999年版，第27页。

究竟关乎物象的占事诗与关乎人事的占事诗到底有何不同？关乎人事的占事诗的本质特性又何在呢？这些疑问，我们也许能在易学之中找到答案。孔颖达认为，《乾》之九三"君子终日乾乾"不是"取物象以明义"的范例，而是"直以人事"的典范。需要进一步追问的是，《乾》之九三的爻辞卦象对人事之体的占事诗究竟有何实质性的关联和启发呢？下面我们将尝试着分析一下，以期揭开二者之间的内在秘密。乾卦九三有"君子终日乾乾，夕惕若厉，无咎"的卦辞。此卦"直以人事"喻之，其中人事又指的是什么呢？王弼指出，乾之九三卦"在不中之位"，"上不在天，未可以安其尊也。下不在田，未可以宁其居也"。① 也就是说，乾之九三卦既没有九五之尊即"飞龙在天"的势位，也没有初九之蛰即"潜龙勿用"的甫田，而处于养尊处优之时。君子身处九三，如何审时度势？《易》是从两个方面来解答的。一是"终日乾乾"；二是"夕惕若厉"。也就是说，君子在白天日行阳动之时，要刚强进取而不懈怠；在夜晚日息阴行之际，要返归自身而有所戒惧。君子如此行事，则无咎无憾。

化繁为简，易学给予后人的诗学智慧主要有两个方面：一是静观即"居则观其象而玩其辞"；二是动观即"动则观其变而玩其占"②。前者是易"象"所属，后者是易"爻"所辖。何谓"象"？"象也者，像此者也"，即"言象此物之形状也"。③ 何谓"爻"？"爻也者，效此者也"，即"言爻者，效此物之变动也"。④ 如果说"像此者"是物事的描绘，侧重形象，那么"效此者"则是行动的模仿，侧重情节。前者具有印象性，后者则具有逻辑性。很显然，物象之体的占事诗是"像此者"，人事之体的占事诗是"效此者"。中国古代的"效此者"与亚理斯多德《诗学》中"有一定长度的行动的模仿"者有相似之处。由此看来，中国诗学精神不是单向的，而是双向的。从静的方面

---

① 李学勤主编：《十三经注疏·周易正义》，北京大学出版社 1999 年版，第 5 页。
② 李学勤主编：《十三经注疏·周易正义》，北京大学出版社 1999 年版，第 264 页。
③ 李学勤主编：《十三经注疏·周易正义》，北京大学出版社 1999 年版，第 303 页。
④ 李学勤主编：《十三经注疏·周易正义》，北京大学出版社 1999 年版，第 303 页。

来看，中国诗学是"立象尽意"以"极天下之赜者"；从动的方面来看，中国诗学则是"动观其变"以"鼓天下之动者"。前者有虚静之美，是"无"的显现；后者有流动之美，是"有"的展现。所谓"君子终日乾乾，夕惕若厉，无咎"就是从动的角度审视人事的。"终日乾乾，夕惕若厉"是前因；"无咎"则是后果。这就是中国古人的诗性逻辑和智慧，中国诗学受其启发自然很大。

与关乎物象的占事诗有所不同，关乎人事的占事诗从易学中所汲取的诗性智慧主要不是易象所给予的，而主要是易本身所给予的。何谓易？《易》云："生生之谓易。"① 黄宗羲《明儒学案》进一步解释说："生生之谓易，无刻不生，则无刻不易，无刻不易，则无刻不逝。"② 换句话说，人事之体的占事诗从易生生不息的变动之理中汲取的智慧更多。刘禹锡《西塞山怀古》"人世几回伤往事？山形依旧枕寒流"以及刘希夷《代悲白头翁》"年年岁岁花相似，岁岁年年人不同"等诗句都体现了人世沧桑的变动之理。在中国古人看来，人事有大小，社稷安危为国之大事，个人得失为人之小事。以此为据，人事之体的占事诗就可分为两种：一种是忧国忧民的占事诗，另一种是私人感怀的占事诗。前者涌动着大我的诗性情怀，后者则绽放着小我的诗性感怀。前者可以屈原、杜甫、白居易等诗人的《卜居》为代表；后者可以刘希夷、崔曙等诗人卜知个人未来遭际的占事诗为代表。当然需要指出的是，占事诗中大我与小我的表达不是绝对的，而是相对的。也就是说，占事诗在表达忧国忧民的宏大之事时，往往也有小我的介入，而在表达个人感怀的私人之事时，往往也有大我的影子。对此，我们将以《卜居》诗为例加以分析。

何谓卜居？在古人看来，就是当人们深陷困境而无法抉择时，往往通过占卜的形式来预知自己如何处事和安身的意思。《卜居》相传是屈原首创的辞赋体，王逸、朱熹多从此说。屈原廉洁自清、忠心可鉴，却屡遭排挤，流放三年而无处安身，乃往见太卜郑詹尹卜居。赋

---

① 李学勤主编：《十三经注疏·周易正义》，北京大学出版社1999年版，第271页。
② （清）黄宗羲：《明儒学案》，沈芝盈点校，中华书局1985年版，第1429页。

辞云："吾宁悃悃款款，朴以忠乎，将送往劳来，斯无穷乎？……龟策诚不能知此事。"在中国古代，"君道刚严，臣道柔顺，于是箴谏者希，情志不通，故作诗者以诵其美而讥其过"。① 在这种严苛的专制体制下，中国古代诗人主要形成了三个路径：一是"吾从周"，即回忆过去的事，以隐含地改造现实；二是"文载道"，即讽谏现实之事，以直接地介入现实；三是"卜居之"，即想象未来的事，以理想地重塑现实。这三条路径，分别形成了纪事诗、即事诗和占事诗。《卜居》属于人事之体的占事诗，既有大我的诗性情怀，也有小我的诗性感怀。后人继之，多有《卜居》诗篇问世流传。其中杜甫、白居易的《卜居》堪称杰作。

人是在向着未来之事不断筹划中生存的，占事已成为古人诗性生存的一种重要方式。据孟棨《本事诗·征咎》记载：唐代诗人崔曙作《明堂火珠》"夜来双月满，曙后一星孤"，得玄宗恩宠，取为状元。及来年曙卒，其女名星孤，人始知曙自谶也。当然也需要指出的是，古人一些占事诗谶的观念在现代人看来，确实有迷信不可信的反科学倾向，但占事作为古人的一种诗意性、历史性的生存方式却是值得研究的。人在历事中生存，人事之体的占事诗在理想地重塑现实以及人类实现诗意地生存等方面还是有着积极意义的。

三 占事诗的"神"与"妙"

在中国古人看来，"物动而知其反，事萌而察其变，化则为之象，运则为之应，是以终身行而无所困"。这是中国古人的智慧和诗意追求的重要方式。如果撇开历史的包袱和偏见，占事诗其实也是中国诗歌史上重要的一种诗歌类型。中国诗歌以"入神"为妙，严羽《沧浪诗话》就曾指出："诗之极致有一，曰入神。"② 从创作方式上看，古人追求"摹写入神"和"传神写照"的创作形式；从创作风格上看，古人仰慕"风神俊朗"和"气力精神"的神逸之品；从审美接受上

---

① 李学勤主编：《十三经注疏·毛诗正义》，北京大学出版社1999年版，第5页。
② （宋）严羽：《沧浪诗话》，中华书局1985年版，第6页。

看，古人信奉"凝神静虑"和"心领神会"的鉴赏方法。此外，精神、神韵、入神、神悟、神思、神味等概念和范畴在中国诗学领域也频频出现。在中国古代诗人、智者眼中，究竟什么是"神"呢？这一问题的解答有助于我们深入理解占事诗的"神"。《周易》云："阴阳不测之谓神。"① 孟子曰："圣而不可知之之谓神。"② 孔颖达更为详尽地指出："神者，微妙玄通，不可测量，故能知鬼神之情状，与天地相似。""神则寂然虚无，阴阳深远，不可求难，是无一方可明也。"③ 之所以"神无方，而易无体"，也许就是由于神是"微妙玄通，不可测量"的。在古人看来，"方"与"体"属形下之器；"神无方"属形上之道。如果说形下之器是"有"，那么形上之道就是"无"。在老子看来，"有"则"观其徼"，"无"则"观其妙"。孟子所谓"充实之谓美，充实而有光辉之谓大，大而化之之谓圣，圣而不可知之之谓神"，可以视为中国美学有无相生、相化的范例。可以说，"神"就是中国诗学和美学的最高境界。正由于"神"的这种微妙玄通的至高品性，陆机在《文赋》中才有"应感之会，通塞之纪。来不可遏，去不可止"的深刻感触。

与其他诗歌类型相比，占事诗预知和描述可能发生的事，更以灵验、入神为妙。对于占事诗出神入化的品性，从历代诗歌纪事以及诗话中可见一斑。都穆《南濠诗话》就曾记载：明代诗人张泰与翰林诸公对诗联句"生事残年话，风流后辈夸"，竟以是月卒，遂成应验的占事诗谶。此类论载在中国诗话中并非偶然，而是一种普遍的诗学现象。占事诗追求微妙玄通的"神"是中国诗歌自身的一种追求，同时也是占事的应有追求。占事诗所描绘的未来可能发生的事不仅能使诗人乃至诵诗之人摆脱现实之事的纠缠而获得精神抚慰，而且能使人们更进一步看清生活的本质而向着应然的诗性生活靠近。当然我们也应该清醒地看到：所谓占事诗神妙不可言，也存在虚夸之处。占事诗的

---

① 李学勤主编：《十三经注疏·周易正义》，北京大学出版社1999年版，第272页。
② 万丽华、蓝旭译注：《孟子》，中华书局2006年版，第331页。
③ 李学勤主编：《十三经注疏·周易正义》，北京大学出版社1999年版，第268页。

"神"有时也并不是自身奥妙造成的,而是后人伪造、篡改、恶意补之、过度阐释造成的。更重要的是,中国古代占事诗也并没有形成影响持久、感人至深的经典作品。究其原因,不可一概而论,但与中国古人不是"自由"人是有一定关系的。黑格尔就曾指出,"中国人除了皇帝一人外都不知道自己是自由的","东方人还不知道,'精神'——人之所以为人的本质——是自由的,因为他们不知道,所以他们不自由。他们只知道一个人是自由"。[①] 也正由于此,中国古代占事诗也就主要服务于"一个人的自由",而缺乏个体的自由以及人类精神的自由。这是中国古代占事诗先天的弱点,同时也是中国现代诗歌反思的起点。尽管如此,占事诗在中国古代诗歌中的地位是不容抹杀的。因为占事诗在中国古代不仅有着现实批判的隐含功能,而且有向着未来生存的慰藉功能。

---

① [德]黑格尔:《历史哲学》,王造时译,商务印书馆1963年版,第56页。

第七章　缘事诗法论

薛雪在《一瓢诗话》中指出："诗之用，片言可以明百义；诗之体，坐驰可以役万象。"① 诗歌体用合一，用之有法。《周易·系辞上》曰："制而用之谓之法。"② 叶燮亦云："凡事凡物皆有法，何独于诗而不然！"③ 杨载在《诗法家数》中明确指出，诗之六义，实为三体、三法。风、雅、颂是诗之体，赋、比、兴则是诗之法。何谓赋、比、兴？唐代皎然《诗议》认为，"赋"乃"象事布文，错杂万物"，"比"乃"各令取外物象以兴事"，"兴"则"立象于前，然后以事喻之"④。与此相应，东汉经学家郑众认为，"兴"就是"托事于物"。朱熹认为，赋就是"敷陈其事而直言之"的创作手法。缘事诗法是基于"事"而形成的一种创作方法。它不仅在赋、比、兴中有所体现，而且在用事、事类、事对、序事中有直接的应用。这些缘事诗法不仅为诗人诗化事件提供了具体方法，而且为中国诗歌多元发展提供了全新视角。

第一节　用事：一种饱含历史记忆的诗法

在中国古代，用事就是诗人将一件事或几件事融入诗中的一种诗

---

① （清）薛雪：《一瓢诗话》，杜维沫校注，见郭绍虞主编《中国古典文学理论批评专著选辑》，人民文学出版社1979年版，第121页。
② 宋祚胤注译：《周易》，岳麓书社2000年版，第339页。
③ （清）叶燮：《原诗》，霍松林校注，见郭绍虞主编《中国古典文学理论批评专著选辑》，人民文学出版社1979年版，第20页。
④ 张伯伟：《全唐五代诗格校考》，陕西人民教育出版社1996年版，第195页。

法。元代诗论家方回在《瀛奎律髓》中明确指出："此但为善用事，亦诗法当尔。"①

一 用事的史与论

宋代诗论家杨载指出："用事：陈古讽今，因彼证此，不可著迹，只使影子可也。"② 譬如"介甫赠之诗云'种竹常疑出冬笋'，暗用孟宗事，'开池故合涌寒泉'，暗用姜诗事。"在中国古代，用事又称使事、编事、引事、隶事、事类等。刘勰云："事类者，盖文章之外，据事以类义，援古以证今也。"③ 比如"冯唐易老，李广难封"是诗人王勃依据李广、冯唐的历史事实以宣泄自己怀才不遇的情绪。如此将历史之事融入诗中，不仅起到了援古证今的作用，而且也将历史的形象状溢目前。究竟什么是用事？简单地说，用事就是据事类义的诗歌创作方法。

用事在中国古代甚为流行，但在现代却销声匿迹，少人问津。一方面是出于时代的误判，另一方面则出于用典的遮蔽。用事与用典内涵确实相近，但外延要远远大于用典。用典一词偏义于"典"，即用典多是引用古书、典籍中的故事或成辞。与之不同，用事一词则偏义于"事"，所用之事之辞也不仅限于古书、典籍中的事或辞，诗人自己的事与辞亦可用来编排和引用。譬如宋代诗论、诗词名家阮阅在《诗话总龟后集》中专列"用事门"，其中就有"用自己诗为故事"的用事。所以说，用事的内涵与用典虽相近，但外延要远远大于用典。更重要的是，用事作为一种宽泛的创作方式，其历史也要比用典悠久得多。

用事诗法是中国传统历史意识、审美观念以及缘事诗歌创作经验长期积淀的产物。用事作为一种饱含着文化记忆、历史记忆、民族记忆的诗歌创作手法大致经历了四个重要的发展时期。一是用事的孕育、

---

① （元）方回选评：《瀛奎律髓》，诸伟奇、胡益民点校，黄山书社1994年版，第356页。
② （清）何文焕辑：《历代诗话》，中华书局1981年版，第725页。
③ （南朝梁）刘勰：《文心雕龙》，郭晋稀注译，岳麓书社2004年版，第459页。

萌发期:先秦到两汉,即"百姓日用而不知"的蒙昧阶段;二是用事的觉醒、自觉期:六朝至唐代,即"何贵用事"的讨论阶段;三是用事的定型、成熟期:宋代至清代,即"用事精切"的完善阶段;四是近代到现代——用事的式微、没落期,即"不用典、不对仗"的扬弃阶段。由于中国诗学"情志为本",而"用事非诗正体",所以用事诗法在中国古代的发展并不是一路坦途,而是经历了"该不该用"以及"如何用"的激烈讨论的。然而用事坚韧的历史发展历程,让我们看到了有异于缘情观念的独特诗歌创作观念和创作方法。

(一)先秦到两汉:用事的孕育、萌发期

原始要终,普泛体察,如果"诗言志"可以训为"诗言记",那么用事诗法就可追溯到诗的产生之际。上古之时,书契未兴,诗人述事专凭记忆有节奏地口耳相传和相诵。周公制礼作乐,大师掌六律、教六诗,帅瞽登歌,令奏击拊,而有所传承。九代作诗,朴略尚质,事合文则。黄歌"断竹",事蕴其中;夏歌"雕墙",事见环中。《诗》以降,事以雅颂,《生民》《公刘》《皇矣》《文王》诸篇并起,用事孕育其中。周代之时,列国公侯、卿大夫、行人等上层之士在朝拜、盟誓、缔约、宴礼等各种重要场合,常常引《诗》以言其志。与此同时,赋《诗》言志、献《诗》陈志、教《诗》明志之风此起彼伏,成为先秦士人诗性生存的一种风尚。从某种意义上说,断章取义的用诗可以视为用事的早期雏形。劳孝舆在《春秋诗话》中指出:"引诗者,引诗之说以证其事也,事主也,诗宾也。"[①] 与之不同,诗至屈宋,虽引古事,而莫用旧辞。由此我们可以看出,《诗》和《骚》在用事的取向上有着根本的不同。前者集体创作的意图鲜明,故在用事上善用"旧辞";后者个人创作的意识强烈,故在用事上善引"古事"。可以说,《诗》时代的终结以及《骚》时代的到来预示着用事的"旧辞"之法向"古事"之法转变。

有汉以来,继之于屈、宋,"引古事"之风在诗学领域悄然兴起。

---

① (清)劳孝舆:《春秋诗话》,中华书局1985年版,第25页。

从诗歌批评的角度来看，鲁、齐、韩、毛"四家诗"多"以事释诗"，从而开创了用事论诗的先河。从诗歌创作的角度来看，班固的《咏史》可谓诗人有意识用事的发轫之作。班固诗云："百男何愦愦，不如一缇萦"，缇萦上书救父的古事与"自恨身无子，困急独茕茕"的现实构成了强烈对比，此用法充分体现了"陈古讽今，因彼证此"的用事旨趣。现代著名学者张仁青明确指出："用典隶事，起源甚古，屈宋诸骚，已著先鞭，杨刘张蔡，试用日繁。"① 自此，用事经历了先秦漫长的孕育，终在两汉得以萌发，并日渐成形。

（二）六朝至唐代：用事的觉醒、自觉期

先秦乃至两汉，用事虽被日用，但并非自觉。用事作为一种诗法真正被诗人清醒地认识并自觉运用，还是起于六朝对用事的诗歌实践以及诗学讨论的过程中。如果说六朝是用事春暖花开的季节，那么唐代则是用事春华秋实的季节。可以说，六朝至唐代是用事作为一种真正意义上的诗法从觉醒到自觉的时期。

从诗歌创作层面来看，六朝诗人用事创作之风渐趋盛行，这为用事诗法的觉醒乃至自觉奠定了实践基础。宋光禄大夫颜延之喜用古事，其诗错彩镂金。魏侍中应璩善为古语，指事殷勤，其诗雅意深笃。梁太常任昉善铨事理，动辄用事，其诗拓体渊雅。也正基于此，宋代诗论家张戒认为，诗以用事为博，始于颜光禄而极于杜子美。不可否认，用事从六朝颜延之、任昉开始，日渐繁多。及至唐代诗圣杜甫，用事在创作层面堪称完美。就六朝诗人用事而言，与颜光禄并称"颜谢"的山水诗人谢灵运亦不脱时代之风，用事常伴其诗。据王昌龄《诗格》载，谢灵运《庐陵王墓下作》诗云"洒泪眺连岗"，其中"连岗"是用"诸侯事也，古者诸侯葬连岗"。这种诗歌法式，王昌龄称之为"谓如己意而与事合"的用事，即"诗有六式"，"五曰用事"也。及至唐代，用事渐趋自觉。张戒所谓用事"极于杜子美"，并非虚言。宋人蔡绦《西清诗话》云："杜少陵云：'作

---

① 张仁青：《六朝唯美文学》，台北：文史哲出版社1980年版，第58页。

诗用事，要如禅家语：水中着盐，饮水乃知盐味。'此说诗家秘密藏也。"① 唐代除了诗圣杜甫用事出神入化，李商隐诗也好积故实，一篇中用事者十七八。但不同的是，前者使用事美善兼备，后者使用事误用歧途。明代诗论家胡应麟指出："用事之工，起于太冲《咏史》。唐初王、杨、沈、宋，渐入精严。至老杜苞孕汪洋，错综变化，而美善备矣。用事之僻，始见商隐诸篇。宋初杨、李、钱、刘，愈流绮刻。至苏、黄堆叠诙谐，粗疏诡谲，而陵夷极矣。"② 唐代人就特别注重诗与事的关系，这从吴乔有关论述中可见一斑。吴乔《围炉诗话》卷一云："问曰：'唐人命意如何？'答曰：'心不孤起，仗境方生。熟读《新旧唐书》、《通鉴》、稗史、杂记，乃能于作者知其时事，知其境遇，而后知其诗命意之所在。如子美《丽人行》，岂可不知五杨事乎？试看《本事诗》，则知篇篇有意，非漫然为之者也。'"

从诗歌批评层面来看，六朝诗人、诗论家关于用事的诗学讨论，为用事诗法的觉醒乃至自觉奠定了理论基础。用事在六朝确实得到了突飞猛进的发展，但这种迅猛的发展在给予诗歌历史深度的同时，也滋生了诗歌"殆同书抄""生搬硬套"等诸多弊病。从诗论的角度看，钟嵘最早对用事提出质疑。在钟嵘看来，经国文符应资博古，至乎吟咏情性，亦何贵于用事？诸如徐干的"思君如流水"、曹植的"高台多悲风"、张华的"清晨登陇首"、谢灵运的"明月照积雪"都讵出经史，而是羌无故实、既是即目、皆由直寻的诗句。与之相反，颜延之喜用古事，而弥见拘束；任昉动辄用事，而诗不得奇。钟嵘针对六朝"掉书袋"式的用事提出了尖锐的质疑和反抗，这对用事的规范以及深度的探讨都是有着积极意义的。当然我们也应该看到，钟嵘反对用事主要是囿于诗缘情的诗学观念，其实诗歌作品不仅有"感于哀乐"的，也有"缘事而发"的。用事创作亦有历史的深度感和美学的诗意感。"庄生晓梦迷蝴蝶，望帝春心托杜鹃。沧海月明珠有泪，蓝田日暖

---

① （宋）胡仔纂集：《苕溪渔隐丛话（前集）》，廖德明校点，人民文学出版社1962年版，第66页。

② （明）胡应麟：《诗薮》，上海古籍出版社1979年版，第62页。

玉生烟"难道不是既是即目、诗意浓浓吗？当然钟嵘这种反对用事的观念，到了唐代尤其是受杜甫"诗史"创作的影响而有所改观。但"用事非诗正体"的观念依然浓厚。依据用事，唐代诗论家皎然在《诗式》中提出"诗有五格"的诗学思想，即"不用事第一"，"作用事第二"，"直用事第三"，"有事无事第四"，"有事无事，情格俱下第五"。

总而言之，从六朝到唐代，用事走向完全的觉醒和自觉经历了一个漫长时期。在这一时期，用事诗法虽得到较大发展，但在"情志为本"的主流诗学观念下，用事诗法并没有获得应有的合法地位。于是不管是在诗歌创作方面还是在诗论批评方面，都缺乏理性的认识和深度的思考。这种现象一直到宋代才有改观。

（三）宋代至清代：用事的定型、成熟期

六朝至唐代，用事从觉醒走向了自觉。但整体而言，用事在这一时期并没有获得普遍的认同，其认识也有失理性和公允。唐诗主于性情，以诗为诗。宋诗主于议论，以文为诗。宋初西昆诗体的空泛流弊较深，为了消除这种流弊，从欧阳修、梅尧臣开始就特别着力于诗歌立意和用事的技法研究，以增进诗歌的深度感。而后，江西诗派祖述杜甫，强调作诗"无一字无来处"。当然需要指出的是，晚唐乃至宋初，用事还是存在种种弊病的。胡应麟曰："晚唐宋初，用事如作谜：苏如积薪，陈如守株，黄如缘木。"[①] 但尽管如此，由于宋代诗歌创作从性情开始向议论转变，这为用事走向成熟提供了有利契机。李东阳曰："唐人不言诗法，诗法多出宋。"[②] 宋以后，用事诗法开始走向成熟。具体来说，这种成熟主要表现在对用事的认识更加理性、全面和公允之上。

首先，宋以后诗歌用事已获得合法地位，并且形成了一种共识——诗的优劣与用事无关。即诗歌创作是多元的，用事能成就诗歌，不用事也能成就诗歌。欧阳修明确指出："如子仪《新蝉》云：'风来玉宇乌先转，露下金茎鹤未知'，虽用故事，何害为佳句也。又如

---

① （明）胡应麟：《诗薮》，上海古籍出版社1979年版，第62页。
② 丁福保辑：《历代诗话续编》，中华书局1983年版，第1371页。

'峭帆横渡官桥柳,叠鼓惊飞海岸鸥',其不用故事,又岂不佳乎?"①刘熙载继之,亦指出:"多用事与不用事,各有其弊。善文者满纸用事,未尝不空诸所有;满纸不用事,未尝不包诸所有。"②

其次,宋以后诗歌用事已进入了如何用的阶段,而能不能用事已不再是问题。有宋以来,诗歌用事不仅公允、辩证了,而且也切实可行了。与前一时期钟嵘"吟咏情性,亦何贵于用事"以及皎然"不用事第一"独断诗学观念相比,这一时期的用事观念已显现得相当宽容和公允,并且对如何用事的理解也相当深刻。譬如王安石认为,用事多寡不是诗歌优劣的原因,"若能自出己意,借事以相发明,变态错出,则用事虽多,亦何所妨?"③这种对用事的认识,不仅加强了用事的合法地位,而且也深化了用事的内涵认识。另外,元代诗论家杨载的"诗中用事,僻事实用,熟事虚用"、明代诗论家王世贞的"用事。明事隐使,隐事明使"、清代文论家刘熙载的"文之善于用事者,实者虚之,虚者实之"等用法对用事的认识和运用已相当深刻和成熟。

最后,宋以后诗文用事的分类研究也趋向成熟,出现各式各样的用事类型。元代陈绎曾在《文说》中将用事分为"借用事""暗用事""正用事""反用事""泛用事"等九种,在《文筌》中又将用事分为"援用事""历用事""列用事""活用事""衍用事"等九种。明代诗论家胡应麟在《诗薮》中曾指出,杜甫用事门目甚多,仅举人名者就有"正用""反用""明用""暗用""并用""分用"和"串用"七类。另外,清代诗论家方东树在《昭昧詹言》中则将用事分为"明用事""暗用事""整用事""质用事"等类型,并认为"拆用事"是用事中的上乘,并且明确指出:"用事全贵能化。大家用事,全不见铓钉之迹。大抵质用不如借用,明用不如暗用,正用不如翻用,整用不如拆用,顺直不如侧逆。"④

---

① (清)何文焕辑:《历代诗话》,中华书局1981年版,第270页。
② (清)刘熙载:《艺概笺注》,王气中笺注,贵州人民出版社1980年版,第133页。
③ (宋)魏庆之:《诗人玉屑》,上海古籍出版社1978年版,第147页。
④ (清)方东树:《昭昧詹言》,汪绍楹校点,人民文学出版社1961年版,第502—503页。

（四）近代到现代——用事的式微、没落期

近代以来，中国开始放眼世界而"别求新声于异邦"。在唯新思想观念的冲击下，中国传统诗学文化以及古代知识体系面临着前所未有的挑战和威胁。在用事方面，这种挑战和威胁表现得更为明显。龚自珍指出"经有家法夙所重，诗无达诂独不用"；黄遵宪主张"我口写我手，古岂能句牵"；王国维把"不使隶事之句"作为"不隔"的重要指标；胡适在《文学改良刍议》中则直接提出"不用典"的倡议。在众口一词的反对声中，中国传统的用事诗法开始淡出人们的视线，及至当下大有销声匿迹的危险。毋庸置疑，近、现代社会追求现实的亲临感以及个体感知的独特性，古代"多识前言往行"的观念受到了极大怀疑。当用事的神圣面纱被无情地扯下后，用事所赖以生存的文化土壤也就变得贫瘠起来，用事式微和没落也就在所难免。西方叙事观念之所以代替中国用事观念，是时代艰难的选择，也是文化痛苦的抉择。但值得注意的是，用事作为蕴含着历史记忆的诗法已融入中国诗人的血液之中，它在中国绝不会销声匿迹。胡适在《文学改良刍议》中就指出："吾所主张八事之中，惟此一条（指'不用典'——笔者注）最受朋友攻击，盖以此条最易误会也。"① 胡适的担心足以说明中国诗人对用事诗法还是割舍不了的。

二 用事的法与则

古人行事，中规中矩，有法有则。诗道传于后世，与有法可循、有则可依紧密相连。诗缘情，有其法则，即所谓"发乎情，止乎礼义"也。诗缘事，也有其法则，即古人所谓明事隐使，隐事明使。何谓法？"制而用之谓之法。"② 一般而言，法都有则、有节。《康熙字典》云："则，节也。取用有节，刀所以裁制之也。"在中国古代，用事既是诗歌创作的方法，也是诗歌创作的原则。它关乎诗歌之用，近乎诗歌之矩。概而言之，中国古代诗歌用事主要形成了两个基本原则

---

① 吴奔星、李兴华选编：《胡适诗话》，四川文艺出版社1991年版，第155页。
② 宋祚胤注译：《周易》，岳麓书社2000年版，第339页。

和众多行之有效的具体创作方法。

（一）用事的两个基本原则

在中国古代，用事的原则主要有两个：一是蕴事要巧妙，二是事辞要兼收。前者是从中国传统文化中逐渐形成的，后者是从中国古代诗歌用事的构造过程中逐渐形成的。或者说，前者构成了缘事诗歌的风貌特征，后者形成了缘事诗歌的本体特性。

第一，从中国传统诗学文化来看，缘事诗歌追求巧妙用事的原则。中国传统诗学文化凝聚了儒、道两家文化的精髓，这从用事的原则上可见一斑。如果说道家追求体和无，那么儒家则追求用和有。在老子看来，"无"有其妙，"有"有其徼。从用事的角度来看，妙与用的结合其实就是儒道互补的彰显。宋以后，诗歌用事走向成熟，并逐渐形成了"妙用事"的创作原则。清代诗论家方东树在《昭昧詹言》中指出："大家用事，若不知其用事者，此其妙也。用事全见瘢痕，视不典而不足于用者虽贤，去大家境界远矣。"① 即所谓"作诗用事，要如禅家语：水中着盐，饮水乃知盐味"②。用事的奥妙主要表现在：虽用事但不见用事，而境界又全出。即如明代诗论家谢榛在《四溟诗话》中所说："造句奇拔，观者不觉用事。"③ 中国古代诗歌妙用事的诗学原则，与中国古代的史学观念有关，当然也与中国传统诗学文化息息相关。中国古代史传为"例之情者有五"，其中前三例即"微而显""志而晦""婉而成章"与文学和诗学观念相通。杨万里就特别强调《诗经》与《春秋》都有纪事之妙。

在史学上，所谓"微而显"就是"文见于此，而起义在彼"的意思。诸如"梁亡""城缘陵"之类是也。《春秋》笔法以简为上，显微为辅，即所谓"微言大义"也。《春秋》两字（梁亡）纪事，可谓简省至极。梁亡于谁？为何亡？《春秋》只字未提，可谓微其言，深其

---

① （清）方东树：《昭昧詹言》，汪绍楹校点，人民文学出版社1961年版，第238页。
② （宋）胡仔纂集：《苕溪渔隐丛话（前集）》，廖德明校点，人民文学出版社1962年版，第66页。
③ （明）谢榛：《四溟诗话》，中华书局1985年版，第63页。

义。左丘明传曰:"梁亡,不书其主,自取之也。初,梁伯好土功,亟城而弗处,民罢而弗堪……秦遂取梁。"① 孔颖达疏云:"秦人灭梁而曰'梁亡',文见于此,'梁亡'见取者之无罪。"也就是说,梁不顾民之死活,大兴土功,为秦所灭,咎由自取。对事而言,有记什么事和如何纪事之别。《春秋》有关"梁亡"所记之事,已涉及如何用事和纪事的问题。从某种意义上说,用事诗法之妙就源于"文见于此,而起义在彼"之妙。经过几千年的沉积和酝酿,"妙用事"成为中国用事诗法的基本原则和最高美学追求。所谓"妙用",也就是"明事隐使,隐事明使",抑或是"实者虚之,虚者实之"。清代文论家刘熙载在《艺概》中认为:"文之善于用事者,实者虚之,虚者实之。"② 可以说,中国古代诗歌虚实相生的审美特性,不仅可以用情开拓意境来形成,也可以用事构筑事境来养成。

　　第二,从中国古代诗歌用事的构造来看,缘事诗歌追求事辞兼用的原则。最早明确从事和辞两个方面论述用事之法的是刘勰。当然刘勰当时并没有将此用法称为用事,而是事类。在刘勰看来,用事(事类)有两类:一类是"征义举乎人事","《既济》九三,远引高宗之伐"是也;另一类是"明理引乎成辞","盘庚诰民,叙迟任之言"是也。刘勰进一步指出,屈宋属篇,征引古事,不取旧辞。司马相如《上林赋》,撮引李斯之书。刘歆《遂初赋》,则历叙于纪传。凡此种种,刘勰称为"皆后人之范式也"③。以此为据,曹操《短歌行》"青青子衿,悠悠我心"就是引乎《诗》之"成辞";卢纶《塞下曲》"月黑雁飞高,单于夜遁逃"就是用乎史传之"人事"。在中国古代,"举乎人事"与"引乎成辞"已成为诗歌创作的基本范式。如此创作,不胜枚举。杜甫《秋兴》"五陵衣马自轻肥",其语引乎潘岳"裘马悉轻肥"。赵构《渔父词》"从教红袖泣前鱼",其事举乎《战国策》魏王与龙阳君之事。

---

① (春秋)左丘明:《左传》,蒋冀骋标点,岳麓书社1988年版,第69页。
② (清)刘熙载:《艺概笺注》,王气中笺注,贵州人民出版社1980年版,第460页。
③ (南朝梁)刘勰:《文心雕龙》,郭晋稀注译,岳麓书社2004年版,第460页。

宋代诗论家黄彻在《䂬溪诗话》中提出，作诗有"用事出处"和"造语出处"两种基本类型。但需要指出的是，用事"引乎成辞"与"举乎人事"有明显的区别，但也很多相近的地方。也就是说，"成辞"之中有"人事"，"人事"之中也有"成辞"。中国史传有纪事和记言之分，即所谓"左史记言，右史纪事"也。前者以《尚书》为例，后者以《春秋》为体。但在实际编撰中，二者也并非泾渭分明，而是相融相生，即所谓"事见于言，言以为事"也。史如是，诗亦如是。在黄彻看来，苏轼"柳絮才高不道盐"虽言谢女之事，语则出自评张融《海赋》"但不道盐耳"。赵构"从教红袖泣前鱼"，虽本《战国策》之事，语则出自陆韩卿《中山王孺子妾歌》"安陵泣前鱼"。可以说，举"人事"、引"成辞"已成为后人作诗的基本方式。作诗为何要引"成辞"、举"人事"呢？诗法之"成辞"如庄子所谓"重言"。"重言十七，所以已言也，是为耆艾。年先矣，而无经纬本末以期年耆者，是非先也。"① 在古人看来，圣贤之成辞或重言是经得起时间考验的言论，不仅由于其言微，更由于其事深。《周易·大畜》所谓"君子以多识前言往行，以蓄其德"即是此意。"人事"实为过往之本事。中国历来重前车之鉴。可以说，"告诸往而知来者"是中国人历事生存的基本观念。用事作为一种蕴含着历史记忆的创作方法就是通过援引古之"人事"和"成辞"以达到讽今的目的，即"借他人酒杯，浇自己块垒"的寄怀。

总之，巧妙用事的原则是中国诗学文化的诉求，事辞兼用的原则是中国史学精神的写照。二者作为缘事诗歌创作的基本原则，其根本是源于中国古人在历事生存中对世界所形成的审美感知和诗性记忆。当然对于用事的原则，中国古代还有很多细部的要求，譬如宋代诗论家魏庆之在《诗人玉屑》中谈到用事时，辑录了沈约"三易"原则，即"易见事""易识事""易读诵"的原则。另外，还有"不可有意用事""使事不为事使""用事要无迹""用其事而隐其语"等诸多细

---

① （清）王先谦：《庄子集解》，三秦出版社2005年版，第400页。

琐原则。对此类原则，不再一一赘述。

(二) 各式各样的用事之法

中国古代用事之法在妙用事以及事辞兼用的原则指导下，形成了各式各样的用事诗法。仅陈绎、方东树就将用事分为25种，并且诗法之间还存在互用和活用的现象。清代诗论家王士禛就在《师友诗传续录》中明确提出了"叹其用事之妙，此所谓活用"的观点。下面我们以点带面仅就"明用事""暗用事"和"正用事""反用事"四种用事诗法展开详述，以便进一步了解用事诗法。

第一，明用事。何谓"明用事"？古人诗学用词多点到为止而语焉不详，需用心体悟、剖玄析微才能落到实处。对明用事而言，亦是如此。明代诗论家胡应麟在《诗薮》中曾指出："'谢氏登山屐，陶公漉酒巾'，明用者也。"胡应麟对明用事这一例举式的界定是在总结杜甫"用事门目"时提出的。沿波讨源、顺藤摸瓜，明用事的内涵可能就潜藏在诗歌文本的内部。"谢氏登山屐，陶公漉酒巾"是杜甫《寄张十二山人彪三十韵》中的名句，其用谢灵运尝着木屐，寻山陟岭的逍遥之事以及陶渊明取葛巾漉酒复着的骇俗之事，来状写张彪扶母避乱的真实事境——"群凶弥宇宙，此物在风尘"。据《唐才子传》所载：天宝末，彪初赴举，适遭丧乱，携母隐居嵩山。彪处风尘之际，却又超然物外、不惹尘埃。时与杜甫往还，交情甚笃，乃寄诗赞之。在杜甫看来，张彪是避乱而不忘逸兴之人，与先人谢灵运、陶渊明异曲而同工。此用事明白晓畅，无委婉含蓄的文外之意。这种用事古人一般称为"明用事"。在中国古代，"明用事"并非少数，而是非常多见的一种诗法。譬如"但使龙城飞将在，不教胡马度阴山""至今思项羽，不肯过江东"等都属于明用事。刘勰云："明用稽疑，所以敬慎群务，弛张治术。故其大体所资，必枢纽经典，采故实于前代，观通变于当今，理不谬摇其枝，字不妄舒其藻。"如其字面之意，"明用事"就是一种通过直接言明事之缘由、关联、境况等来陈古讽今的用事诗法。它一般用在亲朋挚友的规劝、赞誉、恭贺、迎送以及具述事件等自然表达的诗篇中。从这一点上来看，"明用事"与抒情诗直抒胸臆的诗法相类。

第二，暗用事。何谓"暗用事"？"明用事"与"暗用事"又有何内在关系？在中国传统文化中，万事万物是相待而生的，阴和阳、明和暗以及有和无等都是如此。在中国古人看来，两种相反的事物不是截然对立的，而是相融相生的。中国阴阳八卦图就足以印证这一点。也正由于此，中国古人对"明用事"与"暗用事"都是相当重视的。当然需要指出的是，在君道刚严、文化一统的特定时代里，中国诗学可能更看重"暗用事"。即所谓"王道衰，礼义废，政教失"，"主文而谲谏"之风起。在"变风变雅"的时代，"正言直述，则易于穷尽，而难于感发"，诗人就会多青睐于暗用事。也正基于此，古人才有"明用不如暗用，正用不如翻用，整用不如拆用，顺直不如侧逆"的诗学判断。胡应麟在《诗薮》中指出："'仗柱闻周史，乘槎似汉臣'，暗用者也。"①"仗柱闻周史，乘槎似汉臣"是杜甫题赠好友王契的一首诗作，其名为《赠王二十四侍御契》。"仗柱闻周史"是直言老子为周柱下史之事，"乘槎似汉臣"是直述张骞乘槎西溯喜得织女机石之事。如果我们细细揣摩，这里的直言、直述老子和张骞之事，其意旨并不在老子和张骞，而是暗指好友王契曾出使两地的赞誉之词。以老子和张骞作比附，对王契来说，就达到了不歌而颂的目的了。鉴于中国诗学文化的现实需要，诗人常常不会首选明用事，而是以暗用事为上、为妙。在元代文论家陈绎曾看来，"暗用事"就是"用故事之语意，而不显其名迹"（《文说·用事法》），即所谓"水中着盐，饮水乃知盐味"的用事。通俗地说，"暗用事"就是一种通过含蓄、委婉的方式将"事"隐含地融入诗中的用事诗法。它是中国诗学文化以及诗歌创作的一种内在诉求，诗人常以暗用事为妙。

第三，正用事。何谓"正用事"？在元代文论家陈绎曾看来，"正用事"就是"故事与题事正用者"（《文说·用事法》），即一种在已有的"人事"或"成辞"基础上顺向用事的诗法。胡应麟在《诗薮》

---

① （明）胡应麟：《诗薮》，上海古籍出版社1979年版，第63页。

中指出:"'清新庾开府,俊逸鲍参军',正用者也。"此用事为"举人名一类",即所谓"成辞"性的用事。"清新庾开府,俊逸鲍参军"一句出自杜甫的《春日忆李白》。这首诗是杜甫怀念李白的五言律诗,大约成诗于天宝五载(746)春,当时杜甫旅居渭北,李白客居江东。此句承接"白也诗无敌,飘然思不群"而言的,主要想从正面夸赞李白的诗既有庾信的清新,又有鲍照的俊逸。基于此,胡应麟才认定此句属于正用事。但值得商榷的是,"清新庾开府,俊逸鲍参军"到底是不是用事,它和比兴之比有何区辨?皎然在《诗式》中曾指出:"诗人皆以征古为用事,不必尽然也。今且喻六义之中,略论比兴。取象曰比,取义曰兴。义即象下之意。……如陶公以'孤云'比'贫士';鲍照以'直'比'朱丝',以'清'比'玉壶'。时久呼比为用事,呼用事为比。……如康乐公《还旧园作》:'偶与张邴合,久欲归东山。'此叙志之忠,是比非用事也。详味可知。"① 此句,究竟是将庾开府、鲍参军与李白相比拟,还是以庾开府、鲍参军用事于李白?在我们看来,如果从"据事以类义,援古以证今"用事原则来看,庾开府、鲍参军与李白比拟的成分更大,而用事的意图并不明显。与之相反,曹操《短歌行》中"周公吐哺,天下归心"正用事的意图和意味更浓。

  第四,反用事。何谓"反用事"?如果说明用事、正用事是顺向用事,那么暗用事、反用事则是逆向用事。前者使诗学文化、历史记忆得以正向延续,后者则使历史记忆、诗学文化更有意蕴和新意。从中国古代主流诗学文化以及古代诗歌特质来看,中国诗论家更加看重暗用事和反用事。方东树在《昭昧詹言》中就有"明用不如暗用,正用不如翻用"的论断。与之相应,朱庭珍在《筱园诗话》中也指出:"正用不如反用,明用不如暗用。或借宾以定主,或托虚以衬实。死事则用之使活,熟事则用之使生。"② 在元代文论家陈绎曾看来,"反用事"就是"故事与题事反用者"。反用事之所以被诗人青睐,可能

---

① (清)何文焕辑:《历代诗话》,中华书局1981年版,第30页。
② 郭绍虞:《清诗话续编》,富寿荪校点,上海古籍出版社1983年版,第2323页。

主要就是由于对事反其意而用之能给诗歌文本和诵诗者带来新鲜感以及理解的艰深感，从而使诗和诵诗人拥有美感。关于这一点，俄国形式主义陌生化诗歌理论有相当深刻的认识。如果"融四岁，能让梨"是正用事，那么"聪明过管辂"就是反用事。胡应麟就指出："'聪明过管辂，尺棰倒陈遵'，反用者也。"① 再比如韩愈的《题楚昭王庙》"一间茅屋祭昭王"、辛弃疾的《永遇乐·京口北固亭怀古》"可堪回首，佛狸祠下，一片神鸦社鼓"等均可视为反用事。可以说，反用事是对事做出的反向沉思，它对历史记忆有着别样的诗性认识和诗意感受，从而成为中国古代最受重视的诗法之一。

三　用事的记与妙

明代诗论家胡应麟指出："诗自模景述情外，则有用事而已。用事非诗正体，然景物有限，格调易穷，一律千篇，祇供厌饫。"② 很显然，胡应麟的诗学观念是占据主流的缘情诗学观念，这种观念在很大程度上遮蔽甚至抹杀了诗歌用事所带来的独特美感和神妙之处。在中国古代，用事自有美妙之处，值得我们重新认识和全面发掘。正本清源，用事诗法所给予诗歌的美和妙主要集中体现在时间的流动之美与空间的变幻之妙上。

（一）用事之记："思接千载"

在中国古代，由于诗文有别，所以用事之美亦有别。对此，清代诗论家吴乔曾以饭与酒引喻诗文之别。在吴乔看来，文喻之炊而为饭，饭之不变米形，啖之则饱也；诗喻之酿而为酒，酒之变尽米形，饮之则醉也。究其实质，"文为人事之实用""诗为人事之虚用"。以此为据，刘勰所谓"事以明核为美"，主要是基于诏敕、书疏、议对等实用之文而言的。王直方所说"用事工者如己出"，主要是基于永言、播乐、吟咏等虚用之诗来说的。我们所谈的用事之美主要针对后者而言，即诗的虚用之美。

---

① （明）胡应麟：《诗薮》，上海古籍出版社1979年版，第63页。
② （明）胡应麟：《诗薮》，上海古籍出版社1979年版，第64页。

从本体论的角度来看，用事之记主要源于事自身就是一种时间性审美。或者说，事本身是一种记忆性的存在。由于记忆本身是不在场的存在，所以其自身就具有了虚构性和诗意性。用事之所以能构成美学效应也正源于此，即古今融通、思接千载的美学感受。从方法论的角度来看，缘事诗的虚用之美主要是通过对事的诗性转化来实现的。具体来说，诗人可以通过"僻事实用，熟事虚用""明事隐使，隐事明使""实者虚之，虚者实之"等各种具体方法来营造诗意。在吴乔看来，诗中使事如使材，在能者之运用耳。

（二）用事之妙："视通万里"

从中西比较诗学的角度来看，西方诗学更关乎"事"，中国诗学更在乎"情"。也正基于此，西方诗学形成了以叙事为中心的典型理论，中国诗学则形成了以抒情为中心的意境理论。如是来说，自然有其合理性，每一种诗学都有其倾向性和独特性。但需要指出的是，中国诗学并不是没有"事"的理论。恰恰相反，中国古代诗人通过用事所形成的事境审美是独特的、神妙的。究其实质，用事之妙就是将"事"的时间性存在转化成"境"的空间性存在，从而在古今不同的时空中体验时间的永恒与空间的自由。换句话说，用事之妙就在于将时间空间化的奥妙。

中国古代用事诗法受史学观念影响很大，其妙主要表现为"微而显""志而晦""婉而成章""尽而不污""惩恶而劝善"等诸多地方。譬如"可怜半夜虚前席，不问苍生问鬼神"就有微显劝善、古今为一的神妙之感。宋代诗论家魏庆之《诗人玉屑》云："李义山诗'可怜半夜虚前席，不问苍生问鬼神'，虽说贾谊，然反其意而用之矣。"① 宋代诗论家朱弁《风月堂诗话》曰："李义山《文帝庙》诗云'可怜半夜虚前席，不问苍生问鬼神'，用事如此，可谓有功矣。"② 距李商隐一千年前，才调无伦的贾谊贬而复召，帝问事宣室，净是鬼神而无苍生。"可怜半夜虚前席"其事境和情境可谓历历在目、妙不可言，

---

① （宋）魏庆之：《诗人玉屑》，古典文学出版社1958年版，第147页。
② （宋）朱弁等：《风月堂诗话·藏海诗话碧溪诗话》，中华书局1991年版，第13页。

其主文谲谏、惩恶劝善的现实功能亦发挥得淋漓尽致。另外，王维"看花满眼泪，不共楚王言"，对宁王李宪讽谏亦是如此。

总而言之，用事是一种既有历史深度，又有美学意蕴的诗法。它不仅美不胜收，而且妙不可言。刘勰在《文心雕龙·神思》中指出："寂然凝虑，思接千载。悄焉动容，视通万里。……故思理为妙，神与物游。"① 用事之记的本质就在于：它是时间流动的美，能让人"思接千载"；用事之妙的本质就在于：它是空间并置的妙，能让人"视通万里"。前者类于叙事，后者似于比兴。

第二节 事对：一种内蕴中国文化的诗法

在中国古人看来，芸芸众生之所以繁芜丛杂、络绎不绝，主要就在于：人世间有上有下、有阴有阳、有善有恶、有雅有俗等诸多矛盾存在。正是由于这些相克相济、相待而生的事物存在，世界才变得更加丰富多彩、韵味无穷。对中国人来说，成双成对既是一种生存意义上的诉求，也是一种文化和美学意义上的诉求。就中国诗学而言，诗歌对偶、对仗已成为不言自明的事实。其中不仅缘情诗歌注重对属，而且缘事诗歌也非常强调对属。缘事诗歌的对属，古人一般称为"事对"。"事对"是经过文化浸润、骈偶加工的用事之法。从"对"的角度来看，"事对"就是关乎"事"的对偶。或者说，"事对"就是一种既有文化内涵，也有历史深度的对偶。究其实质，"事对"这种双重特性是中国传统文化造物赋形的一种诗性表现。它使中国古典诗歌既具有了偶对的美学形式，也具有了深刻的历史内容。

一 事对的踪与迹

事对有始有终，是一种蕴含着丰富的诗学文化的存在。事对的踪迹起于何时？与中国古代"好事成双"的文化观念有着直接的关系。

---

① （南朝梁）刘勰著，王运熙、周锋译注：《文心雕龙译注》，上海古籍出版社2010年版，第132页。

从早期人类所使用的构木之器、钻燧之石来看，均有对称的取向。当然这种对称的意念并不是基于审美需求，而主要是为了使用方便。然而需要指出的是，对称的审美意识恰恰就是早期人类长期在有对属性质的劳作过程中逐渐形成的。这种意识后来在陶器、青铜器时代得到了加强，在汉字（象形字）以及绘画、雕塑等领域得到不同程度的运用。究其根本，早期人类物成对、事成双的文化观念与审美意识是先人"近取诸身，远取诸物"的结果。就"远"而言，天有四时，春秋相应，冬夏相反；地有四方，东西南北，相反相成。就"近"而言，人如天体，对称而生。可以说，自伏羲氏以来，仰观天、俯察地、远求物、近取身，已成为中国古人认识世界、创造世界的一种最重要的方式。从创作的层面来看，《帝王世纪》所载《击壤歌》"凿井而饮，耕田而食"、《尚书大传》所纪《卿云歌》"夔乎鼓之，轩乎舞之"、荀子《佹诗》"比干见刳，孔子拘匡"以及东汉诗人郦炎《见志诗》"陈平敖里社，韩信钓河曲"等都可视为事对的雏形。可以说，"事对"在中国诗歌具体的创作中是由来已久的。

尽管中国古代"物成对、事成双"的文化观念以及审美意识出现得非常早，并且在这种审美意识与文化观念的影响下也自觉不自觉地创造和改变着人们的物质生活以及精神生活，但是由于中国诗学情志为本，"事对"作为一种诗法概念直到六朝时期才正式出现。当然在此之前，"事对"还经历了《诗经》之"风"的感化、《楚辞》之"骚"的浸润，尤其还经历了汉赋"丽以则"的熏陶，才最终在六朝破土而出。赵翼《瓯北诗话》有云："自谢灵运辈始以对属为工，已为律诗开端。"[①] "事对"作为一种真正意义上的创作方法在六朝时期出现绝非空穴来风，而是有着深刻的社会和文化根由的。魏晋以来，"人的觉醒"与"文的觉醒"成为时代的主题，反映在诗学上就是"丽辞之体"的兴盛。在刘勰看来，晋世群才，稍入轻绮；江左篇制，溺乎玄风；宋初文咏，俪采百字之偶，争价一句之奇。对此，刘勰在

---

① （清）赵翼：《瓯北诗话》，霍松林、胡主佑校注，见郭绍虞主编《中国古典文学理论批评专著选辑》，人民文学出版社1963年版，第175页。

《文心雕龙·丽辞》中深刻指出:"造化赋形,支体必双,神理为用,事不孤立。"①与之相反,"若夫事或孤立,莫与相偶,是夔之一足,趻踔而行也"②。基于此,刘勰在诗学上指出:"至于《诗》人偶章,大夫联辞,奇偶适变,不劳经营。"③

从创作方法的角度来看,刘勰是最早提出事对的人。他在《文心雕龙》中指出:"言对者,双比空辞者也;事对者,并举人验者也。"④在刘勰看来,"言对"就是"双比空辞者";"事对"就是"并举人验者"。前者属于诗歌形式的范畴,后者属于诗歌内容的范畴。就"言对"来说,"双比"即对仗、对偶的比照,"空辞"即有待充实的言辞。刘勰举例说:"长卿《上林赋》云:'修容乎礼园,翱翔乎书圃。'此言对之类也。"⑤从《上林赋》遣词造句来看,言对的倾向相当明显。"翱翔"对"修容"、"书圃"对"礼园",其间又皆以"乎"字相应。就其缺陷而言,由于言对以"俪采百字之偶"为追求,故形式有余,而深度不够。也正由于此,刘勰才称言对为"双比空辞者"。就"事对"来说,它不仅拥有"对"的形式美,还拥有"事"的内容美。刘勰举例说:"宋玉《神女赋》云:'毛嫱鄣袂,不足程式;西施掩面,比之无色。'此事对之类也。"⑥从诗歌形式上看,《神女赋》中"毛嫱"与"西施"、"鄣"与"掩"、"袂"与"面"组成了对属关系,有双比的形式美;从诗歌内容上看,"毛嫱鄣袂"与"西施掩面"是事件,"不足程式"与"比之无色"是结果。如此创作,诗既有了美学的观感,又有了历史的品位与现实的关怀。也正基于此,刘勰才有"言对为易,事对为难"的感叹。"言对"与"事对"各有其美,亦各有其道。刘勰云:"是以言对为美,贵在精巧。事对所先,务在允当。"⑦

---

① (南朝梁)刘勰:《文心雕龙》,郭晋稀注译,甘肃人民出版社1982年版,第450页。
② (南朝梁)刘勰:《文心雕龙》,郭晋稀注译,甘肃人民出版社1982年版,第455页。
③ (南朝梁)刘勰:《文心雕龙》,郭晋稀注译,甘肃人民出版社1982年版,第450页。
④ (南朝梁)刘勰:《文心雕龙》,郭晋稀注译,甘肃人民出版社1982年版,第452页。
⑤ (南朝梁)刘勰:《文心雕龙》,郭晋稀注译,甘肃人民出版社1982年版,第452页。
⑥ (南朝梁)刘勰:《文心雕龙》,郭晋稀注译,甘肃人民出版社1982年版,第452页。
⑦ (南朝梁)刘勰:《文心雕龙》,郭晋稀注译,甘肃人民出版社1982年版,第455页。

刘勰在齐梁之际提出"事对"这一概念，是缘事诗学观念长期累积的结果，它对于缘事诗、叙事诗的发展有着不可磨灭的贡献。但六朝时期的事对观念主要停留在形式要求即"辞必穷力而追新"层面上，而在内容要求即事的深度开掘上还是存在欠缺的。也正由于此，刘勰才对"学贫者迍邅于事义"提出了批评。这种现象一直持续到隋唐早期，也没有得到根本改观。从创作层面来看，初唐四杰尽管有"思革其弊"的诗学愿望，但仍未脱齐梁绮丽余习。陈子昂尽管标举"风骨"，但内在事义亦有不足之处。清代诗论家吴乔就认为，贞观之诗，未脱齐、梁，后虽有陈子昂复古，但尚未易俗，其诗伤于重滞。从理论层面来看，尽管徐坚等人编撰《初学记》特别强调"事对"，三百一十三个子目中均有"事对"，但对"事对"并没有理性界定，只是日用知行而已。不可否认，就创作意义和理论意义来看，"事对"到隋唐早期在"事"的开拓上都没有得到突飞猛进的发展，但这也并不表明"事对"在这一时期没有发展。上官仪在《笔札华梁》中就专列"论对属"一章讨论事对问题。在上官仪看来，凡为对属，皆偶其辞。偶辞在参事，事若不双，辞便有阙。王昌龄在《诗格》中也认为，如果上句用事，下句不用事，那么就是名为缺偶。但整体而言，"事对"从"事"的深刻性上和"对"的精切性上全面走向成熟，还是由于诗圣杜甫的出现。"事对"在诗圣杜甫手中成熟，有其时势的原因，也有其个人身世的原因。杜甫逢禄山之难，陈诗于陇蜀，推见至隐，殆无遗事，"诗史"称号由此而生。可以说，杜甫"事对"诗法的运用成为后世楷模，人们竞相效仿。

宋代以降，时势由雅及俗、由情及事，诗坛为之一变，事对之风也与日俱增，成为当时诗作的一大景观。胡仔在《苕溪渔隐丛话（前集）》中就明确指出，"脱使真能去穷鬼，自量无以致钱神""十年驹局促，万事燕差池""儿馁嗔郎罢，妻寒怨藁砧"，均是"用事对属精切者"。明清之际，对联兴盛，事对也随之得以普及。对联不仅有言对、回文对、顶针对，而且有事对、叠字对、拆字对等各种对偶、对仗形式。譬如家喻户晓的对联"有志者，事竟成，破釜沉舟，百二秦关终属楚""苦心人,天不负,卧薪尝胆,三千越甲可吞吴",就是事对联。上联述项羽救赵过漳水后,沉船、破釜、背水一战之事,下联说越王勾践卧薪尝胆苦熬十年,终灭吴之事。两联事义相关,对属工整、精切。

综上所言,事对滥觞于"物成对、事成双"的文化观念与审美意识,它在六朝之时获得了形式美的属性(事对之对的发展),在唐杜甫、白居易以及宋代世风中获得内容的充实属性(事对之事的发展),在明清对联发展的契机中获得了普及性的大发展。事对诗法的形成与发展是中国古代缘事诗歌高度发展的结果,同时也是中国崇双尚对文化观念高度发展的结果。

二 事对的法与典

"法"是人们在实践过程中对规律的一种具体认识和掌握。孔颖达云:"法,典则也。"① 事对有"法",也有"典"。遵循事对之法典,缘事诗才有章可循、有法可依。

(一)事对之法

从广泛意义上说,事对也是用事。或者说,事对就是一种更有美学意味、更有文化倾向的用事。从二者区别来看,事对的内涵要远比用事丰富,但外延却不及用事宽泛。可以说,事对就是一种有着独特审美意蕴以及骈偶属性的用事。刘勰对此有着深刻的认识,他曾依据"体植必两,辞动有配"的丽辞原则将事对分成两类,即"正对"和"反对"。与之相应,事对也就形成了正对之法和反对之法。

在刘勰看来,所谓"正对"就是"事异义同者也"。张载《七哀诗》云:"汉祖想枌榆,光武思白水",此正对之类也。此诗"汉祖"对"光武"、"想"对"思"、"枌榆"对"白水",可谓事辞有序、对属严整。其中"想"与"思"事异而义同,即汉祖与光武虽故土有异,但思念之情同,构成了正对的基本属性。所谓"反对"就是"理

---

① 李学勤主编:《十三经注疏·礼记正义》,北京大学出版社1999年版,第94页。

殊趣合者也"。王粲《登楼赋》云："钟仪幽而楚奏兮，庄舄显而越吟"，此反对之类也。① 此诗"钟仪"对"庄舄"、"幽"对"显"、"楚奏"对"越吟"，其中"幽"与"显"理殊而趣合，即楚人钟仪穷幽于晋，而怀乡奏楚；越人庄舄显达于楚，却尽是越声，构成了反对的基本属性。对此，刘勰明确指出："丽辞之体，凡有四对：言对为易，事对为难，反对为优，正对为劣。"② 刘勰进一步解释说："征人之学，事对所以为难也。幽显同志，反对所以为优也。并贵共心，正对所以为劣也。"③ 刘勰强调"事对"中的"反对"即事与事之间幽显同志、相反相成的"趣合"关系，这不仅体现了中国人特有的诗性逻辑，而且体现了中国人独有的诗性文化。

第一，事对的结构之法。李渔指出："结构第一"，"至于结构二字，则在引商刻羽之先，拈韵抽毫之始"。④ 因此，古人谋篇布局，尤重结构。"但于结构之法，不无稍疏。"从事对的结构来看，事对是对两个相关事件进行诗性化、逻辑化的创作方法。因此，如若形成事对必须有两个先决条件：一是事件为双；二是事件为偶。前者是事对的质料因素，后者是事对的形式因素。事对的结构方法，就是将两个事件的质料因素融入对偶的形式因素之中。或者说，事对是在用事基础上的美学再加工即"用事＋对偶"的复合体。对于"事对"是"用事＋对偶"的说法，陈骙在《文则》中亦有体现："文有意相属，而对偶者。如：'发彼小豝，殪此大兕。''诲尔谆谆，听我藐藐。''故谋用是作，而兵由此起。'有事相类，而对偶者。如：'威侮五行，怠弃三正。''佑贤辅德，显忠遂良。'此皆浑然而成，初非有意媲配。凡文之对偶者，若此则工矣。"⑤ 事对是"用事＋对偶"的复合体结构，这种结构使诗既有了美感，又有了历史。如事对"冯唐易老，李广难封"不仅使时间得以流动，而且达到了历史悲凉的交感、怀才不

---

① （南朝梁）刘勰：《文心雕龙》，郭晋稀注译，甘肃人民出版社1982年版，第452页。
② （南朝梁）刘勰：《文心雕龙》，郭晋稀注译，甘肃人民出版社1982年版，第452页。
③ （南朝梁）刘勰：《文心雕龙》，郭晋稀注译，甘肃人民出版社1982年版，第453页。
④ （清）李渔：《闲情偶寄》，中国画报出版社2013年版，第3页。
⑤ （宋）陈骙：《文则》，刘彦成注译，书目文献出版社1988年版，第19页。

遇的共鸣，将审美空间时间化，使闻之者动心。事对结构之法将两件事诗化成有意味的形式，从而使人视之娱目，听之悦耳。

第二，事对的构成之法。"事对"的形成不是一蹴而就的，而是有着一个漫长的历史发展进程。从"事对"发展的踪迹来看，它的内部构成呈现出由简到繁的发展态势。素朴时代的"事对"构成是简约、朴实的，一般是单音节的动词+名词构成。此类事对，可以《弹歌》为例。这首歌谣"断竹，续竹；飞土，逐宍"四个动词指向四种不同的动作，这四种动作又分别构成了两个事件即制造弹弓和逐射猎物两件事。细而察之，这两个事件既有先后的逻辑性，又有前后的对照性，可归属于事对的范畴。时至两汉、六朝，"事对"的构造较之以前开始复杂起来，其构造一般是以"双音节名词+单音节动词+双音节名词"的形式出现。譬如"高子怨新诗，三闾悼乖离""杨朱泣歧路，墨子悲染丝""李公悲东门，苏子狭三河"等构成方式。"事对"及至唐代尤其是到了杜甫手里，则达到了巅峰。譬如杜甫的《蜀相》"三顾频烦天下计，两朝开济老臣心"可谓事对之法的精品之作。可以说，杜甫对"事对"构成之法的理解已达到了成熟阶段。杜甫之外，李商隐对"事对"的构成也深有体悟，其千古名句"庄生晓梦迷蝴蝶，望帝春心托杜鹃"则把"事对"构成之美表现得淋漓尽致。

第三，事对的对属之法。从形式的角度来看，事对就是将两则事件质素转化成拥有对属关系的审美形式。就对属修辞而言，王昌龄有"势对例五"之说，即势对、疏对、意对、句对和偏对五种。皎然有"诗有八种对"之说，即邻近对、交络对、当句对、含境对、背体对、偏对、假对和双虚实对八种。日本僧人遍照金刚考览沈、陆、王、元等诗格法式，弃其同，撰其异，存留正名对、隔句对、双拟对、联绵对、互成对、异类对、赋体对、双声对、叠韵对、回文对、意对、平对、奇对、同对、字对、声对等二十九种。依据对属关系不同，对事件质素转化也就至少有五、八、二十九种事对方法。譬如皎然在交代了"诗有八种对"以后，又提出了"诗有十五例"的观点。其首例是"重叠用事之例"，次例是"上句用事，下句以事成之例"。皎然所谓

"重叠用事"以及"上句用事，下句以事成"，其实就是事对诗法的要务所在。譬如"净宫连博望，香刹对承华"就是重叠用事之例。"子玉之败，屡增惟尘"就是上句用事，下句以事成之例。重叠用事即事对在唐代已相当流行，王昌龄《诗格》提出"诗有九格"，其中"一曰重叠用事格"。"净宫连博望，香刹对承华"之所以是重叠用事（事对），是由前后两事的正对关系决定的。净宫与香刹均有寺院之义，故两句言说难免有重叠之感。博望即博望苑，武帝立太子，以开博望苑以通宾客之事；承华即承华殿，武帝七月七日上于承华殿，王母至之事。"净宫连博望，香刹对承华"中的两事均采自武帝之事，事虽不同，但其旨相通，故称为重叠用事或事对。

总之，事对既是一种美学的存在，又是一种文化的存在。不管从结构、构成还是对属上看，事对都是有法可依的。

（二）事对之典

在中国古代，事对可称为"典"的，杜甫诗史当之无愧。诗圣杜甫，其正集诗一千四百二十四首，别本附录四十八首，其中运用事对之法创作的诗篇亦非少数。毋庸置疑，诗至李杜，体备法定。事对之法之所以在少陵手中渐趋完善而为典范，原因大概有二：一是家学使然；二是本性固然。

就其家学而言，杜甫出身书香门第，其远祖杜周少言重迟、尽力无私，为汉武帝重用，秉政有方，久负盛名。其祖父杜审言修文馆学士，以诗擅名，与李峤、崔融、苏味道并称"文章四友"，为世人称道。杜甫本人秉持先辈遗志，以"吾祖诗冠古"为荣。其诗自云："诗是吾家事"（《宗武生日》），"法自儒家有"（《偶题》）。明代诗论家杨慎指出："《文选》殷仲文诗'独有清秋日'，审言祖之，盖虽二字，亦不苟也。诗家言子美无一字无来处，其祖家法也。"[①] 宋代诗论家胡仔亦指出："其诗法乃家学所传云。"[②] 由此看来，杜甫事对之法源于家传、学于《文选》，还是有据可查的。

---

① （清）何文焕辑：《历代诗话》，中华书局1981年版，第735页。
② （宋）胡仔纂集：《苕溪渔隐丛话（前集）》，廖德明校点，人民文学出版社1962年版，第4页。

就其本性而言，一方面，杜甫"为人性僻耽佳句"。可以说，事对正是杜甫耽求佳句的本性使然。另一方面，杜甫"敏于事而慎于言"，颠沛流离，推见至隐，殆无遗事，世人谓其诗为"诗史"。可以说，事对正是杜甫善纪事的本性使然。宋代诗论家蔡梦弼引《隐居诗话》云："前人谓杜甫之为诗史，盖为是也，非但序陈迹、撼故实而已。"① 郭茂倩《乐府诗集》亦云："近代唯杜甫《悲陈陶》《哀江头》《兵车》《丽人》等歌行，率皆即事名篇，无复倚旁。"② 对于杜甫诗中有史、有事的论说，叶燮有"碧瓦初寒外"（不可述之事）的阐释，吴乔有"花娇迎杂佩"（非直指纪事之谓）的认识。叶燮的论说我们在事境研究中有所涉及，在此不再累述。除此之外，吴乔对杜甫诗史"非直指纪事之谓"的论说也是发人深思的。他在《围炉诗话》中指出："杜诗是非不谬于圣人，故曰'诗史'，非直指纪事之谓也。纪事如'清渭东流剑阁深'，与不纪事之'花娇迎杂佩'，皆诗史也。诗可经，何不可史，同其'无邪'而已。"③ 不管杜甫描述的是"序陈迹、撼故实"的过去之事，还是"即事名篇，无复倚旁"的当下之事，他对事皆毕陈于诗、殆无遗事。更值得注意的是，杜甫对事不仅毕陈于诗，而且陈之有道、有法。其中事对之法就在其列。

宋代诗论家胡仔引黄庭坚的话说："杜之诗法出审言，句法出庾信，但过之耳。"④ 杜诗不拘一体一法，但每于绝句、七古喜用对偶，其中以事偶对者也不为少数。杜甫诗歌中有一人两事的事对，也有两人两事的事对。譬如《八阵图》写了一人、述了两事，继而形成了严整的事对。所谓一人即诸葛孔明。所谓两事即一件事是使蜀三分天下，功盖于世；另一件事是创制八卦阵，名垂千古。其诗云："功盖三分国，名成八阵图。"之所以说此句是严整的事对，我们单从功/名、盖/成、三/八、国/图的字对中就可见一斑。可以说，"三分国"是诸

---

① （宋）蔡梦弼：《杜工部草堂诗话》，见《续修四库全书》，上海古籍出版社2002年版，第8页。
② （宋）郭茂倩：《乐府诗集》，山东画报出版社2004年版，第645页。
③ （清）吴乔：《围炉诗话》，见《丛书集成丛编》，中华书局1983年版，第92页。
④ （宋）胡仔纂集：《苕溪渔隐丛话（前集）》，廖德明校点，人民文学出版社1962年版，第4页。

葛亮的功业之事，"八阵图"是诸葛亮的名就之事。两事合一即是诸葛孔明一生的功名，如此概述可谓恰到好处、耐人寻味。再譬如《述古三首》其二写了两人、述了两事，也形成了严整的事对。其诗云："舜举十六相，身尊道何高。秦时任商鞅，法令如牛毛。"很显然，杜甫《述古三首》的事对结构形式与《八阵图》有所不同。前者是两句一对，每一对由事（舜举十六相）+论"身尊道何高"的形式构成；后者是一句一对，每一对由论（功盖）+事（三分国）的形式构成。一般而言，唐诗主于性情，宋诗主于议论。胡应麟云："自义山、牧之、用晦开用事议论之门，元人尤喜模仿。"① 宋诗之所以主于议论，与杜诗议论也紧密相关。叶燮指出："唐人诗有议论者，杜甫是也。杜五言古，议论尤多。"② 与之相应，沈德潜也指出："杜老古诗中，《奉先咏怀》、《北征》、《八哀》诸作，近体中《蜀相》、《咏怀》、《诸葛》诸作，纯乎议论。"③ 杜甫是"宋人议论之祖"，"事+论"的事对创作方式是其创作特色，也是宋代"以议论为诗"的创作特色。这种事对创作方法后来成为一种典范的创作方式。

当然杜甫事对诗法所开创的典范类型不仅仅限于"事+论"这一类型，其实还有"事+事""事+情"等各种类型的事对。譬如杜甫《江村》"老妻画纸为棋局，稚子敲针作钓钩"即为"事+事"的事对。蔡梦弼云："然其所以大过人者无它，只是平易，虽曰似俗，其实眼前事尔。'老妻画纸为棋局，稚子敲针作钓钩。'以老对稚，以其妻对其子，无如此之亲切，又是闺门之事，宜与智者道。"④ 诸如此类的事对还有很多，比如《与李十二白同寻范十隐居》"醉眠秋共被，携手日同行"亦是此类用法。至于"事+情"的事对，杜甫诗中有很

---

① （明）胡应麟：《诗薮》，上海古籍出版社1979年版，第228页。
② （清）叶燮：《原诗》，霍松林校注，见郭绍虞主编《中国古典文学理论批评专著选辑》，人民文学出版社1979年版，第70页。
③ （清）沈德潜：《说诗晬语》，霍松林校注，见郭绍虞主编《中国古典文学理论批评专著选辑》，人民文学出版社1979年版，第250页。
④ （宋）蔡梦弼：《杜工部草堂诗话》，见《续修四库全书》，上海古籍出版社2002年版，第10页。

多。其中《闻官军收河南河北》就是典范之作。当杜甫得知官军收蓟北之事，顿时涕泪满衣裳。不管是纵酒，还是还乡，也不管从巴峡穿巫峡，还是下襄阳向洛阳，事不孤而并行，偶对无比严整。诗云："白日放歌须纵酒，青春作伴好还乡。即从巴峡穿巫峡，便下襄阳向洛阳。"其中有事，也有情，并且事对严整、自然。

除此之外，杜甫事对的典范性也不仅限于在内容方面的创见，在形式方面的创新也是有目共睹的。王彦辅《尘史》曰："子美善用故事及常语，多倒其句而用之，盖如此则语峻而体健。如'露从今夜白'、'月是故乡明之类'是也。"① 清代诗论家赵翼在《瓯北诗话》中也明确指出，杜诗中不仅"有独创句法，为前人所无者"，而且"古诗内亦有创句者"。前者如"绿垂风折笋，红绽雨肥梅""香稻啄余鹦鹉粒，碧梧栖老凤凰枝"，后者如"明燃林中薪，暗汲石底井""上有无心云，下有欲落石"。对于事对句法而言，亦有"倒其句而用之"的情况。譬如杜诗"讨胡愁李广，奉使待张骞""苍茫城七十，流落剑三千"就属于此类事对。可以说，诗圣杜甫为事对立了法、树了典。这不仅充实了缘事诗学观念，而且也开启了宋代缘事创作之诗风。

三　事对的美与文

在中国古代，事对作为一种诗法存在确实指导创作了很多优秀诗篇。究其实质，事对之美就是事的"文"化、"理"发的产物。分而论之，事对的"理"就在于"好事成双"的理，事对的"文"就在于"属辞比事"的文，而事对的"美"就在于"成双作对"的美。

第一，事对的美是"成双作对"的美。如果说数中蕴含美，那么中国古人崇偶重双的数理观念则成就了事对之法。在古人看来，数有奇偶。双曰偶，只曰奇。从审美的角度看，偶为双亦即对称之美。可以说，中国古人就是按照对称美的规律创造和改造世界的。这种对世界的创造和改造一般是通过"近取诸身，远取诸物"的方法完成的。

---

① （宋）蔡梦弼：《杜工部草堂诗话》，见《续修四库全书》，上海古籍出版社2002年版，第15页。

明代名医张介宾《类经》云:"天圆地方,人头圆足方以应之。圆者径一围三,阳奇之数。方者径一围四,阴偶之数。""天有日月,人有两目。天有日月而照临万方,人有眼目而明见万象。"① 中国古人就是在法天、效地、取身为双的过程中,形成了对称审美观念。基于此,刘勰才认为,造化赋形,支体必双。《韩诗》就有"言不失时,以偶为胖合"的主张。下面我们将重点以杜甫《江村》诗句"老妻画纸为棋局,稚子敲针作钓钩"为例加以审视和感受事对之美。

江 村

杜甫

清江一曲抱村流,长夏江村事事幽。自去自来堂上燕,相亲相近水中鸥。

老妻画纸为棋局,稚子敲针作钓钩。但有故人供禄米,微躯此外更何求。

首先,从形式美的角度来看,"老妻画纸为棋局(仄仄平平平仄仄),稚子敲针作钓钩(平平仄仄仄平平)"声韵起伏有致,在相反相成中形成了对称跌宕的美感。杜甫平起入韵的《江村》虽不如仄起入韵的《登高》对仗工整,但《江村》也不僭起、承、转、合之法,首联为起,中二联为承,七句为转,八句为合,跌宕起伏又正襟危坐、疏放不羁又不越雷池,可谓事态万千。

其次,从事象美的角度来看,"老妻画纸为棋局,稚子敲针作钓钩"中老妻/稚子、画纸/敲针、为/作、棋局/钓钩可谓事对严整,并且由此还描绘出一种举家闲适、祥和的事象风貌。宋代诗论家蔡梦弼《杜工部草堂诗话》引《萤雪丛说》云:"以老对稚,以其妻对其子,无如此之亲切,又是闺门之事,宜与智者道。"② 后来蔡梦

---

① (明)张介宾:《类经评注》,陕西科学技术出版社1996年版,第73页。
② (宋)蔡梦弼:《杜工部草堂诗话》,见《续修四库全书》,上海古籍出版社2002年版,第5页。

弼还引《韵语阳秋》曰:"其优游愉悦之情,见于嬉戏之间,则又异于秦益时矣。"① 在杜甫笔下,不仅闺门嬉戏俗常之事对属得如此工整,而且事象构造得也如此优游愉悦、精美绝伦。

事对的美主要就是"成双作对"的对称之美,它源自"造化赋形,支体必双"即所谓好事成双的审美观念。由于这种审美观念的存在,我国古代的缘事诗歌才有了美学色彩。

第二,事对的文是"属辞比事"的文。在中国古代,"文"是一个非常复杂、难解的概念。就其本义来说,有错画、相杂之义,故有"物一无文"之说。就引申来说,有修饰、裁剪之义,故有"文,饰之也"之训。人是以历事的方式生存的,故需要"观乎人文,以化成天下"。欧阳修就曾指出:"某闻传曰:'言之无文,行而不远'。君子之所学也,言以载事,而文以饰言,事信言文,乃能表见于后世。"② 一方面,"言不顺则事不成",故"言以载事";另一方面,"言之无文,行而不远",故"文以饰言"。人生于世是离不开言、事、文的,并且三者相融而生、缺一不可。事无言、无文,则不成、不远。可以说,事对就是一种以文化事的创作方式。具体来说,事对其实就是"属辞比事"即对两件事进行修辞、偶对的创作方式。

不可否认,"属辞比事",多以《春秋》为名。孔颖达疏云:"属,合也。比,近也。《春秋》聚合、会同之辞,是属辞,比次褒贬之事,是比事也。"但不可否认的是,"属辞比事"也常常活跃在诗学领域。此所谓《诗》与《春秋》纪事之妙也。钟嵘《诗品》云:"夫属辞比事,乃为通谈。"③ 杨万里过楚州淮阴侯庙作诗两首,翁方纲赞曰:"此篇属辞比事,可谓极工。"④ 在诗学领域,比事"谓以同类之事相比方,则事学乃易成"⑤。这里的"比"就有了比次、偶对和反从之

---

① (宋)阮阅:《诗话总龟后集》,周本淳校点,人民文学出版社1987年版,第91页。
② (宋)欧阳修:《代人上王枢密求先集序书》,见《欧阳文忠公全集》,中华书局1981年版,第67页。
③ (南朝梁)钟嵘:《诗品全译》,徐达译注,贵州人民出版社1990年版,第9页。
④ (清)翁方纲:《石洲诗话》,中华书局1985年版,第69页。
⑤ 李学勤主编:《十三经注疏·礼记正义》,北京大学出版社1999年版,第1070页。

义。刘勰指出:"理周辞要,引义比事,必得其偶。"① 与之相应,上官仪有"比事属辞,不可违异"的论断。可以说,诗人比次、偶对和诗化两件事就是事对的创作过程。中国比事与西方叙事在比次、排列事件方面有类似之处,但二者也有本质的区别:即前者是空间性的铺叙;后者是时间性的记叙。事对作为中国古代一种独特的诗法在比事方面是有着独到审美情趣和文化色彩的。

事对作为一种内蕴着中国文化的诗法不仅滋养着中国诗歌的创作,而且也传承着我们的诗学文化。这种文化倾向不仅在中国诗词上有所体现,而且在中国小说、戏曲中也有充分的体现。中国古代小说和戏曲不管是在谋篇布局还是雕章琢句方面,都受事对诗法的影响很大。

第三节 序事:一种彰显中国气派的诗法

百年来,西方叙事观念对我国诗歌产生了很大影响,但在"他山之石,可以攻玉"的同时,也存在"橘生淮北则为枳"的遗憾。其中最尴尬的是,在西方叙事理论视野下,中国古代叙事诗不仅显得噤若寒蝉,而且也变得妄自菲薄。很显然,这种自卑的文化心理与彰显有中国气派的诗学愿望是背道而驰的。于此之中,我们不禁要问:在西学为用的叙事理论之外,中国有没有自己本土事的理论?其实在中国古代,不仅有叙事,也有序事,并且序事更能彰显中国气派。由此看来,发掘序事的源与流、技与法、气与格,不仅有助于深刻认识中国古代言诗事的独特性,而且有助于发现有中国气派的诗法。

一 序事的源与流

序事是中国古人在做事的过程中所形成的一种独特言事方式。这种方法后来在诗歌创作中得到相当广泛的运用。清代诗论家王士禛就认为,为诗各有体格,不可泥一,以序事体为诗者,间有议论。当然

---

① (南朝梁)刘勰著,王运熙、周锋译注:《文心雕龙译注》,上海古籍出版社2010年版,第110页。

需要指出的是，中国序事的源头倒不是发端于诗学，而是发源于史学、伦理学。也就是说，中国序事的源是史和礼，流是诗与赋。

（一）序事之源

我们认为，序事的源头主要有两个：一个是伦理（礼）的源头；另一个是史学（史）的源头。伦理的源头主要指向于"序"，而史学的源头主要指向于"事"。

首先，从"序"说起，"序"最初是在空间意义上使用的。为何这样说呢？序为形声字，从广，予声。"广"又为何？《说文解字》云："因广为屋，象对剌高屋之形。"①"予"是"吕"（脊骨）的借形变体字，故有"我"之义，也有"赐予"之义。在此基础上，序可以引申为学堂。孟子所谓"夏曰校，殷曰序，周曰庠"即为此义。与之相应，"序"也有释为"东西墙"的。《尔雅》曰："东西墙谓之序。"② 在此，"序"的本义就是堂屋的东西墙，后来引申为东西厢房。所谓"西序东向"就是此义。然而，不管"序"的本义是学堂还是东西墙，"序"都是从空间意义上使用的。当然"序"的内部空间并不是杂乱的，而是有秩序的。这样"序"就有了空间接续的意味，即空间被时间化。《毛传》云："序者，绪也。"③ 孔颖达《尚书正义》疏云："绪述其事，使理相胤续，若茧之抽绪。"④

从伦理学的角度来看，中国人特别看重长幼有序。在中国古人看来，方位是有尊卑的、物事是有先后的。李世民《帝范》云："序者，夏后氏之学名，大学为东序，小学为西序。序，次也，以次序先生之道而学之也。"⑤ 在周代，春官宗伯掌五礼之禁令，大宗伯下设小宗伯、乐师、大史、小史、内史、外史和御史等职，分别掌管大小不等礼乐序事。比如小宗伯之职是"掌四时祭祀之序事与其礼"，乐师"掌其序事，治其乐政"。礼之序事的目的是"王以驺虞为节，诸侯以

---

① （汉）许慎：《说文解字》，岳麓书社2006年版，第192页。
② 邹德文、李永芳注解：《尔雅》，中州古籍出版社2013年版，第202页。
③ 孔安国注：《尚书正义》，山东画报出版社2004年版，第1页。
④ 孔安国注：《尚书正义》，山东画报出版社2004年版，第1页。
⑤ （唐）李世民：《帝范》，中华书局1985年版，第45页。

狸首为节，大夫以采苹为节，士以采蘩为节"，即"序事，所以辨贤也"。①《礼记正义》曰："序谓次序，所共祭祀之事，若司徒奉牛，司马奉羊，宗伯供鸡，是分别贤能，堪任其官也。"② 也就是说，伦理性的序事目的主要是通过等级区分形成有序的社会秩序，从而实现"同则相亲，异则相敬"的大同世界。中国最早在礼上所形成的道德伦理性的序事观念应该被重视，因为这种观念直接影响到中国史学和诗学观念的形成。

其次，从"事"续说，"事"最初是在时间意义上使用的。何谓"事"？《说文解字注》曰："事，士也。职，记微也。"③ 在中国古代，"事"的时间性存在常常与空间"物"相待而构成"事物"。据《康熙字典》所载：凡生天地之间，皆谓物也。物，事也。"事物"一词还保留了事与物的古义即事的空间性存在。由此观之，中国之"事"是时间空间化的字符。

从中西比较的角度来看，尽管人类在事件中的感受有其相通的地方，但是由于中西方进入文明时代以来所历经的事有所不同，所以最终形成的言事方式、方法也不尽相同。从人类直观世界的不同方式上看，有在时间绵延中感知事的，也有在空间并置中体悟事的。美国汉学家浦安迪解释说："叙事艺术对人类经验的'模仿'（mimesis）有时采用'时间化'的模式，按照人世间的行为在时间中演进的形态而铺叙，有时却是遵照某种空间化的模式而传达。"④ 其实准确地说，采用时间化模式的是叙事，而遵照空间化模式的则是序事。相对而言，西方侧重在时间展开中叙事，中国重视在空间并置中序事。换句话说，西方古典叙事多按照可然率或必然率的规律在时间逻辑思维中展开言说；中国古典序事多按照言志或载道的原则在空间形象思维中展开言说。更进一步来说，西方古典叙事多采用焦点透视法追求逻辑的真以

---

① 崔高维校点：《礼记》，辽宁教育出版社2000年版，第189页。
② 李学勤主编：《十三经注疏·礼记正义》，北京大学出版社1999年版，第1441页。
③ （清）段玉裁：《说文解字注》，中州古籍出版社2006年版，第117页。
④ ［美］浦安迪：《中国叙事学》，北京大学出版社1996年版，第57页。

确保事的自足性，中国古典序事则多采用散点透视法追求实践的善以实现事的功用性。

不管是中国还是西方，史家不仅是事的编纂者，而且是事观念的创造者。其中叙事和序事的观念也多发源于史家。中国史学不管是编年体、国别体还是纪传体其实都不是真正意义上的叙事。《春秋》首开"属辞比事"的言事方式，《史记》首创"寓论断于序事"的言说方式。何谓"比事"？孔颖达疏："比次褒贬之事，是比事也。"① 比事是空间上排列事件，而不是时间上滋生事件。何谓"寓论断于序事"？司马迁在《史记·自序》中的解释是"余所谓述故事，整齐其世传，非所谓作也"②。清代顾炎武在《日知录》中指出："古人作史，有不待论断，而于序事之中即见其旨者，惟太史公能之。《平准书》末载卜式语，《王翦传》末载客语……皆史家于序事中寓论断法也。"③ 从《春秋》和《史记》的言事方式来看，所谓序事抑或比事是按照"述而不作"的创作原则将事在空间上比次、整齐，从而实现寓论断于其中的言说方式。由此看来，史学的序事并不同于由事生事的时间性叙事，形成事件链不是为了自足，而是功能的需要。

一言以蔽之，中国序事来源于礼和史。"礼者何也？即事之治也。"中国人处事怡情多从礼节制。对情而言，有"发乎情，止乎礼义"之说。对事而言，亦有"事无礼则不成"之说。就史学观念来说，序事是中国人言事方式最本质的体现。中国缘事诗的言事方式多从史学中得来。

（二）序事之流

中华民族在长期改造自然、社会的历事过程中，形成了自己独特的言事观念和方法。后来，这些言事观念和方法在伦理学和史学中得到最大的发挥，并逐渐走向完善和规范。中国序事的诗学观念以及诗学方法大多受到伦理序事与历史序事的深刻影响。

---

① 李学勤主编：《十三经注疏·礼记正义》，北京大学出版社1999年版，第1369页。
② （汉）司马迁：《史记》，黑龙江人民出版社2004年版，第558页。
③ （清）顾炎武：《日知录》，黄汝成集释，岳麓书社1994年版，第891—892页。

中国诗歌创作走向序事的道路,并与叙事渐行渐远。一方面,与中国伦理序事和历史序事的影响有关;另一方面,也与中国古代缘情诗学观念的盛行有关。李东阳《怀麓堂诗话》曰:"盖正言直述,则易于穷尽,而难于感发。惟有所寓托,形容摹写,反复讽咏……此诗之所以贵情思而轻事实也。"① 基于此种考虑,中国诗歌一般不采取直述性、时间性的叙事,而多采用感发性、空间性的序事。在刘勰看来,"事乖其次,则飘寓而不安",所以需要"赞者明意;评者平理;序者次事"。② 在诗歌序事方面,中国古代诗人多将"事"置入物境、情境、意境之中,从而使时间性的"事"具有了空间性的审美感受。这是中国诗歌序事的独特性,同时也是中国诗歌序事的魅力所在。譬如崔护《题都城南庄》首句"去年今日此门中"本有叙事的迹象,但瞬间就被融入一往情深的"人面桃花相映红"之中。紧接着颈联"人面不知何处去"虽有唤醒寻觅之事的意图,然而事与愿违,诗人无意于此而是瞬间进入"桃花依旧笑春风"情感的狂欢之中。这是中国诗歌典型的序事抒情方式,同时也是中国人"只能做有断制、有剪裁的故事诗"的根本原因。列维·道勒在《楚辞女神研究》中就指出:"如果我们以'叙事'来指谓这些作品,马上会发现未免有点张冠李戴。'叙事'一词在这里所以极其勉强,原因在于,这些作品中的行文过程用的是空间顺序。"③

尽管序事作为一种述事观念发源很早,但作为一种诗法却是相对较晚的事。从某种意义上说,中国序事诗法只是中国伦理序事与历史序事的支流。叶少蕴《石林诗话》曰:"长篇最难,魏晋以前诗无过十韵者,盖使人以意逆志,初不以序事倾尽为工。至老杜《述怀》《北征》诸篇,穷极笔力,如太史公纪传,此固古今绝唱。"④ 魏晋以前,中国长篇序事诗凤毛麟角,不可多得。魏晋以后,始有《孔雀东

---

① 丁福保辑:《历代诗话续编》,中华书局1983年版,第56页。
② (南朝梁)刘勰:《文心雕龙》,上海古籍出版社2010年版,第86页。
③ [美]列维·道勒:《中国古典诗歌中的叙事因素》,陆晓光译,《文艺理论研究》1993年第1期。
④ (清)顾炎武:《日知录》,周苏平、陈国庆点注,甘肃民族出版社1997年版,第909页。

南飞》《木兰诗》等名篇问世。晚清诗人朱庭珍在《筱园诗话》中认为,五言长篇始于乐府《孔雀东南飞》,随后蔡文姬《悲愤诗》继之,杜甫《北征》《奉先述怀》成之,终宋之世,长篇无一出色大文。元人好作长篇,竟难求一完璧。袁枚在《随园诗话》中也指出:"本朝诗家,序事学古乐府《孔雀东南飞》而绝妙者,如陈元孝之《王将军歌》。"① 从中西经典文本对比来看,《伊利亚特》中的事多通过自律性推动即在可然率或必然率中由事生事的手法处理;《木兰诗》中的事多通过他律性推动即在道德律令下由事生情的方法完成。尤其值得关注的是,中国序事诗法是在空间中铺排事件。《木兰诗》中木兰替父从军前的准备就是很好的明证。明代诗论家谢榛云:"'东市买骏马,西市买鞍鞯,南市买辔头,北市买长鞭',此乃信口道出,似不经意者,其古朴自然,繁而不乱。若一言了问答,一市买鞍马,则简而无味,殆非乐府家数。"②《木兰诗》铺排事件何以"繁而不乱"而"简而有味"?木兰从军前的事叙述方式有很多,但是诗人不是在时间中展开事件,而是将"事"置入东、西、南、北四个不同空间中让人在真切的空间中深刻地感受事的紧迫与忙碌。这就是中国序事的独特魅力,它与单纯地在时间中展开的审美感受是不同的。

客观地说,诗歌序事与伦理序事、历史序事相比,并不是序事的主流,而不过是涓涓的细流,甚至在某个时期还只是不为人知的潜流,但序事作为一种诗法对中国诗歌的创作及风格的形成有着不可估量的价值,其自身的审美意义也是有目共睹的。当然需要指出的是,中国古代也有叙事观念,但中国叙事与西方叙事还是存在根本差异的。笔者认为,对于中国古代诗歌分析,用叙事来剖析,倒不如用序事去解析。从序事角度重新确立审视中国古代诗歌的路径,也许会有意想不到的收获和更多的认同感。序事诗法作为中国序事的支流或潜流,不可小觑,因为它蕴含着中国气派的审美文化和审美习惯。

---

① (清)袁枚:《随园诗话》,王英志校点,江苏古籍出版社2000年版,第70页。
② (明)谢榛:《四溟诗话》,中华书局1985年版,第51页。

二 序事的技与法

在中国古人看来，形而上者为道，形而下者为器。一般而言，道为先、为上，器为后、为下。在诗学领域，如果神与气是道的话，那么技与法就是器。技法有其巧，也有其妙。技法的巧在于器物层面，技法的妙则在于理道层面。所以徒有技法，而无理道，绝非上乘的技法。《淮南子》云："夫彻于一事，察于一辞，审于一技，可以曲说，而未可广应也。"① 序事作为中国诗歌创作的一种技艺和手法，其气派之"气"源于中国古人的天道理念，其技法之"巧"则源于中国古人的器用观念。

（一）序事的技艺

与现代技术观念不同，古代序事不是技术性的，而是技艺性的。在中国古代，"技"不是目的性的、工具性的，而是艺术性的、诗意性的。庄子曰："上治人者，事也。能有所艺者，技也。技兼于事，事兼于义，义兼于德，德兼于道，道兼于天。"② 何谓"技"？《说文解字》的解释是"巧也"。《礼记正义》云："凡执技以事上者，祝、史、射、御、医、卜及百工。"③ 故执技百工以巧为上。通俗地说，"技"就是人的一种经验和能力。此所谓"人之有技，若己有之"。"技"如何得来？一方面有天性的因素；另一方面更由后天努力所得。常言所谓熟能生巧、勤能补拙以及孔子"多能鄙事"的认识和观念就与此相关。从此意义上来看，序事就是人尤其是诗人的一种言事技能。如叶燮所云："可征之事，人人能述之，又安在诗人之述之？"④ 诗人必有异于常人的技能所在。在中国古代，"即事名篇"的杜甫可谓是序写、编排事件的能手。杜甫的倒句、点化、引事等序事手法都体现了他的高超技艺。

---

① 赵宗乙译注：《淮南子译注》，黑龙江人民出版社2003年版，第1066页。
② 方勇译注：《庄子》，中华书局2010年版，第178页。
③ 李学勤主编：《十三经注疏·礼记正义》，北京大学出版社1999年版，第1078页。
④ （清）叶燮：《原诗》，霍松林校注，见郭绍虞主编《中国古典文学理论批评专著选辑》，人民文学出版社1979年版，第30页。

然而需要指出的是，序事的技法固然与熟能生巧有关，但其形神兼备还需要天性的道化。《淮南子》云："有百技而无一道，虽得之弗能守。""夫言有宗，事有本，失其宗本，技能虽多，不若其寡也。"① 其实序事既有"两句三年得"的人工雕饰与苦吟的一面，也有"寸心天外来"的传神写照与感应的另一面。二者舍其一，就不能形成优秀的序事作品。"技"不是技术，而是技艺。从器物制作上看，庖丁解牛、运斤成风不是技术，而是艺术。从诗歌创作看，杜甫即事名篇、因事立题不是技术，而是技艺。宋诗"以文字为诗""以才学为诗"多是技术的，而唐诗"不落言筌""惟在兴趣"则是技艺的。技艺的诗空灵，有神气；技术的诗干瘪，无生气。诗人述事有无神气，就看是用技术方法，还是用艺术的手段来序写事件。技术可学，技艺当悟，不可学。技艺之人须疏瀹五藏、凝神观照、物我合一，方能达道。"梓庆为镶"之所以见者惊犹鬼神，就在于齐以静心、神人以和的结果。诗圣杜甫的序事之所以出神入化，也正在于此。

（二）序事的方法

从严格意义上说，诗法是有宋以来的事，宋以前不言诗法。明代诗论家李东阳就明确指出："唐人不言诗法，诗法多出宋，而宋人于诗无所得。"② 由此推论，序事诗法当是宋代以后才渐趋完善的。但从宽泛意义上说，有诗作，就有作诗的手法。与此相应，李东阳还特别指出："观《乐记》论乐声处，便识得诗法。"③ 由此看来，有述事诗创作，就有序事诗法的存在。

中国古典序事诗法与西方古典叙事诗法最大的不同就是中国序事多是伦理序事和空间序事。中国序事诗法的要务就是将时间性的事如何空间化、伦理化处理。具体来说，这种基本的创作手法是通过物境、情境以及事境的创设来实现的。或者说，事可通过融入物（兴）、比方物（比）、铺陈事（赋）的方法来实现序事的空间化处理。譬如

---

① 赵宗乙译注：《淮南子译注》，黑龙江人民出版社2003年版，第643页。
② 丁福保辑：《历代诗话续编》，中华书局1983年版，第1371页。
③ 丁福保辑：《历代诗话续编》，中华书局1983年版，第1372页。

《诗经·燕燕》"燕燕于飞,差池其羽。之子于归,远送于野。瞻望弗及,泣涕如雨"。此诗主要序写"卫庄姜送归妾"之事,共分四章,前三章重章复沓,序写惜别的事境,后一章匠心独具,追忆往事歌其美德。复沓之处,每一章三句,分别是序写物、事、情。"燕燕于飞,差池其羽"是写物,属于感发的"兴"辞;"之子于归,远送于野"是写事,属于铺陈的"赋"辞;"瞻望弗及,泣涕如雨"是写情,属于宣泄的情辞。此序事之所以是空间序事,就在于"燕燕于飞,差池其羽"——燕子振翅高飞,南来北往的事状与"之子于归,远送于野"——"卫庄姜送归妾"的事状,这既形成了兴辞的感发,又形成了两个序事的审美空间。此序事之所以是伦理序事,就在于"之子于归,远送于野"是按照中国传统的伦理观念述事的。郑玄笺云:"妇人之礼,送迎不出门。今我送是子,乃至于野者,舒己愤,尽己情。"① 由此看来,序事也是遵循"发乎情,止乎礼义"的诗学原则来述事的。

就具体方法而言,"属辞比事""托事于物"是序事最常见的两种基本方法。前者基于形式即语言修辞;后者基于内容即事件转化。第一,所谓"属辞比事"就是连缀文辞,比次史事的序事方法。"属辞比事"最初是史学上的概念,后被引入诗学领域。《礼记·经解》有"属辞比事,《春秋》教"之说。清代李光地《榕村语录》指出:"所谓'比事'者,以同类之事相例也;所谓'属辞'者,孜其上下文以见意也。"② "比事"与"属辞"之间既相融相生又相守相克。一方面,属辞规约着比事,即"故言于上,必会于下;居于后,须应于前。使句字恰同,事义殷合"。③ 另一方面,比事也反制于属辞,即"善于形容比事,即言不声偶,未尝不诗"的说辞。第二,所谓"托事于物"就是将"事"融入"物"中的序事方法。"托事于物"是东

---

① 李学勤主编:《十三经注疏·毛诗正义》,北京大学出版社 1999 年版,第 122 页。
② (清)李光地:《榕村语录 榕村续语录》,陈祖武点校,中华书局 1995 年版,第 279 页。
③ (唐)上官仪:《笔札华梁》,见王利器校注《〈文镜秘府论〉校注》,中国社会科学出版社 1983 年版,第 489 页。

汉经学家郑众在释"兴"时提出的一种极具诗学价值的创作手法。具体来说,"托事于物"是指将事寄托于物之中即用时间之事化空间之物,从而创设一个诗性审美境界的序事方式。比如李煜《虞美人》"往事知多少"是托"春花秋月"之物"何时了"来实现;"问君能有几多愁"是托"雕栏玉砌"来完成。再比如王维的《杂诗》"君自故乡来,应知故乡事",下句本应叙事,却是"来日绮窗前,寒梅著花未",故乡之事完全交托给寒梅之物中。这种序事方法在中国诗词中是非常普遍的,我们不再累述。中国言事诗是序事,而不是叙事,在某些方面就是由于"物"的空间性延宕了"事"的时间性,事只能序而不能叙造成的。

三 序事的气与格

在中国古代,诗之道以气格为上。诗人在用事序写诗歌时,也特别强调气格的问题。对序事诗而言,事序不类,气格就不畅。清代诗论家冒春荣就有"用事不化则伤气格"的说法。序事诗法之所以彰显中国气派,主要是由于中国序事独特的"气"与"格"形成的。

何谓"气"?在中国古人看来,太初无始,混沌未凿。是生两仪,有无备焉。然后虚化为神,神化为气,气化为物。对人来说,人以气为主,于内为精神,于外为气色。对文来说,文以气为主,气之清浊有体,是不可力强而致的。章学诚在《文史通义》中就指出:"夫传人者文如其人,述事者文如其事,足矣。"[①] 诗歌序事亦有独特的气存在。序事之气,一方面来自时代、社会的风气,另一方面来自个人以及中华民族的气度。换句话说,序事的风貌因人而异,也因时而变。《孔雀东南飞》与《木兰诗》序事迥异,元稹和白居易序事有别,就是出于此。序事之气到底是什么气?笔者认为,中国序事之气多是柔顺、和合之气。华夏民族崇尚以柔制刚,故阴柔之气胜。对人来说,追求"直而温,宽而栗";对诗来说,则强调"哀而不伤,乐而不

---

① (清)章学诚:《文史通义校注》,叶瑛校注,中华书局1985年版,第508页。

淫"。中国序事在气度上给人柔顺、和合之感,不张扬、不露己,多以大团圆的方式收场。另外,中国序事的整体感、秩序感和空间感也很强。这一切都与中国序事的"气"息息相关。

何谓"气格"?"气化为物","气格"就会随之形成。气从不可把握的无形状态走向可观可感的有形状态,需要经历随物赋形("格"式化)的过程。"格"既是序事的内在图式,也是序事的外在格调。同时"格"既是规范,也是约束。所谓"言有物而行有格"就有约束和纪律之义。在诗学领域,"气格"与"气质"是不同的。"气质"更多地是针对人性以及语言层面而言的,"气格"则主要是针对神性以及格调层面而言的。宋代"以文字为诗""以才学为诗"是"气质"的,而非"气格"。吴乔《围炉诗话》就有"诗贵气格,宋人误以气质当之,遂以生硬为高"的说法。诗以硬为高,鄙俚为朴,就会徒有气质,而没有气格。譬如"眼前不见市朝事,耳畔惟闻风水声"(《赠渔父》)被古人戏说为"患肝肾风";"尽日觅不得,有时还自来"(《咏诗者》)被诗人嘲谑为"失却猫儿诗"。那何是有气格的序事诗呢?我们认为,诸如杜甫的《蜀相》"三顾频烦天下计,两朝开济老臣心。出师未捷身先死,长使英雄泪满襟"就是气格的序事。具体来说,《蜀相》序事的"气"是崇高之气,"格"是悲剧之格。吟罢,既生豪迈之气,又溢悲悯之情。

当然以"以文字为诗"也能创设空间形成序事。中国元文字是方块形的象形和指事,其构形是通过眼睛即视觉进行审美认知的。从文字对比的角度看,汉文字的空间性培养了中国人空间神"似"的思维习惯,与感物兴咏的序事形成了契合。西方文字是连续的、时间性的拼音文字,其构形是通过耳朵即听觉进行审美认知的。这种文字铸就了西方人溯源追问逻各斯"是"的思维习惯,同时声音的连续性与叙事的时间性也形成了共谋。可以说,中国文字的空间性在文本内部先天地预设了序事存在。同理,西方文字的时间性也决定了叙事存在。但需要指出的是,序事诗是由文字构形的,却不仅仅是文字。诗更多地追求"文外之旨","得意忘言"才有气格。当然"以才学为诗"也能用事以形成序事，但徒有"才学"引经据典，而没有格调灵气，诗就"殆同书抄"。也正由于此，严羽才提出"别材别趣"之说。中国序事的气格虽不可言传，但作为一种精神确实存在。

　　中国序事的源流、技法、气格的形成原因是非常复杂的，但与中国古代封地建制的陆地文化以及等级森严的集权制度有着直接的关系。与游弋开放的海洋文化不同，封地建制的陆地文化更强调生存的稳定感，敷说故事就少了一些连续性，而多了一些印象性。中国古代等级森严的集权制度也使诗人不能自由、自足地敷说故事，而是更多地选择应制、实用地序说故事。可以说，中国序事的基本特征是互文、实用和含蓄。当然，中国序事风格的形成更与中国古人的认知方式以及审美观念直接相关。

第八章　缘事诗评论

根据诗体不同，中国诗评可以分为：缘情诗评、缘理诗评和缘事诗评三种类型。从缘事创作的角度看，古人因事感发、据事陈辞、缘事制体、依事讽咏。从缘事批评的角度看，古人知人论世、以事系诗、论诗及事。可以说，缀文者事动而辞发，观文者披辞以入事。与缘情诗评相比，缘事诗评是中国诗评最具客观性的诗评。如果说缘情诗评善于"品"，那么缘理诗评、缘事诗评则善于"评"。与缘理诗评的剖析不同，缘事诗评善于将诗置入事实中来显优劣。对于缘事诗评，本章将从生成论、特征论和价值论三个方面加以论述。

第一节　缘事诗评生成论

元代诗人范梈在《木天禁语》中提出了"以字论者""以血脉论者""以意论者"和"以故事论者"四种诗论"篇法"。在范梈看来，之所以"有以故事论者"，是由于诗的起句有"反题故事、顺题故事"的类型存在。当然"有以故事论者"，除了诗内有事外，其实也有诗外有事这一原因。《四库全书总目提要》在集部四十八总叙中将诗文评分为五大类："故论文之说出焉，《典论》其首也。……勰究文体之源流，而评其工拙；嵘第作者之甲乙，而溯其师承，为例各殊。至皎然《诗式》，备陈法律；孟棨《本事诗》，旁采故实；刘攽《中山诗话》、欧阳修《六一诗话》又体兼说部。后所论著，不出此五例中矣。"① 在"诗文评"的"五例"之中，孟棨的《本事诗》其实就是缘事诗评的典范形态，主要从"旁采故实"的角度对诗显优劣、正得失。

缘事诗评作为"诗文评""五例"之一，萌芽于周汉的用诗和《诗》学活动中，发展于六朝品诗和《诗评》的品评活动中，兴盛于唐宋诗话和《本事诗》创作过程中，成熟于明清缘事诗评和《原诗》批评活动中。缘事诗评的生成不仅推动了诗歌的传播，而且也促进了诗学的发展。当然需要指出的是：缘事诗评如整个中国诗评一样重品轻评，随意性有余，逻辑性不足，显得比较零乱和琐碎。因此，缘事诗评的历史分期只不过是其发展的大概面貌。

一　缘事诗评发端论

中国缘事诗评有广狭之分，也有显隐之别。其显在的批评意识表现有三：其一，"季札观乐""使工为之歌《周南》《召南》，曰：'美哉！始基之矣，犹未也，然则勤而不怨矣'"②；其二，"孔子诗论""《文王》吾美之，《清庙》吾敬之，《烈文》吾悦之"③；其三，"孟子尚友""颂其诗，读其书，不知其人，可乎？是以论其世也"④。其隐在的批评意识体现有二：周代广泛"用诗"和汉代普遍"注诗"的诗学活动。可以说，缘事诗评有两大体系，一是显在的体系，二是隐在的体系。就显在体系来说，孟子"知人论世"为缘事诗评奠定了理论基石；就隐在体系来说，"四家诗"特别是《毛诗》为缘事诗评提供了实践场地。一般而言，显而易见，隐而不见。对缘事诗评滥觞的追溯，我们将从隐性之维去发见。

（一）周代用《诗》所隐含的缘事诗评

周人并不关注诗的创作问题，而是关注诗的运用问题，即"诵

---

① 永瑢等：《四库全书总目》，中华书局 1965 年版，第 1779 页。
② （春秋）左丘明：《左传》，蒋冀骋标点，岳麓书社 1988 年版，第 252 页。
③ 李学勤：《〈诗论〉简的编联与复原》，《中国哲学史》2002 年第 1 期。
④ 刘财元译注：《孟子》，青海人民出版社 2002 年版，第 257 页。

《诗》三百，授之以政，不达；使于四方，不能专对；虽多亦奚以为?"① 据统计，《论语》用《诗》16 次，《荀子》19 次，《孟子》32 次，《左传》则高达 270 次。这种用《诗》观念和风气一直到汉代还比较流行。譬如《韩诗外传》承袭《荀子》，以事证诗，用《诗》21 次。《毛诗正义》云："《关雎》，后妃之德也，风之始也，所以风天下而正夫妇也。故用之乡人焉，用之邦国焉。"② 周代用《诗》主要包括献《诗》、赋《诗》、教《诗》三种。之所以说用《诗》隐含着缘事诗评的意识，主要是由于献、赋、教《诗》都是基于特殊的情境缘事而发的。即选择什么诗朝献、赋咏、从教，都是基于特殊的事境展开的，其间对诗都蕴含抉择和判断的意味。

第一，缘事献《诗》。周人献《诗》既有泄导民情的缘故，也有观乎人事的原因。前者是"下以风刺上"；后者是"上以风化下"。三代乃至周、秦有轩车使者和遒人使者，每年八月巡路，采歌而纳谣，以体乎民情，观乎民风。采诗、献诗虽不会附录诗评，但采诗和献诗本身就蕴含着特殊事境下的诗评观念即什么诗可采、什么诗可献都是有一定原则和标准的，只不过这种文化的、道德的、意识形态的原则和标准隐含于采诗和献诗的过程之中，不易为人发现而已。譬如《诗经·墙有茨》从民之所作，到史之所采，乃至列士献诗，都可以说是缘于事的。从民之所作的角度看，《墙有茨》是缘于"公子顽通乎君母"的丑事，"国人疾之而不可道"，诗人隐而晦，婉而成章的结果。从列士献诗的角度看，《墙有茨》是"卫人刺其上也"，惩恶扬善是其根本的目的。《毛诗正义》特别指出：《左传》闵二年"齐人使昭伯烝于宣姜，不可，强之"是其事也。公卿、列士进献《墙有茨》，与其说是献诗，不如说是献事。献诗的目的其实就是让天子或后世之人观事。从深层意义上说，缘事献《诗》是在集成本民族的审美范型和诗性原则，内含着诗评。由此看来，采诗和献诗可谓缘事诗评的滥觞之一。

---

① 张卫中校注：《论语》，浙江教育出版社 2011 年版，第 137 页。
② 李学勤主编：《十三经注疏·毛诗正义》，北京大学出版社 1999 年版，第 5 页。

第二，缘事赋《诗》。周代尤其是春秋战国，诸侯公卿、行人列士在交接邻国、揖让之时，常赋《诗》言志以微言相感。据统计，《左传》《国语》载有28次赋《诗》活动，涉《诗》71篇。① 孔颖达《毛诗正义》曰："'赋'者，直陈其事，无所避讳，故得失俱言。"② 赋《诗》多通过即事生义、断章取义的方式得来。譬如《野有蔓草》，原是男女私情之作，子大叔不顾全章，只取"邂逅相遇，适我愿兮"两句，以迎合揖让赵孟之事。再比如《左传·襄公八年》载鲁襄公宴享范宣子之时，范宣子赋《摽有梅》。据杜预注可知，"求我庶士"，并非"男女得以及时"之义，而是"宣子欲鲁及时共讨郑，取其汲汲相赴"之义。由此可知，范宣子赋《摽有梅》的事境是邀鲁与晋共同讨郑。在新的时事面前，《摽有梅》就获得了新意。从行文上看，赋《诗》只是断章取义、以事引《诗》，与诗评似乎风马牛不相及，但从现代解释学即解释不是为了回到原义，而是使《诗》获得新生、具有现实生命，从而促进了诗的多元生成与传播。从实践意义上说，缘事赋《诗》是在实践本民族的历史关切与审美趣味，内蕴着诗评。由此可见，赋《诗》也是缘事诗评的滥觞之一。

第三，缘事而教《诗》。在中国古人看来，诗"入人也深，化人也速"，故特别注重诗教的功能。诗教观念不仅在中国发端很早，而且在其内部还蕴含着诗论和诗评的观念。中国诗论的开山纲领——"诗言志"就是基于"教胄子"提出的。"帝曰：夔，命女典乐，教胄子。直而温，宽而栗，刚而无虐，简而无傲。诗言志，歌永言，声依永，律和声。"③ 何谓《诗》教？在儒家看来，"温柔敦厚，《诗》教也"。④ 古人为何要《诗》教？大抵有两个原因：一是滋养人的性情，树人之目的；二是协和纲纪，移风易俗之目的。但不管出于何种目的，《诗》教都是因时、因地、因事的教化。《四库全书总目提要》易类中

---

① 郑彬：《春秋赋〈诗〉规则及其成因》，《孔子研究》2016年第6期。
② 李学勤主编：《十三经注疏·毛诗正义》，北京大学出版社1999年版，第12页。
③ 孔安国注：《尚书正义》，山东画报出版社2004年版，第96页。
④ 崔高维校点：《礼记》，辽宁教育出版社2000年版，第171页。

有"圣人觉世牖民,大抵因事以寓教。《诗》寓于风谣,《礼》寓于节文"之说。譬如房中之事当由房中之乐化解,章学诚在《文史通义》中就指出:"诗教故通于乐,故《关雎》化起房中,而天下夫妇无不治也。"① 清代诗论家翁方纲亦指出:"若以诗论,则诗教温柔敦厚之旨,自必以理味事境为节制,即使以神兴空旷为至,亦必于实际出之也。"② 任何教化都是基于现实的教化,或者说都是在现实事件中的教化。从根本上说,缘事教《诗》是在培养懂得本民族诗性智慧的评价者和欣赏者,内合诗评。由此可知,教《诗》亦是缘事诗评的滥觞之一。

由上观之,先秦在零星的诗评片段以及献《诗》、赋《诗》、教《诗》的用诗过程中不断实践着显性和隐性的缘事诗评,这些都为汉代以及六朝真正意义上的缘事诗评兴起做好了铺垫。

(二)汉代注《诗》所隐含的缘事诗评

汉代以降,传习、注解《诗经》的,有鲁、齐、韩、毛四家,时人号称"四家诗"。《困学纪闻》曰:"考之汉史,文帝时,申公、韩婴以《诗》为博士,五经列于学官者,唯《诗》而已。"③ "《诗》分为四:申公腾芳于鄢郢,毛氏光价于河间,贯长卿传之于前,郑康成笺之于后。"④ 斗转星移,质文待变,四家之中,《毛诗》力压群雄,取得尊崇的地位。《毛诗正义》引郑玄《六艺论》曰:"注《诗》宗毛为主,其义若隐略,则更表明,如有不同,即下己意,使可识别也。"⑤ 四家注《诗》虽风格各异,但"以事证诗"即注《诗》方式却是大体一致的。譬如《毛诗》注曰:"《柏舟》,共姜自誓也。卫世子共伯蚤死,其妻守义,父母欲夺而嫁之,誓而弗许,故作是诗以绝之。"⑥ 《毛诗》注《诗》多采用一句主旨+数句事述的方式注解。诗之评说据于诗之本事,故可谓之缘事诗评。当然需要指出的是,评诗

---

① (清)章学诚:《文史通义》,李春伶校点,辽宁教育出版社1989年版,第169页。
② 郭绍虞编选:《清诗话续编》,富寿荪校点,上海古籍出版社1983年版,第1362页。
③ (宋)王应麟:《困学纪闻》,栾保群、田松青校点,上海古籍出版社2015年版,第198页。
④ 李学勤主编:《十三经注疏·毛诗正义》,北京大学出版社1999年版,第3页。
⑤ 李学勤主编:《十三经注疏·毛诗正义》,北京大学出版社1999年版,第4页。
⑥ 李学勤主编:《十三经注疏·毛诗正义》,北京大学出版社1999年版,第179页。

与注诗还是有一定区别的。评诗注重诗的主观性，注诗则重视诗的客观性。但究其实质，二者并没有本质区别，只是一个显、一个隐而已。据《说文解字》所言，"注"的本义是灌也，进一步引申就是以明其义曰注。故注常与评连用，谓之评注。圈点评注、《楚辞评注》就是这样出现的。所以注诗亦如评诗一样，都具有"以己意评注之"的主观性——如陆九渊所说"六经注我，我注六经"。清代学者浦起龙在《读杜心解·凡例》中说："注与解体各有不同，注者其事辞，解者其神吻也。神吻由事辞而出，事辞以神吻为准。"① 正由于此，我们才把"以事证诗"的注《诗》活动视为一种隐含的缘事诗评活动。

我们认为，四家诗尤其《毛诗》可谓中国缘事诗评的真正鼻祖。何以如是说呢？以《毛诗》为例：第一，判断某种诗学是否成熟，要看它是否具有稳定的体系结构。《毛诗》由"大序"和"小序"组成，"小序"由"美"或"刺"这种稳定的批评模式展开批评。可以说，《毛诗》已具有较为稳定的批评模式和批评体系。第二，判断某种诗学是否有深度，要看它是否具有成熟的思想观念。《毛诗序》有自己成熟的诗学观念——诗人要"达于事变而怀其旧俗"；变风要"发乎情，止乎礼义"。在《毛诗》中，有"三事""一国之事""天下之事"等事的诸多概念。《毛诗序》曰："是以一国之事，系一人之本，谓之风；言天下之事，形四方之风，谓之雅。"② 第三，判断某种诗学是否有价值，要看它是否具有持久的影响力。《毛诗》的价值和影响从后世对《毛诗》作者考订、笺注、记载等可见一斑。《汉书艺文志》载：《毛诗》二十九卷，《毛诗故训传》三十卷。然但称毛公，不著其名。《后汉书·儒林传》始有"赵人毛长传《诗》，是为《毛诗》"之载。其长字不从艸。《隋书·经籍志》载《毛诗》二十卷，汉河间太守毛苌传，郑氏笺。于是《诗传》始称毛苌。据《诗谱》所载，鲁人大毛公为训诂，传于其家，河间献王得而献之，以小毛公为博士。《毛诗》源远流长，汉有郑玄的《毛诗笺》、唐有孔颖达的《毛诗正

---

① （清）浦起龙：《读杜心解·凡例》，中华书局1961年版，第6页。
② 李学勤主编：《十三经注疏·毛诗正义》，北京大学出版社1999年版，第16页。

义》、宋有欧阳修的《毛诗本义》……凡此种种,足见《毛诗》评注影响之大。当然需要强调的是,凡注诗都特别注重事或史的作用。清代诗论家赵翼就指出,郑康成据《史记》注《诗》的。而朱子注《诗》,不取传笺,颇为昔人所訾。钱谦益特别指出,注《诗》是细事,须胸有万卷,眼无纤尘,而后才能成一家之言。

一言以蔽之,"以事解诗"的《毛诗》影响了"以事系诗"的《本事诗》,"以事系诗"的《本事诗》又影响了"以事话诗"的诗话。三者之中,"以事解诗"的四家诗尤其《毛诗》可谓缘事诗评的开山之作。

二 缘事诗评发展论

魏晋以降,中国诗评迎来了破土而出的春天,至此告别了皓首穷经集体说教的诗评模式,走向了俯仰自得个性品评的诗评道路。诸如"事出于沉思,义归乎翰藻"(《文选》)、"事义为骨髓,辞采为肌肤"(《文心雕龙》)、"指事造形,穷情写物"(《诗品》)等诗学思想和诗评观念如雨后春笋般涌现出来。由此,中国诗评焕然一新,有了长足的发展。胡应麟《诗薮》云:"六代选诗者,昭明《文选》,孝穆《玉台》。评诗者,刘勰《雕龙》,钟嵘《诗品》。"[①] 中国缘事诗评受此影响,也隐在地得到了较大发展。其品评的特征、闲趣的追求也多是在这一时期培养起来的。下面我们将对钟嵘的《诗品》重新阐释以显明缘事诗评在这一时期的发展情况。

钟嵘《诗品》始作于梁武帝天监十二年(513),是其晚年炉火纯青的著作。《诗品》专论五言诗,涉及汉魏至齐梁一百二十二人,其中上品十一人,中品三十九人,下品七十二人。《诗品》不仅有"叙源流"的解释功能,而且也有"显优劣"的品评功能。可以说,《诗品》是我国第一部品评诗歌的专门著作。钟嵘《诗品》亦称《诗评》。古往今来,一般认为钟嵘《诗评》多关乎"情",而涉"事"较少。

---

① (明)胡应麟:《诗薮》,中华书局1958年版,第140页。

这其实是对钟嵘及其生活年代的极大误会。魏晋南北朝是一个极度矛盾的时期，个性与共性、情感与事感皆纠缠在一起。对钟嵘来说，亦是矛盾的，既有缘情观念，又有缘事思想。

第一，从钟嵘的诗学主张来看，"情"与"事"是不可分的。就物感与事感而言，物中有情，情中有事。不可否认，"气之动物，物之感人，故摇荡性情"是钟嵘《诗品》基本的诗学思想和原则。但钟嵘所言及的"感物"，既包括"春风春鸟，秋月秋蝉"的物感，也包括"负戈外戍，杀气雄边"的事感。换句话说，钟嵘《诗评》在强调"情"的同时，也绝没有忽略"事"的重要性。即在钟嵘看来，"情"与"事"是不可分的，缘事也是诗歌生成的重要动力。就直寻与用事而言，有矛盾和冲突，也有妥协和暗合。钟嵘从古今胜语中体悟到：诗多非补假，羌无故实，皆由直寻的事实，从而得出"至乎吟咏情性，亦何贵于用事"的诘问。然而，在其言外的深处，我们也能感受到"至乎追古序事，亦何轻于用事"的犹豫和彷徨。钟嵘反对"殆同书抄""竞须新事"的浮华之风，其深层也有仰慕"属辞比事，乃为通谈"的凝重之气的。否则，钟嵘就不会将"直书其事，寓言写物"的赋、"文已尽而意有余"的兴以及"因物喻志"的比"酌而用之"，以便"使味之者无极，闻之者动心"，从而达到"诗之至"的理想状态了。

第二，从钟嵘的批评方式来看，《诗品》评诗惯用"其源出于"的方式品评诗歌即注重诗以及诗人源流以及本事的批评。在中国古人看来，"本事"是史学与诗学展开的基础。或者说，一切批评都要以"本事"为前提。《汉书艺文志》就指出："丘明恐弟子各安其意，以失其真，故论本事而作传，明夫子不以空言说经也。"[①] 中国古代的诗歌本事批评上承孟子"知人论世"的批评观念，下接《毛诗》"以事解诗"的批评思想，及至钟嵘《诗品》而有所发挥和发展。就《诗品》批评方式而言，钟嵘"显优劣，叙源流"的本事批

---

① 张舜徽：《汉书艺文志通释》，湖北教育出版社1990年版，第74—75页。

评观念是相当明显的。譬如评，宋光禄大夫颜延之，"其源出于陆机。……又喜用古事，弥见拘束"；品嘉妻徐淑，"夫妻事既可伤，文亦凄怨"。①

　　从钟嵘诗学主张和批评方式两方面来看，《诗品》对缘事诗评的批评方法以及批评形式还是有诸多启发意义的。就批评方法而言，中国诗评不外乎"溯源"和"妙悟"两种基本方法。前者属于时间性批评，以缘事诗评为主，客观性较强；后者属于空间性批评，以缘情诗评为主，主观性较强。章学诚在《文史通义》中指出："《诗品》之于论诗，视《文心雕龙》之于论文，皆专门名家，勒为成书之初祖也。《文心》体大而虑周，《诗品》思深而意远；盖《文心》笼罩群言，而《诗品》深从六艺溯流别也。如云某人之诗，其源出于某家之类，最为有本之学。其法出于刘向父子。论诗论文，而知溯流别，则可以探源经籍，而进窥天地之纯，古人之大体矣。此意非后世诗话家流所能喻也。钟氏所推流别，亦有不甚可晓处。"② 就批评方式而言，中国诗评不外乎"论诗及事"和"论诗及辞"两种基本形式。其中"论诗及事"则是缘事诗评所采用的重要形式。钟嵘《诗品》"论诗及事"的批评方式虽不够明显，但其缘事、溯源的时间性批评意图还是非常明显的。这种意图观念也直接或间接开启了诗话的产生。章学诚就指出："诗话之源，本于钟嵘《诗品》。然考之经传，如云：'为此诗者，其知道乎？'又云：'未之思也，何远之有？'此论诗而及事也。又如'吉甫作诵，穆如清风，其诗孔硕，其风肆好'，此论诗而及辞也。事有是非，辞有工拙，触类旁通，启发实多。江河始于滥觞，后世诗话家言，虽曰本于钟嵘，要其流别滋繁，不可一端尽矣。"③ 很明显，《诗品》"溯源流"的批评观念对缘事诗评"论诗及事"批评方式的形成还是有着很大影响的。

---

① （南朝梁）钟嵘：《诗品全译》，徐达译注，贵州人民出版社1990年版，第64页。
② （清）章学诚：《文史通义》，李春伶校点，辽宁教育出版社1998年版，第143页。
③ （清）章学诚：《文史通义》，李春伶校点，辽宁教育出版社1998年版，第143页。

三 缘事诗评兴盛论

中国缘事诗评之所以于唐兴、于宋盛，主要有两个原因。一是创作实践的繁荣。唐宋名家辈出，杜甫、白居易、陆游、辛弃疾等缘事诗人的创作为缘事诗评的兴盛提供了可资的对象和思想。二是诗学思想的繁荣。唐宋诗学极盛，譬如唐有《本事诗》（孟棨）、《诗格》（王昌龄）、《诗式》（皎然）等诗评著作；宋代有《六一诗话》（欧阳修）、《诗人玉屑》（魏庆之）、《临汉隐居诗话》（魏泰）等诗话。唐代诗评兴源于"有专攻诗者"；宋代诗评盛源于"诗学深者，谓阅诗多"。唐宋诗歌创作繁荣以及诗学勃兴促进了缘事诗评的兴盛。

（一）唐代的缘事诗评

从创作层面看，杜甫"即事名篇"、白居易"歌诗合为事而作"等诗歌创作理念为唐代缘事诗评提供了实践准备。从诗学层面看，孟棨的《本事诗》、王昌龄的《诗格》等诗学著作为唐代缘事诗评提供了理论准备。章学诚在《文史通义》中就指出："唐人诗话，初本论诗，自孟棨《本事诗》出，亦本《诗小序》。乃使人知国史叙诗之意；而好事者踵而广之，则诗话而通于史部之传记矣。间或诠释名物，则诗话而通于经部之小学矣；《尔雅》训诂类也。或泛述闻见，则诗话而通于子部之杂家矣。此二条，宋人以后较多。虽书旨不一其端，而大略不出论辞论事，推作者之志，期于诗教有益而已矣。"①

《本事诗》（共一卷），唐孟棨撰，成书于光启二年（886）十一月。本书所记之事除宋武帝、乐昌公主两则为六朝事之外，其余皆为唐朝之事；所评之诗虽含而不露，但皆有本事为据，不以空言说诗。孟棨往访通识，贻诸好事。以情感、事感等七类聚之，犹四始也。《本事诗》序曰："其间触事兴咏，尤所钟情，不有发挥，孰明厥义？因采为《本事诗》，凡七题，犹四始也。"②《本事诗》继承《诗小序》以诗系事的批评传统，可谓缘事诗评的奠基之作。杨春忠教授指出：

---

① （清）章学诚：《文史通义》，李春伶校点，辽宁教育出版社1998年版，第143页。
② （唐）孟棨：《本事诗》，李学颖标点，上海古籍出版社1991年版，第3页。

"在中国文学理论批评史上，正是孟棨的《本事诗》确立了具有中国特色的理论批评方式与形态类型。"① 胡可先等指出："《本事诗》是记述诗人作诗的事实原委的书，保存了唐代诗人许多逸事和民间故事，开创了纪事诗话这一新的文学体裁。"② 余才林认为："本事是诗歌与诗事的结合。唐诗本事中，诗与事的关系有两种：一是引事明诗，一是引诗证事。"③ 当然需要指出的是，《本事诗》既为谈艺者所不废，又为说诗者所不解。尽管众口难调，但我们认为，《本事诗》将诗、事、评暗合起来却是一大贡献。孟棨《本事诗》之所以是中国古代缘事诗评的奠基之作，主要基于三方面的原因。

第一，《本事诗》有明确的批评原则和方法。由《本事诗》序可知，孟棨述评诗歌有两个立足点：一是"触事兴咏"；二是"尤所钟情"。前者是缘事诗学观念；后者是缘情诗学观念。二者尽管有所不同，但都统摄到"不有发挥，孰明厥义"的批评原则上来。可以说，孟棨诗评就是以"情"发挥，以"事"明义的。我们认为，《本事诗》诗评的文体性质之所以引起争议，主要就在于它采用了"以事解诗"的方法评诗。"以事解诗"的评诗方法与字斟句酌、不平则鸣的评诗方法有所不同，它是一种述而不作、含而不露的方法。《四库全书总目提要》将其定性为"旁采故实"的诗文评。孟棨本着"触事兴咏"的原则对诗发挥明义，这足以体现《本事诗》的缘事批评观念。

第二，《本事诗》有务实的批评思想和精神。《本事诗》序云："亦有独掇其要，不全篇者，咸为小序以引之，贻诸好事。其有出诸异传怪录，疑非是实者，则略之。"④ 从本质上说，缘事诗评属于社会历史批评。可以说，实事求是的史学精神、临事制变的济世情怀是其根本的特性。孟棨《本事诗》有"非是实者，则略之"的史学精神、"凡七题，犹四始"的情怀，这对缘事诗评来说至关重要。章学诚批

---

① 杨春忠：《本事迁移理论视界中的经典再生产》，《中国比较文学》2006年第1期。
② 胡可先、童晓刚：《〈本事诗〉新考》，《中国典籍与文化》2004年第1期。
③ 余才林：《唐诗本事与宋代早期诗话》，《文史哲》2006年第6期。
④ （唐）孟棨：《本事诗》，李学颖标点，上海古籍出版社1991年版，第1页。

判道:"《诗品》《文心》,专门著述,自非学富才优,为之不易,故降而为诗话。沿流忘源,为诗话者,不复知著作之初意矣。犹之训诂与子史专家,子指上章杂家,史指上章传记。为之不易,故降而为说部。沿流忘源,为说部者,不复知专家之初意也。诗话说部之末流,纠纷而不可犁别,学术不明,而人心风俗或因之而受其敝矣。"①

第三,《本事诗》有成熟的批评范畴和概念。孟棨基于"事"这一范畴,衍生出"本事""触事""事感"等批评概念。这些范畴与概念绝不是仅仅被孤立地提出,而是融会贯通于"情感""事感""高逸""怨愤"等七题的诗歌述评之中,从而形成了事生情、情生诗的缘事批评模式。具体来说,就是先言诗之本事,然后融诗于事,最后显其诗情和诗义。《本事诗》评诗委婉含蓄、寓事褒贬,可谓微而显,志而晦,婉而成章,尽而不污,惩恶而劝善。《本事诗》这种缘事诗评方式不仅显明了诗歌本事,加深了人们对诗歌的认识和理解,而且也在诗歌本事的言说中,让人懂得生活的事理和情理,从而实现了诗歌的现实功能。更为重要的是,这种批评模式还直接促进了诗话的产生。

(二) 宋代的缘事诗评

宋代有诗话,也有诗评。诸如释景淳的《诗评》、张舜民的《芸叟诗评》、蔡絛的《百衲诗评》、敖陶孙的《臞翁诗评》等诗评著作。诗话与诗评各自独立,又相互包含。在章学诚看来,唐人初本论诗,已有诗话。其源头主要有两个:一个是《诗小序》;另一个是《本事诗》。自欧公《诗话》开宗明义以来,宋代诗话开云见日、蒸蒸日上。当然需要指出的是,宋人诗话与唐人诗话还是有所不同的。唐人诗话虽即事明篇,但论诗及辞者多、求本事之"雅"者众;宋人诗话多论诗及事资以闲谈、求本事之"趣"者多。下面我们将以欧阳修的《六一诗话》为例来阐明宋代缘事诗评的本质与特性。

第一,欧阳修诗话(评)追求"实事"的"真"。欧公评诗善

---

① (清)章学诚:《文史通义》,李春伶校点,辽宁教育出版社1998年版,第143—144页。

依"实事",不妄言说诗。譬如对"正梦寐中行十里,不言语处吃三杯"诗句有"其语虽浅近,皆两京之实事"的确当考评,而且对诗之"实事"也明言相告:"岁时朝拜官吏,常苦晨兴,而留守达官简贵,每朝罢,公酒三行,不交一言而退。"另外,欧公对史传小说所不载的诗事,也以"实"相待。《六一诗话》云:"王建《宫词》一百首,多言唐宫禁中事,皆史传小说所不载者,往往见于其诗,如'内中数日无呼唤,传得滕王《蛱蝶图》'。"① 由此看来,欧公诗评不仅注重诗与事的关系,而且特别强调在"实事"中求取诗性的"真"。

第二,欧阳修诗话(评)力求"故事"的"活"。欧公评诗不拘泥于法,而依活法相对。对诗"用故事"即能不能用事的问题,欧公亦灵活处理。欧阳修《六一诗话》曰:"如子仪《新蝉》云:'风来玉宇乌先转,露下金茎鹤未知。'虽用故事,何害为佳句也。又如'峭帆横渡官桥柳,叠鼓惊飞海岸鸥。'其不用故事,又岂不佳乎?"② 与钟嵘"至乎吟咏情性,亦何贵于用事"的诗评观念相比,欧公力求"故事"的"活"显得更加冷静与成熟。

第三,欧阳修诗评务求"事理"的"通"。欧公评诗词正理直,凡事讲理。即诗不以词句为尚,而以事理为则。《六一诗话》云:"诗人贪求好句,而理有不通,亦语病也。如'袖中谏草朝天去,头上宫花侍宴归',诚为佳句矣,但进谏必以章疏,无直用稿草之理。"③ 可以说,欧公诗评务求"事理"的"通",不仅对宋代"以文字为诗"的偏颇评诗标准有所撼动,而且也为缘事诗评深度评诗奠定了理论基础。

一言以蔽之,欧阳修的《六一诗话》作为宋代诗话的鼻祖、缘事诗评的别体,不仅追求"实事"的"真",而且力求"故事"的"活"、"事理"的"通",这些思想为"论诗及事"的缘事诗评的发

---

① (清)何文焕辑:《历代诗话》,中华书局1981年版,第268页。
② (清)何文焕辑:《历代诗话》,中华书局1981年版,第370页。
③ (清)何文焕辑:《历代诗话》,中华书局1981年版,第269页。

展开启了新的批评观念与方式。

四 缘事诗评成熟论

随着明清时期学术思想的繁荣和活跃，中国诗评也渐趋完善与成熟。在这一时期，中国诗评成熟的标志主要体现在两个方面：一是明清诗话（评）数量多、篇幅长、结构完整、分类谨严，以谢榛的《四溟诗话》为代表；二是明清诗话（评）的反思力度大、思辨能力强，以叶燮的《原诗》为代表。就缘事诗评而言，谢榛的"事、情、景"之法与叶燮的"理、事、情"之说可谓明清缘事诗评的基石。下面本书主要从谢榛的《四溟诗话》与叶燮的《原诗》中的缘事思想来审视明清缘事诗评的发展状况。

（一）《四溟诗话》的缘事诗评思想

在众人看来，谢榛特别注重诗歌中情与景的关系。如此判定，历来凿凿有据。谢榛就曾明确指出："景乃诗之媒，情乃诗之胚，合而为诗，以数言而统万形，元气浑成，其浩无涯矣。"① 然而我们也应该看到，谢榛同时也指出"景多则堆垛，情多则暗弱"的事实。正是基于情景多寡难调的矛盾，谢榛又引入了"事"这一概念。

第一，对"事"的虚实分类。谢榛在《四溟诗话》中将"事"分为两类：一类是"故事"；另一类是"时事"。对于诗引述"故事"的时限和方法，谢榛特别指出："赵子昂曰'作诗但用隋唐以下故事，便不古也；当以隋唐以上为主。'此论执矣。隋唐以上泛用则可，隋唐以下泛用则不可。"② 谢榛还进一步指出："全用古人事实，不可泥于诗法论之。"③ "故事"尚虚，"时事"贵实。然而诗关乎"时事"，亦不可过于着实，而需委婉变化。谢榛就指出："太白作《古离别》《蜀道难》，乃讽时事，虽用古题，体格变化，若疾雷破山，颠风簸海，非神于诗者不能道也。"在谢榛看来，"写景述事，宜实而

---

① 丁福保辑：《历代诗话续编》，中华书局1983年版，第1180页。
② 丁福保辑：《历代诗话续编》，中华书局1983年版，第1174页。
③ 丁福保辑：《历代诗话续编》，中华书局1983年版，第1139页。

不泥乎实。有实用而害于诗者，有虚用而无害于诗者，此诗之权衡也"①。无疑，谢榛提出"述事"要"宜实而不泥乎实"的诗学思想对缘事诗评来说具有积极的规范意义。

第二，"事、情、景"的诗评原理。自"诗言志"面世以来，依据志的不同解释中国古代至少出现了两种诗学观念。一种把"志"理解为"在心为志"，发展为缘情诗学观念。从陆机"诗缘情而绮靡"到刘勰"应物斯感""情以物迁"再到清代袁枚"性情之外无诗"的诗学主张中可见一斑。另一种把"志"理解为"记忆"或"记载"，发展为缘事诗学观念。从《汉书艺文志》"缘事而发"到白居易"歌诗合为事而作"再到徐寅"情、意、事"、谢榛"事、情、景"的诗学观念中可知一二。在中国诗评史上，物（景）、情、事其实并不是分立的，而是相得益彰的。王昌龄《诗格》有"事须与景与意相兼始好"的论断。宋代诗人范晞文则提出了"景无情不发，情无景不生"的观点。谢榛博采众长、兼收并蓄，提出了"事、情、景"的诗学理论。谢榛曰："凡作诗，须知道紧要下手处，便了当得快也。其法有三：曰事，曰情，曰景。若得紧要一句，则全篇立成。熟味唐诗，其枢机自见矣。"② 谢榛将"事"放置在"情"和"景"之前，足见其对"事"的重视。也正由于实"事"的存在，才克服"景多则堆垛，情多则暗弱"的诗学弊病。无疑，这为缘事诗评兼顾发展提供了保障。

第三，依"事"诗评。谢榛依"事"诗评主要有三个方面的表现。一是对杜甫诗歌的评价。譬如"杜子美诗：'日出篱东水，云生舍北泥。竹高鸣翡翠，沙僻舞鹍鸡。'此一句一意，摘一句亦成诗也。盖嘉运诗：'打起黄莺儿，莫教枝上啼。啼时惊妾梦，不得到辽西。'此一篇一意，摘一句不成诗矣。用事多则流于议论。"③ 二是论诗及事的批评。"皇甫湜曰：'陶诗切以事情，但不文尔。'湜非知渊明者。

---

① 丁福保辑：《历代诗话续编》，中华书局1983年版，第1148页。
② 丁福保辑：《历代诗话续编》，中华书局1983年版，第1208页。
③ 丁福保辑：《历代诗话续编》，中华书局1983年版，第1139页。

渊明最有性情，使加藻饰，无异鲍谢，何以发真趣于偶尔，寄至味于澹然？陈后山亦有是评，盖本于湜。"① 三是以"事"论体的方法。谢榛指出："五言绝句撇景入事，七言绝句掉句入情。前后之法，何相反邪？"②

一言以蔽之，明清缘事诗评趋向成熟，不仅是由于谢榛《四溟诗话》的存在，还由于胡应麟《诗薮》（二十卷）、袁枚《随园诗话》（十六卷）等篇制宏大的诗论著作以及王世贞《明诗评》、黄生《唐诗评三种》等规模宏大的时评著作的存在。更重要的是，还有叶燮《原诗》的存在。

（二）《原诗》的缘事诗评思想

叶燮（1672—1703）所撰《原诗》，成书于康熙二十五年，分内外两篇，各分上下。《原诗》在诗学上的突出贡献主要体现在两个方面。一是在陈陈相因的文化禁锢中，提出了有个性、有体系、有创见的诗学思想。在清代鸿儒沈珩看来，叶燮堪称"有创辟其识，综贯成一家言"的大家。二是在纷而不一的评价氛围中，提出了有观点、有博辨、有推理的诗评理念。《原诗》叙云："乃复悯学者障锢于淫诐，怒焉忧之，发为《原诗》内、外篇，《内篇》标宗旨也，《外篇》肆博辨也，非以诗言诗也。"③

就《原诗》文体性质而言，《四库全书提要》有"极纵横博辨之致，是作论之体，非评诗之体"的判定。我们认为，《四库全书提要》对其定性基本正确，但并不准确。《内篇》标宗旨，为"作论之体"无可厚非；但《外篇》肆博辨，并非"作论之体"，而是"评诗之体"。理由主要是，《外篇》虽篇幅不长，但出现"诗评"或"评诗"的概念有八次，而"评"字则出现了十三次。譬如"评诗者所为造诣境""后世评诗者""诸评诗者，或概论风气，或指论一人"等。更重

---

① 丁福保辑：《历代诗话续编》，中华书局1983年版，第1161页。
② 丁福保辑：《历代诗话续编》，中华书局1983年版，第1169页。
③ （清）叶燮：《原诗》，霍松林校注，见郭绍虞主编《中国古典文学理论批评专著选辑》，人民文学出版社1979年版，第2页。

要的是，《外篇》在行文上主要是对《三百篇》以来，列朝列代诗人及其作品（尤其对杜甫诗）的批评，并且在《外篇》中，叶燮还特别指出："诗道之不能常振"主要是由于"历来之评诗者，杂而无章，纷而不一"。由此看来，将叶燮《原诗》分而论之比较合理、恰当。即《内篇》是"作论之体"，《外篇》是"评诗之体"。前者是理论；后者是实践。叶燮《原诗》对中国缘事诗评的贡献主要体现在以下四个方面。

第一，叶燮《原诗》提出了概念明确、论证严密、体系完整的"理、事、情"说。在叶燮《原诗》之前，尽管谢榛在《四溟诗话》中提出了"事、情、景"说，但谢榛对"事、情、景"既没有界定，更没有展开论证。与之相反，叶燮《原诗》可谓中国古代第一部有明确概念、充分推理以及完整体系的诗学著作。《原诗》曰："于以发为文章，形为诗赋，其道万千。余得以三语蔽之：曰理、曰事、曰情"，"三者缺一，则不成物"而"三者得，则胸中通达无阻"。① 何谓理、事、情？叶燮如是说："譬之一木一草，其能发生者，理也。其既发生，则事也。既发生之后，夭矫滋植，情状万千，咸有自得之趣，则情也。"② 之所以说《原诗》是一部体系完整的诗学著作，就是由于其有着一以贯之的思想、令人折服的推理和层层深入的结构。叶燮在《原诗》中将世界分为两个部分：一部分是"在物者"，即"理、事、情"；另一部分是"在我者"，即"才、胆、识、力"。这世界只有二而为一，才能穷尽神明。叶燮《原诗》曰："以在我之四，衡在物之三，合而为作者之文章，大之经纬天地，细而一动一植，咏叹讴吟，俱不能离是而为言者矣。"无疑，叶燮"理、事、情"说对中国缘事诗评的批评模式以及批评风格都产生了较大的影响。

第二，叶燮《原诗》提出了气与事的诗学新思想。对于创作而

---

① （清）叶燮：《原诗》，霍松林校注，见郭绍虞主编《中国古典文学理论批评专著选辑》，人民文学出版社1979年版，第21页。
② （清）叶燮：《原诗》，霍松林校注，见郭绍虞主编《中国古典文学理论批评专著选辑》，人民文学出版社1979年版，第23页。

言，叶燮在提出"在物者"即"理、事、情"与"在我者"即"才、胆、识、力"的同时，又提出了"条而贯之者"即气与事的诗学思想。叶燮指出："然具是三者，又有总而持之、条而贯之者，曰气。事、理、情之所为用，气为之用也。"① 就"在物者"而言，"直使古人之事，虽形体眉目悉具，直如刍狗，略无生气，何足取也"②。就"在我者"而言，"盖白之得此者，非以才得之，乃以气得之也"。叶燮将气与事联系起来，主张诗歌以及诗人"必有面目"。在叶燮看来，杜甫的"面目"就是与"遭颠沛""处穷约"之事紧密相连。叶燮指出："悯时伤乱，遭颠沛而不苟，处穷约而不滥，崎岖兵戈盗贼之地，而以山川景物、友朋杯酒……此杜甫之面目也。"③ 叶燮进一步指出："气之所用不同，用于一事则一事立极，推之万事，无不可以立极。故白得与甫齐名者，非才为之，而气为之也。"④ 叶燮气与事的诗学思想不仅深化了对"事"的理解，而且也为缘事诗评提供了思想动力。

第三，叶燮《原诗》开辟了"非以诗言诗"的批评新范式。在中国古代，主流的诗学观念一般认为"诗无达诂"，故在释诗时多采用印象、品评的方式以减少过度的阐释。譬如芸叟尝评诗云："永叔之诗，如乍成春服，乍热酸醅，登山临水，竟日忘归。王介甫之诗，如空中之音，相中之色，人皆闻见，难可着摸。"不可否认，印象式诗评在品味诗歌时有诸多优势，但也有其致命的缺陷。对诗道之不振，叶燮在《原诗》中有深刻的分析：

> 诗道之不能长振也，由于古今人之诗评，杂而无章，纷而不一。六朝之诗，大约沿袭字句，无特立大家之才。……后世评诗

---

① （清）叶燮：《原诗》，霍松林校注，见郭绍虞主编《中国古典文学理论批评专著选辑》，人民文学出版社1979年版，第21页。
② （清）叶燮：《原诗》，霍松林校注，见郭绍虞主编《中国古典文学理论批评专著选辑》，人民文学出版社1979年版，第51页。
③ （清）叶燮：《原诗》，霍松林校注，见郭绍虞主编《中国古典文学理论批评专著选辑》，人民文学出版社1979年版，第50页。
④ （清）叶燮：《原诗》，霍松林校注，见郭绍虞主编《中国古典文学理论批评专著选辑》，人民文学出版社1979年版，第64页。

者，祖其语意，动以某人之诗如某某，或人、或神仙、或事、或动植物，造为工丽之辞，而以某某人之诗，一一分而如之。泛而不附，缛而不切，未尝会于心，格于物，徒取以为谈资，与某某之诗何与？①

从本质上来说，诗是感性的、主观的；诗评或诗论是理性的、客观的。二者还是存在根本差异性的。诸如杜甫《戏为六绝句》、司空图《二十四诗品》固然有诗性的魅力，但采用"以诗论诗"的方式评诗还是存在诸多局限的。客观地说，叶燮对中国诗评的批判是切中要害的。对于诗评而言，尽管"非以诗言诗"也有这样那样的局限性，但相比于"泛而不附，缛而不切"的诗评来说，确实开辟了一条崭新的批评道路。

第四，叶燮《原诗》提供了杜诗缘事批评的新模式。叶燮对杜甫情有独钟，在《原诗》中谈及杜甫的地方有 23 次，称"杜甫之诗，独冠今古""杜甫，诗之神者也"②。叶燮《原诗》在对杜诗展开批评时，给予缘事批评的贡献主要体现在两个方面。一是对杜诗"碧瓦初寒外""月傍九霄多"阐释时所运用的细读批评方式以及所提出的"事之入神境者"对中国缘事诗评有极大的启发意义。叶燮指出："如《玄元皇帝庙》作碧瓦初寒外句，逐字论之。……天下惟理、事之入神境者，固非庸凡人可摹拟而得也。"③ 二是对杜诗用事做了深刻的辨析，对中国缘事诗评有较大的参考价值。叶燮曰："细览杜诗，知非韩、苏创为之也。必谓一句止许用一事者……总现成写此一事，亦非谓不可。若定律如此，是纪事册，非自我作诗也。"④

---

① （清）叶燮：《原诗》，霍松林校注，见郭绍虞主编《中国古典文学理论批评专著选辑》，人民文学出版社 1979 年版，第 55 页。
② （清）叶燮：《原诗》，霍松林校注，见郭绍虞主编《中国古典文学理论批评专著选辑》，人民文学出版社 1979 年版，第 19 页。
③ （清）叶燮：《原诗》，霍松林校注，见郭绍虞主编《中国古典文学理论批评专著选辑》，人民文学出版社 1979 年版，第 32 页。
④ （清）叶燮：《原诗》，霍松林校注，见郭绍虞主编《中国古典文学理论批评专著选辑》，人民文学出版社 1979 年版，第 51 页。

综上所述，缘事诗评是中国人在广泛"用诗"和"注诗"的诗学活动中逐渐形成的一种诗评方式，它在"知人论世"中萌芽、在《毛诗》中发展、在《本事诗》中开花、在诗话中灿烂、在《原诗》中成熟。缘事诗评亦是中国诗评不可或缺的一种诗歌批评形式。

第二节　缘事诗评特征论

一事物之所以区别于另一事物，就在于事物都有自己的特征存在。一般而言，有什么样的本质特征就会有什么样的形态特征。对于中国缘事诗评的特征，我们主要从形态与本质两个方面加以把握。除此之外，我们还从文化的角度对中国缘事诗评展开研究。从文化特征入手既可以显明缘事诗评的形态特征和本质特征，也可以显明缘事诗评的民族特色。

一　缘事诗评的形态特征论

依据"事"的时间性存在形式的不同，我们把中国缘事诗评的外在形态分为三种：一是"以故事论者"，二是"以时事言之"，三是"想象以为事"。这三种缘事诗评形态各异、特征鲜明，它们分别对应过去已发生的事、现在正发生的事和将来可能发生的事。

第一，"以故事论者"的缘事诗评。元代著名诗人范梈在《木天禁语》中认为，"诗之说"即"古今论著""有以字论者""有以意论者""有以故事论者""有以血脉论者"四种"篇法"。其中"以故事论者"当属缘事诗评的类型之一。所谓"以故事论者"的缘事诗评就是以诗歌过去已发生的事为批评依据而展开的诗歌批评活动。过去已发生的事即古人所说的"故事"或"本事"，所以"以故事论者"的缘事诗评也可称为本事批评。在中国古代，有"述而不作，信而好古"的诗学传统。因此，"以故事论者"的缘事诗评自然成为中国诗评中最重要的批评方式之一。

"以故事论者"的缘事诗评主要以诗歌背后发生的"故事"或"本

事"作为批评的依据,它特别强调和注重诗歌发生的原初之事以及原初之意。从本质上来说,"以故事论者"的缘事诗评属于社会历史批评,自然比较注重回到历史语境中展开批评。这种观念从孟子的"知人论世"到《毛诗》"以事证诗"、《汉书艺文志》"论本事而作传"再到孟棨《本事诗》"以事类聚"的批评思想,可以说是一脉相承的。譬如《毛诗正义》云:"《氓》,刺时也。宣公之时,礼义消亡,淫风大行,男女无别,遂相奔诱。华落色衰,复相弃背。或乃困而自悔,丧其妃耦,故序其事以风焉。"① 《毛诗》评诗的模式一般是"意"(诗之本义)+ "事"(诗之本事)。在毛公看来,《氓》的本义是"刺时也";其本事是宣公之事也。毛公之所以以"故事"或"本事"论述,是为了"序其事以风焉"。可以说,序宣公之事是为了刺上化下。由此可见,在诗评过程中,"序其事"或"以故事论者"对于诗的现实功能实现来说何其重要。这种批评方式在孟棨《本事诗》中得到最大化的发展。孟棨《本事诗》以事系诗,即以讲故事的方式记诗和明诗。正由于此,明代诗论家胡应麟在《诗薮》中指出:"孟棨《本事诗》,小说家流也。"②《四库全书总目提要》认为,孟棨《本事诗》属于"旁采故实"之例。不管是"以故事论者",还是"旁采故实",都是基于过去的事展开批评,这既体现了古人奉古的情怀,也体现了古人批评的倾向和特色。

第二,"以时事言之"的缘事诗评。依据对"时事"的不同理解,"以时事言之"的缘事诗评可分为两种形态:一种类型依据过去正发生的事,即当时当地正发生的事;另一种类型依据现在正发生的事,即此时此地正发生的事。前者可以郑玄笺诗为代表,后者可以诗话话诗为代表。

就依据当时当地正发生的事展开批评来说,郑玄笺诗可谓典范的缘事诗评。孔颖达对郑玄笺《毛诗》就多以时事言之。譬如"郑以时事言之,犹今之鹅毛槊也。"③ 郑玄笺诗并非完全依经据传,而是时常

---

① 李学勤主编:《十三经注疏·毛诗正义》,北京大学出版社1999年版,第228页。
② (明)胡应麟:《诗薮》,上海古籍出版社1958年版,第273页。
③ 李学勤主编:《十三经注疏·毛诗正义》,北京大学出版社1999年版,第289页。

以当时当地正发生的事为依据。比如郑玄对《汉广》"之子于归，言秣其马"一句笺云："于是子之嫁，我愿秣其马，致礼饩，示有意焉。"①在孔颖达看来，"饩，谓牲也。昏礼不见用牲文，郑以时事言之，或亦宜有也。"②《毛诗正义》"以时事言之"的批评在中国古代是一种重要的批评方式，对后世诗评也产生了积极影响。清代著名诗论家吴乔在读韩致尧《惜花》诗时，以时事考之，无一不合。"以时事言之"的缘事诗评在创作观念上认同"即事名篇"，多以杜甫的诗作为批评对象。郭茂倩《乐府诗集》云："近代唯杜甫《悲陈陶》《哀江头》《兵车》《丽人》等歌行，率皆即事名篇，无复倚傍。"③吴乔在《围炉诗话》中也有"贾诗写眼前事，亦出于杜"的论断。依据此时此地正发生的事展开批评作为一种重要的缘事诗评方式，对诗歌的发展以及诗评的进步都是有着自己独特品性与贡献的。

第三，"想象以为事"的缘事诗评。一般来说，过去的事构成历史，当下的事构成现实，可能的事则构成未来。所谓"想象以为事"的缘事诗评就是在评诗活动中依据艺术性评诗的原则展开丰富的想象，以求诗歌内蕴的各种可能性。叶燮在《原诗》中将此概括为"想象以为事"。叶燮认为，作诗者，实写之事"可以言，言可以解"，但"不可施见之事"即"想象以为事"，而俗儒耳目心思是无法界分的。实写之事遵循科学性，通过"耳目心思"即可把握。虚写之事即"想象以为事"遵循艺术性，单靠"耳目心思"很难把握，必须借助神性来感悟。究竟缘事诗评是科学还是艺术，历来众口难调。在中国古代，"夺胎换骨""点石成金"的黄庭坚注重形式技巧，偏向于科学（理性）；"不涉理路""惟在妙悟"的严羽注重言外之意，偏向于艺术（感性）。从语言层面看，诗可"剖析入理"以科学处之；从诗意层面看，诗可"游于艺"以艺术处之。

叶燮指出："诗之至处，妙在含蓄无垠，思致微渺，其寄托在可

---

① 李学勤主编：《十三经注疏·毛诗正义》，北京大学出版社1999年版，第55页。
② 李学勤主编：《十三经注疏·毛诗正义》，北京大学出版社1999年版，第55页。
③ （宋）郭茂倩：《乐府诗集》，山东画报出版社2004年版，第645页。

言不可言之间，其指归在可解不可解之会。"① 由此看来，"诗之至处"的评判就不能仅靠"耳目心思"的理性去把握，而更需要最高的艺术标准去评判。因此，在"诗之至处"的评判上，"绝议论而穷思维"显得尤为重要。对此，叶燮以"《夔州雨湿不得上岸》作晨钟云外湿句"析而剖之，最后深刻地指出："不知其于隔云见钟，声中闻湿，妙悟天开，从至理实事中领悟，乃得此境界也。"从现代文学批评的角度看，这种缘事诗评似乎过于主观、过于诗意化，但在中国古代，这种缘事诗评不仅存在着，而且特色鲜明地存在着，并且这种缘事诗评有时可能比单靠"耳目心思"的理性去把握更能触及诗歌的"至处"与灵魂。这也许是最有中国气派的诗评方式之一。

综上所言，缘事诗评的形态主要有"以故事论者""以时事言之""想象以为事"三种，前两种务"实"，强调实事求是的考索之功；后一种务"虚"，重视心驰神往的想象之力。

二 缘事诗评的本质特征论

缘事诗评的本质特征与其形态特征有所不同，前者对后者具有决定性的意义。对缘事诗评的本质特征进行研究，不仅有助于我们更深入地理解缘事诗评的形态特征，而且也有助于我们更深刻地认识和把握缘事诗评的本质。

第一，从"事"的角度来看，缘事诗评的本质就在于充实诗歌的历史内容。毋庸置疑，"事"不是空洞的时间，而是充实的时间。也就是说，"事"使人类的时间性存在赋予了内容和意义。一般而言，人是在历事的活动中创作诗歌。从此意义上说，诗歌内外均有"事"的参与。缘事诗评的价值就在于揭示出诗歌背后隐在的事实，以便使诗歌因事制宜、古今融通。"以事证诗"的《毛诗》、"以事系诗"的《本事诗》以及宋代以后各种"以事话诗"的诗话，本质上都是在用"事"充实诗歌时间性，以便使诗具有厚实的历史内容。因此，缘事

---

① （清）叶燮：《原诗》，霍松林校注，见郭绍虞主编《中国古典文学理论批评专著选辑》，人民文学出版社1979年版，第30页。

诗评的本质特征就是时间的流动性与历史的积淀性。

譬如陈太子舍人徐德言有诗云："镜与人俱去，镜归人不归。无复嫦娥影，空留明月辉。"这首诗最早以缘事批评的方式收录在孟棨《本事诗》中。这种"旁采故实"的批评，不是通过主体判断得来的，而是通过本事显现得来的，即诗之情、之义在故事的讲述中自然显现和充实。"事"自身具有滋生性，经过这样的批评，这首诗以及诗之本事后来得到广泛传布。宋代笔记小说家罗烨在《醉翁谈录》中编撰了一千六百余字的"乐昌公主破镜重圆"故事（小说）。另外，宋代诗评汇编《古今诗话》也简述了破镜重圆的故事。明代戏曲家徐渭在《南词叙录》载录了"宋元旧篇"的南戏《乐昌公主破镜重圆》。可见，在"事"的流传过程中，诗与事的历史内容得到了充实和丰富。缘事诗评的本质就是充实诗的历史内容，使之得以更广泛地流传。

第二，从"评"的角度来看，缘事诗评的本质不在于感性的体察，而在于理性的认知。尽管中国诗评特别注重"品"的一面，但"评"本质上不是感性的范畴，而是理性的范畴。对此，叶燮明确指出："历来之评诗者，杂而无章，纷而不一，诗道之不能常振于古今者，其以是故欤。"[①] 当然中国缘事诗评对诗的理性认知与西方逻辑分析的理性认知还是存在一定差别的。与西方诗评相比，中国缘事诗评不是直白的，而是含蓄的，即追求"微而显，志而晦"的春秋之法。

譬如孟棨《本事诗·情感第一》中有两则相类似的"故事"。一则是"破镜重圆"的故事，讲述了徐德言之妻落入越公杨素之家的故事；另一则是卖饼者妻落入宁王虎口的故事。前者诗曰："今日何迁次，新官对旧官。笑啼俱不敢，方验作人难。"后者诗云："莫以今时宠，宁忘昔日恩。看花满眼泪，不共楚王言。"两则故事虽有相似之处，但由于叙事的方式以及诗文本自身的指向不同，而寓褒贬于其中。越公怀善、宁王霸道的玄机在不露声色中显现。可以说，"微而显，志而晦"是中国缘事诗评最为本质的特性之一。

[①] （清）叶燮：《原诗》，霍松林校注，见郭绍虞主编《中国古典文学理论批评专著选辑》，人民文学出版社1979年版，第54页。

总而言之，中国缘事诗评的本质在于充实诗歌的历史内容，其批评的目的就是给予人们一种理性的认知。

三　缘事诗评的文化特征论

中国古人强调"以文化天下"，美国人类学家露丝·本尼迪克特也强调："一种文化，无论它多么微小，或多么原始，或多么巨大，多么复杂，都有一种模式，都是从人类潜能巨大弧圈中选择了某些特征，并以比任何个人毕生能做的一切更强大的力量给予了精心建构。"① 中国缘事诗评在中华民族潜能的巨大弧圈中也选择了某些特征，并也以一种强大的力量给予了精心建构。概而言之，这些特征与力量主要表现为以下三个方面。

第一，"施为政教"的特征。在中国古代，大官员就是大诗人的现象是屡见不鲜的。与之相反，没有任何官阶的诗人倒是很少见。可以说，诗政不分是中国诗学文化的基本事实。由于诗与政的关系相当密切，所以在诗学观念上也就有了"施为政教"的文化特征。孔子有"诵诗三百，授之以政"的训诫。在中国诗学文化中，诗教与政教往往是合而为一的。孔颖达《毛诗正义》有"歌其政事之变者"的说法。后来，他对《诗经·皇矣》"既受帝祉，施于孙子"注疏时提出"心既能度，然后能施为政教"的观点。何谓"政"？一方面，"政"有公正、公平之义，所谓"政，正也"（《说文解字》）。另一方面，"政"亦有做事之义。子路问政，孔子以"先之劳之"作答。一言以蔽之，"政"就是公正做事的意思。从夔"诗言志"以教胄子开始，到汉代"四家诗"以事证诗的政教以及魏曹丕"经国之大业"的文气说，再到唐代孟棨《本事诗》"犹四始"的为政情怀……都能体现出中国缘事诗评"施为政教"的文化特征。可以说，中国文学（诗歌）与政治有着"剪不断，理还乱"的情结。"施为政教"的文化倾向对于我们准确地把握中国古代诗歌的内涵及其特征具有积极的价值，

---

① ［美］露丝·本尼迪克特：《文化模式》，何锡章、黄欢译，华夏出版社1988年版，序言第1—2页。

同时对深刻理解我们的诗学传统以及建构我们的诗学未来也有积极的意义。

第二,"伦次允德"的特征。中国缘事诗评除了善于"施为政教"的批评外,还特别强调"伦次允德"的批评。何谓"伦"?《说文解字注》云:"辈也。军发车百两为辈。引申之同类之次曰辈。"① 所谓五伦即君臣、父子、夫妇、兄弟、朋友之间的五种关系。这五种关系以尊卑观念伦次排列,诗人称为伦常。中国缘事诗评在展开批评时,很多时候就是为了维系这种伦常而展开,这种批评观念在《毛诗》笺疏中表现得尤为明显。如对《诗经·还》批评道:"《还》,刺荒也。""所以刺之者,以哀公好田猎……闲于驰逐之事者,则谓之为好。"② 很显然,这是维护君臣伦常的批评。对《诗经·草虫》批评道:"大夫妻能以礼自防也。"很显然,这是维护夫妇伦常的批评。孔颖达《毛诗正义》曰:"以夫妇之性,人伦之重,故夫妇正则父子亲,父子亲则君臣敬……所以《诗》之为体,多序男女之事。"③ 中国以伦理为本位,诗乐与伦理血脉相通。何谓"德"?《说文解字》云:"德,升也。"④ 中国古代特别重视道德修养与道德教化,甚至提出"国之所以存者,道德也"。⑤ 在中国古代,不管是儒家还是道家,都注重"事"与"德"的关系。孔子提倡"敬事而信""据于德";庄子主张"事兼于义,义兼于德"。《淮南子》亦云:"故事不本于道德者,不可以为仪。"⑥《诗法源流》就有"诗者,原于德性"的论说。薛雪《一瓢诗话》指出:"作诗与著书一理。有其德而无其位,有其道而无其权,著之可也。"⑦ 中国缘事诗评就蕴含着"劝善允德"的教化功能。譬如《本事诗》对杜牧"三年一觉扬州梦,赢得青楼薄幸名"的缘事批评,

---

① (清)段玉裁:《说文解字注》,中州古籍出版社2006年版,第728页。
② 李学勤主编:《十三经注疏·毛诗正义》,北京大学出版社1999年版,第331页。
③ 李学勤主编:《十三经注疏·毛诗正义》,北京大学出版社1999年版,第5页。
④ (汉)许慎:《说文解字》,岳麓书社2006年版,第43页。
⑤ 赵宗乙译注:《淮南子译注》,黑龙江人民出版社2003年版,第677页。
⑥ 赵宗乙译注:《淮南子译注》,黑龙江人民出版社2003年版,第1092页。
⑦ (清)薛雪:《一瓢诗话》,杜维沫校注,见郭绍虞主编《中国古典文学理论批评专著选辑》,人民文学出版社1979年版,第69页。

就不乏"劝善允德"的意味。孟棨从杜牧制策登科、名振京邑诸事讲起，然后分说举为御史、分务洛阳、狎游饮酒之事，字里行间对杜牧"意气闲逸，傍若无人"的轻浮有劝勉之意。由此看来，缘事诗评既注重人伦纪纲，也注重劝善允德，属于伦理道德批评。

第三，"以资闲谈"的特征。与西方"严肃"的理性批评方式不同，中国缘事诗评则是"闲趣"的感性批评。可以说，"以资闲谈"是中国缘事诗评的文化特色与构成形式。钟嵘《诗品序》曰："嵘之今录，庶周旋于闾里，均之于谈笑耳。"① 欧阳修《六一诗话》云："居士退居汝阴而集，以资闲谈也。"② 在中国古代，诗评的地位是比较低的，一般委身于集部之后。诗评不登大雅之堂，而在闾里之间闲谈，这恰恰少了约束而多了自由。中国缘事诗评这种相对的自由性使得自身有了形式多样、不拘小节、闲趣自然等诸多特性。

尽管从本质上看，中国缘事诗评不应是感性的，而是理性的，但是从形态上看，中国缘事诗评确实有诗性的特征。明代诗论家杨慎引杨用修的话指出："语录出而文与道判矣，诗话出而诗与言离矣。"③ 从语言表述来看，理论命题也习惯于使用诗性的语言来表述。譬如移情之于"登山则情满于山，观海则意溢于海"的表述。从批评的态度来看，多以"戏为""闲谈""品味"的态度处理严肃的批评问题。不管是杜甫的《戏为六绝句》还是欧阳修的《六一诗话》都体现出这一特点。从批评的指向来看，批评之中也有意追求"闲趣"，以为谈资与笑料。欧阳修《六一诗话》载："语涉浅俗而可笑者"——"眼前不见市朝事，耳畔惟闻风水声"戏为"患肝肾风"；"尽日觅不得，有时还自来"说成"人家失却猫儿诗"。说者无他，皆以为笑也。

总而言之，中国缘事诗评在其内部既是矛盾的，也是统一的。之所以说是矛盾的，是由于理性的诉求与感性的表达所产生的矛盾；之所以说又是统一的，是由于理性所触及不到的地方往往借助神性的感

---

① （南朝梁）钟嵘：《诗品》，张连第笺释，北方文艺出版社 2005 年版，第 26 页。
② （清）何文焕辑：《历代诗话》，中华书局 1981 年版，第 264 页。
③ （清）顾炎武：《日知录》，周苏平、陈国庆点注，甘肃民族出版社 1997 年版，第 850 页。

悟得来。可以说，后者即诗性文化的特性是中国缘事诗评最大的特征之一。这种观念从钟嵘"皆由直寻"到王士祯"专标神韵"等都有充分的体现。

第三节 缘事诗评价值论

从某种意义上说，价值就是人与物或人与人在交往过程中所形成的一种稳定性的依存关系和功能需要。因此，价值既不在物自身，也不在人自身，而在于人与物的需求与依存的关系之中。对缘事诗评而言，它不仅具有客体的实体价值，也具有满足主体的实用价值。与缘情诗评相比，缘事诗评在自身的本质特性以及满足创作需求上都具有独特的价值。中国缘事诗评价值论是关于缘事诗评的性质、构成、标准等对主体满足程度的基本认识和基本观念，它主要从主体的满足和客体能否满足以及如何满足的角度来考察缘事诗评显在或潜在的价值。

一 缘事诗评的历史价值论

如果说缘情诗评是以"情"为批评对象，使人感受、体验以及理解诗歌内外之情，那么缘事诗评就是以"事"为批评对象，使人知晓、明白以及懂得诗歌内外的事。"情"充实人们的空间感念，"事"厚实人们的时间感受。或者说，前者给人亲切感，后者则给人历史感。从本质上说，"事"是主观见之于客观的一种行为结果。比之于情，"事"具有较强的客观性。所谓"真伪因事显，人情难豫观"就是由于此。古往今来，以"情"为核心的缘情诗评的根本目的就是阐发诗之情以使人品鉴诗能披辞入情，而以"事"为核心的缘事诗评的根本目的就是揭示诗之事以使人品味诗能执之有据。从本质上说，"事"是人的主观见之于客观的一种行为结果。对事来说，既需要守住本真的底线，还需要"事见于言，言以为事"的语言化处理，才能"发言为诗"。扬雄《法言》序曰："事有本真，陈施于意，动不克，咸本诸身。"① 一方面，潜在的"事"只有在"真"的许可下才能转化为现实可信的事件。另一方面，话语言说虽然是虚构的，但是只要经得"真"（艺术真实）的许可也允许进入事件的构造之中。正是基于此，亚理斯多德才认为"一件不可能发生而可能成为可信的事，比一件可能发生而不可能成为可信的事更为可取"。从此意义上说，缘事诗评的价值就主要体现在求真的历史价值及其言说之上。

第一，缘事诗评使诗有了生命和历史。从诗的生命不息角度来看，缘事诗评确实功不可没。不可否认，诗人创造了诗歌，但诗生生不息却不取决于诗人，而在于诗评者。诗人创作诗歌，只是诗歌诞生的一种标志。诗歌能不能适应社会、时代、文化的需要而获得发展，还是需要诗评尤其是缘事诗评助力的。也就是说，尽管诗歌诞生了，但并不意味着它能适应时代需要而生存下去。一方面，有凭有据的缘事诗评可以使诗获得最大化的发展，增强自身的生命力与影响力。譬如贾岛骑驴吟哦，引手推敲，韩愈以"作敲字佳"评价之事使"鸟宿池边树，僧敲月下门"名噪一时，广泛传布。此事在《唐摭言》《类说》《刘公嘉话》《诗话总龟后集》《群书类编故事》中都有记载。另一方面，有凭有据的缘事诗评甚至还可以使诗"起死回生"，从而获得"全新"的认识。譬如北宋年间，惠崇等九位僧人诗名于世、为人称道，有集号《九僧诗》，不幸不复传矣。欧阳修少时闻人多称之，"马放降来地，雕盘战后云""春生桂岭外，人在海门西"等诗才在欧氏的叙事中获得了第二次生命。此事有据，见于《六一诗话》。

从诗的历史生成角度来看，缘事诗评确实也有丘山之功。也就是说，缘事诗评对于诗歌在历史传承中具有不可替代的作用。别林斯基就认为，文艺批评是"一种不断运动的美学"②。诗评让诗切实地"运动"起来，不仅意味着诗有了生命，而且意味着诗有了历史。譬如《唐诗纪事》载：德宗贞元十六年庚辰，中书舍人高郢下及第第四人。省

---

① （汉）扬雄：《法言》，中华书局1985年版，第1页。
② ［俄］别林斯基：《别林斯基选集》第1卷，满涛译，上海译文出版社1979年版，第324页。

试《性习相近远赋》《玉水记方流诗》,时年二十八。通过计有功对唐诗的纪事,我们可以明确知晓《性习相近远赋》与《玉水记方流诗》产生的具体时间、地点以及原因等历史构件。可以说,缘事诗评"以事系诗"不仅确证了人的历史,也确证了诗的历史。

第二,缘事诗评使诗学有了历史内容和历史依据。一般而言,诗评是对诗歌及其现象的具体研究,诗学是对诗歌及其现象的抽象研究。诗评与诗学既各自独立,又相得益彰。一方面,诗评是诗学观念的具体化;另一方面,诗学又是诗评的理论化。以"事"为批评对象的缘事诗评对诗学所提供的价值自然主要反映在"事"之上,即给予诗学深厚的历史内容与充分的历史依据。

在中国古代,以"事"为批评对象的缘事诗评尽管零落离散,却俯仰皆是。依据诗内外不同的事,缘事诗评可分为两种批评类型。一类是对诗内之事展开的批评,另一类是对诗外之事展开的批评。前者属于文本的内部批评,后者属于文本的外部批评。就文本的内部批评来说,唐代诗人王昌龄在《诗格》中,对诗句"振衣千仞岗,濯足万里流"有"古诗直言其事,不相映带,此实高也"的评价。对陶渊明诗的评论,元代诗论家陈绎曾有"事真意真,几于《十九首》"之论。清代诗论家方东树亦有"读陶公诗,专取其真:事真景真"之评。另外,明代诗论家胡应麟有"左延年《秦女休行》,叙事真朴,黄初乐府之高者"之说。对于"哭挽之诗",方东树提出"要情真事实"的批评原则。就文本的外部批评来说,《本事诗》《唐诗纪事》《宋诗纪事》等批评方式都属于外部批评。孟棨《本事诗》序曰:"亦有独掇其要,不全篇者,咸为小序以引之,贻诸好事。其有出诸异传怪录,疑非是实者,则略之。拙俗鄙俚,亦所不取。闻见非博,事多阙漏,访于通识,期复续之。"① 不管是内部批评还是外部批评,缘事诗评在某种程度上都是为诗学尤其是缘事诗学提供历史内容和历史依据。可以说,白居易的"歌诗合为事而作"、魏泰的"缘事以审情"、赵鼎臣

---

① (唐)孟棨:《本事诗》,李学颖标点,上海古籍出版社1991年版,第3页。

的"主文而辨事，因事以陈辞"等诗学思想、观念都与具体的缘事诗评的实践有着紧密的关系。

二 缘事诗评的道德价值论

从康德三大批判的思想观念来看，如果缘事诗评求"真"类似纯粹理性批判，那么缘事诗评向"善"就恰似实践理性批判。在康德看来，实践所构成的理性有"允许的事和不允许的事""义务的事和违背义务的事"之分。譬如在中国古代，"父母在，不远游，游必有方"是中国古人伦理实践"允许的事和不允许的事"；"三年无改于父之道"则是中国古人"义务的事和违背义务的事"。康德还指出："善和恶的概念首先为意志规定了一个客体。但这两个概念本身是服从理性的一条实践规则的。"① "允许的事和不允许的事"以及"义务的事和违背义务的事"作为"行动的一切德性价值的本质取决于道德律直接规定意志"②。以"事"为批评对象的缘事诗评作为一种批评行为必然在其本质上也取决于道德律令直接规定意志，即有什么样的道德律令就会有什么样的诗评意志。

中国传统文化宗亲、家族观念浓厚，从而形成"夫妇正，父子亲"的伦理性与"有德者，必有言"的道德性两大特性。梁启超在《先秦政治思想史》中曾指出："中国古代的政治是家族本位的政治。"③ 梁漱溟说："中国的家族制度在其全部文化中所处地位之重要，及其根深蒂固，亦是世界闻名的。"④ 中国文化的这种取向性决定了中国缘事诗评的价值取向——伦理道德性。从伦理道德批评本质来说，缘事诗评依据中国的道德律令对诗歌展开批评，不仅有文体论的价值，而且也有生存论的价值。

第一，从内部批评来看，缘事诗评致力于诗歌文本的伦理叙事、

---

① ［德］康德：《实践理性批判》，邓晓芒译，人民出版社2003年版，第92页。
② ［德］康德：《实践理性批判》，邓晓芒译，人民出版社2003年版，第98页。
③ 梁启超：《先秦政治思想史》，中华书局、上海书店1986年版，第40页。
④ 梁漱溟：《中国文化要义》，上海人民出版社2003年版，第20页。

道德叙事批评,对于诗歌现实主题的揭示价值重大。中国诗评尤其是儒家诗评更多地秉持"经夫妇,成孝敬,厚人伦"的伦理道德批评原则而展开批评。当然一般情况下,诗中的伦理道德不是显而易见,而是隐而不显的。否则,诗就不是诗了,而是道德说教了。杨慎《升庵诗话》就指出:"《三百篇》皆约情合性而归之道德也,然未尝有道德字也,未尝有道德性情句也。"① 正因为诗中伦理道德隐而晦的特性,才赋予了缘事诗评伦理叙事与道德叙事批评存在的正当理由。缘情诗评阐发"情",并以"情"化人,缘事诗评揭示"事",并以"事"服人。缘于事的伦理道德批评,古已有之。子曰:"子谓《韶》'尽美矣,又尽善也。'谓《武》'尽美矣,未尽善也。'"②《韶》何以尽善尽美?《武》又何以尽美不尽善? 其中就有"允许的事和不允许的事"这种道德因素的考量。朱熹解释说:"舜之德,性之也,又以揖逊而有天下;武王之德,反之也,又以征诛而得天下,故其实有不同者。"③ 明代大学士邱濬进一步解释说:"武王之《武》,看《乐记》便见,盖是象伐纣之事。"④ 很显然,这是一种缘于事的伦理道德批评。《毛诗》就有"《关雎》,后妃之德"的批判。孔颖达疏云:"德者,得也,自得于身,人行之总名。此篇言后妃性行和谐,贞专化下,寤寐求贤,供奉职事,是后妃之德也。"⑤ 在孔颖达看来,之所以"美后妃之德者"主要是出于两方面的原因:一是由于"以夫妇之性,人伦之重",即所谓"阴阳为重,所以《诗》之为体,多序男女之事"⑥;二是由于"美政教已失,为恶者多,苟能为善,则赏其善事"⑦。朱熹更明确地指出:"《诗》意只是叠叠推上去,因一事上有一事,一事上又有一事。如《关雎》形容后妃之德如此。"⑧ 在中国古代,诗评尤其是缘事

---

① 丁福保辑:《历代诗话续编》,中华书局1983年版,第868页。
② 张卫中校注:《论语》,浙江教育出版社2011年版,第27页。
③ (宋)朱熹:《四库章句集注》,浙江大学出版社2012年版,第68页。
④ (明)丘濬:《大学衍义补》,蓝田玉等校点,中州古籍出版社1995年版,第570页。
⑤ 李学勤主编:《十三经注疏·毛诗正义》,北京大学出版社1999年版,第5页。
⑥ 李学勤主编:《十三经注疏·毛诗正义》,北京大学出版社1999年版,第5页。
⑦ 李学勤主编:《十三经注疏·毛诗正义》,北京大学出版社1999年版,第5页。
⑧ (宋)朱熹:《朱子语类》,王星贤点校,中华书局1986年版,第2096页。

诗评大多属于外部批评，批评的目的也多是人伦和谐、道德昌明、政教协同等。无疑，这对诗歌现实主题的揭示具有重要的价值。这种批评在《本事诗》《唐诗纪事》《宋诗纪事》等批评文本中是比较常见的，我们不再一一枚举。

第二，从外部批评来看，缘事诗评有助于提高人的伦理道德修养，对稳定社会、规范生活以及疏导人际等生存问题具有重要的价值。事实上，我们做什么事以及如何做事不仅仅是个人的行为，而更多的是伦理道德的社会行为。即在我们做事之前，一个社会就预设了诸多"允许的事和不允许的事"以及"义务的事和违背义务的事"。这些事从根本上说，就是这个社会的道德律令。以"事"为批评对象的缘事诗评不仅具有史学的价值，也有伦理学的价值。即中国缘事诗评，一方面追求"真"，即所谓"秉笔直书"也；另一方面追求"善"，即所谓"惩恶扬善"也。从史学的角度看，中国古代有"孔子成《春秋》，而乱臣贼子惧"的史训。从诗学的角度看，缘事诗评坦诚相待，信口雌黄者少。可以说，缘事诗评以"事"为依据，既具有明辨是非的价值，也具有惩恶扬善的价值。在清代诗论家方东树看来，"有德者必有言，诗虽吟咏短章，足当著书，可以觇其人之德性、学识、操持之本末"[①]。扩而言之，有德者必有言的诗评对社会生活的方方面面都有自己独特的价值。

三 缘事诗评的诗性价值论

从中西比较诗学的角度来看，西方诗评强调"逻各斯"（logos）推理和判断，中国诗评则强调"立象尽意"直观和感悟。换句话说，西方诗评是逻辑的批评；中国诗评则是审美的批评。康德把美分成两种：一是"自由美"（pulchritudo vaga）；二是"依附美"（pulchritudo adhaerens）。"前者不以任何有关对象应当是什么的概念为前提；后者则以这样一个概念及按照这个概念的对象完善性为前提。前一种美的

---

① （清）方东树：《昭昧詹言》，汪绍楹校点，人民文学出版社1961年版，第97页。

类型称之为这物那物的（独立存在的）美；后一种则作为依附于一个概念的（有条件的美）而被赋予那些从属于一个特殊目的的概念之下的客体。"① 就中国诗评而言，司空图《二十四诗品》的理性之美可谓是典型的"依附美"。司空图将诗分为二十四种风格类型，并且每一种风格类型都是按照某个概念展开诗性阐释的，其批评的模式都是概念（理性判断）+诗句（感性认知）。譬如二十四诗品之首——"雄浑"："大用外腓，真体内充。反虚入浑，积健为雄。具备万物，横绝太空"②，就是围绕"雄浑"这一抽象概念展开感性认知的。"大用外腓，真体内充"是雄浑的体用；"反虚入浑，积健为雄"是雄浑的构成；"具备万物，横绝太空"是雄浑的样貌。诗评也追求美，这也许是中国诗评对世界评论的一大独特贡献。

中国缘事诗评的审美特性主要体现为两个方面：一是"旁采故实"即"讲故事"的批评；二是"以资闲谈"的言说。前者的审美感来自时间的充实性；后者的审美感来自形式的自由性。就"旁采故实"的诗性价值来说，它给人带来的不仅仅是诗的历史背景，更重要的是还给人带来讲故事的审美感和充实感。如《本事诗》"破镜重圆""崔护谒浆"等缘事批评都很有故事的审美感。就"以资闲谈"的诗性价值来说，它给人带来的就不仅仅是言说上的充实感，更重要的是还给生活带来趣味感和历史感。在《唐诗纪事》卷十六对王维《相思》诗作了缘事批评。《唐诗纪事》载："禄山之乱，李龟年奔于江潭，曾于湘中采访使筵上唱云：红豆生南国，春来发几枝。愿君多采撷，此物最相思。"③ 如此记载，《相思》的历史感自然就显现了。至于给予生活趣味感，欧阳修所开创的"以资闲谈"的批评多是此类。前有论述，不再累述。

综上所述，中国缘事诗评的历史价值是求真，道德价值是向善，

---

① [德]康德：《康德三大批判精粹》，杨祖陶、邓晓芒编译，人民出版社2001年版，第448页。
② 杜黎均：《二十四诗品译注评析》，北京出版社1988年版，第61页。
③ 王仲镛：《唐诗纪事校笺》，巴蜀书社1989年版，第423页。

诗性价值是趋美。可以说，缘事诗评在满足主体上，做到了真、善、美的统一。但需要反思的是：美是由于真而美，还是由于美而真？真的不一定是美的，但美而不真还是美吗？真是美充分还是必要的条件自古争论不休。老子尊奉"信言不美，美言不信"的训诫；孔子则坚守"言之不文，行之不远"的信条。老子将美与真对立起来，而孔子则将美与真统一起来。历史上对善与美和真讨论得也很多，真的不一定是善的，善的也不一定是美的。"尽善尽美"固然是一种比较高的审美理想，但也需要警醒的是：第一，中国缘事诗评追求理性之美有其民族特色和优势，但在中华审美范式下，其实也潜藏着"美之为美，斯恶已"的危险；第二，中国缘事诗评追求伦理道德之善固然是人心所向，但没有"真"的话，也会落入"善之为善，斯不善已"的尴尬境地。因此，缘事诗评应以"真"为其基础，然后再求善、趋美。中国传统事论观念——"事有合于己者，而未始有是"的思想需要作出一定的调整。另外，缘事诗评依据客观之事展开批评有其先天的优势，但应以谨严求证为是，而不能牵强附会。清代诗论家费锡璜、沈用济在《汉诗总说》中指出："世之说汉诗者，好取其诗，牵合本传，曲勘隐微。虽古人托辞写怀，固当以意逆志。然执词指事，多流穿凿。"[①] 中国缘事诗评自当以此为戒。

---

① 陈良运主编：《中国历代诗学论著选》，百花洲文艺出版社1995年版，第78页。

第九章　缘事理论何以为用

理论与实践相结合是人类掌握世界的一种重要方式，同时也是人类一切精神生产特别是诗歌创作兴衰成败的关键所在。换句话说，理论是实践的观念形态，实践是理论的物化形态。二者须臾不可离，犹如执柯以伐柯者尽在手头才能相互实现。一般而言，理论形成主要有两个来源：一是从文本到理论，二是从理论到理论。前者如五言诗之于钟嵘滋味说，后者如《本事诗》之于《续本事诗》。当然需要指出的是，从理论到理论并不是空洞的从理论到理论，而是从文本到理论再到理论的理论。中国诗学的缘事理论既有从文本到理论发现与生成的因素，也有从理论到理论转化与提升的因素。在中国古代，有"体用一源，显微无间"的思想观念。"诗之用，片言可以明百义。诗之体，坐驰可以役万象。"[①] 在吴乔看来，"诗为人事之虚用"，"犹酒之变尽米形，饮之则醉也"[②]。缘事之用就在于诗化人类的记忆，使人如痴如醉。

第一节　缘事直寻：古代乐府诗直解

被世人誉为"乐府双璧"之一的《孔雀东南飞》在历史上的评价

[①] （清）薛雪：《一瓢诗话》，杜维沫校注，见郭绍虞主编《中国古典文学理论批评专著选辑》，人民文学出版社1979年版，第121页。

[②] 郭绍虞：《清诗话续编》，上海古籍出版社1983年版，第479页。

其实并不是那么统一，反而存在很大的争议。高扬者有之，王世贞称之"长篇之圣"，毛先舒谓之"汉人奇作"。贬斥者亦有之，陆时雍"讥其情词之纰缪"，李光地斥其"著语太多，过于冗长"①。消除这些矛盾和争议，是我们缘事直解《孔雀东南飞》的出发点，从而进一步理解缘事理论与诗歌之间的实践关系。具体来说，我们将从缘事而发、缘事体认以及缘事审情三个维度进行缘事直寻。

一 缘事而发——《孔雀东南飞》的本事探寻

《孔雀东南飞》的本事，可从两个层面来理解。一是文本之内的本事，即《孔雀东南飞》并序中的本事；二是文本之外的本事，即《孔雀东南飞》形成的原初故事。前者较为确定，也很明朗；后者较为模糊，众口难辩。在《孔雀东南飞》并序中，明确交代了时间（汉末建安中）、地点（庐江府）、人物（焦仲卿、刘氏、仲卿母）、事件（刘氏被遣，自誓不嫁，仲卿被迫，自言不娶。其家逼之，兰芝投水而死，仲卿缢树而尽）、诗由（时人伤之，即感于哀乐，缘事而发）。《孔雀东南飞》并序言简意赅，文约意广，短短53字，说尽应说之事。此为文本之内的本事。对《孔雀东南飞》的原初本事来说，胡适曾说："我以为《孔雀东南飞》的创作大概去那个故事本身的年代不远，大概在建安以后不远，约当三世纪的中叶。但我深信这篇故事诗流传在民间，经过三百年之久……终于变成一篇不朽的杰作。"② 尽管陆侃如、黄先骐等人对胡适的民间立场给予怀疑，但我们对胡适先生的治学理路即视《孔雀东南飞》这一文本不断生成的观点是完全赞同的。然而《孔雀东南飞》的本事踪迹究竟在哪里？其基本性质又是什么？这是值得思考的两个基本问题。

《孔雀东南飞》的本事取向有两个：一是故事流传的本事，二是版本流传的本事。在《孔雀东南飞》原初故事即本事流传的三百年之中，与庐江仲卿与兰芝殉情相类似的故事不为少数。其中在《后汉

---

① （清）李光地：《榕村语录　榕村续语录》，陈祖武点校，中华书局1995年版，第532页。
② 胡适：《白话文学史》，上海古籍出版社1999年版，第62页。

书·列女传》中有南阳阴瑜与荀采殉情的故事,与《孔雀东南飞》的本事比较接近。南阳阴瑜与荀采殉情故事是不是庐江仲卿与兰芝殉情故事的本事,虽然我们不能妄下结论,但是民间口头故事之间以及官方文本故事之间相互交织与影响的事实是显而易见的。《后汉书》是范晔在元嘉九年(430)被贬宣城太守而开始创作的,于元嘉二十二年(445),完成了本纪、列传的写作。范晔指出,自中兴以后,综其成事,述为《列女篇》。从发生的时间来看,《后汉书·列女传》是东汉列女的传记,与《孔雀东南飞》并序本事的上限时间——"汉末建安中"是属于一个时限的,它们之间互相影响与渗透是完全可能的。从情节以及人物的相似度上看,两则故事亦有互渗的可能。其一,荀采年十七适阴氏,兰芝十七为君妇。其二,荀采"时尚丰少",兰芝则"精妙世无双"。其三,荀采"常虑为家所逼,自防御甚固",兰芝亦"逼迫兼弟兄""蒲苇纫如丝"。其四,荀采"遂以衣带自缢","时人伤焉"。兰芝投水而死,仲卿缢树而尽,"时人伤之"。不仅如此,《孔雀东南飞》的本事要素甚至还可以往前推溯,及至战国时期发生的韩凭夫妇的故事。据干宝《搜神记》记载:宋康王舍人韩凭,娶妻何氏,康王夺之,妻遂自投台,赐凭合葬,冢相望也。大梓木生于二冢之端,根交于下,枝错于上。又有鸳鸯,雌雄各一,交颈悲鸣,音声感人。宋人哀之,名之"相思树"。《孔雀东南飞》亦是"两家求合葬,合葬华山傍。东西植松柏,左右种梧桐。枝枝相覆盖,叶叶相交通。中有双飞鸟,自名为鸳鸯"。两则故事结尾是何等的相似,这绝非是一个偶然。在中国古代,像这样的民间故事还有很多。很显然,这就不是个案性的问题,而是中华民族在面对情尽缘断之时一种共同的愿景与母题。《孔雀东南飞》应该就是这一母题本事的具体发挥。据吉林大学教授木斋考证,《孔雀东南飞》其原型更应该是甄氏被逼自杀死前的自述,甄氏之贤德,可参见诸多史料,其主要创作者应是曹植。此说发前人之未发,确乎新颖别致,论证也精到独特。但从缘事直观的维度考量,《孔雀东南飞》的本事抑或原型绝非单靠史证就能明了的。因为本事一旦佚出历史,就无法寻到。即我们只能寻到本事的踪迹，绝不可能找到本事本身。

从各种版本流传的本事来看，《孔雀东南飞》并不是一个孤立的文本，而是一种互文性的存在，其本事也是在互文中相互生成的。《孔雀东南飞》自梁代徐陵集入《玉台新咏》之后，并没有遏制各种版本故事的并行流传。各种版本的《孔雀东南飞》（包括传入日本等海外的版本）有同有异、有长有短，朴秀不一、删削不等。据考证，《焦仲卿妻诗》明人活字版《玉台新咏》妄增"贱妾留空房，相见常日稀"二句，谬传至今。实则郭茂倩、左克明两家乐府及旧本《玉台新咏》皆无之。下面我们将尝试例举三个不同版本即《太平御览》本、《艺文类聚》本和《玉台新咏》本的《孔雀东南飞》，以探寻三者共同的本事。

其一，《太平御览》本是四言抒情诗，名之为《古艳歌》，其词为："孔雀东飞，苦寒无衣。为君作妻，中心恻悲。夜夜织作，不得下机。三日载匹，尚言吾迟。"《太平御览》是宋代翰林学士李昉编著的一部百科全书性质的类书。《古艳歌》被编入卷八百二十六·资产部六之中，全诗共32字。据说编者不详的古诗文总集《古文苑》卷五十亦收入此诗。《古文苑》相传为唐人旧藏本，北宋孙洙得于佛寺经龛之中。但后人多疑为伪本，故不多言。今人逯钦立纂辑《先秦汉魏晋南北朝诗》将此诗汇编入汉诗卷十之中，属于乐府古辞中的杂曲歌辞。逯钦立在案注中指出："《古诗为焦仲卿妻作》即继承此歌。"①《孔雀东南飞》是否就继承《古艳歌》？虽有待进一步验证，但至少在行文上，二者存在千丝万缕的联系。从行文上看，这首四言诗主要写了一女子夜夜织作，却苦寒无衣之怪事，表达了女子恻悲、心酸之情。从此意义上看，与其唤作《古艳歌》，倒不如称作《古怨歌》。这种幽怨情绪与《玉台新咏》本的《孔雀东南飞》"鸡鸣入机织，夜夜不得息"有异曲同工之处。《女戒》云："晚寝早作，勿惮夙夜，执务私事，不辞剧易，所作必成，手迹整理，是谓执勤也。""专心纺绩，不好戏笑，洁齐酒食，以奉宾客，是谓妇功。"② 兰芝的命运与生活亦系

---

① 逯钦立：《先秦汉魏晋南北朝诗》，中华书局1983年版，第291页。
② （南朝宋）范晔：《后汉书》，（唐）李贤等注，中华书局1965年版，第2789页。

之于此。《孔雀东南飞》的原初本事亦应从此处发掘。

其二，《艺文类聚》本是五言抒情诗，但叙事成分已相当明显。诗云："后汉焦仲卿妻刘氏，为姑所遣，时人伤之，作诗曰：孔雀东南飞，五里一徘徊。十三能织绮……鄙贱虽可薄，犹中迎后人。"与《玉台新咏》本的《孔雀东南飞》相比，《艺文类聚》本似乎是《玉台新咏》本的兰芝自遣部分的缩略本。两个版本除了"十六诵书诗"（"十六诵诗书"）、"君既为府史"（"君既为府吏"）等个别字句不同外，主要的不同就是后半部分"妾有绣腰襦，葳蕤金缕光。红罗复斗帐，四角垂香囊。交文象牙簟，宛转素丝绳。鄙贱虽可薄，犹中迎后人"。《玉台新咏》本是"妾不堪驱使，徒留无所施，便可白公姥，及时相遣归"。可以说，这两个部分非常重要，它反映了两个不同的时代主题，同时也内蕴着共同的本事。《艺文类聚》本的严妆是为了"犹中迎后人"，而《玉台新咏》本则是"及时相遣归"。前者顺从、无奈；后者反抗、决绝。班昭《女戒》云："然则舅姑之心奈何？固莫尚于曲从矣。"① 很显然，"犹中迎后人"就是女德中的"曲从"品格。尽管《艺文类聚》是由唐代欧阳询等人编选而成，而《玉台新咏》是由南朝徐陵编撰而成，但从思想观念的角度来看，《艺文类聚》本应早于《玉台新咏》本。笔者认为，《玉台新咏》本的《孔雀东南飞》已有魏晋"越名教而任自然"的意味了。《艺文类聚》本与《玉台新咏》本其本事都是女子遭遣的事，但反映的时代精神还是有本质区别的。

其三，《玉台新咏》本是长篇叙事诗，情节跌宕起伏，被誉为长篇之圣。当然由于多种刻本流传等诸多失误，《孔雀东南飞》到底有多长，也是存在争议的。明正德年间仿宋刻本共三百七十三句，一千七百六十五字。伍受真在《论〈孔雀东南飞〉》中指出："沈德潜、程琰多作一千七百四十五字，胡适之先生《〈孔雀东南飞〉的年代》一文上作三百五十五句，一千七百六十五字。按照今古点数，则为三百五十七句，一千七百八十五字。"②《孔雀东南飞》的《玉台新咏》本

---

① （南朝宋）范晔：《后汉书》，（唐）李贤等注，中华书局1965年版，第2790页。
② 伍受真：《论〈孔雀东南飞〉》，《现代评论》1926年第182期。

定型后，其字数的差别虽然是细微的，但考订的价值并不是微不足道的。它至少透露出时代变迁、主题加增、本事迁移的痕迹。

从三个不同版本的《孔雀东南飞》来看，《太平御览》本是最俭省的，共三十二字。《艺文类聚》本次之，共一百二十字。《玉台新咏》本最长，约一千七百八十五字。从逻辑发展的角度看，《玉台新咏》本应是在《太平御览》本与《艺文类聚》本的基础上发展起来的。对于《孔雀东南飞》的本事而言，既有现实发生的原初性本事，也有互文本的渗透性本事。但对《孔雀东南飞》的本事探寻，我们应该知道自己的限度以及本事本身不可知的事实，而不能动以某人之诗如某某、或人、或事的武断说辞。我们认为，对《孔雀东南飞》本事可察者，要缘事而发得知；不可察者，则直观妙悟得来。

二　缘事体认——《孔雀东南飞》情节辨析

《孔雀东南飞》的情节大体如是安排：开端（兰芝诉苦，自告遣归）→发展（仲卿挽留，阿母训斥，夫妻誓别；归宁父母，弟兄逼迫，抗婚不成）→高潮（夫妻应见，哀怨心死，约誓黄泉）→结局（兰芝投水而死，仲卿缢树而尽）。清代诗论家毛先舒指出："《焦仲卿》，汉人奇作。"《孔雀东南飞》之所以是"奇作"，其中从情节安排即《孔雀东南飞》的开端上来看，就足以使人称奇叫绝。按照中国传统理道，舅姑之心莫尚于曲从，父母之言不可违也。在中国古代，出妻有七种理由即所谓"七出之制"，其中就有"不事姑舅，三也"①。《礼记·内则》亦有"子甚宜其妻，父母不悦，出"的规定。《孔雀东南飞》以兰芝自告遣归为开端，确实有违三纲五常、有悖七出之制。明代诗论家陆时雍对此极为愤慨，他指出："'妾不堪驱使，徒留无所施。便可白公姥，及时相遣归'，此是何人所道？观上言'非为织作迟，君家妇难为'，斯言似出妇口，则非矣。"② 明代诗论家谢榛指出："古人制作，各有奇处，观者自当甄别。"长篇之圣的奇作——《孔雀

---

① 蒲坚：《中国古代法制丛钞》，光明日报出版社2001年版，第79页。
② 丁福保辑：《历代诗话续编》，中华书局1983年版，第1403页。

东南飞》一改《艺文类聚》本"鄙贱虽可薄,犹中迎后人"遵其常理的曲从性情节,而以冒天下之大不韪的魄力设置了"便可白公姥,及时相遣归"这种有悖常理的叛逆性开端,不能不说是振聋发聩、出乎意料的。"事"以出奇为胜,叙事诗亦然。《孔雀东南飞》在情节编排上充分考虑到这一点,从而产生了耳目一新的惊人效果。在亚理斯多德看来,"如果事件的发生出乎意料之外,彼此之间又有因果关系,那就最能产生这种效果;这样的事件比自然发生、即偶然发生的事件更为惊人……这样的情节也就必然比较好"①。《孔雀东南飞》这样安排事件有其充分的合理性。其一,人都有喜新厌常的接受心理,王充在《论衡》中就指出:"俗人好奇。不奇,言不用也。故誉人不增其美,则闻者不快其意。毁人不益其恶,则听者不惬于心。"② 来自民间的《孔雀东南飞》在情节安排上不能不考虑到这一点。其二,《孔雀东南飞》出乎意料地以兰芝自告遣归这一事件发端也并不是空穴来风、哗众取宠,而是有现实基础与时代走向的。东汉末年,天下大乱,民不聊生,消沉遁世之风滋生,这从《古诗十九首》中可见一斑。与之相应,独尊儒术大一统的思想也开始动摇,于此之中也就埋下了"越名教而任自然"叛逆的种子。孔融就放言,父与子如寄物瓶中,出则离矣,当有何亲?从此两点来看,诗人以兰芝自告遣归的事件作为《孔雀东南飞》的开端也就不足为奇了。

《孔雀东南飞》之所以是"奇作",从"夫妻应见,哀怨心死,约誓黄泉"的高潮情节的安排亦能看出。在高潮部分,既然"府吏见丁宁,结誓不别离",兰芝何以又"登即相许和,便可作婚姻"?事件为何如此发展?这不仅是世人的疑问,甚至也是当事人焦仲卿的疑问——"蒲苇一时纫,便作旦夕间"?然而正是这个突变的事件安排反而增强了情节的曲折性,同时接受者也在一种期待遇挫中获得了更大的好奇感。这种情节安排,亚理斯多德称为"复杂情节"中的"突转"。亚氏在《诗学》中指出:"情节有简单的,有复杂的;因为情节

---

① [古希腊]亚理斯多德:《诗学》,罗念生译,中国戏剧出版社1986年版,第21页。
② (汉)王充著,袁华忠、万家常译:《论衡全译》,贵州人民出版社1993年版,第521页。

所摹仿的行动显然有简单与复杂之分。……所谓'复杂的行动',指通过'发现'与'突转',或通过此二者而引起转变的行动。'发现'与'突转'必须由情节的结构中产生出来,成为前事的必然的或或然的后果。两件事是此先彼后,还是有因果关系,是大有区别的。"①"誓天不相负"到"便可作婚姻"可谓亚氏所说的"突转"。《孔雀东南飞》情节的"突转"并不是"情"的"突转"带来的,而是"世事难料"带来的。因为这期间兰芝与仲卿的"情"并没有改变,改变的是"事"。因此,缘事体认可能要比缘情体认效果会更好。

兰芝所面对的是"父母之言不可违"的社会,"曲从"是其根本的伦理文化倾向。在中国古代,女儿出嫁"不迎而自归"是一件极不光彩的事。因为"不迎而自归"意味着女儿必有罪才被婆家遣归,这对亲生父母来说是一件颜面尽失的事。故对于此事,"阿母大悲摧""阿兄得闻之,怅然心中烦"。对于此事,兰芝有"自君别我后,人事不可量"的说辞。于此事境之中,兰芝倘若强留娘家,那是自寻欺辱的事。缘事体认兰芝"便可作婚姻"的事由,就会更深刻地理解人事的复杂以及人物性格的多面性。

三 缘事审情——《孔雀东南飞》主题认知

《孔雀东南飞》究竟要表达怎样的主题?古人少有涉及,今人却乐此不疲。近现代以来,对《孔雀东南飞》的主题认知主要有四种:一是反封建说;二是爱情说;三是教化说;四是命运说。王运熙先生指出:"《孔雀东南飞》的主题思想是非常明显的","一方面勇敢地揭露了封建家长制度、封建礼教的罪恶","一方面热情地歌颂了年轻男女忠于爱情的高尚品德"。② 王富仁指出:"与其说是歌颂爱情的,不如说是维护封建婚姻的合法性的","反对封建礼教也不是该诗的自觉的主题","《孔雀东南飞》的主题首先是一个人生的主题,是人的生

---

① [古希腊]亚理斯多德:《诗学》,罗念生译,中国戏剧出版社1986年版,第21页。
② 王运熙:《论〈孔雀东南飞〉的产生时代、思想、艺术及其他问题》,《语文教学》1956年第12期。

与死的主题,是人的命运的主题"。① 就当前研究现状来看,各说之间言之凿凿、莫衷一是。我们认为,主题是一个阐释学的问题,时代、文化以及阐释的人不同,主题也就不同,缘事审情也是一个不错的角度。

  从人物形象以及故事内容来看,《孔雀东南飞》主要涉及婆媳情感(焦母与兰芝的感情)、夫妻情感(仲卿与兰芝的感情)、母女情感(兰芝与母亲的感情)、兄妹情感(兰芝与兄长的感情)四类情感关系。首先,我们缘事审察一下焦母与兰芝的婆媳情感。《孔雀东南飞》中的婆媳关系如何呢?兰芝眼中的婆婆以及婆婆心中的兰芝又是什么样的呢?在兰芝看来,婆婆是没有体爱之心、百般刁难、役使无度的人。在婆婆看来,兰芝是野里出生、自专断、无礼节之人。二者水火不容,意见相左。兰芝投水而死、仲卿缢树而尽,与这种紧张的婆媳关系有直接的关系。面对兰芝的辛劳妇功,"大人故嫌迟";面对兰芝持贞守节的妇德,焦母却又别求东家女。从现代人的观念来看,婆婆确有蛮横之处,而理在兰芝。然而回到历史语境、缘事探求,兰芝也有失礼之时,举动自专之处。在焦母看来,兰芝作为新妇在焦家"共事二三年"共有两大罪状:一是"此妇无礼节",二是"举动自专由"。前者主要体现在对焦母的态度上,兰芝外柔内刚、以礼还礼的处事方式让焦母"久怀忿",但又有口说不清。可以说,这是焦母最大的不快,也是速遣兰芝的主要原因。后者主要体现在儿子对兰芝的态度上,焦仲卿所谓"女行无偏斜""终老不复取",让焦母感到兰芝是在役使丈夫。据唐代贞元年间宋若莘、宋若昭姐妹所撰《女论语》的训诫:凡为女子,五更鸡唱,起着衣裳,说辛道苦,号为恶妇。可以说,"早起"是新妇应尽之责,"说辛道苦"是新妇的大忌。兰芝虽"昼夜勤作息",却犯了"说辛道苦"的大忌。兰芝的委屈就在于出力而不讨好,而婆婆的怀愤就在于自己的权势受到威胁。从根本上说,没有血亲关系而单纯建立在礼教与家长权势下的婆媳关系的稳定必然

---

 ① 王富仁:《主题的重建——〈孔雀东南飞〉赏析》,《名作欣赏》1992 年第 4 期。

是以儿媳曲从为条件，否则悲剧将是必然的。可以说，焦母与兰芝的关系是压迫与被压迫、奴役与被奴役的关系。阿母之所以怒不止，兰芝之所以泪落连珠，情感的背后都有事感的缘由。或者说，情理背后都有事理。理解了事理，也就理解了情理。我们可以说，一切情语皆事语。

其次，我们缘事审察一下仲卿与兰芝的夫妻情感。《孔雀东南飞》中仲卿与兰芝的夫妻情感究竟如何？听其言，观其事，可见一斑。从所行之事来看，仲卿与兰芝过的是男官女织的生活。仲卿为官府吏，恪尽职守，国耳忘家，致使"贱妾留空房，相见常日稀"。兰芝居家劳作，鸡鸣入机织，夜夜不得息，反而"大人故嫌迟""伶俜萦苦辛"。从所说之言来看，仲卿与兰芝之间的并没有足够的体谅。仲卿疲于奔命、忍辱负重，加之严母独专、仕宦失意，已让仲卿苦不堪言。面对这一切，兰芝并没有悉心抚慰，相濡以沫。与之相反，"贱妾留空房，相见常日稀"以及"君家妇难为"的抱怨多于关心。当然仲卿也没有体谅妻子的含辛茹苦，对于兰芝"心中常苦悲"也没有及时抚慰和开导，结果反而还是"卿但暂还家"的妥协与牺牲。尤其是在兰芝应允婚期，却被仲卿讥讽为"贺卿得高迁"。种种迹象表明，仲卿与兰芝之间感情并不像我们想象得那么深厚，这是造成二人悲剧的主要原因。仲卿与兰芝的情感悲剧是性格的悲剧，更是社会的悲剧。《孔雀东南飞》的始作俑者既无意于歌颂什么，也无意于批判什么，而只是客观地叙述事件，以便自然显现其中的事理与情理。梁启超所谓"《孔雀东南飞》是最有结构的写实诗"绝非空言。可见，《孔雀东南飞》来自生活，却"质而不俚"，无愧是"最有结构的写实诗"。

再次，我们缘事审察一下兰芝与母亲的母女感情。与没有血亲关系的焦母不同，兰芝母亲对兰芝的感情还是情深似海的，只不过世事与颜面把这种情深埋起来了而已。对于兰芝自遣之事，阿母反复提及。很显然，"不图子自归""不迎而自归"表达了阿母对兰芝的不满与谴责。从亲生母亲问询"汝今何罪过"以及"阿母大拊掌"来看，兰芝确有"举动自专由"之处，但"阿母大悲摧"也确有母亲对兰芝未来生活的担心和关心。但细而察之，母亲含辛茹苦，口授身传兰芝，而使其"十三教汝织"，却反遭"进退无颜仪"的遣归，确实让人太悲摧。但是母亲对兰芝的谴责，显然与焦母有着根本的不同。兰芝母亲只是为了女儿能按照礼教要求更好地生存，然而血缘亲情也没有迈过男尊女卑、克己复礼的坎。

最后，我们缘事审察一下兰芝与兄长的兄妹感情。兰芝与兄长的关系虽不是叙事长诗的主要人物关系，但是二者的亲疏关系也直接推动了故事情节的发展，同时对于主题的揭示也有较好的帮助。《孔雀东南飞》对兰芝与兄长关系的描述着墨不多，却令人印象深刻。当阿兄听说兰芝不迎而自归，其第一反应就是"怅然心中烦"。烦什么呢？烦的是"不嫁义郎体，其往欲何云"的谴责。其隐含的意思就是，你不赶快嫁出去，难道还想永远留在娘家。就这一点而言，从兰芝的话"谢家事夫婿，中道还兄门。处分适兄意，那得自任专"也道出了此意。兰芝之所以说"处分适兄意"，是由于兰芝知道哥哥是一个"性行暴如雷"的人。这在兰芝与焦仲卿分别时说的话——"我有亲父兄，性行暴如雷，恐不任我意，逆以煎我怀"中早有交代。"处分适兄意"也是兰芝意料之中的事。可以说，兰芝的悲剧与兄长执意推脱有很大的关系。

总而言之，《孔雀东南飞》有"情"，更有"事"。"缘事以审情"是走进文本、通达主题最好的方式。兰芝与仲卿悲剧的产生有其外因，更有其内因。就外因而言，封建时代的礼仪制度、风俗习惯等是悲剧产生的外在因素。就内因而言，婆媳不合、夫妻不笃、母兄不疼是悲剧产生的内在因素。可以说，婆媳不合是悲剧的起因，母兄不疼是悲剧的动因，夫妻不笃则是悲剧的主因。我们从缘事的角度看，《孔雀东南飞》就是一首"最有结构的写实诗"，它对人物心理的揭示、世风民俗的描摹、经纬人事的判断都是极为写实的。因此，其主题就是诗性描绘彼时彼刻的生活现实，让人们懂得应然的生活。

第二节　缘事制变:现代新闻诗评议

从20世纪初以来,随着信息传媒时代步伐的加快以及交叉创新意识的增强,诗与新闻相结合产生了一种影响相当广泛的新诗体——新闻诗。然而学界对于新闻诗的评价却褒贬不一,认识也相当混乱。对其高唱赞歌者有之,贬损抹黑者也有之。蒋子龙点评新闻诗时说:"诗提高了新闻的品质,给了新闻以灵魂。新闻助诗影响更广泛、更强大;诗助新闻更深刻、更耐读。"[①] 鲁迅文学奖得主周啸天甚至认为自己的新闻诗"不输于唐代诗歌的文采"[②]。与之相反,诗人柳忠秧则认为新闻诗不过让人"知道有洗脚啊,萨达姆啊,卫星上天啊"[③]。很多网友甚至认为新闻诗过于"口水",甚至连"打油诗"都不如。于此关头,如何客观、准确地评价新闻诗不仅是诗界和新闻界的重要关切,而且也是人们审美观念现代转换的重要关切。事不宜迟,对新闻诗我们不仅要进行科学的界定,而且要展开深入的讨论。

一　新闻诗的源起与制变

引发极大争议的新事物往往是由于其触动了时代、文化和历史的神经造成的,而能触动时代、文化和历史神经的新事物也往往会引发思想的解放和观念的更新。新闻诗能否在新的时代背景下引发一次思想解放和观念更新与其历史渊源的底蕴有关,也与自身的发展动力有关。

新闻诗的滥觞可以追溯到"饥者歌食,劳者歌事"的上古时代,王者之所以不窥牖户而知天下,就是由于行人采诗、王者可观的缘故。班固《汉书》云:"孟春之月,群居者将散,行人振木铎徇于路以采诗,献之大师,比其音律,以闻于天子。故曰王者不窥牖户而知天下。"[④] 在

---

① 蒋子龙:《蒋子龙点评新闻诗》,《扬子江诗刊》2012年第2期。
② 吴亚顺:《妙赏新科鲁奖诗人周啸天的"新闻诗"》,《新京报》2014年8月14日。
③ 陈谋、周啸天:《"打油"不稀奇"新闻诗"没贬义》,《成都商报》2014年8月13日。
④ (汉)班固:《汉书》,中华书局1977年版,第158页。

当时，诗就起到了新闻的某些作用。所谓"诗可以兴，可以观，可以群，可以怨"，其中"可以观"就是新闻诗雏形最基本的特征。汉代以降，武帝乃立乐府，"皆感于哀乐，缘事而发"。唐代杜甫"即事名篇"，其诗号为"诗史"。白居易则直接提出了"文章合为时而著，歌诗合为事而作"的诗学思想。凡此种种，皆反映了中国古代诗与事的因缘关系。在中国古代，诗与事尤其是与时事（新闻）相结合不仅抵制了萎靡诗风使诗言之有物，而且形成了中国特色的缘事创作原则和事境审美方法。当下新闻诗的产生与中国古代缘事诗学观念有着千丝万缕的联系，文约事丰的创作风格，不尽之事见于言外的空间性审美追求就多源于缘事诗学观念。

在中国古代，尽管诗与时事具有新闻性质，但还不是现代意义上的新闻诗。新闻诗是新闻报业、电视广播、网络传媒等媒体以及新闻文学发展的产物。1930年黄天鹏在《新闻文学概论》序言中说："自从新闻纸发生后，在文字方面就有了一种新闻的体裁，这种新闻的体裁，随着新闻纸的势力……成为一种新闻的文学。"[①] 从某种意义上说，现代新闻文学的起源也就是新闻诗的起源。黄天鹏认为新闻文学是以黄远庸先生的通讯文和纪事文为开始的。王一心《新闻文学的开山祖梁任公》则认为梁启超"启新闻文学之先河"，"可为中国新闻文学之祖"。1937年灵雨在《中国的新闻文学》中认为现代新闻文学的起源"却远在二三千年以前"。我们认为，尽管1915年唐崇慈在《文艺——战士之心理》中就提过"新闻歌诗"的问题，但新闻诗主要还是在二三十年代新闻与文学的大讨论中确立的。在这期间，徐蔚南的《新闻与文学》、谢云翼的《新闻文学》、朱自清的《文学与新闻》、拾名的《对于诗的新闻文学化的抗议》等论著对新闻诗的产生起到了积极的推动作用。中华人民共和国成立前后，毛泽东、郭沫若、郭小川、田兵等诗人应时代感召就创作了一些新闻性质很浓的时事诗。值得一提的是，著名诗人田兵在解放战争时期写成组诗《出击中原》，这也

---

① 黄天鹏：《新闻文学概论》，光华书局1930年版，第1页。

许是诗人自觉创作新闻诗的开始和标志。廖公弦在《马蹄答答的诗情——读田兵的组诗〈出击中原〉》中说:"诗人自谦,说他的《出击中原》,是'几首新闻诗'。是的,这组诗里,有着若干的新闻色彩。时间、地点、人物,几乎都是历史的真实。"①

20世纪80年代,我国开展了对"新闻文学"的第二次大讨论。新闻诗的概念及其风起云涌的创作也是从这次大讨论中崛起的。肖来青在《一种独特的报道形式——新闻诗》(1984)一文中较早地提出了"新闻诗"这个概念,并加以阐释。21世纪以来,新闻诗如雨后春笋般崛起。2007年6月26日,诗人江湖海发表《新闻诗宣言》,"新闻诗,作为又一汉语新诗品种,横空出世","新闻是短暂文学,诗歌是永久新闻",随后还不定期印发《新闻诗报》《新闻诗刊》等民间刊物。2008年5月12日"汶川大地震"出现了大量的新闻诗,成为中华人民共和国成立以来一次重要的诗歌事件。在此之后,《张沐兴新闻诗选》、张鲜明《诗说中原》新闻诗集也先后出版。值得注意的是,张沐兴在得知湖南省送变电公司工人为高压线塔架除冰时不幸以身殉职的消息后创作了《承担》,成为2008年诗坛最重要的景观,新闻诗一度成为人们讨论的焦点。从2012年始,《扬子江诗刊》设立专栏"新闻诗"发表了荣荣的几组新闻诗,并加以点评。"新闻诗"专栏的设立使得新闻诗不仅有了自己的容身之地,而且也有了学术的地位。2014年,被称为"新闻诗人"的周啸天荣获第六届鲁迅文学奖,新闻诗不仅被推上了风口浪尖,而且也登上了"大雅之堂"。时至今日,新闻诗虽褒贬不一,但作为一种诗体确实在崛起。

二 新闻诗的内涵与评议

新闻诗到底是什么?它与诗和新闻不同的地方在哪里?新闻诗在中国是针对什么问题提出的?我们认为只有解决好了这些问题,新闻

---

① 廖公弦:《马蹄答答的诗情——读田兵的组诗〈出击中原〉》,《山花》1981年第12期。

诗才能更健康地发展。尽管人们对新闻诗存在很大争议,但新闻诗作为一种新诗体频频亮相却是不争的事实。为什么人们对新闻诗存在很大争议?我们认为,这既与中国传统诗学审美习惯有关,也与当下对新闻诗认识不够有关。

第一,中国传统诗学文化重情轻事,从而造成对"事"的审美观念相对匮乏,继而影响对当下新闻诗的公允评价。尽管中国古代也有缘事诗学观念,但与缘情观念相比,缘事观念只是处于中国诗学的隐体系之中,其最大的价值并没有充分发挥出来。中国古代主流诗学多以情建构,妙悟、传神的诗学形态与情的属性密切相关。这种观念从"诗言志"发端,到陆机"诗缘情而绮靡"壮大,再到袁枚"性情之外无诗"登峰造极,从而形成了"情志为本"的诗学观念。正由于此,中国古代叙事长篇不多,叙事理论与西方相比也不甚发达。李东阳在《怀麓堂诗话》中解释说:"盖正言直述,则易于穷尽,而难于感发。惟有所寓托,形容摹写,反复讽咏……此诗之所以贵情思而轻事实也。"[①] 正是在缘情诗学观念影响下,钟嵘《诗品》才将史学家班固的《咏史》(咏史诗)给予"质木无文"的不当评判。与之相应,王夫之对杜甫《石壕吏》的评价"亦将酷肖,而每于刻画处犹以逼写见真,终觉于史有余,于诗不足"也是不当的。

当前人们对新闻诗的诸种负面评价也与中国重情轻事的审美习惯有关。每一种诗学观念所形成的集体认同都是以排他性为先决条件的,新闻诗显然与这种集体认同有所偏离,所以引起争议也就在所难免。然而任何思想要想获得解放或革新,就需要从其反面、从其欠缺的地方开始思索,否则思想就会停滞不前,甚至成为新事物的绊脚石。任何事物也都有其固有的边界,正因为边界的存在才使该事物与其他事物区分开来并成为自己。新闻诗显然是越界、交叉而生的新事物,它既有新闻和诗的影子,但又不是一般意义上的新闻和诗。新闻诗犹如骡和驴、马的关系,所以我们既不能用一般意

[①] 丁福保辑:《历代诗话续编》,中华书局1983年版,第1374—1375页。

义上的诗,也不能用一般意义上的新闻的标准衡量新闻诗,而是应创造出新的适合新闻诗的审美标准加以裁定。所以说,我们只有明晰了新闻诗的历史文化语境及其独特的交叉性存在事实才能对其做进一步的分析。

第二,中国当前对新闻诗的定义、分类、创作、欣赏等问题处理得相当混乱,从而影响了对新闻诗的准确认识,继而也就影响了新闻诗进一步的发展。那么,究竟什么是新闻诗?诗人张沐兴认为,新闻诗应当具备三个方面的要素:一是它应当是对于人或者事件简要的高度凝练的诗歌表达;二是它应当是以国内外具有一定社会价值的人和事件为创作对象,集中地反映社会生活;三是它应当是迅速的,具有一定的新闻性。诗人江湖海在《新闻诗宣言》中就指出:"新闻诗,新闻事件入诗,新闻人物入诗,新闻话题入诗。新闻诗,感应时代呼吸,感知民族创伤,感受众生疼痛。新闻诗,告别无病呻吟,告别词句矫饰,告别粗制滥造。新闻诗,关注底层诉求,摒弃简单重复,力求突破创新。新闻诗,负责对待心灵,负责对待现实,负责对待历史。"① 江湖海《新闻诗宣言》虽针对当前新闻与诗所存在的弊病转而关注底层诉求、力求突破创新,但他对新闻诗的独特性并没有界定,而更多只是一种宣示和倡导。

综合以上意见,新闻诗是一种以缘事的方式对国内外新近发生的新闻进行诗意性创造的现代文体样式。强调"以缘事的方式"主要基于新闻的本质特性以及中国古代缘事诗学观念。新闻诗审美的最高境界就是让人进入"想象之为事"的事境审美之中。

从分类上来看,新闻诗有广狭之分。广义的新闻诗是指只要由新闻触发的诗歌都可以称为新闻诗。狭义的新闻诗主要是指严格按照新闻报道五个"W"的规范所进行的诗歌创作。比如诗人荣荣根据《东南商报》的报道——《杭州着手控制并救助十万流浪猫,采取科学绝育的办法将成为主要方式》创作了《流浪猫》:"我还想象十万只流浪

---

① 江湖海:《新闻诗宣言》,http://bbs.tianya.cn/post-poem-154065-1.shtml,2007年6月26日。

猫同时寂静，听着人类在夜半的一两声尖叫。想象十万双百无聊赖的猫眼集体望月，一样的月光两样的荒凉。"① 很显然，荣荣的新闻诗《流浪猫》是由新闻触发的创作，科学绝育流浪猫的新闻只是诗人创作的动机而已，所以《流浪猫》只不过是广义的新闻诗而已。狭义的新闻诗主要以张沐兴的《承担》为代表，其副标题为"2008 年 1 月 26 日，湖南 3 名工人在为高压线塔架除冰时殉职"。其诗如下："我相信他们是有翅膀的／他们的飞翔比暴风雪更高／停在 59 米高的铁塔上，他们却不是栖息的鸟儿／年轻的意志在拍打供电线路上的覆冰／零下 4 度的声音让空气震撼／长沙电厂至沙坪变……在空阔的大地上，三月的青草举着他们的背影。"② 张沐兴的新闻诗《承担》有时间、地点、人物、事件等基本的新闻要素，同时也有诗的感受和诗的语言。这显然就是我们所说的狭义的新闻诗。

从创作的角度看，诗人对所缘之事艺术加工、处理的过程就是缘事创作的过程。其中从实际发生的事转化到"想象之为事"是新闻诗创作的关键。缘事生事、起情和蕴理是缘事创作的基本形式，分别生成叙事新闻诗、抒情新闻诗和哲理新闻诗。张沐兴的《承担》虽有情有事，但整体而言亦属于抒情新闻诗。中国向来缺乏真正意义上的叙事诗，胡适曾指出："绅士阶级的文人受了长久的抒情诗的训练，终于跳不出传统的势力，故只能做有断制、有剪裁的故事诗：虽然也叙述故事，而主旨在于议论或抒情，并不在于敷说故事的本身。"③ 在新闻诗崛起之际，加强新闻诗"敷说故事"的创作研究既有利于弥补历史的不足，也有利于促进当下诗歌多元发展。

三　新闻诗的价值与意义

新闻诗在当下崛起既是新闻报业、电视广播、网络传媒等媒介发展的产物，也是当下诗歌沉迷于语言游戏、缺少现实感自反的产物，

---

① 荣荣：《流浪猫》，《扬子江诗刊》2012 年第 2 期。
② 张沐兴：《承担》，《诗刊》2008 年第 5 期。
③ 胡适：《白话文学史》，百花文艺出版社 2002 年版，第 47 页。

同时也是中国古代被压抑的缘事诗学观念觉醒的产物。

第一，从现代媒介发展来看，并不是"纸上得来终觉浅，绝知此事要躬行"。以往普遍存在一种误解，就是认为媒体所创造的现实只是"第二现实"，没有亲自接触、体验更真实。其实媒体所创造的现实在广度和力度上要远比我们亲自躬行全面、深刻得多。譬如 2015 年 8 月 12 日天津滨海新区危险品仓库发生爆炸事故，数以千计的记者涌向现场，不仅网上新闻几乎做到了即时报道，还动用无人机实时传送航拍爆炸现场的清晰图像。这一切是个体人难以做到的。从某种意义上说，媒体延伸了我们的感受能力。据不完全统计，此次爆炸事故发生仅仅 3 天网上就有 600 多万条报道，8300 多个视频，中国诗歌网、中华诗词论坛、中华文学网、天涯论坛等网络媒体发表诗歌有 10 万多首。在新媒体以及跨媒体时代里，通过新闻媒体来感知世界要比我们个人躬行全面、立体、深刻得多。新闻诗应时而生，很可能在新闻认知和体验的世界里兴起。

第二，从当下诗歌自反来看，20 世纪 90 年代尤其是 21 世纪以来，中国诗歌逐渐摆脱"诗到语言为止"的羁绊，开始从怪诞走向现实，从焦躁的抒情走向冷静的叙事。西川坦言："我在 90 年代的写作中转向了叙事。"[①] 孙文波在《我的诗歌观》中也承认："叙述的方法比情感在诗歌的构成上更重要。"[②] 新闻诗也正是从诗歌新奇、怪诞转向关乎现实、侧重叙事的思潮中大量出现的。也正基于此，诗人江湖海才在《新闻诗宣言》中提出"新闻诗，感应时代呼吸"，"负责对待现实"。当然需要指出的是，新闻诗回到现实并不是把诗等同于现实，而是面对空洞无物的口水诗、怪诞奇特的语言游戏诗的一种深度化的应对策略。新闻事件一般是实际发生的事，这表明新闻诗源于生活，具有真切的现实性；新闻诗又高于生活，是由于诗人按照美的规律揭示新闻事件而不像记者那样记录事件。

第三，从诗学观念来看，新闻诗的崛起正是中国古代缘事诗学观

---

① 西川：《大意如此·序》，湖南文艺出版社 1997 年版，第 1 页。
② 孙文波：《我的诗歌观》，《诗探索》1998 年第 4 期。

念的觉醒。在中国古代,从"劳者歌事"的劳歌到"缘事而发"的乐府诗再到"即事名篇"的杜甫诗史无不是关乎民情、针砭时弊的现实篇章。整体而言,西方诗学重事,中国诗学则重情。也正由于此,亚理斯多德《诗学》才提出:"诗人的职责不在于描述已经发生的事,而在于描述可能发生的事。"① 袁枚才宣布:"性情之外无诗"的诗学主张。其实事与情都能成就诗歌,只是二者的诗学观念不同而已。就缘事而言,人以历事的方式存在,大凡感于事而有所兴咏,然后指事造形,用事类义,发乎情理,游于事境,而形于诗赋。诗人在于描述可能发生的事,唤醒人对生活的记忆,使人真正感受到事物与自身存在而富有诗意。从某种意义上说,新闻诗就是中国古代被压抑的缘事诗学观念的一次觉醒。

海子在《诗学:一份提纲》中写道:"因为我恨东方诗人的文人气质。他们苍白孱弱,自以为是。他们隐藏和陶醉于自己的趣味之中。他们把一切都变成趣味,这是最令我难以忍受的。……这就是我的诗歌的理想,应抛弃文人趣味,直接关注生命存在本身。这是中国诗歌的自新之路。"② 中国诗歌的自新之路要关注生命存在本身就要从关注身边的事做起,让诗人在事件的现实感受下描述可能发生的事以及人应然的存在状态,从而唤醒人对生活的诗性记忆和现实的审美感受。新闻诗的崛起将在以下三个方面有所作为。

一是新闻诗的发展有可能唤醒中国沉睡着的缘事诗学观念,或许还会产生一种新的美学原则。古往今来,历次诗歌革新运动一般都是围绕着诗歌的内容与形式展开斗争的。新闻诗是借助新闻贴近民生、影响广泛的事实在诗歌内容上的一大革新和尝试。新闻诗的崛起有可能唤醒中国沉睡着的缘事诗学观念,并形成新的美学原则,进而从内容上重新衡定和塑造中国诗歌。中国诗歌以及诗学包括社会、经济、道德等上层建筑多以情建构,缘情虽给予中国文化诸多优势,但在公正公平、真理诉求上也存在很多问题。在新闻诗崛起之际,我们希望

---

① [古希腊]亚理斯多德:《诗学》,罗念生译,中国戏剧出版社1986年版,第19页。
② 西川:《海子诗全编》,上海三联书店1997年版,第897页。

看到一个真正实事求是的诗学文化的到来。

二是新闻诗的发展有助于人们更快捷、方便、诗性地认知世界和感受生活，从而构建一种新的日常生活审美图景。如果诗是人类精神气象，那么新闻诗则是人类精神的脉搏。新闻与诗结合使新闻有了灵魂、使诗有了翅膀，新闻诗对时代迅捷的反应不断塑造着人的感知方式和审美方式，正如马克思所说："艺术对象创造出懂得艺术和能够欣赏美的大众。"① 有理由相信：在一个"人人都是消息源""人人都是记者"的自媒体时代，新闻将助力诗歌真正走向民众，不断提高人们的生活品质。因为缘事而发的新闻诗就在我们身边，诗性的王国就会在我们身边的日常生活中再次产生。

三是新闻诗的发展打破了新闻与诗的界线，有利于交叉创新理念的兴起，从而促进新闻与诗歌进行自我反思。之所以有一些学者或网友对新闻诗有种种激烈的批判或不屑，主要是由于他们大多怀着本质主义思维方式去思考或评价新闻诗。本质主义者认为事物都有固定的本质和边界，越界事物就不构成自身了。其实事物的边界只是人为的一种设定，事物也只有在不断越界中创造自我。在后现代社会，一切皆有可能——交叉创新成为这个时代的基本特征。新闻诗的崛起势必能松动本质主义的僵化认识，从而促进交叉创新。

不可否认，新闻诗的发展也会出现这样那样的问题，甚至还会有一个长期探索的艰难历程。但只要我们有一个非本质主义的胸怀，一个坚定的诗歌革新的意志以及一个构建新的日常审美生活化的愿景，新闻诗作为一种古老而又新颖的诗体就会焕发生机。

第三节　缘事致用：当下缘事理论走向

中国诗学的缘事理论是基于中国古代诗歌实际，围绕着"事"而生成的一种诗歌理论，其目的是揭示诗歌创作及其历史运作的基本机

---

① 《马克思恩格斯选集》第2卷，人民出版社1995年版，第10页。

制与内在规律。它既有从文本到理论的生发，也有从理论到理论的扬弃。中国古代缘事诗学理论在当下究竟有何用途？下面笔者将从当下中国特色的理论建设与诗歌创作两个方面回答这一问题，并进一步揭示古代缘事理论的当下价值。

一 缘事理论与当下理论建设

百余年来，中国诗学的理论建设一直在传统与现代之间跌跌碰碰，在摸爬滚打之中艰难前行。概言之，中国诗学在现代化的进程中，主要形成了两个路向。一是围绕着缘情重塑中国诗学，从杨洪烈《中国诗学大纲》到裴斐《诗缘情辨》、陈良运《中国诗学体系论》、陈世骧《中国的抒情传统》、王德威《抒情传统与中国现代性》等论著中可见端倪；二是引入西方叙事再塑中国诗学，从20世纪初胡适对国人"只能做有剪裁的故事诗"批判到30年代茅盾《叙事诗的前途》再到当下鲁晓鹏《从史实性到虚构性：中国叙事诗学》以及罗书华《志与事：中国诗学与叙事学比较论》等论著中可见一斑。可以说，百年来中国诗学在古今通变、中西碰撞的过程中业已形成了当下中国诗学的缘情理论和叙事理论。

其一，就中国诗学的缘情观念来说，当下诗学理论建设最引以为豪的贡献就是用现代诗学观念重塑了中国古代抒情传统。早在1924年，杨洪烈的《中国诗学大纲》就在《文学旬刊》陆续发表。他指出："我这本书是把中国各时代所有论诗的文章，用严密的科学方法归纳排比起来，并援引欧美诗学家研究所得的一般诗学原理来解决中国诗里的许多困难问题，如诗的起源的时代、分类和功能等项。"[①]1986年，裴斐《诗缘情辨》一书出版，本书主要分上下两篇。上篇为"诗缘情辨"，史论结合、有驳有辨。裴斐认为："诗言志的作用是经过诗缘情的特征实现的"，因此"'诗缘情'实比'诗言志'更能说明诗的特征"[②]。陈良运的《中国诗学体系论》在以"言志、缘情、立

---

① 杨洪烈：《中国诗学大纲》，商务印书馆1928年版，第1页。
② 裴斐：《诗缘情辨》，四川文艺出版社1986年版，第4页。

象、创境、入神"构建中国诗学体系的过程中,特别注重诗的情感因素。在陈教授看来,"言志"是"'本于心',以表现人的主观精神与情、志为主导";"缘情"是"起情,故兴体以立";"立象"是"穷情写物";"创境"是"寄情于物"的物境、"融物于情"的情境和"表达内识"的意境创设;"入神"则是"客体之神与主体之神"的交融,这一切都与情有着直接的关联。

其二,就中国诗学的叙事观念来说,当下诗学理论建设最引人注目的焦点就是"西学为用"的叙事理论,在叙事诗研究方面也取得了骄人的成绩。从黄遵宪"诗之外有事"的诗界革命到胡适对国人"只能做有剪裁的故事诗"批判再到李开先的《叙事诗之在中国》、朱光潜的《长篇诗在中国何以不发达》、茅盾的《叙事诗的前途》等论著,中国叙事诗及其研究得到突飞猛进的发展。中华人民共和国成立后尤其是21世纪以来,随着中国叙事诗研究的不断深入以及西方叙事理论的大量引入,叙事理论研究开始走向繁荣,出现了鲁晓鹏的《从史实性到虚构性:中国叙事诗学》、程相占的《中国古代叙事诗研究》、罗振亚的《九十年代先锋诗歌的"叙事诗学"》、罗书华的《志与事:中国诗学与叙事学比较论》等相关论著。

与缘情理论和叙事理论相比,中国缘事诗学理论虽筚路蓝缕,却形成了三个明确的研究方向。第一,发掘古代缘事观念学说,从闻一多《歌与诗》提出"诗的本质是纪事"以来,出现了《论汉晋间"诗缘事"说的形成与消解》《论中国诗学中的缘事说》等论文。第二,整理本事、用事、事对等缘事概念,自30年代胡朴安《本事诗题记》界定本事以来,《试论〈诗人玉屑〉的用事说》《论杜诗的"事对"艺术》等文章层出叠见。第三,校勘《本事诗》《唐诗纪事》等缘事文本,出现了王梦鸥《〈本事诗〉校补考释》等著作。不仅如此,在中国古代其实还蕴藏着更加丰富的缘事资源需要我们去开发和利用。毫无疑问,当下中国诗学的理论建设是离不开缘事理论的重构与参与的。

二 缘事理论与当下诗歌创作

从诗歌创作来看,20世纪90年代尤其是21世纪以来,中国诗歌逐渐摆脱"诗到语言为止"的羁绊，开始从怪诞走向现实，从焦躁的抒情走向冷静的叙事。20世纪90年代的中国诗歌经过现实的洗礼，对"事"开始敏感起来，叙事或缘事成为诗歌的重要转向。孙文波在《我的诗歌观》中也承认："叙述的方法比情感在诗歌的构成上更重要。"① 正是这种叙事转向唤醒了沉睡已久的中国传统缘事诗学观念，继而激发了诗人言事的创作欲望。梁小斌《候车纪事》（1990）、林莽《水乡纪事》（1994）、谭克修《西安纪事》（1995）、邵燕祥《结绳纪事》（1997）、臧棣《燕园纪事》（1998）、孙文波《秋日纪事》（1999）、刘增元《山村纪事》（2005）等一系列的言事诗大量出现。王家新认为，"这种带有叙述性质的写作，导致了诗歌对存在的敞开，它使诗歌从一种'青春写作'甚或'青春崇拜'转向一个成年人的诗学世界，转向对时代生活的透视和具体经验的处理。"② 20世纪90年代以来，不自觉的缘事写作对我们探索中国诗歌创作提供了实践基础，然而本土特色理论的建设与日益发展的创作需要显然是相对滞后的，中国传统的缘事诗学理论能否担当时代的重任确实成为急需解决的课题。

　　第一，缘事发生论与当下诗歌创作。在中国古代，有着丰富的缘事发生观念。韩婴"劳者歌事"、班固"缘事而发"、杜甫"即事名篇"、白居易"歌诗合为事而作"、魏泰"缘事审情"等缘事观念对中国古代诗歌创作起到了至关重要的作用。尽管时运交移，质文代变，但古今情理，千载一揆。即不管是古人还是现代人都是在事件中生存的，这是人的基本生存状态，同时也是缘事理论的学理基础。中国当下诗歌只有率性而行，才能顺理成章，否则就会失去现实根基而虚无缥缈。"缘事而发"不仅代表着中国当下诗歌发展的要求，而且也代表着中国当下诗歌前进的方向。

　　第二，缘事创作论与当下诗歌创作。诗人对所缘之事进行艺术加工、处理的过程就是缘事创作过程，其中从实际发生的事转化到"想

---

① 孙文波：《我的诗歌观》，《诗探索》1998年第4期。
② 王家新：《没有英雄的诗》，中国社会科学出版社2002年版，第105页。

象之为事"是诗歌创作的关键。再现性"以文运事"和表现性"因文生事"是缘事创作的基本方法。缘事生事、起情和蕴理是缘事创作的基本形式，分别生成言事诗、抒情诗和说理诗。诗之所以具有鲜明个性与时代性是由于诗融进了诗人独特的世事体验。缘事既可以缘日常生活时事，也可以缘历史文本事件。中国当下诗歌不仅可以缘时事创作出有时代感的作品，而且也可以根据历史事实创作出有历史感的作品。这样既可以品味人类诗性的记忆，又可以激活、延续中国的诗学文化。

第三，缘事诗体论与当下诗歌创作。在中国古代，不管是杜甫"即事名篇"的诗史创作，还是白居易"歌诗合为事而作"的新乐府诗运动都反映了事对诗体创建的意义。中国古代言事诗歌是通过"景（物）中蕴事""情中藏事""理中有事"三种类型构造事境而创造出来的。譬如叶燮称杜甫诗"碧瓦初寒外"为"事之入神境者"，"此为物中蕴事"。缘事诗体论主要对王昌龄"事景意"、徐寅"情意事"、谢榛"事景情"、叶燮"理事情"等诗体观念加以阐释研究，这些独特的观念对当下诗体多元化发展都是有帮助的。中国诗体的翻新，应该在老根上发芽。"景（物）中蕴事""情中藏事""理中有事"以及"事、景、情"事境的创造可以迈今超古在当下再度创造和运用。

第四，缘事发展论与当下诗歌创作。通变是中国诗歌的发展规律，以复古与反复古形式展开。"通"源于事本身的绵延性，"变"出于事件的间断性。诗亡而生就是由于通变即事绵延与间断造成的。诗人孙文波之所以"重读旧诗，我感到其中的矫揉造作"就在于没有学会"从身边的事物中发现需要的诗句"；汪国真之所以能慰藉90年代青年人的心灵，就在于他能从中国事实语境中写诗、从中国传统诗学文化中写诗。写诗不是标新立异的文字游戏，而是只有负载着文化的"通"和世事的"变"才能获得成功。让人回味无穷、涤荡心灵的好诗，必然是缘事而发，通变发展的诗。

第五，缘事诗法论与当下诗歌创作。在中国古代，诗人融事于诗的创作方法就是缘事诗法，包括用事、事对、比事、叙事、序事以及

"铺陈其事"的赋、"托事于物"的兴、"据事类义"的比等。用事又可分为正用事、反用事、借用事、泛用事等诸种类型。尽管古今诗歌在创作的内容上不尽相同,但在创作的方法上还是有很多相似之处的。诗人蓝蓝的组诗《纪事·某日纪事》"孩子们在抱怨未写完的作业/而你慢慢回到桌前坐下"是当下不严整的事对,荣荣的组诗《李商隐·一寸》"一寸一寸的旧缘,一寸寸的蓬莱/"中的"一寸寸的蓬莱"是运用了"托事于物"的创作方法。韩东的《说一个故事》"他是从蒙古来的教我读经的师傅……我后悔我不好好读经,不相信师傅的法力。为了证明给我看,他预言了自己的死,并且真的死了"则属于反用事。缘事诗法论对于当下诗歌创作是有很大帮助的,至少让我们在古今的创作面前变得更清醒。

第六,缘事诗评论与当下诗歌创作。诗评是诗歌的纪律与导向,诗歌要走向规范需要以事实为准绳的诗评作为引导。《四库全书》将"诗文评"分为五类,其中"孟棨《本事诗》,旁采故实"就属于缘事诗评。中国当下诗歌没有出现惊世骇俗的杰作不是理论过剩造成的,恰恰相反,而是由于没有出现真正适合自己的理论造成的。当然理论总不如实践丰富、鲜活,缘事理论也绝不可能规约和涵盖所有的当下诗歌。尽管如此,缘事理论确实为艰难跋涉的中国当下诗歌提供了一条务实、稳妥的路。

三 缘事理论与当下诗学价值

缘事理论之所以贯通古今在于:人在历事中生存,"缘事而发"是人类精神生产的基本方式。在中国古代,诗萎靡之时往往倡导缘事,使诗言之有物而回到正轨。当下中国诗歌正面临着一场艰难的抉择,缘事观念理应出场。中国古代缘事理论对当下启示有二:一是诗歌要从身边的事物和世事中发现,不应在语言的牢笼中游戏;二是诗学不能从空洞的理论到理论,而是缘中国古今文本事实去生成能解决自己问题的理论。具体来说,缘事理论具有诗学的解构、整合的价值与创作的本土化、多元化的意义。

(一) 解构与整合：缘事理论的诗学价值

第一，在诗学文化方面，中国古代诗学包括社会、经济、道德等上层建筑多以情建构。缘情虽给予中国文化诸多优势，但在公正公平、真理诉求上也存在很多问题。中国诗论有妙悟、传神之妙，但也有泛而不符、逻辑不周之憾。缘事真理性、逻辑性应与缘情差异性、感悟性互补，让诗学既有形式的美，又有逻辑的真。一个民族不能感情用事，而应缘事审情、实事求是，被压抑的缘事理论对中国诗学文化重建具有积极的解构价值。

第二，在诗学理论方面，将中国古代零乱却珍贵的缘事资源以理论形式开发出来，既是发现的过程，也是创造的过程。相对西方叙事，我们发现了中国空间性序事；相对意境，我们发现了事境。虽然20世纪80年代以来从理论到理论的粗放引入曾造成中国理论的相对过剩而使人生厌，但中国诗学现代化还是需要本土有价值的理论的。缘事理论具有整合中国诗学理论的价值。

第三，在诗学实践方面，缘事理论是对古代缘事资源的抽象概括与现代转换，它既对"诗言志"（记）、诗与史、知人论世、艺增和诗亡等古代遗留问题具有学术价值，也对当下诗歌创作、审美多元化、诗学史重写、中西诗学对话等现实问题具有极强的实践价值。

(二) 本土与多元：缘事理论的创作意义

在中国古代主要有三种诗学观念：一是"情志不通，始作诗"；二是"理发而文见"；三是"在事为诗"。基于这三种观念，中国诗学形成了缘情诗学、缘理诗学和缘事诗学三种诗学形态。缘情诗学诗化情感，让人情真意切；缘理诗学诗化理性，让人切理会心；缘事诗学则是诗化记忆，让人赏心乐事。从诗学地位上看，缘情诗学对中国诗歌影响最大，而缘理诗学和缘事诗学影响相对较小。在西方叙事理论成为热点的当下，缘事理论研究无疑既是本土理论的回归，又是中国诗歌创作多元化的努力。

第一，在诗学观念上发掘被遗忘的本土缘事观念，强调"想象以为事"（叶燮《原诗》）即缘事已然性与可能性是诗超越现实、回到现实的动力，从而为当下的诗歌焦虑症提供一种稳妥、务实的疗法。

第二，在诗学概念上开发事感、用事、事境等概念，强调"触事兴咏"（孟棨《本事诗》）即诗唤醒了人对生活的诗性记忆而别于情、近乎史，从而为中国诗歌言必称意境、情景交融找到了另一种本土言说的创作新方式。

第三，在诗学理论上挖掘古代缘事理论碎片，强调"缘事而发"（班固《汉书艺文志》）的本土理论与本土诗歌的相互生成关系，从而整体性发掘缘情理论和叙事理论以外的另一种创作、阐释中国诗歌的理论。

从某种意义上说，缘事理论既是一种诗歌理论，也是一种诗性的生存理论，有待我们进一步开发和利用。

参考文献

一 典籍

（春秋）老子：《道德经》，苏南注评，江苏古籍出版社2002年版。
（西晋）陆机：《文赋译注》，张怀瑾译注，北京出版社1984年版。
（南朝）刘勰：《文心雕龙》，郭晋稀注译，岳麓书社2004年版。
（南朝）钟嵘：《诗品译注》，周振甫译注，中华书局1998年版。
（唐）白居易：《白居易集》，顾学颉校点，中华书局1979年版。
（唐）韩愈：《韩愈集》，严昌校点，岳麓书社2000年版。
（唐）贾岛：《二南密旨》，中华书局1985年版。
（唐）皎然：《诗式》，中华书局1985年版。
（唐）李鼎祚：《周易集解》，巴蜀书社1991年版。
（唐）刘知几：《史通》，黄寿成校点，辽宁教育出版社1997年版。
（唐）孟棨：《本事诗》，李学颖标点，上海古籍出版社1991年版。
（北宋）郭茂倩：《乐府诗集》，山东画报出版社2004年版。
（北宋）计有功：《唐诗纪事》，上海古籍出版社1965年版。
（北宋）欧阳修：《六一诗话》，郑文等校，人民文学出版社1962年版。
（北宋）阮阅：《诗话总龟后集》，周本淳校点，人民文学出版社1987年版。
（南宋）陈骙：《文则》，刘彦成注译，书目文献出版社1988年版。
（南宋）胡仔纂集：《苕溪渔隐丛话（前集）》，廖德明校点，人民文学出版社1962年版。

（南宋）黄彻：《䂬溪诗话》，人民文学出版社 1986 年版。

（南宋）姜夔：《白石诗说》，郑文校点，人民文学出版社 1962 年版。

（南宋）刘克庄：《后村诗话》，中华书局 1983 年版。

（南宋）魏庆之：《诗人玉屑》，古典文学出版社 1958 年版。

（南宋）严羽：《沧浪诗话》，中华书局 1985 年版。

（南宋）朱熹：《朱子语类》，王星贤点校，中华书局 1986 年版。

（元）方回选评：《瀛奎律髓》，诸伟奇、胡益民点校，黄山书社 1994 年版。

（明）胡应麟：《诗薮》，上海古籍出版社 1979 年版。

（明）王阳明：《传习录》，阎韬注评，江苏古籍出版社 2001 年版。

（明）谢榛：《四溟诗话》，中华书局 1985 年版。

（清）段玉裁：《说文解字注》，中州古籍出版社 2006 年版。

（清）方东树：《昭昧詹言》，汪绍楹校点，人民文学出版社 1961 年版。

（清）顾炎武：《日知录》，黄汝成集释，岳麓书社 1994 年版。

（清）何文焕：《历代诗话》，中华书局 1981 年版。

（清）黄宗羲：《明儒学案》，沈芝盈点校，中华书局 1985 年版。

（清）纪昀：《阅微草堂笔记》，夏风扬校点，巴蜀书社 1995 年版。

（清）劳孝舆：《春秋诗话》，中华书局 1985 年版。

（清）李光地：《榕村语录榕村续语录》，陈祖武点校，中华书局 1995 年版。

（清）刘熙载：《艺概笺注》，王气中笺注，贵州人民出版社 1986 年版。

（清）沈德潜：《古诗源》，中华书局 1963 年版。

（清）王先谦：《庄子集解》，三秦出版社 2005 年版。

（清）薛雪：《一瓢诗话》，杜维沫校注，人民文学出版社 1979 年版。

（清）叶燮：《原诗》，霍松林校注，人民文学出版社 1979 年版。

（清）袁枚：《随园诗话》，王英志校点，江苏古籍出版社 2000 年版。

（清）章学诚：《文史通义》，李春伶校点，辽宁教育出版社 1989 年版。

二 中文著作

陈良运：《中国诗学批评史》，江西人民出版社 1995 年版。

陈良运：《中国诗学体系论》，中国社会科学出版社1992年版。
程相占：《中国古代叙事诗研究》，广西师范大学出版社2002年版。
丁福保辑：《历代诗话续编》，中华书局1983年版。
范况：《中国诗学通论》，商务印书馆1930年版。
高小康：《中国古代叙事观念与意识形态》，北京大学出版社2005年版。
胡怀琛：《新诗概说》，商务印书馆1923年版。
胡晓明：《中国诗学之精神》，江西人民出版社1993年版。
史成芳：《诗学中的时间概念》，湖南教育出版社2001年版。
田明凡：《中国诗学研究》，大学出版社1934年版。
童庆炳：《从审美诗学到文化诗学》，首都师范大学出版社2014年版。
王希和：《诗学原理》，商务印书馆1924年版。
朱光潜：《诗论》，生活·读书·新知三联书店1984年版。

三 中文译著

［德］海德格尔：《存在与时间》，陈嘉映、王庆节译，生活·读书·新知三联书店1987年版。
［德］黑格尔：《精神现象学》，贺麟、王玖兴译，商务印书馆1976年版。
［德］卡西尔：《神话思维》，黄龙保等译，中国社会科学出版社1992年版。
［德］康德：《判断力批判》，邓晓芒译，人民出版社2002年版。
［德］尼采：《历史的用途和滥用》，陈涛等译，上海人民出版社2000年版。
［法］利科：《虚构叙事中时间的塑形》，王文融译，生活·读书·新知三联书店2003年版。
［法］莫兰：《复杂性思想导论》，陈一壮译，华东师大出版社2008年版。
［法］萨莫瓦约：《互文性研究》，邵炜译，天津人民出版社2003年版。
［古希腊］柏拉图：《柏拉图全集》，王晓朝译，人民文学出版社2003年版。
［古希腊］亚理斯多德：《诗学》，罗念生译，中国戏剧出版社1986年版。

［荷］巴尔：《叙述学：叙事理论导论》，谭君强译，中国社会科学出版社 1995 年版。

［美］布鲁姆：《影响的焦虑：一种诗歌理论》，徐文博译，江苏教育出版社 2005 年版。

［美］怀特：《元史学：十九世纪欧洲的历史想象》，陈新译，译林出版社 2009 年版。

［美］卡勒：《文学理论》，李平译，辽宁教育出版社 1998 年版。

［美］浦安迪：《中国叙事学》，北京大学出版社 1996 年版。

［美］桑塔格：《反对阐释》，程巍译，上海译文出版社 2003 年版。

［日］铃木虎雄：《中国诗论史》，许总译，广西人民出版社 1989 年版。

［英］布尔顿：《诗歌解剖》，傅浩译，生活·读书·新知三联书店 1992 年版。

［英］怀特海：《过程与实在：宇宙论研究》，杨富斌译，商务印书馆 2003 年版。

四　中译论文

［美］列维·道勒：《中国古典诗歌中的叙事因素》，陆晓光译，《文艺理论研究》1993 年第 1 期。

［美］麦克黑尔：《关于建构诗歌叙事学的设想》，尚必武等译，《江西社会科学》2009 年第 6 期。

五　中文论文

白寿彝：《司马迁寓论断于序事》，《北京师范大学学报》1961 年第 4 期。

曹胜高：《论汉晋间"诗缘事"的形成与消解》，《文史哲》2008 年第 1 期。

陈良运：《"诗缘情"诗学意义新识》，《文艺理论研究》1990 年第 4 期。

陈维昭：《"自传说"与本事注经模式》，《红楼梦学刊》2003 年第 4 期。

大明：《"感于哀乐，缘事而发"略说》，《四川师范大学报》1996 年第 2 期。

胡可先、童晓刚：《〈本事诗〉新考》，《中国典籍与文化》2004 年第 1 期。
胡友峰：《"本文诗学"论》，《文艺理论研究》2008 年第 6 期。
李春青：《论"中国的抒情传统"说之得失——兼谈考量中国文学传统的标准与方法问题》，《文学评论》2017 年第 4 期。
李艳婷：《试论〈诗人玉屑〉的用事说》，《贵州社会科学》2010 年第 4 期。
李洲良：《史迁笔法：寓论断于序事》，《求是学刊》2006 年第 4 期。
罗书华：《志与事：中国诗学与叙事学比较论》，《文学评论》2008 年第 1 期。
茅盾：《叙事诗的前途》，《文学》1937 年第 2 期。
敏泽：《中国古典意象论》，《文艺研究》1983 年第 3 期。
孙俍工：《叙事诗与抒情诗》，《现代文学评论》1931 年第 3 期。
孙文波：《我的诗歌观》，《诗探索》1998 年第 4 期。
谈艺超：《"缘事而发"乃汉乐府之抒情模式》，《名作欣赏》2009 年第 23 期。
陶文鹏：《意象与意境关系之我见》，《文学评论》1991 年第 3 期。
滕福海：《应该重视"通变"观的研究》，《中国社会科学》1982 年第 3 期。
童庆炳：《中国古典诗学的民族特色》，《学术月刊》1992 年第 4 期。
肖来青：《一种独特的报道形式——新闻诗》，《新闻工作通讯》1984 年第 1 期。
余才林：《唐诗本事与宋代早期诗话》，《文史哲》2006 年第 6 期。
张戬：《论杜诗的"事对"艺术》，《杜甫研究学刊》2009 年第 2 期。
赵宪章：《超文性戏仿文体解读》，《湖南师范大学社会科学学报》2004 年第 3 期。
赵仲牧：《事象、关系、过程》，《思想战线》2001 年第 5 期。
周剑之：《论古典诗学中的"事境说"》，《上海大学学报》（社会科学版）2015 年第 1 期。

后　　记

　　章学诚在《文史通义》中指出："高明者多独断之学，沉潜者尚考索之功，天下之学术，不能不具此二途。"笔者不敢奢求高明，但愿在朴拙的考索之下能留下独立思考的踪迹就心满意足了。付梓之际，依然"满纸荒唐言，一把辛酸泪"，不免诚惶诚恐。盖万事知之者易，而行之者难！

　　如果说海德格尔的历事生存理论唤醒了日常"沉沦"的我，那么德里达的替补理论让我有了超越现实的依赖和动力。一个人在现实中欠缺或得不到的东西，往往会通过替补的方式在精神世界中得以实现。从某种意义上说，替补就是现实主体通向自由、完善的有效之路。我在生活中是一个不怎么会做事，也不怎么会说事的人，然而十余年孜孜以求的中国缘事诗学研究让我懂得了很多事，同时也给我带来了很多快乐和自由。这可能就是我迷恋"事"、研究"事"的初衷吧！多年来的研究，让我更加坚信两句话：一句是王阳明的"人须在事上磨炼做功夫，乃有益"，另一句是孟子的"学问之道无他，求其放心而已矣"。"事上磨炼"和"求其放心"将激励着我继续思考：中国古代诗学包括社会、经济、道德等上层建筑多以情建构，缘情给予中国文化诸多优势，但在公正公平、真理诉求上也存在很多问题。中国诗学虽有妙悟、传神之妙，但也有泛而不符、逻辑不周之憾。缘事应与缘情形成互补，让诗学既有民族性，也有现实性和史诗性。一个民族不能感情用事，而应缘事审情，被压抑的古代缘事理论对中国诗学文化重建具有积极的价值。古往今来，中国诗学惯于从物感、意象和意境的审美空间中寻找诗意，而忽略了从事感、事象和事境的时间流动中构造诗性。黑格尔曾指出："人的最深刻方面只有通过动作才见诸现实"，"动作、反动作和矛盾的解决的一种本身完整的运动，这特别是诗才有的本领"。譬如张籍《秋思》诗云："洛阳城里见秋风，欲作归书意万重。忽恐匆匆说不尽，行人临发又开封。"这类诗歌的微妙之处不是意境之美带来的，而是在动作的细微片断即事象中孕育的。事象所构造的动作诗意应该引起我们的足够重视！中国古代诗歌对动作的叙述不同于西方的情节，它不着力描绘"完整的运动"，而是力求在动作的细微片断中透射人生、体验生命，这是中国古代诗歌叙述的特色和本领。

以上粗浅的思考都得益于本书——《中国诗学的缘事理论研究》的长期摸索和探索，虽迂回曲折，但也不失为一条路径。本研究最早起于2010年笔者的博士学位论文选题"中国缘事诗学纂论"，在杨守森老师耳提面命的教诲之下，该选题得以顺利开展。博士研究生毕业两年后即2015年，该研究有幸获批了国家社科基金一般项目。现在呈现在读者面前的这本书就是笔者入选国家社科基金项目的最终成果。本书立足于"本土化"的视野，在对事感、事象和事境等核心概念进行深入研究的基础上，着重探讨了缘事发生论、发展论、创作论、诗体论、诗法论和诗评论等缘事理论，从而在一定程度上激活了概念、创新了理论。"文章千古事，得失寸心知。"尽管本书还存在很多不足之处，但也有值得一读的地方！

古人云："欲有所为，非一人之力能独济也。"最后自然免不了要衷心感谢相济之人。首先感谢我的家人，尤其是年迈的母亲和妻儿让我远离家庭的琐事，给了我足够的写作时间。感谢学院领导，给予我一个自由、宽松的工作环境。感谢我的研究生王子佳和魏涛同学，为本书校对提供帮助。最后特别感谢中国社会科学出版社的王小溪博士，她为本书的出版做了大量的工作。

殷学明

2021年8月书于聊大文艺学教研室